能村登四郎ノート［二］

今瀬剛一

Nomura Toshiro Note

Goichi Imase

ふらんす堂

能村登四郎ノート（二）・目次

能村登四郎ノート（二）

句集『民話』時代

「俳句」に能村登四郎の名前が出てくるのはまず二月号、そこには会長から委嘱された俳人協会賞選考委員二十六名の中の一人として記載されている。二十六人の中には秋櫻子を委員長として風生、青邨、誓子、青畝など往年の名作家が揃っている。さらに二月号では香西照雄の「現代俳句月評」で作品が取り上げられている。それは

炎天となる一隅の雲たぎち

という作品で、四十四年度の角川「俳句年鑑」に発表されたものである。この作品について香西は「心にくいほど巧妙な表現」と言い、さらに

一糸無き裸がもてる無尽蔵

をあげて登四郎の作風を「スタイルの新化」という傾向が強いと指摘する。果たしてそうであろうか。私は香西が掲出した二句を余りいい作品とは思わない。言葉を追求する姿勢の強い香西がいかにも好みそうな作品である。八月号の山崎ひさをによる「第八回全国俳句大会の記」はたいへん懐かしい思いで読んだ。というのはこの全国大会に友達と誘い

合って私も参加したのである。目的は井上靖の講演を聴くこと、それは小泉信三著の『海軍主計大尉小泉信吉』に触れたもので、たいへん感銘深いものであった。壇上には秋櫻子や風生、青邨など著名な作家が並んでいたことを思い出す。登四郎はその会の司会をつとめていた。私はまだ二十代、青邨門下で勉強中、登四郎の姿に初めて接し、背の高い面長な方なのだなあという印象を持ったことを思い出す。登四郎はその日がちょうど「父の日」であったことにも触れ、井上靖の講演内容を見事にまとめていた。九月号の「俳誌月評」にも名前が出てくる。執筆者は鷹羽狩行で、その「馬酔木」を批評したところに登四郎の作品を二句あげている。それは

笹編むや身にまとひゐる一位の香

中山七里雨も緑もしぶき過ぐ

の二句で、特に批評があるわけではない。

「俳句研究」に話を進めると、五月号に「第一回俳句研究全国俳句大会」の作品募集が出て、登四郎も審査員の一人に名を列ねている。審査員は龍太や澄雄など比較的若い作家たちで、二十人が選に当たっている。そうした傾向に対して登四郎は九月七日の大会当日の講評の冒頭で、次のように述べたと十一月号に記載がある。

大会の選者に、いわゆる老大家を煩わさずに、戦後の第一期新人といわれた我々同世代の

仲間たちが選ばれたのも、それはそれで大いに意義のある試みと思う。私達は、今後の俳壇に、それなりの立場で責任をもつべきだし、それは野心的なことでもなんでもない。所属の協会が違って、普段会えない人とこういう機会に話し合えるのは、非常に喜ばしいことです。いかにも登四郎らしい心配りのある発言で、大家たちや他の協会の人たちに語りかけている。「俳句研究全国大会」自体が現在では考えられない意義のある大会のように思える。

十二月号は例によって「年鑑」の形式をとっているが、そこでは三ヶ所に氏の名前が出てくる。諸家雑詠のなかに十句、「俳誌展望」の「馬酔木」の欄に柴田白葉女が登四郎をはじめとする二十二人の名を挙げ、「侍が綺羅星のごとく作品を並べ誠に盛観である」と述べている。何よりも注目すべきは廣瀬直人による「作品展望Ⅶ」の記述である。氏は蓼汀や源義、一都など登四郎と同世代の作家、十八人をとりあげ、登四郎については「……作品は相変らず手固い抒情で一貫しているが、今年のものはそれに加えて決意に似たある物が出てきたように思える」という。そして

冬耕の人帰るべき一戸見ゆ
冬耕の音その他もすなほな音
水上に何かゐて鳰おちつかず
水に冬来る遠漣もすぐに消え

ゆつくりと光が通る牡丹の芽
こまかなる光を連れて墓詣
霜の土老のこまかき鍬づかひ

の七句をあげて登四郎を批評する。氏のいう「決意に似たある物」とは何なのか。氏は「心境」という言葉で仄めかせているのが参考になると思う。以上、昭和四十四年の登四郎についてて少し詳しく述べてみたわけである。

昭和四十五年、いよいよ氏の正念場ともいうべき年に入る。この年の十月に氏は一念発起して主宰誌「沖」を創刊する。この件については後述する。ここではいつものように「馬酔木」作品から眺めてみよう。例によって全月投句している。いつものように各月の作品から抜粋をしておこう。

白が青に染まるあたりの葱うつくし　一月号（十句）
己が鼻見え風邪熱のかすかなり
いづこにも波郷はあらず枯尽し　二月号（十句）
綿虫の消ゆる刻来て青を帯ぶ
冬凪や地にしつかりと俵跡　三月号（十句）
鞠のごとく冬日はづむよ満潮時

鬼やらひ終りは遠き闇へ打つ
梅蕾み未だしばらくは眠れる田
ひざまづき散華を拾ふ雪あかり

四月号（十句）

奈良

日も雪も降る奈良山の切通し
さざなみの一つづつ生き雪解光
鳥雲にこころにも蒼き沖見えて

五月号（十句）

咳をして後の白けし桜時
花のごと竹林に散る雪後の日

六月号（十句）

梅雨の森見る遠距離をよしとする
椎の香のよどみにも醒む浅ねむり

七月号（十句）

肉食つて汗拭きて消ゆ脇役者

八月号（十句）

何も生まぬ気安さに這ふなめくぢり
喜雨亭先生甚平の膝若くして

九月号（十句）

我儘も言ふ甚平の先生に
九月いまだ熱気がのこる雲の裏

十月号（十句）

秋の暮沖にたゆたふ光の帆

十一月号（十句）

俄なる朝寒葱の微塵切り　　十二月号（十句）

板前は教へ子なりし一の酉

ざっとこの様な作品が眼に留まった。先程も述べたように十月に独立誌「沖」を創刊する登四郎の意気込みの感じられる作品が多い。おそらく十月号の「先生」の二句は秋櫻子に許諾を受けるために喜雨亭を訪問したときの作品に違いない。そしておそらくは快諾を得たのであろう。それ以後の作品には眼を見張るような張りが感じられるように思えてならない。

＊

次に昭和四十五年の登四郎の「馬醉木」への執筆についてである。三月号に「相馬遷子・人と作品」と題して「句集『雪嶺』を読んで」を執筆、十二月号に「季語についての一考察」を執筆、大きい執筆はこの二つになると思う。強いてその他のものをあげると、九月号に「一編集委員として」という文章を載せているがこれは別に評論でも何でもない、一種の雑文である。他に「推薦十五句集」に選んだ十五句の選評を執筆している。氏について書かれている文章へ移ると、一番大きくしっかりしているのが十月号の佐野まもるの「『枯野の沖』を歩く」、他には「編集室にて」に二ヶ所登四郎の名前が出てくるだけである。

次に「俳句」に移ってみよう。先ず作品発表で言うと、六月号に「愛染」と題する三十句を発表している。執筆した文章は二月号に「第九回俳人協会賞決定発表」に対して「相馬遷子の人と作品」と題する文章を、三月号では鷲谷七菜子の句集『銃身』について「決意のとき」と題する一文を、七月号では「秀句鑑賞シリーズ〈原石鼎〉」において、「石鼎の秀句」として五十句を抽出し、さらに「華麗なる漂泊人」という鑑賞文を寄せている。十二月号では「我が主張・我が俳論」に例の「伝統のながれの端に立って」を執筆している。氏についての批評も多い。三月号では松本旭の「俳句誌月評」の「馬酔木」の欄で

眼が渇くかなしさ月の夜歩きは
新藁を積み田の神の匂ひとす

の二作品が採り上げられているし、四月号では中戸川朝人が「現代俳句月評」で

綿虫の消ゆる刻来て青を帯ぶ

を採り上げ、さらに林徹は七月号の「現代俳句月評」の欄で

地の冷えをあつめ一樹の桜濃し

を採り上げ、十月号の同欄では福田甲子雄が

について批評・鑑賞をしている。その他、十二月号ではこの年の六月に出版された氏の第三句集『枯野の沖』について成瀬桜桃子が「誠実者の俳句」と題して批評紹介している。話を昭和四十五年の「俳句研究」にすすめたい。九月号は「戦後俳句」の特集である。二十二名が代表作を十五句ずつ発表している。登四郎も既発表作品十五句を発表している。この他には「年鑑」風に編集された十二月号にその年の作品から十句を発表しているだけで、新作の発表はこの年はなかった。次に執筆についてである。先ず追悼文が二つ。二月号では「石田波郷氏を悼む」、六月号では「野見山朱鳥氏を悼む」を執筆している。七月号では「第一回・俳句研究誌上俳句大会」の「選後言」、十二月号では前述の既発表作品十五句の下に十五行のコメントを載せている。執筆とは一線を画すことになるのかもしれないが、十二月号の座談会「俳壇総展望」に出席して論を述べていることも付言しておこう。

この年の「俳句研究」で登四郎について書かれたものをまとめておこう。「俳句研究」ではこの年三月号と四月号の二回にわたって「伝統と前衛」の「交点を探る」という座談会を掲載している。その三月号に登四郎の名前が一回だけ出てくる。九月号では「戦後俳句作品年表」の編集、戦後の代表作家の三十二名について、一人三十句を年別にあげている。詳しくは後述するが、登四郎の場合は昭和二十一年の

くちびるを出て朝寒のこゑとなる

が一番最初に出てくる。この辺りから登四郎は本格的な活躍を始めたという風に考えていいのであろうか。十月号の関口朔風の「俳句のリアリズム」という文章ではその文中に例の

長靴に腰埋め野分の老教師

が引用されている。十二月号では「作品展望Ⅵ」の中で、藤田湘子が登四郎をあげている。「句集展望Ⅲ」では草間時彦が『枯野の沖』をあげて論評をしている。他には「各地俳壇」の欄、その千葉のところで同じく『枯野の沖』が出版されたことを報じている程度である。

この年の十月から新たに「沖」発表分が加わる。その概略も見ておこう。作品発表はそれぞれの月に各十句である。「馬酔木」同様に、その中から気になる作品を二句ずつあげておく。

曼珠沙華天のかぎりを青充たす　十月号
汗の肌より汗噴きて退路なし
菊月の縫ひもの紅き絲つかひ　十一月号

鳰隠る蘆の昏みも枯るる前
野の冬を横切つて男燦然たり
父と子のゐる冬景を遠く見る　十二月号

先にあげた「馬酔木」発表の作品とは雲泥の差があることはお気付きと思う。第一、一句一句に張りがある。そして何よりも自由である。例えば「曼珠沙華」の作品、これは「沖」創刊号の巻頭を飾った作品であるが、いかにも力強い。晩秋の晴天であろう、そこに真っ赤に咲く曼珠沙華の存在はいかにも潔く感じられるではないか。

「沖」創刊は登四郎が五十九歳の時であった。あまりにも遅い独立ということができるかもしれない。その陰にはいろいろの理由があったらしいが、氏が私に語ったところではその一つに藤田湘子の事件があったようである。以下のことは差し障りもあって書きにくいのであるが、この文章のタイトルが「能村登四郎ノート」である。それこそ記憶が薄れないうちにノートをしておいた方がいいと思い敢えて認めておきたい。

ある日私は話の序でに登四郎に五十九歳創刊について尋ねたことがあった。その時の氏の発言は「本当はもっと早く出したかったのだけど、湘子さんのことがあったからね、とても切り出せなかったよ……」という内容であった。この「湘子さんのこと」という言葉が妙に気になり、私はいろいろの方に聞いてみた。それは湘子が「鷹」を出したとき、応援の積もりもあったのであろうが「馬酔木」の主要同人が参加してしまったというのである。秋櫻子はもちろん御冠である。その上に湘子は俳句定年論を説いたりしてそのことがまた秋櫻子の意識を逆撫でする結果になってしまった。ちょうどその頃、登四郎五十代、俳誌の創刊を考えていた時だったのであろう。それがあまりにも辺りの空気が険悪なのでついに言いだせなかった、結局はそのごたごたの納まる五十九歳になってしまったということなのである。あくまでも師に恩義を尽くして、気持ち良く俳誌を出したいという思いが登四郎にはあったと思う。そして六十の年に師秋櫻子の家を訪れたときには秋櫻子は目を細めて、「そうかい、それはいい、林君を編集長にしたらいいよ」とまで言ってくれたという。そのことを登四郎は私ににこにこしながら話してくれたことを今昨日のことのように思い出している。

＊

昭和四十五年十月、「沖」は創刊された。それは投句者八十八名、三十五ページの小俳誌であった。それでも登四郎は八十八名という数字を末広がりだと言って喜んでいた。ついでに書き加えておくと、作品十句を登四郎と林翔が段抜きで発表をし、その下に短文を載せるという手法、これは今では各結社で行なわれているようであるが最初に始めたのは「沖」であったと私は記憶している。ここにも主宰と編集長との息の合った俳誌づくりというものが感じられて快い。
さらに創刊号の内容だけを簡単にまとめておこう。巻頭には師秋櫻子が「無花果」と題する一句とコメントを寄せている。

真間川をおほふ無花果熟れにけり　水原秋櫻子

コメントは「これは空想の句だが、むかしの真間山下にはたしかにこういう景があった。今でもおそらくあることだろう。一日がかりで歩いてみたら、何か得るところがあるかもしれない。時期は秋がよい。」というもの、どことなく象徴的な作品・コメントで、短いが私には登四郎に対する秋櫻子の愛情が感じられてならない。そして次のページに登四郎の「創刊のことば」が段抜きで二ページにわたって続く。内容は実に控えめで今の私には物足りないぐらいである。「馬酔木」ならびに恩師水原秋櫻子への配慮がそこここに感じられる。部分的に抜いてみると

①主宰誌をもてと言ったのは、今はなき石田波郷であった
②私の身近な幾人かの人が雑誌のことを本気ですすめてくれた
③私に飽きずについて何年も勉強をつづけて来てくれた誠実な人たちのために、もっと光の当たる場を作ってやらなければいけない
④このあたりで何か転機をはからなければならない

⑤俳句の仕事に自分を燃やしたいという悲願を持っている

この様にあげてみると割合抽象的ではあるが、その意欲は行間から伝わってくる。ずいぶん話が脇道に逸れてしまった。「沖」の登四郎の執筆のところに話を戻そう。十月号には「創刊の言葉」が段抜きで記されていることはいま述べたところである。作品の下の小文は「夏惜しむ」というもの、その他は主宰者として当然の仕事である「沖推薦句評」を二ページにわたって載せている。この文章は実に温かく、採り上げた作者の人柄から、それまでの経緯、さらにはその作者に寄せる期待まで実にきめ細かく書かれている。こうしたこの欄の執筆傾向は登四郎が雑詠欄を引退するまで続く。十一月号について触れると小文は「自然と人間」「沖推薦句評」、転載ではあるが句集『和紙』について執筆している。それに編集後記に文章を寄せる。十二月号は小文の題が「冬の蛇」、あとは「沖推薦句評」だけである。

氏に対する批評はもちろん多い。十月号では林翔が「有季ということ」という評論の中で

火を焚くや枯野の沖を誰か過ぐ

について述べている。川崎三郎が「能村登四郎ノート」(1)を執筆、「編集後記」では当然のことながら、翔が登四郎にふれている。十一月号は「能村登四郎ノート」(2)、この号は

『枯野の沖』特集として組まれ、田川飛旅子の「人間のいる俳句」、大川つとむの『枯野の沖』鑑賞、さらに当代の十人による『枯野の沖』十句選、『枯野の沖』の反響と賑やかである。もちろん「編集後記」にも登四郎の動向は伺える。十二月号は「能村登四郎ノート」(3)、「「沖」創刊記念大会の記」、「編集後記」の動向、そうしたところが氏への主だった記載ということができる。

以上が昭和四十五年の登四郎の概略である。その他、研三氏の年譜によると、三月、京都・奈良へゆく。六月に第三句集『枯野の沖』を現代俳句十五人集として牧羊社より刊行。十月「沖」発刊記念祝賀会を市川市勤労福祉会館で行う。「浜」三〇〇号記念号に「連歌狂言」を執筆とある。

それでは以下、昭和四十五年の登四郎について、詳述をしておこう。「馬酔木」の作品についてはすでに述べたので馬酔木発表の文章についてである。まず三月号の相馬遷子への批評は実に友情に満ちたものである。それは「――このひとにはいつも雪の匂いがする。」という書き出しで始まり、「高原派」といわれた時代のこと、そしてその高原派が終息をしてからの氏について「吟行作家にならなかったことによろこびを感じた」と言い、「自然に対峙する自己の運命を見据えている深まり」を言い、「作者の透明なまでの澄んだ感情があの孤独の星を愛し」とまで言う。そして何より結びとして句集『雪嶺』が俳人協会賞を得たことについて、「遷子が伝統俳句の正統な継承者であるとともに、その人とその作品とが紙一枚隙のないほど一体となっているという審査員の信頼感」があったとしているところに注目をしたい。このことは氏自身自分へ向かって言い聞かせた言葉であるとも受け取れる。この時代の氏はまさに俳句至上といってもいい生き方をしていたのである。九月号の「一編集委員として」という文章は確かに雑文の域を出ていないと言えるかもしれないが後半に氏の主張を垣間見る部分があるので書き抜いておきたい。

……今の馬酔木の欠点だと思われることを率直に言うと三、四十代の新鋭の人が乏しいことである。……自分の俳句についての意見とか、作っている中に生じる疑問だとか、そんなものを率直に語ってほしいのである。……近ごろの俳壇には評論の意見は堂々としているが、さて作品を見ると失望させられる人もないわけではないが、実作主義の馬酔木の人がいい論評を書けるようになったら鬼に金棒である。

又批評も豊かにしたい。批評のない処にはいい作品は絶対に生まれない。

俳壇を意識するというのは嫌なことであるが、少くとも結社から俳壇へ通じる道というものには作家である以上関心がほしい。

この様にあげてみると当時氏がどのようなことを考えていたかが分かる。「沖」創刊にあたっては秋櫻子への少なからぬ遠慮があり、おそらくは言いたいことの半分も言えなかったのではないか。その分までここでは本音を言っているように思える。登四郎が若い人にどれだけ目を向けていたか。評論、とりわけ自分の考えを俳壇に向かって言えるような作家をどれだけ希求していたか、そのことは沖のキャッチフレーズの一つでもある「俳壇へ向かってものを言う雑誌」ということからも想像できよう。私はこの「馬酔木」発表の文章にはすでに「沖」を想定している、そのような意識があったのではないかと考える。十二月号の「季語についての一考察」はその末尾に次のような記載がある。「この原稿は去る八月俳人協会主催の俳句講座の「現代俳句と季語」という題で講演したものの約半分で、後半をカットしてあるのでまとまらない文章になったことをお詫びいたします」したがって内容は語りかける感じのもので、具体的には次号に詳述したい。

＊

昭和四十五年十月に登四郎は主宰誌「沖」を創刊した。その結果、資料も膨大なものとなるので、分かりやすくするためにまとめの順序を少し変えてみた。今までは詳細に述べる部分は①作品②文章③登四郎への批評と言う順序であったが、それを①馬酔木発表の作品・文章・氏への批評②沖発表の作品・文章・氏への批評という順序にしたことをご了承いただきたい。

さて、前月号では「馬酔木」発表の文章の中途まで進んだ。その続きから書きすすめていきたい。昭和四十五年十二月号の「季語についての一考察」はなかなか面白い。それは次の二つの観点から始まる。一つはなぜ季語が無くてはいけないのか、もう一つは季語の無い作品になぜいい作品が少ないのかの二つである。しかし氏の話に何時も感じられるように、それに対する明確な解答というものがあるわけではない。強いて解答を探すとすると、「要するに俳句に季語が必要なのは、十七音の詩だという身近さの補いを付けたもの」、「季語というものはこのように詩の感動を具象化する手がかりになるもの」の二箇所かもしれない。ただ私はそれとは別に、この文章の後半の類句に触れて書いている部分に注目をした。つまり「季語についてもっとも注意しなくてはならないのは、季語と馴合いになること」と指摘し、「俳句がどこまでいっても類句の域からぬけられないことの中にそうした不勉強な馴合いがないでしょうか」と言っているところである。この一文はたしかに現代の俳人が考えなくてはならない問題を指摘している。同じ号の「推薦十五句集」の文章では遠慮がちながら、「馬酔木の俳句はいつもお行儀がいいだけで一向に面白くない。」という言葉を俳壇からしばしば聞く」と記す。ここには登四郎の本音が垣間見える。なおこの企画は下村ひろし・原柯城・能村登四郎・林翔・殿村菟絲子・堀口星眠・大島民郎・千代田葛彦の八氏によるもので、「馬酔木」発表の作品の中からそれぞれが十五句ずつを抜き出し、作者名を掲載、その下に百五十字ほどのコメントを記したものである。登四郎は

鮎釣らず鮎の影せし水掬ふ　　百合山羽公

他の作品を選んでいるが、なかなか八人の選が重ならないのも面白い。次に「馬酔木」における登四郎への批評へ眼を移してみよう。「編集室にて」の秋櫻子の文章は次のようなものである。「相馬遷子君の『雪嶺』が、本年度の俳人協会賞を受けることになった……『雪嶺』推薦文だけを提出して置いた。馬酔木からの選考委員は能村登四郎君一人であったが、『雪嶺』授賞は満票で決定した由。この満票というのが私には嬉しかった」、この秋櫻子の包み隠さない喜び様が快い。次に十月号の「『枯野の沖』を歩く」（佐野まもる）に話を進めてみよう。私は一読してすごい絶賛だと思った。句集評としてこれほど力強く、しかも具体的に絶賛したものを私は知らない。まず氏は「能村登四郎が〝伝統詩の明日の俳句〟のために、いかなる作品を示してくれるだろうかということに、異常なまでの興味と期待をかけた」と読む前の思いを書き、その結果を「とかく詩の枯渇現象を生みやすい今の伝統俳句のなかにおいて〝伝統詩の明日〟を救おうとする大抵ならぬ努力の結果が、もっとも強く表わされていた」とする。そして具体的には例の巻頭句

火を焚くや枯野の沖を誰か過ぐ

をあげ、「この一句、昭和俳句の代表的作品として永く将来に残るであろう」という。さらには心象表現についても触れ、吟行句については「せっかく吟行をやるならば、本句集に収められているくらいの作品を発表してもらいたい」ともいい、生活俳句については、

「現年齢に自らの〝生〟を真っ向から体当たりで傾注した作品」という。そして最後にこれも代表句

春ひとり槍投げて槍に歩み寄る

をあげ「結局は詩としての表現が、その内的必然性にまで成熟しきっている」とする。佐野まもるといえば人も知る「馬酔木」の硬派に属する人である。その作家にこれだけ賞賛されたということは句集自体の良さもさることながら、登四郎に懸ける期待の大きさみたいなものもあったのではないかと思う。

「沖」の創刊号から、十一月号、十二月号については、話の都合上前述したのでここでは重複をさけたい。「俳句」へ話を移そう。作品発表は六月号に「近詠三十句」の発表がある。同時発表は阿波野青畝・鷲谷七菜子の二氏である。ここでは登四郎の作品から五句を抜くに止めたい。

耕しし力ぅべなひ深眠り
嵯峨にけふひと雪ありし竹の艶
地の冷えをあつめ一樹の桜濃し
さくらと松濡れゐる時は睦むごと

土さらさら落花も混ぜて若き鍬

堂々たる三十句であると思った。しかも多彩である。そしていかにも美しい。本来的には一句目、五句目などは素材的にはもっとどろどろとしたものになるのであろうが、それが氏にかかると一種の肯定的な美をさえ湛えてくる。二句目の竹の艶のなんと美しいことか、それは白く雪を載せてしっとりと濡れて竹の艶を増している。三句目の緊張感、全神経がこの桜一樹に集められている。それだけに桜は痛々しい美しさを醸し出す。四句目は今では氏の代表作の一つになっている。「睦むごと」という比喩が内面的に響く。これらの作品には人間がいない、純粋写生である。それでいてその傍にいる作者の息遣いが読む者には伝わってくる。氏の美意識のあらわれている作品群ということができよう。「俳句」に執筆した文章は四つ、そのうち二つは選評（相馬遷子の俳人協会賞授賞）と句集評（鷲谷七菜子句集『銃身』評）であるので詳述は必要あるまい。ここでは七月号の「秀句鑑賞シリーズ」と十二月号の「我が主張・我が俳論」を採り上げたいと思う。先ず前者であるが、これは「石鼎の秀句」として五十句を登四郎が選出した後に「華麗なる漂泊人」と題して八ページに亘る文章を執筆している。なお同時に原裕による「石鼎と虚子」という文章もあることを付記しておこう。さて登四郎のこの文章であるが四つの章に分けて執筆されている。即ち㈠野菊の句周辺、㈡二十七歳の詩魂、㈢海辺漂泊、㈣上京以後の四章であり、

そこで登四郎は原石鼎の全貌に迫っている感がある。先ず最初は石鼎の代表句である

頂上や殊に野菊の吹かれ居り

の作品に触れた上でこの作品について、「要するに大正期のホトトギスの客観写生一辺倒の時代からみずみずしい主観の息づき、抒情精神へと推移していく俳句の歴史を語るには、この句を挙げずには語ることは出来ないということである」とまとめている。

＊

後者、つまり「我が主張・我が俳論」は石原八束との競論という感じになっている。八束が「内観について」と題する評論を発表したのに対して、登四郎は氏の代表的な俳論「伝統のながれの端に立って」をここに執筆している。八ページにわたる長文である。しかもこの「伝統のながれの端に立って」という題名は後に氏の評論集の名称ともなるもので氏自身かなり気に入っていたことが想像できる。私などは始めこの評論集名に接したとき、ずいぶん遠慮をした言い方だなあと思ったことをいま思い出している。登四郎こそ本来的には伝統の流れの本流にあると信じていたのであるから……。しかしその思いは本文に触れることによって完全に払拭されたことはいうまでもない。

まず第一にこれほど俳句を真剣に考えている人は稀なのではないかということである。

氏はこの文中で自分を責め、伝統享受者を責め、前衛を責めている。具体的にいうと自分には「私は今までほんとうの俳句を作ったのであろうか」といい、伝統享受者に対しては「伝統俳句作家の中には伝統享受型の人が多い、無批判のまま伝統を傷つけなければそれでよいといった保守性の人が多い。伝統派が無策とか無方針とかいわれるのはこの故で……」と述べ、前衛には「伝統的な詩型を破壊することによって一体どれだけのことを成し得たかとたずねたい」と言っている。要するにこの論において氏は自分の立場を明確にしているのである。そのことはこの論の冒頭の「真の伝統作家というものは明日への創造を成している人であって、明日への方策のないものは伝統作家とは呼べない」という言葉に如実にあらわれている。そしてさらに「私は先に伝統伝承者といったが……伝統俳句の作家のすべてが俳句を愛するが故の改新や創造に立ち向かってもらいたい。それがいま我々に課せられた一つの課題である」と結んでいる。

第二に私が感じたことは、氏は「馬酔木」、とりわけ秋櫻子の影響下に育ったことはもちろんであるが、常に人間探求派を意識しながら育ってきたのではないかということである。二、三そのことを感じさせる部分を以下抜き出しておきたい。

①私が俳句という小詩型の文学に本当に面白さを感じたのは、昭和十四・五年、つまり日本が太平洋戦争に乗り上げたころで、俳壇には中村草田男、石田波郷、加藤楸邨のいわゆる人間探求派が鼎立しかかった時代であった。草田男には面識がなかったがあこがれをもっ

ていたし、楸邨、波郷は身近にいたから親しみも深く、その影響を避けることができなかった。

②そのころ一度「馬酔木」を去った波郷が「馬酔木」に復活して来たので私は俳句に関することはすべて波郷に相談した。

③私の俳句への興味が人間表現へ偏重していたため、俳句がもっぱら事柄の表現に比重がかかって俳句プロパーである韻文性を生かしきれなかったという悔が大きく残った。

④草・楸・波の所謂人間探求派が俳句の中に人間性を呼び起こしたことによって、俳句は近代性を呼び起こしたが、その中でいちじるしい詩型式への抵抗が見えた。草田男の饒舌的な長い俳句も、また長々しい前書きがつけられるのも、韻文としては逆行である。また現在はやや自制的になったが、楸邨の俳句に上七音の作品が多かったのも、波郷の私小説的作品も、すべて俳句を近代に生かそうとして伝統に抵抗した結果の所産であってマイナス点を残している。

以上四つについては多少補足をしなくてはなるまい。なお①②③④の番号は筆者が便宜的に振ったものである。①については時代も明記されているので、補足の必要はない。②からは波郷と登四郎との親密な関係が読み取れる。「そのころ」というのは例の「馬酔木」の巻頭句「ぬばたまの……」を波郷が貶し、次いで「長靴に……」を称揚してくれた頃のことである。③は直接的には人間探求派のことは書かれていないがこれもまたその影響を感じさせる部分である。これは第一句集『咀嚼音』を後になって考えたときの述懐である。④が一番面白い。人間探求派の行きすぎた部分を批判しているのである。それも草田男の饒舌性、楸邨の一種の型式を破る試み、波郷の私小説論に向けられている。これだけ厳しくいうのは当時としてはかなり勇気のいったことではないか。現在でさえも例えば波郷の私小説論などは一部のものの間で信奉の対象となっているのであるから……。

第三には氏はいかに俳句を次の世代に伝えたいとして苦悩していたかということである。この部分についても以下に列挙しておこう。

①俳句が有季十七音であることは伝統として私たちに伝えられた事実である。これと一種の宿命として大切に次代に伝承しようと、またその詩型式に時代的な矛盾を感じてこれに改修を加えようと、それは現代のわれわれの自由である。なぜならば俳句というものは伝統詩である反面、現代詩であるという事実である。

②俳句に文語が依然として使用されているのは……五・七・五という日本の古来の韻律との関係において文語が不可欠とされているのであるが、私はここに大きな非近代性を感じる……今はともかく二十年三十年後の言語感覚の中で「けり」「かな」の感覚がそのまま生きつづけることは考えられない。……それでは幾十年後には完全に口語化されるかというと、私はやはり首を横に振らざるをえない。

③季語の有毒について考えている人は意外に少ない。……歳時記はくどくどと解説すること

によって一つの季語のイメージが出来上がってしまう……季語を大切にするがそれを盲信してはいけない……現代人はあの中から近代にふさわしい言葉を選んで使い、使われない用語は消えてなくなるに違いない……また現在使用されていない古俳諧のなかの季語に現代に活かせて用いたいものがあるのを発見する。そのような季語の選択そのことも一つの伝統への変革になりはしないだろうか。

まだまだあげたいところもあるが、切りがない。とにかくこの一文からはこの時点における登四郎の俳句へかける強い思いを書きなぐっているような強ささえ感じる。昭和四十五年というと、氏はちょうど五十九歳になった年である。唐突といわれるかもしれないが、私はこの一文を読んでふとこれは本当の意味の「沖」創刊の意図が記された文章かもしれないと思った。前述したように「沖」の創刊号の創刊の言葉はきわめて儀礼的、辺りに神経を払った結果であろうか、それは実に弱いものであった。しかし本当は強い思いをもっての創刊であったということは、当時近くでその様子を見ていた私には分かるのである。そしてこの文章に書かれている熱い思いを折に触れて私たちに話してくれたことをいま懐かしく思い出すのである。

＊

ずいぶん長くなってしまったが、以上が昭和四十五年の氏の「俳句」への発表の全てである。

次に「俳句研究」へすすむ。まず作品の部門から言うとこの年の新作発表は全く無い。わずかに九月号に「戦後俳句代表作」として自選十五句を発表しているのと、十二月号の年鑑風の号にやはり自選十句を発表しているだけである。九月号の発表について補足すると発表者は三十二名である。因に名前を挙げると赤尾兜子・赤城さかえ・伊丹三樹彦・飯田龍太・石原八束・上村占魚・小川双々子・角川源義・桂信子・金子兜太・岸田稚魚・清崎敏郎・楠本憲吉・香西照雄・佐藤鬼房・沢木欣一・島津亮・鈴木六林男・田川飛旅子・高柳重信・野澤節子・野見山朱鳥・波多野爽波・林田紀音夫・原子公平・藤田湘子・古沢太穂・堀葦男・三橋敏雄・森澄雄・八木三日女の各氏である。登四郎の作品も「長靴に」や「子にみやげ」などで新たなものはない。同時に二十五行ほどの文章も書いているがここにも特に補足を必要とする事はない。

次に文章であるが、座談会を含めて四つある。その中の二つは追悼文。二月号が石田波郷の追悼号、六月号が野見山朱鳥の追悼号を編んだ関係上、登四郎も両方へ執筆をしたわけである。両号とも同じような編集で、九十四ページの特集を組んだうえで、最後にそれぞれ「石田波郷氏を悼む」「野見山朱鳥氏を悼む」というタイトルで小文を寄せている。同時執筆者は波郷の方が富安風生・平畑静塔・楠本憲吉・大野林火の四名、朱鳥の方が森澄雄・赤尾兜子・高柳重信・清崎敏郎・金子兜太の五人である。内容は朱鳥については作品を通して「命を凝視しつづけてきた」と割合淡々と書いているのに対して波郷には具体的である。「いつ句集が出るかとか、主宰誌をもたなくてはいけない」と生前の言葉を引用した上で、「新しいものへの理解力、俳句に対する正しい見通し、これらを持った唯一人の存在であったのに」と心からその死を悼んでいる。七月号の文章は「第一回・俳句研究全国誌上俳句大会」の選後言である。選者十八人が短い感想を述べているだけで特に目新しいものはない。以下、十二月号の「座談会」について考えてみよう。テーマは「俳壇総展望」、出席者は金子兜太・草間時彦・森澄雄、それに進行担当者として高柳重信が同席している。三十六ページに亘る長い座談会である。因みに話題となった柱をあげると、〈一年の概括／戦後作家を中心に／前衛派からの波紋など／石田波郷を継ぐもの／波郷と草田男・楸邨／わが主張・わが俳論／方法ということ／生きている人間／桂郎・湘子の論争／有季定型ということ／季題と季題論の関係／伝統派の立場から／主宰誌を持つということ／金子兜太をめぐる論争／俳句は進歩するか／戦後俳句の特色／伝統と前衛・新人／女流について／野見山朱鳥について／句集・その他〉の二十に及ぶ。このタイトルを見ただけでも座談の内容は分かりそうに思う。登四郎の発言のみを追って、十だけ取り上げてみる。

①「俳句研究」九月号の編集、「戦後俳句特集」ですね……あれは、あとでいい資料になる。

②前衛運動というものがあったために、その刺激によって、我々が伝統の上に寝そべってい

られないという決意を起こした。……新しい運動というのが一方であるということは、俳句の上でプラスですね。
③波郷の俳句は波郷だけのもので真似るものではないという気持ちが強かった。
④作品の裏の言葉というものが、やっぱりなくちゃいけない。
⑤雑誌を持った目的のひとつには、伝統派の俳句がこれでいいかという反省と実践、それを僕は自分の場所でやりたいということ。
⑥俳句はやっぱり詠うものだということ、五・七・五の韻律の上で詠うものだということを考えているんだ。
⑦これからは美しい俳句を作りたいということなんです。それから詠える俳句を作りたい。
⑧俳句雑誌というのは十年間ぐらい考えたんだけど、何となく薄汚くて嫌いだったんですよ。……波郷が死ぬ二、三ヵ月ぐらい前に、僕に本気になっていってくれてたんですよ。
⑨伝統ということの中に進化ということがなかったら〝伝統〟という言葉は嘘だと思うんですよ。
⑩若い人では前衛作家の阿部完市・佃悦夫・河原枇杷男など、僕らもよくわかるし、前衛作家の悪弊である言葉の虐使がまったくなく、気持がいい。
以上のような発言が特に眼を引いた。①は多少当時の「俳句研究」編集長の高柳への挨拶もあろうがそれでも真実の感想には違いないと思う。確かに資料性はある。②は現代の

作家がもっとも傾聴すべき問題ではないか。第二芸術が俳壇を活性化させたことは事実であるし、碧梧桐の自由律への傾斜が虚子を俳壇へ復帰させたことも考えてみれば不思議なことである。③の潔癖な姿勢もいかにも登四郎らしい。この姿勢は師である水原秋櫻子に対してても同様であった。そのことはそのすぐ後の部分で「水原秋櫻子に対してもやっぱり同じで、かなり批判的だと思うんです。だからかなり違った作品を発表している」と述べているところでもうかがい知ることができる。波郷には波郷の作品があり、秋櫻子には秋櫻子の作品がある。同様に生涯自分の作品を模索し続けた人なのである。④は俳論の重要性について触れたところと受け取りたい。そのすぐ前に「私の主張は作品を見てくださいといいたいところなんで、変な俳論を書いて言葉尻でもつかまえられて、やっつけられそうで」とあるので誤解されやすいと思うが、この部分は師の照れの表現で、本当は俳論を書くことを我々にもすすめていたのである。⑤はそのまま「沖」の創刊目的であった「伝統の中の新しさ」を模索しつつ、それを「俳壇へ向けて発言する」という主張とまったく一致する。⑥は「伝統の中の新しさ」という主張の一つの大きな覚悟と受け取りたい。かつては五・七・五を乱し、饒舌に走ったこともある登四郎の正しい伝統を再確認している発言と受け取るのが妥当であろう。⑦は氏独特の美の追求と受けとめられないこともないが、話の前後からこの言葉は「詠う」ということ、五・七・五を美しく使うということを意味しているようである。⑧については私どもにもいろいろと話してくれた。波郷にすすめられたことは確かなようである。ただ前半の「汚れる」ということには多少の氏独特の照れを感じて本音とは思えない部分がある。⑨は氏が生涯考えていたことである。付け加えると伝統に対する姿勢には二つある。一つが伝統墨守型、もう一つが伝統継承型、継承とはそれを新しくして次の世代へ送り届けることである。氏はその後者であった。⑩はそのまま氏の懐の深さを示す。以上が「俳句研究」座談会の要旨である。

＊

昭和四十五年における「俳句研究」の氏への批評へと話を進めていきたい。この年は氏の名前および作品は三箇所に出てくる。月を追って言うと、三月号の座談会、「伝統と前衛　交点を探る」で一回だけその名前が出てくる。出席者は石川透・川名大・田川飛旅子・福田甲子雄・宮津昭彦・司会金子兜太であり、三月号から四月号にわたって二回連続で行なっているのに、登四郎の名前が一度しか出てこないのはいかにも不満ではあるが致し方ない。その部分だけをあげておこう。それは宮津の発言で、「……新しさということを作品中心に考えてみると、たとえば、これはだいぶ前になりますけど、沢木欣一の『塩田』とか、能村登四郎の『合掌部落』とか、ああいうものが出たときほど、驚きをもって迎えられるような作品がなかった……」という内容である。二つ目が「戦後俳句作品年表」である。これは戦後に台頭した作家三十二名がそれぞれの代表作三十句を自選で提出したものを年代別に編集したものである。特集の冒頭にそれぞれの作家の生年を掲載しているが登四郎はその中で赤城さかえに次いで二番目の年長者である。あとはすべて大正生まれの作家である。登四郎はよくこの辺りを指して「私は十歳も近い年下の人と一緒に扱われるのでいつまでも若く思われていていい」などと冗談まじりに話していたのを懐かしく思い出す。それはそれとして、以下登四郎の作品のみを抜粋しておこう。

くちびるを出て朝寒のこゑとなる　昭和二十一年
長靴に腰埋め野分の老教師　昭和二十四年
足袋あかき妻が追ひゆく厨芥車　昭和二十七年
梅漬けてあかき妻の手夜は愛す
洗はれて月明を得む吾子の墓
子にみやげなき秋の夜の肩ぐるま
鉄筆をしびれてはなす冬の暮
ひらく書の第一課さくら濃かりけり　昭和二十八年
白地着て血のみを潔く子に遺す
洗ひ上げ白菜も妻もかがやけり
白鳥の翅搉ぐごとくキャベツもぐ　昭和二十九年

風まぎる萩ほつほつと御母衣村
白川村夕霧すでに湖底めく
暁紅に露の藁屋根合掌す
優曇華や寂と組まれし父祖の梁
追はるべき墓か四五基が黍がくれ

昭和三十年

秋燕をくらき戸が吸ふ遠山家
捕虫網買ひ父が先づ捕へらる
旅へのうづき夜空は張りて七月へ
火を焚くや枯野の沖を誰か過ぐ
唇緘ぢて綿虫のもうどこにもなし

昭和三十一年

発想のひしめく中の裸なり
敵手と食ふ血の厚肉と黒葡萄

昭和三十六年

胡桃焼くやこころの中の隣びと

昭和四十年

シャワー浴び真あたらしさの天を負ふ
踏み込んで血がせめぎあふ曼珠沙華
朧湧きたをやかなりし夜の橋
春ひとり槍投げて槍に歩み寄る

昭和四十一年

白絹のつめたさを縫ひ冬新し　　昭和四十四年
冬耕の人帰るべき一戸見ゆ
雪の旅より男の匂ひ濃くもどる　　昭和四十五年

以上、三十一句（処女作一句、登四郎の場合は「くちびるを……」の作品が加わって）が登四郎における自選作品である。当時の氏の自作を評価する姿勢も含めて参考になる資料である。私としては大方妥当であると思うが、「風まぎる」や「旅へのうづき」などを入れているのは意外であると思った。ここにはまだわずかではあるが重いもの、言葉を換えると詩的なものを追求し過ぎている氏の姿がまざまざと感じられる。もう一つ登四郎の作品の出てくるのは十月号の関口朔風による評論「俳句のリアリズム」の「リアリズム俳句の展開」の章である。氏の言葉を借りると「社会性を帯びていく……当時三十代作家と呼ばれた新鋭作家群」ということなのであって、同時代の十人とともに出てくる。そこで出てくる登四郎の作品は

長靴に腰埋め野分の老教師

の作品である。この作品については以前私感を述べたので繰り返さないが、当時かなりの話題となっていたという事実は否めないようである。

いよいよ昭和四十六年、主宰誌の「沖」が本格的に動き出す年に入る。まずその「沖」から見ていきたい。最初にその作品を各月から二句ずつ抜いておこう。因みに氏はこの年から「沖」には原則として、毎月十句を発表している。

夕鵙は稲架のうしろを怖れゐる　一月号
黒杉へ十歩の距離の冬感ず
鳰鳥のおののきが生む冬水輪　二月号
音怖れつつ水鳥の水に降る
鋤鍬のはらから睦ぶ雪夜にて　三月号
刃を入るるまで寒鰤の厚さ撫でてゐし
芦の絮飛びひとつの民話ほろびかね　四月号
白魚のそのたましひも透くごとし
おぼろ夜の霊のごとくに薄着して　五月号
僧となりし夢きよらなる春暁なり
霞む日の佐渡みえ山の雪も見ゆ　六月号
日本海へぎりぎりまでの山を焼く
藕の花こぼるる風の重さだけ　七月号

ひそひそと青梅育つ夜雨の後　八月号
たぶたぶと水寄せ早苗屑も寄す
一樹なき死者の山より道をしへ　九月号
翅つよき山蠅が追ふ婆の供華
野分してうねりの波の穂先飛ぶ　十月号
さいはての心漂ふ野分波
青栗や潔めてありし外厠　十一月号
後山へ花濃き葛の這ひのぼり
豊年の新藁納屋をふくらます　十二月号
老人の奢りの寒の巌あちこち

以上のような状況である。一口にいって自由になったということが言える。作品が多彩で輝いている。「鋤鍬の」や「ひそひそと」の作品などをみると新生登四郎というような言葉も相応しくなってくるようにさえ思える。相変らず旅吟も試みているが、それは単なる絵はがき的俳句とは全く違っている。例えば「野分して」は竜飛での作品、「後山へ」は花巻での作品であるが、吟行句に特有な狭義の地域性を全く感じさせない。普遍的な、詩的な強さを感じさせるのである。現場に立って単にその現場を詠むにとどまらない大きさを感じるのである。

文章の方へ進んでみよう。限り無くなるので、選評の類は省く。先ず、作品の下に載せてある短文であるがこれは題名だけを述べるに止める。

一月号「麗子像」 二月号「誕生日」 三月号「鶯」 四月号「さくら餅」 五月号「むらさき尽し」 六月号「越路の春」 七月号「薬師寺の月光さん」 八月号「七月」 九月号「夾竹桃」 十月号「斜陽館」 十一月号「早池峯」 十二月号「芦刈」

一月号の「新春の言葉」は淡々と書かれている。その中でも「過去の仕事にこだわらず、俳句の明日のことを考えながらやっていきたい」とか「伝統俳句は色々な問題を抱えている。これらのものを私は実作の上で説き明かしてゆきたい」とか静かな決意が表現されている。

昭和四十六年における「沖」発表文章の題名をあげておこう。

一月号「笠翁の芭蕉像」 二月号「伝統俳句の悪路」「作家的人間像」 七月号「20代作家への期待と不安」 八月号「ふたたび20代作家について」 九月号「創刊一周年を迎えて」「すさまじき表現者」「コンクール応募作品評」「対談「沖」の一年」 十月号「三つのオイディプース王」 十一月号「回想の加畑吉男」 十二月号「伝統俳句の方向」（講演）

まさに堰を切ったような勢いで考えを書き綴っている。内容を少し詳しく掘り下げてみよう。この時期登四郎は私に文章を書くことの愉しさ、「一晩に一つは書けるよ」と言っていたことを思い出す。
「笠翁の芭蕉像」は「叔母の遺品として」頂いた芭蕉像にまつわる話、全体に回想風で、登四郎の幼少期から俳句を始めるに至るその経緯がよく分かる。母方の伯父で掃雲と号する人を通して初めて句会にいったときの話、平櫛田中や谷崎潤一郎との関わりの話、とりわけこの伯父掃雲が「奥の細道随行日記」を発見した経緯は興味深い。中で一箇所だけ短歌へ行かず、俳句に関わるようになった部分が興味を引いたのでその部分を抜き出しておく。

私が短詩型文学の中で俳句をえらんだということはやはり偶然なことではないのである。世界最小の詩型というものに、何となく魅力を感じたからであろう。もし、短歌をやっていたら、深まるにつれての詩型の疑問や煩悶はもっと多かったにちがいない。

次に二月号「伝統俳句の悪路」という文章である。かなりの長文であるがやや書きなぐった感じもあって、伝統派がどのように行動すべきなのか、若い人たちがこの文芸とどのように取り組むべきなのか、具体性には乏しい。問題提示という点においては重要な内容を含んでいる。文章はかつて見たシェイクスピアの演劇に「伝統ある古典劇が実に清新な感覚でとらえられて」いたことから書き始め、歌舞伎の名優の言葉、「伝統的な作品の伝統的な演技は、なまじいじり廻すよりもきちんと伝統どおりに演じたほうがかえって新しいものが生み出せる」を引用し、「新しさというものは素材ではなくて詠う人の感覚と表現である」とする。そして「伝統俳句には継承しがたいさまざまな問題」があるとして五つをあげる。五つとは①仮名遣いの問題、②文語表現の問題、③当用漢字の問題、④十七音律という問題、⑤季語の問題である。それぞれに問題を提示しているが解答をしているわけではない。その上で「……量的繁栄にともなって質的向上こそ望ましいが、伝統的原型を生かしたなかでの創造こそ、今求められる課題の一つであろう」と結んでいる。新しい雑誌「沖」に相応しい啓蒙的な内容ではある。またこうした一つ一つを今後氏はどのように解決していくのか、楽しみに思われる部分もある。「作家的人間像」は盟友林翔の俳人協会賞受賞に対する挨拶文である。友情に満ちた表現が注目を引く。

七月号の二十代作家への期待と不安」、この文章は実に具体的で、その問題点と今後について示唆に富んでいる。先ず二十代について二つのことを言う。その一つは「その感動の詩がこの道で幾十年というベテランの作品を凌駕することがしばしばある。若い人の作品に対する期待のたのしさは主としてここにある」、もう一つは問題点で、「……サークル活動として熱心に作句していても、卒業し就職するとそのまま俳句を捨ててしまう人がなんと多いことであろう」という指摘、その上で例を具体的に三つ挙げている。一つは伊藤政美という人の『二十代』という句集、二つ目が結社「あざみ」の二十代の合同句集「鰐」、三つ目が林翔の「馬酔木」で「国大俳句」を評した文章である。折から「沖」においては「二十代の会」が発足した頃であり、その若手を啓発する意味もあったのではないだろうか。八月号の「ふたたび二十代作家について」も同様である。これは「俳句」七月号の「二十代の作家」に刺激を受けたもの、先ず「作家」というタイトルにクレームを付ける。しかし「そこには深刻な伝統継承につながりをもつ」と理解も示す。面白いところは「二十代人としてもっと素朴でナマの詩の原型のようなものがあらわれているかと思ったのに、なかなか練れた作品が多いのに驚いた」「あれが二十代の若者たちの胸から湧き起こったほんとうの発想かと考えると首を振らざるを得ない。有季定型の形の中でもっと明日の俳句の声が聞けないものであろうか」と、一方で皮肉を言いながら、片方では明日へかける期待を求めている。

*

昭和四十六年の九月号で、「沖」は満一周年をむかえる。登四郎はその冒頭に「創刊一周年を迎えて」という文章を掲載、団結を呼び掛け、「作品の強化と向上」を訴え、「殆ど無名の人で結成されている「沖」であるが、いい作品を示し、この中からよい作家がでてきたら、自然と多くの人は認めていくにちがいない」とその抱負を記している。

同号発表の「すさまじき表現者」は、時同じくして司馬遷について書いた武田泰淳の『史記の世界』と中島敦の小説『李陵』に触れながら、「なぜものを書くか」という問題について考えている。結論として真継伸彦の言葉「不安とか恐怖に陥った自分の救済手段として、書くという行為が生まれる」を引用して、「行為ができないために書く」「書いている中にそれが一つの行為のように思えてくる」「そして終りには行為よりも表現の方が本当だと思えてくる。本当の文学とはそれでなくてはならない」と結んでいる。傾聴に値しよう。「コンクール応募作品評」については特に付け加えることはない。

もう一つの同号記載の「対談「沖」の一年」については氏の発言の部分に限って触れておこう。対談の相手は林翔であり、司会は久保田博によるものである。ここでは項目別に、私なりに重要と思われた発言を抜くに止める。

「魅力ある雑誌に」の項……「努力していい作品を作り合うこと、それが一番の魅力じゃあないか……一番大事なのは作者の魅力だと僕は思う」

「充実した力」の項……特に無い

「伝統の中で新しさを」の項……「時代時代の新しさというものを摑んでゆかなければ意味がない。定型という中にも形の新しさは時代時代にあるわけで、それは決して定型をこわすものではなく、有季定型というものを新しく生かしてゆくものなんですね。……しかし類想の句を型どおりに作っても自分にとって何の意味もないんで、作る以上は誰にもない発想のものでなくちゃいけないんですよね」

「地方の作家の味」の項……「いわば田舎芝居の面白さというようなものがあるね……田舎芝居は泥臭いが一種の面白さがある。こんな喩えをしては悪いけれど、そんな面白さがあるね」

「さて来年は」の項……「随分みんな熱心だけれど、次は文章だね。特に論文を書ける人が欲しいですねえ」

全体的に自由に話を進めている。新しさについては「伝統のなかの新しさ」、これは「沖」創刊の一つの柱でもあった。同様に書ける人が欲しいという意味も分かる。氏は常に作品と評論は車の両輪のようなものといっていた。また「俳壇へものを言う」ということも氏は常に考えていたのである。

十一月号の「回想の加畑吉男」は「沖周辺の作家研究」(毎回執筆者は違う)としての連載の三回目である。同じ市川に住み、登四郎論を機会あるごとに書いてくれた加畑への温かい思い、そして生前にこの論を発表できなかった悔しさが行間から滲み出てくる。火の会のこと、塔の会のことなどいい資料にもなる文章である。加畑について縷々述べたあと、「加畑吉男を失った俳壇の損失もまた大きい、その損失は今よりもかえって今後何かにつけて感じていくことであろう」と結んでいる。終始にわたって友好的な文章である。

十二月号の「伝統俳句の方向」は講演を要約したものである。末尾に[註]として、「講演の当日原稿なしで話しましたので、表題からかなりそれてしまいました。そこで改めて表題によるように加筆をしたことをご諒承得たいと思います。」とあるようにかなり綿密に書き直されていて、当日聞いていた筆者などやや戸惑うところがあるほどである。以下重要と思われる部分を抜粋しておきたい。

伝統俳句の定義……「前衛俳句というものがジャーナリズムの表面に出始めてからで、つまり対立的に付けられた名称だと思います」

伝統俳句に大切なこと……「俳句という詩型をもう一度伝統認識という締木にかけて締め直す必要がある」

リズムについて……登四郎自身もかつては七・五・五や五・五・七の試みをしたという前書きをした上で「その時は一応耳あたらしい感じはあったのですが、本当の新しさはむしろ五・七・五の底から生まれるのだという考えを持つようになりました」という

前書きについて……「俳句はやはり十七音にすべてを賭けるという潔癖性が大切」

季語について……「なぜか有季であることに不自由を感じたり、疑問を感じたりしたことはついにありませんでした」「日本語の美しさのエッセンスのようなものが結晶されていて、それが、五音、七音以上の広がりを持っている。つまり詩の言葉として翼を持っている」「季語があるため俳句は新しくなれないという論にも反対です。それどころか、これからもっと季語を発掘して新しい詩の言葉として生かしてみたい」

社会性俳句について……「生活俳句だの境涯俳句だのという、人間のこの生活の出口の無い嘆きを詠うという流行に反発したもの」「社会性俳句は出口の無い境涯俳句を否定しただけでも意味があった」

俳句の新しさについて……「無垢な言葉の発見でなくてはいけません。俳句の類型類想はやはり

詩の敵としなければいけません――（中略）――俳句は従来の出来合いの言葉を五・七・五と並べても、ある程度の俳句はできます。しかし文学や詩の一番大切なものは、その作家の個性と独創性です。絶対に自分の発想でなければならない――（中略）――決して素材の開発ではありません。雲でも霧でも枯木でもそこから新しい姿を発見することです。それには自分自身の心が新しくならなくてはなりません」

俳句の繁栄について……「人間というものは多忙であればあるほど、どこかで人間らしい呼吸をしたいことを願う」「美しい自然とか、意味ある日常生活とかを、じっと見つめたい。それを小さな詩に書き綴っておきたいという心だろうと思う」

日本の言葉の美しさについて……「美しい母国語の美しさを探し求める生活というのは、なんと意味ある生活ではありませんか」「昔からの形式をいたずらに大切にして、そこに新しさを加えることを冒涜だと考えている人が少なくありません。故人や、すぐれた先輩の作品にいたずらに感嘆して、その詩境や形式から一歩も踏み出そうとしない。そのことは、先人に対する一つの礼儀のように見えますが、けっしてそうではありません。すぐれた師というものは、弟子が自分を踏み越えることを本当に願うものなのです」

未来について……「どんなに変貌した日本の中でも、どこかに美しい自然があり、美しい人間の生活があり、そしてひっそりと小さく輝かしい詩を作る生活が、必ずあるに違いないと信じるものであります」

非常にいい内容なので思わず引用が長くなってしまったが、ここにはこれからの「沖」へ懸ける思い、「俳句」へ懸ける思いとが、また当時氏が心に深く考えていた内容が分かりやすく記されていると思った。それはいかにも熱く、また厳しいものである。

「沖」誌で氏への批評は多いのは当然である。したがって名前の出た程度のものは省く。先ず三月号から、句集『枯野の沖』鑑賞が開始する。これは四回行なわれたもので、その都度鑑賞する人が違う。因みに三月号は坂巻純子・中島富雄・河口仁志、四月号は三浦青杉子・橋本冬樹・高瀬哲夫、五月号は都築智子・塚越琴雨・茅場康雄、六月号は今泉宇涯・久保田博・植松靖とすべて内部の作家が鑑賞を行なっている。

次は昭和四十六年の「馬酔木」についてである。主宰誌を発行した翌年であるから当然のことながら力は主宰誌に注がれる。したがって「馬酔木」での活躍はそれほどではない。一応順を追って全体像を眺めてみたい。この年からは年間を通して気になる作品をあげるに止めたい。

夕闇を押しもどしつつ晩稲刈る　一月号　七句入選
鳰鳥のとほき澪へとこころざす　二月号　七句〃
身の邪鬼の息づまるまで着膨れし　三月号　六句〃
スケートの刃あて少年の頬燃ゆる　四月号　七句〃

古藁塚よ怒りて春の鬼となれ　五月号　七句〃
山ふかく咲くかたくりの息きこゆ　六月号　七句〃
石の間によぢれ杉菜と拗ね羅漢　七月号　七句〃
六月やくらき水音葉づれ音　八月号　七句〃
かすかなる蝕みありて桃太る　九月号　七句〃
さわさわと白着て坐る盂蘭盆会　十月号　七句〃
海猫がおこす秋風と又ちがふ風　十一月号　七句〃
朝涼や明治ずしりと梁・柱　十二月号　七句〃

特徴から言うと、一つは吟行句が多いということ、もう一つはいい作品は「沖」に出しているということが言える。ただ作品は全体的に安定してきて、破調の作品は少なくなってきている。「スケート」の作品からは誓子あたりの亜流と思われるところも読み取れなくはないが、誓子の即物に対して、登四郎「少年の頬」、つまり人間に執着し、「燃ゆる」という観念的な表現を試みている。そこに一つの個性があろう。

昭和四十六年の「馬酔木」発表の文章へ移ってみよう。文章の執筆は一つ、四月号に「馬酔木作家研究」①として「百合山羽公小論」を執筆しているだけである。ただ十月号では「五十周年記念座談会」の司会をしているので、これも執筆の部に含めて考えたい。先ず前者であるが四ページにわたる長文である。ただし全体的に羽公の第二句集『故園』にまつわる記述が、先輩俳人を立てるという意味で書かれており、学ぶべきところはあまりない。強いて言えばその代表作

白鳥のごときダンサー火事を見て　　百合山羽公

を「一種の風俗を素材とした作品ではあるが、そこから高揚した美というものの次元は高い」と見るあたり、あるいは句集『故園』に「郷土への愛情というものが」押し出されていると見るあたりに、氏独特の鋭い批評眼が感じられる。これに対して座談会はかなり内容が濃い。司会をしている登四郎の話のすすめ方がうまいからだ。「涼風の卓」＝馬酔木の今昔を語る＝と題するこの座談会は、出席者秋元不死男・安住敦・大野林火・皆吉爽雨・水原秋櫻子、それに司会の能村登四郎を加えて六人である。項目は「抒情の回復」「『葛飾』前後」「独立の余波」「神田発行所時代」「あたらしい仕事」「弟子人情」「俳句一本槍」「旅と俳句」「俳句に似ている野球」「若人たちへの注文」の十で、実に二十二ページにもわたる和やかな懇談記事である。多少「登四郎ノート」の趣旨からはそれるかもしれないが登四郎が聞き出している部分で資料性のあるところを書き抜いておきたい。まず句集『葛飾』に序文の無かった経緯については

水原：序文を戴きたいと言わないもの。お願いするのが本当でしょうね、それは十分承知し

ているわけだけれど……。

司会：それはその頃異例だったんですな。（笑）

水原：異例というほどではないけれども、ぼくが句集を出して序文を頂戴しないのはいけませんね。しかし、きびしい序文を頂戴しないとは限らなかったのですよ。僕のあとでそういう人は居りましたよ。とにかく一度頂戴して、返すわけにはいかないから……。

以上の会話からは、微妙な虚子との確執が読み取れる。もう一つ、医業をお止めになった時のことは次のように言う。

司会：あのとき、先生が「気が楽になった」ということをおっしゃったのをいまでも覚えておりますけれども……。

水原：いや、いや、私はどう考えて見ても医者には向かない素質ですから……、つまり心配性の上に科学的でないのです。

安住：先生の「忘じて遠き医師の業」という句にはその気持ちが感じられました。

秋櫻子の発言は遠慮がちながらも、おそらく本音の部分が多いのではないかと思う。「心配性」についてはよく分からないが、秋櫻子の作品には確かに文学的なものがある。同時代の誓子とか素十の作品よりももっと、詩性というか、叙情というか、もっと言うと一方が即物的なのに対して、秋櫻子の作品には即物的のなかに自分が必ずいる……、そうしたところを安住も感じていて記載した様な発言になったのではないか。その他旅吟のこと、虚子との確執のこと、蛇嫌いのことなど書かれているので資料性も大きい座談会であると思った。

次は「馬酔木」の四十六年における氏への批評ということである。一月号の「注目の三句」は執筆者が岡田貞峰・小沢満佐子・沢田緑生・和田祥子の四人によるものであるがその中で和田祥子が登四郎の

水の上に露けさありて光湧く

を「新鮮な感覚」という立場から褒めている。ただ登四郎の場合こうした作品は得てして頭のなかで作る場合が多い。本当の実景による感覚かということには疑問が残る。十月号では「特集・馬酔木作家論」として鷹羽狩行が「馬酔木山系展望」、野澤節子が「馬酔木女流作家について」を寄稿している。その「馬酔木山系展望」の中に取り上げられている。他は俳人協会全国大会選者として名前が出てくるだけである。

＊

昭和四十六年の「俳句」へ話を進めたい。まず作品発表では十二月号の「黒杉」が圧巻である。この号で「俳句」は「特集・現代の風狂〈能村登四郎〉」として大々的に特集を組んでおり、「黒杉」はその近作のものを五十句集めたものである。特集の内容について

はそれぞれの章で述べたいと思うが大まかに言うと、他に現代詩と風狂との間で（原裕）、かかる友情（牛尾三千夫）、そして登四郎自体が「恩寵」という文章を執筆、二十六ページにわたる特集である。さて、「黒杉」に話を戻してみよう。先述したようにこれは「近作」であるからもちろん未発表ではない。ただ近作の中から自選で出しているのでこの時期における登四郎の志すものを読み取ることができる。気になった作品を十句ほどあげてみたい。

ゆつくりと光が通る牡丹の芽
泳ぎ来し人の熱気とすれ違ふ
綿虫の消ゆる刻来て青を帯ぶ
さくらと松濡れゐるときは睦むごと
曼珠沙華天のかぎりを青充たす
父と子のゐる冬景を遠く見る
身の邪鬼の息づまるまで着膨れし
鋤鍬のはらから睦ぶ雪夜にて
蘆の絮飛びひとつの民話ほろびかね
ゆく雲の幅だけ翳る野蒜摘

いよいよ登四郎の本領発揮の作品と言ってもいい。ここには現在の登四郎の代表作と目される作品がたくさんある。その傾向は叙情と言おうか、美的なものを追求していると言った方がいいのか、とにかく詩的であり、思想的でさえある。またこれらの作品を叙情的な目で見た写生句と言えるかもしれないが、この時期の登四郎は全て頭で作っていた時代である。頭で作りながらこれだけ具体的に描けるところに氏の力をみる思いがする。余分なものを省いて省いて、対象の核心をつかむ、それは対象を想像することによって余分なものが見えなくなることの結果がもたらしたものかもしれない。形式面から言うと、切れ字「や」が三回使われている。これはこの時期の氏にとって多いほうである。「かな」は一句もない。他に「をり」が三句、「たり」が一句という何とか俳句を新しいものにしたい、次代に残したい、そうなるとどうしても従来の形式を破ろうとする、したがって結果的に極端に「や」「かな」「けり」が少なくなったのであろう。波郷に兄事しながら、「俳句の弔鐘などつかせない」という気概が登四郎にはあった。

次は昭和四十六年における「俳句」への文章執筆である。この年の文章発表は大きく三つある。一つが二月号の「和紙の裏側」、二つ目が十二月特集号の「恩寵」、そして「俳句年鑑」の「作品展望」である。「作品展望」については内容に触れる必要もあるまい、ただ五人の執筆者であるが他の四人は香西照雄、草間時彦、沢木欣一、田川飛旅子であることだけをあげておこう。

先ず二月号の「和紙の裏側」であるが俳人協会賞を受賞した林翔の句集『和紙』への祝文である。それは友情に満ちている。また両者の裏側について知る資料性もある。二例をあげよう。

春鮒を頒ち貧交十年余り

については「同じ境遇の中の歳月を生きた二人の友情を管仲鮑叔牙の「貧時交」にたとえて詠った私のフィクション作品だった」と言っていること、また翔の句集『和紙』と、自分の「沖」創刊については「突然だった波郷の死が翔をあんなに狼狽させ、後悔させ、決意させたのだということがよく分かる。それはあれほど逡巡していた私に、主宰誌をもつ決意をさせた動機に似ていた」とも述べている。この文章は余りにも二人の身辺のことに終始して『和紙』そのものについては余り批評をしていない。ただ『和紙』の特徴を「実力ある作家が、二十何年ぶりで出した処女句集」といい、「三十幾年も一緒に暮らしてきた私には一句一句の作られた境遇を自分の事のように思い出す」と述べている辺りは傾聴に値しよう。十二月号発表の「恩寵」は六ページにに及ぶ長文である。冒頭に「今日の私という人間をつくり、文学をつくってくれた人々で、私はこれらの人を師と呼び、あるいは友と呼んで感謝の心を抱いている」とあるようにこれまでであった人々への回顧の思い、あるいは感謝の思いに満ちている。それは父母祖父叔父に始まり、学校の先生、そして林翔、石田波郷、師の秋櫻子……、など多くに及ぶ。一つ二つ俳人登四郎として資料性のある部分を抜き出しておきたい。

『咀嚼音』と『合掌部落』との間がわずか二年であるのに比して、その後『枯野の沖』までに十一年の歳月である。この間はまさに私の混迷と苦渋の時代であった。一つは協会分裂の問題が起こり、私は師情と友情の岐路に立ったこともあり、一つは有季十七音という俳句独自の詩型を、その原型から考えなおしてみたいと思った。そんなことから私の詩想は内へ内へと籠っていった。私は自分を何とかしなければならないという焦りが心のなかに燃えていた。この考えに考えた結果の集積が十一年後に出る『枯野の沖』であろう。心して読まねばなるまい。もう一つ主宰誌「沖」創刊の経緯である。昭和四十四年ころ妙に眠れず、何もしないでいる自分へのいらだちから登四郎は清瀬へ波郷を尋ねた。その時の波郷の言葉は印象的である。氏は登四郎を前にして「きみももうお神輿をあげなくてはだめだよ。俳壇という処はね、主宰誌をもたないと一人前にあつかってくれないよ」。波郷がこの発言の三ヵ月後に逝去することを考えると、この言葉がいかに登四郎の心に強く響いたかは理解できる。もう一つ、主宰誌創刊の意志を固めて師の秋櫻子を訪ねたときの言葉も印象的である。

「それはいいね。しかし雑誌なんてものはたいへんなものだよ。やる以上そうとうの覚悟がなくてはいけないね。編集は林君にやらせなさいよ。あの人なら几帳面で正確なことをするから」。以上二つのことは生前私達にもよく折に触れてきかせてくれたことである。もちろん言葉自体には多少の虚飾はあるかもしれないが、波郷の発言によって意志を固め、師秋櫻子の快諾によって実現したことには間違いあるまい。かくして主宰誌「沖」は出発することになった。なおこの文章の末尾に「教えを受けてから三十有年脈々とつづいた師恩を私は改めて振り返った。そしてそのあとも永遠につづくであろう師との絆をさらに思い浮べるのであった」と書く。「恩寵」という言葉は直接的には師秋櫻子に向けられた言葉と受け取ることができよう。

＊

次に昭和四十六年の「俳句」、そこでの登四郎への批評について話を進めたい。「沖」を創刊したということもあってか、かなりの注目度である。一月号の「俳誌月評」では原裕が「沖」創刊二号にあたる十一月号を採り上げている。この中で原は「沖」の魅力を「主宰の個性ある指導」と「林翔という俳壇的著名作家が、この主宰を助けて」いるという二点に絞って述べているが慧眼というべきであろう。五月号では「現代俳句月評」で、鷹羽狩行が作品を採り上げている。それは

鋤 鍬 の は ら か ら 睦 ぶ 雪 夜 に て

という作品、この作品は「沖」三月号に発表した「民話」と題する十句の中の一句である。後に氏の代表句の一つともなる作品である。この批評の末尾で狩行は「この句を読むと私は、ごく自然に「能村登四郎」の名前の由来――祖父の故郷・能登に因んでつけられた――を思い出し、また日本の民族や風土に思いを馳せる」と述べている。六月号では原裕が「俳誌月評」を執筆しているが、その巻頭で「馬酔木」を採り上げている。そこで原は「馬酔木の伝統形成」への意志に触れ、その思いが「石田波郷、あるいは能村登四郎らをつき動かした」としている。これは傾聴に値すると思う。何といっても特筆しなくてはならないのは十二月号の「特集・現代の風狂〈能村登四郎〉」における原裕と牛尾三千夫の二氏による論評である。とりわけ原の文章は「現代詩と風狂との間で」と題して十三ページにまで及んでいる。一口にいってかなり論は抽象的である。「伝統」ということに終始しているからであろうか。しかしその論は登四郎のほとんどの文章に眼を通した上での発言なので説得力がある。もう一つ言わせてもらうと、この論は登四郎論ではあるが、かなりの部分自分の俳論をぶつけているようなところがある。したがって普通の評論として読んでもいろいろな意味で考えさせられることが多い。長文でもあるので一、二箇所抜き出すに止めておきたい。まず作品をどのように位置付けているかということ。例えば

春ひとり槍投げて槍に歩み寄る

については「単なる槍投げの景を詠ったものではない。言うまでもなく現代個の心象風景である」とする。また

花冷えや老いても着たき紺絣

については「「老いても着たき」というためらいが現代を感じさせるあたり巧みではあっても、やはりわびしすぎる」とする。句集『咀嚼音』の世界については

老残のこと伝はらず業平忌

など七句を揚げ、「いわゆる加藤楸邨・中村草田男・石田波郷ら人間探求派の影響の濃い作品が主流をなしている」としている。その他登四郎の姿勢を「表現者」であるとし、例の司馬遷の話を引用して「私の方は読者（鑑賞者）としての楽しみであり、この俳人は表現者司馬遷を自分の志につながるものとしてなつかしむ思いにとらわれていることが直感された」とその違いを明白に記す。とりわけ最後のまとめの部分が印象的であったので、要所のみ引用しておこう。

居直りめくが、個の伝統詩の空しさに耐え、営々つとめることが風狂なのであろう。一般的にいえば能村登四郎もまたすぐれた風狂の一人なのだが、伝統継承に説をなし将来をおもんばかるあまり、その意志が現代の風潮に、また社会の流動にゆらぐのをいかんともしがたい。

伝統としての十七音定型のしごきが、今日の登四郎俳句を新しい香り高いものにしたてているので、既に実作的にはこれ以上の変貌は不可能かと思われるまでに完成を見ているはずの能村登四郎俳句の個性（技術）に対する信念が第一なのである。もし伝統の継承ということがあるとすれば、それはこの個性（技術）に関する事柄に属している。きわめて具体的なのである。

以上、長文なので要を得なかったかもしれないが私なりに惹かれた部分を引用した。私は通読して何よりもその執筆の気迫に圧倒される思いであった。文章の一つのセンテンスが長い部分が多いのもそのためではないかと思った。原のこの情熱的な文章に対して牛尾の文章はきわめて静かで短い、たかだか三ページ半の文章である。全体的に作品鑑賞に終始している傾向もある。ただその行間からは友情というか、一種快い作品や登四郎への注文も感じられ、読後が快かった。その文章はこれまでの三つの句集の評価に始まる。それをまとめてみると、『咀嚼音』は「もっとも読みやすく、楽に読める」、『合掌部落』は「一種の競いのようなものが感じられて句が固い」、『枯野の沖』は「十二年の歳月の重みあり」、のようなことになる。『枯野の沖』については、その巻頭二句の二句、つまり

脣緘ぢて綿虫のもうどこにもなし
火を焚くや枯野の沖を誰か過ぐ

を揚げ、「永い沈黙の極に漸く探りあて、到達することのできたという、登四郎自身にして会心の作と自負しているもので……、まことにその通りだと私も思う」と評価している。さらには『枯野の沖』以後は「肩の張る思い」が失せて「いよいよ本物に近づいてきた」と記す。文末の要望に関する部分が印象的であったので、その部分を抜粋しておこう。

私はこれから以後の作品には、切字や詠嘆詞をどしどし使用した句を作ることをすすめたい。そして一年に一度や二度は歌仙を巻くだけの遊びを持って欲しいと思う。

これはある意味では登四郎に欠けた部分、あるいは今後陥りそうな危険な部分を補って余りある。確かにこの時期の登四郎には現代的な詩心を追求するあまり切れ字が少なかった、また俳句を新しくするという熱意が空回りをしないでもなかった。そうした時に、この指摘は氏にとって有り難い忠告だったのではないだろうか。

以上「俳句」における登四郎への文章について触れてきたが、その他「俳句年鑑」では香西照雄が「作品展望」欄で氏について触れている。また「主要俳論抄」では原石鼎を批評した「華麗なる漂泊人」の一部が引用されている。引用者は加畑吉男である。年鑑でいえば他にも「今年の句集」の欄に『枯野の沖』が紹介されている。四月号、五月号には「第十回全国俳句大会」の募集要項があり、そこに選者として名前が記載されている。また七月号の「第十回全国俳句大会記」（岡本眸）には選者としての記載と、特選句が書かれている。他に十一月号「俳壇動向」では「沖」創刊一周年記念大会の様子が写真入りで紹介されている。

＊

昭和四十六年の「俳句研究」に話を移そう。まずいつものように作品発表から入ろう。この年の「俳句研究」への作品発表は年鑑発表の五句を除くと、二月号に十五句を発表しているだけである。「黒蘆」と題する作品から五句を抜き出してみよう。

菊月の縫ひもの紅き糸つかひ
板前は教へ子なりし一の酉
黒蘆の折れし穂先に水触れず
父と子のゐる冬景を遠く見る
栄光の日も無為のごと胡桃食ぶ

全体的に多彩である。感性的な作品があるかと思うと、実生活に根ざした作品や写生的な試みもある。なお五句目の「栄光の日」の作品については前述したと思うが、「林翔さん俳人協会賞決定」という前書きがある。二人の間の温かい絆を感じさせる作品である。私は十五句全体を読み通して、登四郎が私達側近の者によく洩らしていた「私は多作だから、十句や十五句の依頼はいやでね、どうせ発表するならもっとたくさん、五十でも百でも発表したいよ」という言葉を思い出した。「黒蘆」十五句を読み通して、はっきり言ってもの足りない思いがしたのはそうした登四郎の気の入れ方の弱さによるものかもしれないと思ったりした。資料的な意味もあるので、この時の同時発表者を記しておくと、五十嵐播水、斎藤玄、甲田鐘一路、有馬朗人、富田直治、穴井太、巣山鳴雨、臼田登代子、八木沢高原の九人、作者を含めて十人ということになる。

昭和四十六年の登四郎の「俳句研究」への執筆についてまとめておこう。主たる文章は三つでいずれも短文である。先ず五月号では「全国俳句大会・入賞作品」の選評の執筆である。これについては特筆することもないが登四郎が特選に採った作品は

盲人に見えるところを玉虫とぶ　　植田幸子

というもの、その選句理由を「あまり誰でも採りそうなうまい句をぬきたくなかったので……」と述べているところはいかにも登四郎らしい発言であると思った。この年の「俳句研究」六月号は「特集・山口誓子読本」である。ここで、登四郎は「俳句管見・山口誓子の一句」を執筆している。表題からも分かるように一句鑑賞であるが、その一句はあらかじめ与えられたらしい。登四郎は

この崖にわがイつかぎり蟹ひそむ　　山口誓子

について執筆をしている。その文章には誓子を一種変わった視点から見ようとする思いが感じられて面白いと思った。それは「伊勢の四日市の海辺で療養していた孤独な時代の作品をもっとも好む」と自分の立場をはっきりした上で、その理由を「世の名利から隔絶して自分自身の生命の刻みを凝視するしか方法のなかった孤絶した……詩人としてもっとも内的に充実をもった時代」であったからとする。そしてこの作品は「誓子の孤独感とつながっていく」、また「虚無感に通じる」として、「誓子は常に自己の文学のために第三者の介入を拒絶している。非情な美というものも誓子によって生まれた一つの美学」と結ぶ。短文ではあるが登四郎の見識と、強い主張の感じられる文章であると思った。もう一つは「高浜虚子」の一句鑑賞である。この年の「俳句研究」十月号は高浜虚子の特集号である。この特集の作品もまた誓子の時と同様に事前に批評する作品は指定されていたらしい。ここでは登四郎はあの有名な

白牡丹といふといへども紅ほのか　　高浜虚子

を担当している。同時にこの作品を担当したのは上村占魚、阿部みどり女、後藤比奈夫、小川双々子、阿部完市、清崎敏郎の六人で、それぞれを読み比べてみると、その批評にそれぞれの受け取り方の微妙な違いがあり、面白いと思った。中でも登四郎は、「美学」の立場から鑑賞をしているところが面白い。この作品の「いふといへども」を問題にして「言

葉のしまりを若干欠く」ことを指摘した上で、「色彩の奥にある美を引きだすことに成功」しているといい、最後は「写生のトリビアリズムを見事に脱した虚子の美学といえよう」と結論づけている。そしてあくまでも「美」という立場に執着をして、そこに作品の本道を見いだそうとする登四郎が感じられて快いと思った。

昭和四十六年「俳句研究」における氏への批評に筆をすすめていきたい。先ず一月号には「「戦後俳句」批判」という文章の中で、福田甲子雄が登四郎以下七人の作品をあげている。登四郎の作品は

火を焚くや枯野の沖を誰か過ぐ

を揚げ、その七句全体について、「これらの作品には、社会性ないしは前衛俳句から受けた影響といったものが、表現のリズムに、あるいは用語のはしばしに、かすかに見受けられる」と述べている。思い切った発言ではあるが私としては「果たしてそうだろうか」と思わせられる部分も多い。登四郎のこの句に関するかぎり、社会性ないしは前衛俳句等とは全く関係のない詩的な部分を多く引きずっているように私は思う。「俳句研究」の十二月号はいつものように年鑑風の編集である。ここでは「作品展望Ⅶ」で鷹羽狩行が登四郎の作品四句をあげて論評を加えている。ちなみに四句とは

鋤鍬のはらから睦ぶ雪夜にて
刃を入るるまで寒鰤の厚さ撫でてゐし
おぼろ夜の霊のごとくに薄着して
蘆の絮とびひとつの民話ほろびかね

である。他に座談会「俳壇総展望」では二回ほど名前がでてくるが特筆する程のこともあるまい。この年は氏自身の名前とともに「沖」誌がかなり採り上げられている。十一月号では「沖」の「創刊一周年記念号」について、森田峠が好意的な文章を寄せている。この中でも登四郎の作品三句、その他の作家の作品も採り上げられている。十二月号では川名大執筆による「評論展望Ⅲ」の「伝統について」の部分で「草創期の俳句誌がそうであるように、「沖」も清新の気に満ちている」と述べられたり、「俳誌展望Ⅶ」では廣瀬直人が「かつらぎ」「鹿火屋」「雪解」「青」「欅」……、などいわゆる俳句の老舗ともいうべき伝統のある古い雑誌とともに「沖」を採り上げて論評している。いかに新生「沖」が注目を集めて出発をしたかが理解できる。ここで氏は登四郎・林翔の作品を二句ずつあげて「自然的な要素三割、人間臭さ七割といったところであろうか。これは、私の、大雑把な印象だが、この両氏のもつ人臭い肌合いは、そのまま「沖」の特色でもあろう」と言っている。

＊

以上、少し詳しすぎたかも知れないが昭和四十六年についての状況であった。昭和四十七年に入ろう。まず主宰誌「沖」における状況である。例によって一年間の作品を眺めてみる。

青竹を磨いて阿蘇の冬構　一月号
兀と大き冬山の根の由布の町
しなやかに新藁担ふ月あかり　二月号
霜解けの光とどく遠だより
雛の眉描かんと肘かまへける　三月号
捨て人形風花に眼をひらきゐる
祈るごとひざまづくなり雛流し　四月号
流水の遠からずあり伏目雛
花の塵遊女無残の墓に降る　五月号
心中の片われ墓や花樒
山ふかき六月滝の力みる　六月号

蕨黒く干し老人の住む気配　七月号
一山に一樹のみある夕辛夷
あはあはと鳥影すぎし春の杉　八月号
青苗のみな汗ばめる田の朝明
忘られぬために火を噴く梅雨竈　九月号
萍の私語ひろがるや棹触れて
夕映のみなかみよりの刈藻屑　十月号
水よりもせせらぐ耶馬の鰯雲
梅雨の夜のまぼろしと過ぐ錦鯉　十一月号
秋耕の終りの鍬は土撫づる
涼しきほど小さき如意輪観世音　十二月号
沢蟹食べ口辺秋をただよはす
凩の果の夕空血がにじむ

「沖」へは登四郎は毎月十句を発表している。そしてその下に四百字程度の短文をのせている。この形は一貫して崩さなかった。多少余談になるが、この形式は林翔も同様であった。その林翔の十一月号の短文は「布川武男氏に」というタイトルで怒りに満ちている。ことの始まりは「雲母」誌上に布川が書いた登四郎の選句に対する非難にあるが、翔はそこで「失礼ながらあなたはそこまでいう資格がない……もっと勉強し且つ謙虚な態度を身につけないと、龍太氏の信頼に背く結果になるでしょう」と激しく結んでいる。発足当時の俳誌に対しては得てして風当たりが強いものである。そうした時に僚友林翔という人が登四郎にとっていかに力強い存在であったか、当時私達はこの文章に勇気づけられたことを思い出す。

話を本題へ戻そう。右に抜いた作品を読んでみてもまず登四郎がいかに自由に、本格的にその力を発揮してきているかがうかがえる。傾向から言うと対象をしっかりと見ている作品が多い。眼が対象に食い込んでいるように思える作品も多いのである。ただこの時期の登四郎は我々には「俳句は密室で作る」と教えていた。そのことは登四郎自身も同じであったと思う。したがって私はここにあげた作品もまたある意味では密室で作ったものと思いたい。いったん見てきたものをちょうど網棚からおろすようにして作ることによって、余計なものが排除され、また大切なものは付け加えられる、これらの作品はそうした氏の理想の風景であったのではないかと考えている。それがうまく行かない場合、「祈るごと」のようなあまりにもおあつらえ向きの作品になったり、「あはあはと」のようないわゆるムードに酔ったような作品となってしまう、私はこうしたことは氏のこの時期の作品としては致し方のないものなのではないかと思っている。なお、「涼しきほど」の作品は私の町の小松寺にある如意輪様を詠んだもので、教えられることが多かったがここではあまりにも個人的になるのでそのことには触れない。

次に文章に話を移そう。短文の題は次のようになっている。

一月号「翁と三番叟」 二月号「地唄舞の型」 三月号「楝の実」 四月号「人形作り」 五月号「邪鬼」 六月号「箕輪浄閑寺」 七月号「大矢市次郎の死」 八月号「紫はまゆう」 九月号「老使丁Yさん」 十月号「柳川と倉敷」 十一月号「悪路王」 十二月号「酉の市」

その他の登四郎の文章（選評を除く）を次にその題名を羅列してみよう。

一月号「十四枚の「黒い絵」――ゴヤの晩年について――」 三月号「『干潟』の姿勢」 四月号「句会のすすめ――又は句会の功罪について――」 八月号「雅号・俳号」 十月号「審査員のことば」（選後評） 十一月号「遠岸の人――私の鷹羽狩行――」

まとまった文章といえるものは以上の六つである。このうち十月号は選評であるし、三月号と十一月号も個人の句集の批評であるので詳述の必要はあるまい。他の三つについてその内容を考えてみたい。先ず「十四枚の「黒い絵」」は一種のゴヤ論である。十四枚あるという「黒い絵」のそれぞれについて記し、氏は「絵というものは、真・美の理想への表現であるが、晩年のゴヤがこのような暗黒な画を好んで描いたのはいったい何であろう」と問い、それは「ようやく自由を取り戻した生活の中から、告発した自由への創造だったかもしれない」と想像をする。さらに「このように人間の深淵を掘り下げようとしたゴヤは、人間とはかくも奥深きものであるという真の一面をえぐりつづけた画家であると私は考える」と結んでいる。あくまでも人間に執着する登四郎の姿勢をここにも垣間見る。

「句会のすすめ」はその功と罪の両面から言っているところが面白い。いい面は四つ、一つが「即決的に自分の句の評価をうけることができる」、次に「選句能力」を養えるということ、三番目に「グループと自然になじむようになる」、そして「競争という事」、この四つである。逆に罪のほうはいわゆる「句会ずれ」「俳句やさん」ということである。中でも秋櫻子の俳句会での選句について、「先生は決して互選で最高点をとったような作品をとらない。かえって多くの人が無視したような作品を採り上げる。そして丁寧に批評される言葉を聞いているうちにその句が目立たない中に実にいいものをもっていることを知らされ……」と述べている部分は傾聴に値する。こうしたことは登四郎との話のなかでもよく出ていた。決して秋櫻子におもねて言っているのではない。また、「本当にいい作品というものは、結社の枠というものを越えたものでなくてはならない」と纏めていることも、現在の我々作家が考えなければならないところであると思っている。

＊

三番目は八月号発表の「雅号・俳号」である。ここにも登四郎の俳句に対する直向きさが感じられる。そこで登四郎は「雅号・俳号」には「脱俗をした時代の名残が見られる」

として好まないとしている。中村草田男など例外はあるとしても実名で作ることの大切さ、そうすることによって「自分自身がふたつに分化することがない」ことを指摘し、「現代の二十代作家を見ると、さすがに実名で俳句を作っている」とその傾向を喜んでいる。これは登四郎の持論で、お茶を飲みながらもよく「あの人の本名は何なの、若いのだから実名でやればいいのに」などと話をしたものであった。ここまで「沖」発表の登四郎執筆の文章について書いてきたが、一つだけとり落としがあったので付け加えておく。それは十月号の裏表紙に書かれている「二周年に思うこと」という小文である。この文章では登四郎は二つのことを呼び掛けている。一つは「俳句のうえで結ばれた縁を私は心して大切にしたい」ということ、もう一つは「会員の皆がささやかながら自分の文学を築くという自負と、勉強するものの謙虚さとを持ちながら、土台づくりの苦しさに耐えて頑張る」ことの大切さである。二年目を迎えた気概というよりは、土台作りの、自分自身への戒めの言葉とも受け取れる短文である。

次に昭和四十七年の「沖」における氏の批評に話を移そう。ここにおいては以後「支部報」とか巻末の「落書き帳」、選者などの広告欄に氏名が出ている程度のものは記さないので予めご承知おき願いたい。先ずいわゆる登四郎論は次の七つである。

一月号……「妖しき翳り」（大関靖博）
三月号……「能村登四郎俳句における想像力」（原裕）

四月号……「風狂の槍私感」（平澤研而）
七月号……「伝統の枷」（平澤研而）
十月号……「『花鎮め』を読んで」（草間時彦）／「戦後を超えるもの」（川崎三郎）
十一月号……「『花鎮め』春秋」（中島秀子）
他に次の四つの文章に登四郎の作品が引用、鑑賞されている。
十一月号……「「定型」の格と切味」（渡辺昭）
九月号……「俳句文体論」（倉橋羊村）／「試論・俳句の旋律について」（森田旅舟）／「擬態語の句」（鈴木鷹夫）

詳しく述べてみよう。先ず「妖しき翳り」、ここでは大関は登四郎の『枯野の沖』を「長びく俳句の低迷のひとつの脱出口を求めての果敢な行動のひとつであり、冒険である」と評価したうえで、作品五句を上げて論を展開している。ここではその五句への氏の鑑賞の一端を記すにとどめておこう。

櫟 や ひ そ か に 継 ぎ し 詩 の 系 譜

この句の中には作者の言い知れぬ自負と、それを正面切って主張できないいらだちが、息づいている。

夢 の 中 に 見 し 景 に 似 て 雪 ふ り を り

かつて夢がこれほど暗いものとなったことがあろうか。この暗さを雪の明るさで示すところに、どうにもならぬ淋しさがにじみでてくる。

春ひとり槍投げて槍に歩み寄る

現実で容易に起こり得る心象風景を用いて、観念の底なし沼のほとりに、ぎりぎりの限界で踏み止まっている。

白絣するりと時が通り抜け

たえず手に捉えることのない時間を、作者はまず血を熱くして望み、そして認め、再び考え直しては、またもや時間を捉えようと身構えている。

すべて黴びわが悪霊も花咲くか

登四郎の中核をなすものではないが、作者の多様性を物語るものとして貴重である。

概略以上のような批評であるが当時多くの登四郎の論のなされた中で、非常に良心的な文章として私も高く評価したものであった。原裕の文章は「俳句」十二月号（後述）と対を成すものである。かなりの熱論で圧倒される思いである。端的に言えば氏は「諷詠に代わるもの」として「造型を考えるに未だ若干の躊躇を感じる」として、登四郎の作品

ゆっくりと光が通る牡丹の芽

など三句を揚げ、これは「諷詠」でもなく「造型」でもないとする。氏は「作者の想像力は純粋美神を追い求めている」として、「半実相半虚相の世界を、この作者の想像力は飛

翔している」とし結論づけている。「風狂の槍私感」（平澤研而）は例の

春ひとり槍投げて槍に歩み寄る

について、一弟子としてこれを称揚し、後半は「俳句」十二月号の「現代の風狂」における原裕の文章を攻撃している。原の文章を「勇み足」といい、「結論が浅薄に、こんなに軽々しく出た」などというがやや身贔屓の文章といわれても仕方ないかもしれない。同じ平澤研而による「伝統の枷」は読み物として面白い。副題に「能村登四郎俳論集を座右にして」とあることからも分かるようにそれはこの年出版された登四郎の評論集『伝統の流れの端に立って』に触発された文章である。曖昧さを示す部分、句会の雰囲気などを描きながら登四郎への畏敬の念も感じられる快い文章である。「『花鎮め』を読んで」はいかにも草間らしい流暢な文章である。「馬酔木」に「随筆十二ヵ月」と題して連載したもの（前述した）をまとめた随筆集『花鎮め』についての文章である。随筆風の文章なので作品はあまり取り上げられていない。次の二句を話の途中で挿入している程度である。

老残のこと伝はらず業平忌

長靴に腰埋め野分の老教師

さりげなく「句の上に遊びが出てもよいのではないだろうか」と注文を付けているとこ

ろも面白い。同じ号に載る川崎三郎の文章も面白い。言うまでもなく、氏は中島秀子の御夫君で、若くして世を去られた方だ。その評論は定評のあるところでこの一文も私は当時興味深く拝読した。例えばこの文章の中でもその刊行の意義を「このように戦争とは何か――という問いには個々の作家の重要な意義が潜んでいると言ってよい。能村氏の評論集『伝統の流れの端に立って』の刊行は、そういった戦後への問いを再認識する上でも、時期を得ている」とし、その一文を引用して「これらの発言には能村氏の実作者としての文化論が経験的に展開していると見るべきであろう」といい、「能村氏の昭和三十年代の評論「個と貧の詩」等の（Ⅱ）の一連を最も高く評価しておきたい」と自分の立場を述べる。そして最後に「実質的には、前衛も伝統も超えた場に俳句の詩性が存在するのは皮肉ではなく真実である」と結ぶ。いかにも氏らしい首尾一貫した文章である。

＊

十一月号の「『花鎮め』春秋」（中島秀子）は随想的な文章で、『花鎮め』自体を書いたというよりは、自分と登四郎、楸邨門へ入る経緯、俳人協会発足当時の登四郎の苦悩を記し、いわば『花鎮め』執筆時代の登四郎を知る資料として価値が高いと思った。例えば登四郎の作品

おぼろ夜の霊のごとくに薄着して

を俳人協会設立当時の登四郎の苦悩を表したものだとして、この作品から「憔悴しきった」「あの時の先生の姿を髣髴とさせる」と言い切る。また「私にはもっとも大切にしている二つの言葉がある」として、その一つに登四郎の「詩人は寡黙でなければならない」をあげている。ここからは登四郎への敬愛の念の感じられる好随筆であると思った。

他の三つについてはその部分を抽出するに止めておきたい。まず九月号の「俳句文体論」では「母にまたいのち賜ひし鳥総松」他六句が引用され、十月号の「試論・俳句の旋律についいて」では「火を焚くや枯野の沖を誰か過ぐ」を用いて定型の図解説明を試み、同号の「擬態語の句」では「捨て人形風花に眼をひらきゐる」が引用されている。

次に昭和四十七年の「馬酔木」へ話を進めていきたい。主宰誌「沖」創刊により当然活躍の場は「沖」が主となる。したがって「馬酔木」にはそれほど登四郎の活躍の場はない。ただ欠詠だけは絶対にしない登四郎である。まず作品をいつものように抜いてみよう。

しぐれつつ柞に日射す貴船口　　一月号　七句入選
板前もしばらくはゐる落葉焚
鳰すでに遠寄す波に構へをり　　二月号　七句入選

稲架を解く梯子のありて人見えず
強霜やゆづり葉は柄に朱を聚め　三月号　七句入選
夜の雨や鏡開きの漬け小豆
みちのくの豆打つ鬼の心臓へ　四月号　七句入選
春の雪熄むまで大豆煮るつもり
明日香風とてものの芽をさそふ風　五月号　六句入選
畦を焼く煙がおよぶ石舞台
朧夜の匂ひにまじり川匂ふ　六月号　七句入選
蘂のみのさくらとなりて夕日透く
未だ朝の怒のこれり更衣　七月号　七句入選
形代の襟しかと合ふ遠青嶺
薄暑なる藁匂はせて民話劇　八月号　七句入選
あまり明るくてで虫家を捨てたき日
烈風の日を待つて飛ぶ絮毛あり　九月号　七句入選
水量のふえしを思ひ真菰刈る
都府楼址秋風が撫す石いくつ　十月号　七句入選
遠近に積む刈草や観音寺

莚織る音夕凪を誘ひけり　　十一月号　六句入選
朝凪のきはまれば雨となりゐたり
溝萩や倚りささやける童子仏　　十二月号　七句入選
鬼羊歯の毛深き崖の多聞天

決して手を抜くことをしないのが登四郎の特徴である。「沖」ほどの自由さはないかもしれないが、これらの作品からは対象を見よう、風土を自分のものとしよう、美しいものに心を留めよう……、そうした姿勢は感じられる。

文章は一月号と九月号に二つの句評を記しているだけである。一月号は師・水原秋櫻子の第十八句集『緑雲』の特集に際して、八人の内部作家（相馬遷子、能村登四郎、望月たかし、桑原志朗、市村究一郎、谷迪子、村上光子、藤原たかを）とともに一句評を執筆している。登四郎のあげた作品は

竹外の一枝は霜の山椿

である。静かな作品であるが、眼が効いていてしかも美しい、いかにも登四郎好みの作品である。鑑賞文が見事なのでその一部を抜き出しておく。まずこの原句が「冬の山椿」であったことと比較して、「霜」という言葉が「暗緑の椿の葉の上に置かれた白い霜を想像

させ」るという部分、次に「竹外の一枝」という言葉に触れ、これを「美しく引き締まった言葉」としている部分、そして最後にこの作品が動詞を用いていないことに触れ、「俳句はなるべく委曲を尽くした語りかけを止めたい」という。この「動詞を用いていない」という指摘はもしかしたら氏自身の反省も含んでの発言かもしれない。九月号の文章は「同人近況」の欄の「三冊の本」という短文である。「私はこの夏、評論集、随筆集、句集の三冊を出版した」という書出しからも分かるように『伝統の流れの端に立って』『花鎮め』『民話』の出版についての経緯が記されている。

この年の「馬酔木」における氏への批評ということであるが、作品が一回、名前が一回出てくるだけである。作品は十二月号で「注目の三句」として有働亨が

ジュネといふ渚通りの日覆店

を激賞している。名前が出てくるのは秋櫻子の「日記抄」で、取り立てて言うほどのものではない。

話を昭和四十七年の「俳句」へ進めていこう。まず作品発表であるが三月号に「近詠三十句」を発表している。同時発表は皆吉爽雨、鷲谷七菜子の二人である。登四郎の三十句は「藁の神」と題するもの、以下私の好きな作品を七句ほどあげておく。

紅き毛糸編み編棒の紅潮す
黒豆を煮つめる火音・雪解音
水で拭いて寒の畳目こまかくす
しんかんと天の乾きに綿虫湧く
溝をゆく水に速力夜の梅
枯蔓のたわいなく折れ冬長し
寒薄着して敵多きおもひかな

この当時の登四郎は私達によく「俳句は密室で作る」という話をしていた。つまり、現場というよりも、それをいったん頭のなかで整理して改めて作り直す、そうすることによって不要の部分を削除し、純粋に感動だけが浮かぶ、それを詠むという姿勢である。今改めてこうした作品群に接して、その教えを懐かしく思い出す。もちろん作りすぎのような部分もないではないがそれとていわゆる詩心を引き起こす作用がある。三句目、五句目などはそうした手法が成功していると私は思う。おそらく本当に畳を拭いたり、溝をゆく水を見たりはしていまいが、強い臨場感を持つから不思議である。なお七句目などは主宰者としての心細さを思わず吐露した作品といえるのではないだろうか。全体的には冬から春へかけての微妙な季節感を感じさせる作品群であると思った。

句集『幻山水』時代

昭和四十七年の「俳句」に目を移してみよう。概略は以下の通りである。

作品発表……「藁の神」三十句（三月号）

文章発表……「昭和一ケタへの期待」（十一月号）

氏への批評……「現代俳句月評」（二月号）／「現代俳句月評」（八月号）／「第十一回全国俳句大会記」（十一月号）

私の見落しがなければ以上の五つである。一つずつ多少掘り下げておこう。

「藁の神」三十句は「近詠三十句」と題するもので同時発表者は皆吉爽雨、鷲谷七菜子である。例によって私の好みで作品を抜き出してみたい。

春来るとことぶれ神も藁の色
元日の未だ踏まれざる蓆道
紅き毛糸編み編棒の紅潮す
水で拭いて寒の畳目こまかくす
しんかんと天の乾きに綿虫湧く

溝をゆく水に速力夜の梅
枯蔓のたわいなく折れ冬長し

いずれも力の入った作品である。汚れを知らない美しさと言おうか、その美しさを表現が見事にささえていると思った。おそらくは頭で思い浮かべて作った作品なのであろうがいずれもリアルである。「紅き毛糸」や「水で拭いて」からもうかがえるようにその美の底には感性がある。一方次のような作品はどうであろう。

すこし濡らして斧に巻く縄冬霞
寒月のうしろに射すを耳が知る
山仲間ひとりが逝けり雪なき冬

意欲作と言えないでもないが、一句目「すこし」、二句目の「耳が知る」、三句目の「雪なき冬」、こうした言葉が作品から浮き上がってしまっている。後年「沖」で「……知る」や「すこし」という表現が流行りはじめるがその源流はこの辺りにあったのかもしれない。三句目にしても字余りにしてまで表現すべき内容かどうか少なからぬ疑問を私は持つ。

十一月号の「昭和一ケタへの期待」という文章は書評である。「昭和俳人選書六冊」について、登四郎がコメントを述べている。六冊とは、有馬朗人『母国』、中山一路『流木』、鈴木只夫『日夜』、佐野鬼人『足壺』、中村明子『天恵』、高田貴霜『樹海』である。いわゆる推薦文であるので、特に付記することはない。ただこのようにしてあげると登四郎の期待に違わず現在活躍している人がいかに少ないか、そうしたことも感じさせられる。氏への批評であるがこの年は「現代俳句月評」に二回も取り上げられている。これは本人の力にもなったのではないだろうか。それぞれ次の作品である。

二月号が橋本鶏二の批評による

さくらと松濡れゐるときは睦むごと

八月号が森田峠による

半裁のキャベツの渦の堅緊り

である。前者は登四郎の代表句として、人口にも膾炙されている作品である。前年十二月号に発表された五十句のなかの一句であることは前述した通りである。まずこの作品を五十句の中から抜き出した橋本の目は見事であると思う。私の記憶ではこの作品が初めて取り上げられたのがこの文章であると思った。橋本はそこで、「ああと声を出すほどにまで古格を意識した」といい、「「睦むごと」と言う表現とその諷意の巧緻さ」を讃え、「季語が直感に貫かれて堅実な具象に仕上が」ったと言っている。森田の推奨の弁も面白い。「細密に観察し、克明に描い」たことを讃え、「キャベツの断面即ち生活の断面というとらえ方がされ」ているという。この人の場合季語に疑問を呈しているところも興味深いと思った。「季感が弱い」という、あくまでも当時の季語としての立場からの論で私はそうは思わない。

「第十一回全国俳句大会記」（十一月号）は山崎ひさを執筆による俳人協会の全国大会の記録文で、予選の一人に名を列ねていることと、本選における特選三句が紹介されているだけである。

話を昭和四十七年の「俳句研究」に移したい。登四郎は概略次のような活躍をしている。

作品発表……「特集1・現代俳句の鳥瞰」に「死者の山水他」二十五句を発表（一月号）

文章発表……特集・中村草田男に「『火の島』の充血感」を執筆（六月号）／「俳句研究」に全国大会評を執筆（七月号）／特集・飯田蛇笏読本に「俳句管見・飯田蛇笏の一句」を執筆（十月号）／特集・加藤楸邨「俳句管見・加藤楸邨の一句」を執筆（十一月号）

氏への批評……俳人協会賞の選者に名を列ねる／「沖」十一月号についての批評が二つ載る（二月号）／「馬酔木」欄に作品と名前が載る（五月号）／「沖」七月号についての記載あり（十月号）／「俳壇総展望」に名前が出る／「作品展望7」に作品を取り上げ・登四郎への論評あり／「評論展望3」に登四郎の名前・「沖」についての記載あり／「俳誌展望12」に「沖」が取り上げられる（十二月号）

以上が昭和四十七年の「俳句研究」における登四郎の活躍の概略である。それぞれについて少し深入りしてみたい。まず作品発表であるが「死者の山水他」二十五句、これは同世代の三十人がそれぞれに二十五句を発表（高柳重信のみは十句）しているものでなかなか壮観である。その中で登四郎は表記の作品名で二十五句に挑んでいる。これは題名の脇に副題として「死者の霊つどふといふ恐山をたづねて」とあることからも分かるように恐山及び龍飛を訪ねての吟行句が主である。それにしても「沖」「馬酔木」「俳句」そして「俳句研究」へと相変らず多作である。

＊

文章の執筆の機会も多かったようである。多かったといっても、いわゆる本質論ではない。選評、一句鑑賞の類がほとんどである。その中で六月号の中村草田男への「『火の島』の充血感」は力が入っている。この大先輩を書くのにはかなり緊張したであろうが、それが割合文章の表に出ていないところが面白い。言いたいことをかなり言っているのである。まず『火の島』は「妻恋俳句で始まった」として、例句を揚げ、鑑賞する。とくに面白かったのは例の「萬緑の中や吾子の歯生え初むる」の鑑賞である。氏はこの作品について「この句ほど人間の生命力が自然の中の存在であることを考えさせられる句はない。萬緑の緑のもつ植物性、吾子の歯に見られる動物性、これはあきらかに自然と人間の融合の瞬間である」とする。そして「月ゆ声あり汝は母が子か妻が子か」を「難解句のはしり」と指摘し、句中の「犬吠埼」「大島」などの群作を「やや散漫に終っている」とし、現在の草田男の難解性に対して「草田男にこの句集の頃の定型にもう一度回帰してほしいということである」と結んでいる。まるでかつての登四郎俳句について私が述べてきたこと、そのものを想起する言葉で、登四郎の考えが「定型」ということをはっきりと意識している、そうしたことを感じさせる一文であった。七月号はいわゆる講評にあたる文章で、差し障りのないことを述べている。「粒が揃ってきたが瞠目すべき作品にぶつからない」と不満を述べている点には注目をしておきたい。十月号の「特集・飯田蛇笏読本」の一句鑑賞で登四郎が揚げたのは

炎天を槍のごとくに涼気すぐ　　飯田蛇笏

である。私はいかにも登四郎らしい作品を揚げたと思った。感覚的なのである。蛇笏の作品にしては線が細いのである。この人の特徴というものはもっと骨太な、立句性の強いところにあると思うのであるがいかがであろう。それは別として、登四郎の鑑賞は生き生きとしている。氏はこの作品に「私小説俳句や境涯俳句に一種の倦怠を感じ」「自分の俳句の行く末を考え」ていた時に出会ったという。そしてこの作品については「詩を心にもつ男でなければ詠めない句」と評価し、自分の持っている「詩は勇気あるものの所業である」

という言葉どおり、「その矜持と勇気を如実に示した一句である」と絶賛する。なるほどそのように言われるとたしかに詩的である。詩的であるだけではない、すべての雑言を排して一人燦然と輝く一句の力すら感じてくる。この句に関する登四郎の目には狂いはない。なおこの時に同時鑑賞をしているのは、飯田龍太・山口青邨・皆吉爽雨・永田耕衣・塚本邦雄・佐藤鬼房・金子兜太・原子公平・能村登四郎・藤田湘子・上村占魚・三橋敏雄・赤尾兜子・小川双々子・岸田稚魚・高柳重信・林田紀音夫・草間時彦の十八名であることを付記しておきたい。十一月号の「特集・加藤楸邨」の一句鑑賞も面白い。そこで登四郎の揚げた一句というのは

胡桃焼けば灯ともるごとく中が見ゆ　　加藤楸邨

である。これまたいかにも登四郎好みであるように思う。大体氏は胡桃が好きであった。しかもその中を詠むことが……。ただこの作品を揚げ鑑賞している登四郎の主張には揺るぎがない。ここで氏は楸邨を「ひそかに私淑」してきたから好きな句を揚げたら限りがないとして『山脈』のなかから出したという。そして「かすかな灯がともるような胡桃の実が、ここではまるで神のように見える」とする。面白いのは草田男と比較しているところである。「草田男のような底抜けの明るさや透明度は見られず、どこかおどおどした心怯えがたゆたっている」としている。波郷はもちろんのことであるが、草田男や楸邨などの

人間探求派が常に頭にあった証拠なのではないだろうか。この特集においての同時執筆者は、村野四郎・森澄雄・平畑静塔・宮柊二・高屋窓秋・金子兜太・古沢太穂・鍵谷幸信・和知喜八・佐藤鬼房・能村登四郎・峰岸杜丘・牧ひでを・前田正治・相葉有流・矢島房利・安東次男の十七名である。一句鑑賞という短文ではあるが、登四郎は決して力を抜いて書くことはない、常に全力で書いている。そのことは他の鑑賞者がどちらかというと無難な、人口に膾炙しているような作品を選んでいるのに対して、登四郎は改めてその作品を読み、心に残った作品、さらには自分に引き付けた作品を選んでいることからもわかると思う。

次に昭和四十七年の「俳句研究」の登四郎への他者の批評に話を進めていきたい。まず二月号には三箇所に名前が載る。一つは「第十一回俳人協会賞」の選者としてであるからこれはいいと思う。問題は創刊したばかりの主宰誌「沖」が「俳誌月評」の中で、二人の人によって取り上げられているということである。一人は松沢昭、もう一人は和知喜八である。採り上げているのはいずれも「沖」の十一月号である。松沢の文章は三ページ全体を「沖」に費やしている。季語論に始まり外部原稿に話を移し、次第に「沖」自体へ入っていく。そこで氏は「能村も林翔も、作風穏健すぎて新味に乏しい」という。この言葉は登四郎にとってはかなり痛く響いたのではないだろうか。なぜなら「新味」をかかげて「沖」は創刊したのであるから……。そしてその例句として登四郎の発表作の中から

山荘の秋や焚くなき炉を覗く

ひそとして秋日に曝す遺愛の書

をあげて「諷詠性必ずしも悪くないが、その情念に耽溺してはいただけぬ。もっと非情になってもよいのではないか」と注文を付けているところが印象的である。なるほど言われるとおりの部分もあろう。しかも批判するだけでなく方向を「非情に」と示しているあたり、いかにも温かい文章であると思った。和知の文章は非常に好意的である。冒頭に登四郎と編集長の林翔の作品を四句ずつ揚げて書き始めている。登四郎のを揚げると、

青栗や潔めてありし外厠

後山へ花濃き葛の這ひのぼり

羅須地人協会穂解く糸すすき

含羞の農学校生日焼濃し

である。氏はここから秋櫻子よりも楸邨に近いものを感じるという。傾聴に値するかもしれない。和知の文章は一ページ半、同時に採り上げているのはライバル誌「杉」であることも面白い。五月号は「俳誌月評」の「馬酔木」欄に

考へるときは瞑る冬霞

が載る。評者は廣瀬直人。十月号の「俳誌月評」の「沖」の記載では例句が揚げられているわけではない。執筆者は折笠美秋である。十二月号（年鑑）では「俳壇総展望」で藤田が『伝統の流れの端に立って』を出す。「作品展望7」では龍太・澄雄・節子等とともに作品が取り上げられている。執筆者は阿部完市。作品は

すこし濡らして斧に巻く縄冬霞
その藁塚往きもかへりも手触れてゆく
仏具ひとつ殖えたる家を花掩ふ
形代の襟しかと合ふ遠青嶺
元旦の最初の客の皓歯かな
藁一束もらふためゆく霜の畦

の六句である。いかにも阿部らしい選句である。「評論展望3」では「沖」十二月号の登四郎の言葉「俳句という詩型をもう一度伝統認識という締木にかけて締めなおす必要があるのです。有季・定型ということをもう一度原点に戻って考え直す必要がある」を引用、その他有働亨の十月号「沖」、鷹羽狩行の七月号「沖」発表の文章が引用されている。執筆者酒井弘司。「俳誌展望」の「沖」欄では

口噤みゐて風花を殖しけり

の作品が揚げられているが一般論で特に取り立てて言うことはない。

＊

昭和四十八年へ話を進めよう。先ず「沖」誌についてである。例によって作品を二句ずつ抜き出しておく。

夕波に火の薪を投げ焚火果つ　一月号
年用意編目密なる箕も加へ
糸繰るや雪気もまじる隙間風　二月号
冬日差縒りたしかなる糸の艶
相愛の藁塚に霜解く思川　三月号
　大谷石切場
極寒に聳つ石山の石屛風
裸詣りしばらくを沿ふ夜の河　四月号
水かけてすぐ湯気となる裸押し
芹摘みつつ田の水音に近づきゆく　五月号

総身の力を抜きて牡丹散る　六月号
曲り家の屋根の曲り目鳥ぐもり
着ぶくれて春をもの憂きオシラ神　七月号
座敷わらし消え春の日の白障子
でんでら野鬼火にも似て夕畦火　八月号
梅雨明けの光負ひくる朝の波
葛の蔓の毛深さも知る地獄谷　九月号
盆みちを浄める風がいま通ふ
深昼寝して蒼白に起き出づる　十月号
早稲の田の底から乾く月あかり
ゆく水の行方知りをり曼珠沙華　十一月号
棒状の雲間のひかり刈田うへ
ひそかにて充つる声ごゑ秋の潮　十二月号
冬耕の土をいたはる霧すこし
つひに割れぬ胡桃ころがす暗き方

なお、昭和四十八年十月号は三周年特集号で、登四郎は例月の十句とは別に「肥後五家荘」と題する三十句を発表している。ここではその中からも五句をあげておく。

葛の花吊橋の揺れ今もあり
山毛欅の間に全容見せて男滝
飼はれゐる山女魚さわげり山雨来て
螢火に夜が流れくる谿の底
連綿として紙魚痕の系図見る

発表句数は二月号が十三句、四月号が十五句、あとはすべて十句である。特徴は旅吟が多いということ、二月号では湖北賤ヶ岳の大音の里に琴糸づくりを見ているし、三月号では大谷の石切場、四月号では西大寺の裸詣り、五月号では石廊崎を訪れている。さらに六月号・七月号と二ヵ月にわたって遠野の作品を発表しているし、八月号では箕面、九月号では遠江と吟行し、その折の作品を発表している。現場主義に徹し始めている証拠であろう。作品もまた対象を直に見てとらえているものが多い。また句のかたちが整っていて、以前のような詰込みの作品はまったく見られなくなってきている。「盆みち」や「ひそかにて」にうかがえる感性的な把握が増えてきていることも特性の一つと言えるかもしれない。

次に登四郎の文章を見てみよう。先ず作品の下の短文の題名だけをあげると、「技巧の末裔」「同齢者」「流し雛」「裸まつり」「かさぶた式部考」「遠野再訪」「野晒の記」「斬新なシェイクスピア劇」「葛の花」「立版古」「秋草記」「菊吉じいさん」となっている。これは一月号から十二月号まで順序よく列記したものである。

本格的な文章は一月号は「冬霞の記」、十月号の「創刊三周年にあたって」の二つだけである。なお、十月号では記念作品の批評（作品の部と論文の部）を執筆している。

記念作品の批評については取り立てて言うこともない。したがってここでは先ず一月号の「冬霞の記」について多少補足をしておく。この文章は四ページにわたる長文である。

エッセイ風であるが実に整った、深い内容の文章である。話は母の遠忌に配られた一枚の写真から始まる。それは登四郎の嬰児の時のもので、そこから思い出が膨らみ、生れたときに棺桶が運ばれた話、弱いくせにむてっぽうであった話、その癖女の子にいじめられ登校拒否になったりする。さらには人嫌いなのに弁論大会に出て金賞をとったりする話など面白い。メインは後半である。作者は「人間とは一体何なのか」という問題を読者に投げ掛ける。そして秋櫻子を言い、波郷を示して、「人間的逆境を作家としての順境にすり替えることのできる」幸せを言う。これは画家も、小説家も同じであるとして「すぐれた作者のあの強靱な生き方に学びたいと思っている」と結ぶ。ぜひご一読を勧めたいほどの名文である。ただ私が読んでいて思い当ったことはもしかしたらこの文章は自分に当てたのではないかと思った点である。これは前述したことであるが氏自身作家として一種の開眼をしたのは皮肉にも愛児を二人も亡くされた昭和三十三、四年であった。そしてまた後日触れることになるが蛇笏賞を受賞した『天上華』は奥様を亡くされたときの句集である。まさに登四郎こそ人間的逆境を順境に変えた「強靱な生き方」をしている作家ではないかと思ったのである。もう一つの文章「創刊三周年にあたって」からは控えめながらその決意の程がうかがえる。創刊意図を改めて「自分がやらなくてはならない気持ちで雑誌を起こした」といい、「努力がかならず明日への発展につながる」として、「健康に恵まれているので……充実した仕事をしたい」と結ぶ。気持ちのいい、静かな決意の感じられる文章である。

氏について触れた文章の方へ話を移したい。先ず概略である。

一月号……牛尾三千夫の「季語切字その他」作品一句、文中で登四郎に触れる、林翔の「肉眼・心眼」で登四郎の作品引用四句

二月号……木村敏男の「求道の作家像」~能村登四郎の俳論~、鈴木良花の「同人研修会の記」に作品一句、『鳥語』出版祝賀会で挨拶したことが書かれている

三月号……相馬遷子による「『民話』読後」、野澤節子の執筆する「涸れざる情」、大畑善昭執筆の「『民話』鑑賞」、吉田利徳の「ぼくの『民話』鑑賞」

四月号……小野興二郎による「福永耕二覚え書き」に作品引用二句、三浦青杉子の「乗っ込み鮒」に作品引用一句

五月号……福永耕二の「岡田貞峰論」の中に作品引用一句
六月号……林翔の作品下の短文の中に句の引用あり
七月号……渡辺昭の「美しき嘘」の中に作品と氏の文章の一部が引用されている
十二月号……高瀬哲夫の「俳句における虚実の問題」で作品五句、氏についての論評あり
「沖」三周年記念大会記」の中に氏の関連記事が出ている。

＊

以下、昭和四十八年「沖」誌の登四郎に触れた文章について多少の補足をしておく。
一月号の牛尾の文章は四十七年出版の俳論集『伝統の流れの端に立って』の「読後感に寄せて私見」を述べたものである。文中に登四郎の作品は

曼珠沙華胸間くらく抱きをり

の一句が引用されて、特にコメントはない。林翔の「肉眼・心眼」は「同人作品評」の中で引用は次の四句である。

すこし濡らして斧に巻く縄冬霞
昨日死にし冬蜂の屍のけふ細る

明るさに径うすれゆく芽吹山

形代の襟しかと合ふ遠青嶺

「肉眼と心眼とが繫がるとき、古めかしい写生を超えた新しい抒情が生ずる」というコメントがある。

二月号の木村の文章は副題が示すように、俳論『伝統の流れの端に立って』に関する四ページにわたる批評である。章を追って持論も展開するが持論の部分と引用の部分がはっきりしない。なお「誠実な、あまりにも誠実な一人の作家の、心温まる求道の思潮」と書き始め、「求道の作家能村登四郎の思想を遥かに望見しつつ、非礼の一文を終る」と結ぶ、その間「誠実」「求道」という言葉がたびたび登場する。木村の登四郎への傾倒ぶりの窺える文章である。文中引用の作品は

鉄筆をしびれて放す冬の暮

足袋あかき妻が追ひゆく厨芥車

暁紅に露の藁屋根合掌す

秋燕をくらき戸が吸ふ遠山家

もう枯野の色ともちがふ雨の後

鬼やらひ終りは遠き闇へ打つ

の六句、それぞれ二句ずつまとめて挙げ、その深まりを追う。鈴木良花（現在の良戈）のあげている作品は養老渓谷吟行の

ななかまど目凝らせば見ゆ雨の糸

である。三月号は句集『民話』である。外部から相馬遷子と野澤節子、内部から大畑善昭と吉田利徳が執筆、内部の二人はさて置いて、ここでは相馬と野澤の批評を考えておきたい。相馬の文章は四ページにわたるもの、私の気になった部分三箇所ほどを抜き出しておく。先ず「能村さんは私のような伝統享受型と違って、真の伝統継承をめざす俳人」とその違いを明確にする。そして章を追って作品を挙げながら分かりやすく論をすすめる。引用句数は八十三句である。まとめは一つが「能村さんが口語的文語とでも言う様な柔らかな表現を目指しかなり成功を収めたことを偉とするものである」と認めたうえで、「矢張り能村さんの目指す、たゞ見たものを詠み出す素朴写生でなく、真摯な写生で摑んだものを核として、作者の思いがおのずからその周囲に結晶して来るような方法だが、これもまた生易しい道ではない……」とその方向に難しさを認め、声援を送っている。野澤の文章は十四句を引用した二ページの小文である。登四郎を「抒情の作家」と位置付け、句集『民話』を「むしろ和やかに、まろやかに、いつも語りかけを心に含んで、来るものを待つのではなく、自ら動いて触れてゆく」と静かな積極性を評価している。四月号は引用作品を

書きぬくに止める。小野の文章では

白桃や今豊満の時にをり
秋昂天にも雲の荒磯波
冬ぬくき大足も大き掌もあらず

前句は「や……をり」、登四郎は意識しないで時々このような失態をする。三浦の方は例の「林翔へ」と前書きのある

春鮒を頒ち貧交十年まり

である。五月号の一句は

くすぶりてゐる籾がらに月のさす

をあげて昭和二十一年頃の「馬酔木」について、福永は述べている。六月号の林の引用句は、

たよりあふ目をみなもちて梅雨の家

である。これについては「微妙な季節感に加うるに隠微な人間心理を以てした名句で、昭

和二十七年七月号馬酔木の巻頭句である」という批評がある。十月号の引用句は

火を焚くや枯野の沖を誰か過ぐ

で引用文はこの句に関しての作者の自解である。(「俳句」昭和四十五年十二月号参照)。十二月号の高瀬は五箇所にわたり、十二句の作品を引用している。これは三周年記念コンクールの論文の部佳作二席の文章で、高瀬の登四郎への傾倒ぶりの分かるものである。「「沖」三周年記念大会記」の中の登四郎に関する記事については補足することは特にない。

昭和四十八年の「馬酔木」へ話を移そう。いつものように概略から述べておく。その前に一月号を開いて驚いた。表紙裏に氏の半身の写真が大きくのっているのである。それは能村登四郎近影(国立博物館　池田藩黒門前にて)とあり、撮影者は門岡安男で、ベレー帽をかぶり、ダブルの背広にネクタイ、やや視線を斜め上に置き、口を結んだきつい表情の写真である。さて作品をいつものように二句ずつ抜き出しておこう。

夜露知るガラスの鶴の頸たわみ
うつうつと水ひかりゐる遠刈田　一月号(七句)
畦の上の火を忘れゐる蓮根掘
靴大き若き賀客の来て居たり　二月号(七句)

籾殻を焼くに雨ふる余呉の湖
冬雨に一紗をへだつ賤ヶ岳　三月号（七句）
存分に蓮掘つて来し眼のひかり
ふと飛んで畦火の幅の狭からぬ　四月号（七句）
さくらの芽うながす雨の御室御所
御室桜寒肥すみし根の厚み　五月号（七句）
畦焼く火いまかぎの手に燃え移る
遠き日の揺れ水かげろふと榛の花　六月号（七句）
壺の口みな花冷えの闇抱く
うつうつと壺乾きゐる目借時　七月号（七句）
林間に新道はしる苗代寒
蝸牛角を出させし指さびし　八月号（七句）

＊

このシリーズも百回を越えたので、それを機に「能村登四郎ノート」（一）として刊行に踏み切った。二十五周年のご来賓の方々にも当日の記念品としてお贈りした。その中で有り難いご指摘があったのでここに記しておきたい。一つは馬酔木の作家で根岸善雄氏からの指摘、それは十六ページ六行目の「「青鵐」はしとど、頬白のことである」という部分、なぜこのような間違いをしたか自分でも分からない。青鵐つまりあおしとどなど小さいときから親しんでいた鳥なのに……。もう一つは同人の荒木英雄さんの指摘によるもの、九十ページの十行目である。「系統」という文字を「鶏頭」に直してもらいたい。これは完全な私のミスである。以上二点の修正をお願いしたい。この書は私のライフワーク、今後〔二〕〔三〕〔四〕〔五〕と続いていくと思うがどうぞ今後とも宜しくお願いしたいと思う。

さて、先月の続きから記していこう。「馬酔木」の作品である。

流燈のいくつ出でゆく風の道　九月号（七句）
さいはての流燈と逢ふ葦間道
葛の白き裏葉慕ひて水通ふ
虹かけて瀧を離るる瀧飛沫　十月号（七句）
初花の芙蓉に澄めり稽古笛
凪の夜の焔みだれず薪能　十一月号（七句）
泳ぎ子に水の手門の石濡るる
鍛冶人は灰の余熱に三尺寝　十二月号（六句）

以上のような具合である。一口にいって「沖」の作品ほど力が入っていない。それでも氏独特の感性の世界の表現はそこここに窺える。ただ「畦の上の」や「壺の口」などの擬人法による表現が目立ってきた。それが成功するといいのであるがあまり続くと鼻に付く。この時期の氏は見たものの奥にあるものの表現を心がけている。いわば「火を焚くや」の作品の延長線上を歩いているという感じもする。

昭和四十八年「馬酔木」の文章について見てみよう。座談会形式のものも入れると、大きく四つある。四月号の「霜林のころ」、五月号の「特別作品誌上合評」、六月号の座談会「同人作品合評会」、十月号の「遺壁偶感」である。このうち「遺壁偶感」は望月たかしの特別作品についての批評、「特別作品誌上合評」も三人の特別作品を取り上げて、三人で批評をしている。それもあまり突っ込んだ内容でもないし、個人的であるのでここでは割愛したい。主として四月号の「霜林のころ」、六月号の座談会「同人作品合評会」について触れておきたい。まず前者であるがこれは秋櫻子の句集を十三人の作家がそれぞれ担当執筆し、登四郎が『霜林』を担当しているのである。二ページの執筆である。『霜林』執筆は登四郎が希望したのであろうか、あまりにも氏の執筆が相応しいように思った。たとえば『霜林』の時期は登四郎が戦後に俳句を再開する時代と符合するし、新人会を結成したのもこの時期である。何よりも登四郎が秋櫻子の一句をあげるとしたら必ずあげる「冬菊の」の作品の作られた時代でもあった。この文章で登四郎はさりげなく

冬菊のまとふはおのがひかりのみ　水原秋櫻子

をあげて、次のように続けているところが印象的であった。

香住ヶ岡のお宅は門を潜ると玄関に行くまでの道が非常に長い。その途中に石が据えられたり菊が植えられていたりした。「門閉ぢて良夜の石と我はをり」は「重陽」の時代の句であるがあの庭を詠んだ作品でなつかしい。又冬菊の句と共に私の好きな句の一つに

吹かれては波よりしろし秋の蓮

の句があるが、冬菊の句と同じように単なる視覚から生まれた句ではなく対象の美が作者の心の奥深く沈潜して心の核心に触れて生まれた作品、という句である。

引用が少し長くなったがここには「冬菊の句」を愛する理由とともに、登四郎のめざす俳句の方向も窺える。しかも私どもが秋櫻子の作品の中から一句をあげるとしたらどれですかと聞いたときにいつでも、どこでもこの冬菊の作品をあげたことを思い合わせると、この「単なる視覚から生まれた句ではなく対象の美が作者の心の奥深く沈潜して心の核心に触れて生まれた作品」という言葉は登四郎の生涯の目標であったとも考えられるのである。六月号の座談会「同人作品合評会」は十九ページにわたる座談会である。出席者は、水原秋櫻子、能村登四郎、堀口星眠、千代田葛彦、有働亨、そして福永耕二が司会をしている。登四郎の発言から重要な部分を二三抜粋しておこう。座談会では同人作品について

それぞれ氏名をあげて述べているが、ここではその言葉の中からより普遍的に通じるような言葉のみを拾い出しておこう。

①俳句には非常に執着しているところを見せるけれども、その方法に新しいものが見つからないんですね。

②自然が額縁の中に納まっているという感じがします……形が決まってきたみたいで、やや失望しています。

③関西の名所古跡をよむことに恵まれている人なんかには、素材をさがすときにいつも安易に飛びついてしまって感動がない。どの人がやっても同じようなものしかできない。

④自分の実生活というものを作品の上で表現している点で一番信頼できる……身辺にある自然、水とか土とか、そういうものを季節感の中でとらえてこれだけの句ができるというのは、やはり生活の感覚が深くないとできない。

⑤若いときに山に行って、中年になって生活のほうに入ってくる。そういう俳句のつくり方は非常に自然ですね。

⑥「風雪集」の巻頭には、努力と勉強でなれるんです。しかし、自選の「当月集」になると、今度は自分の個性をうち出さなければならないので……

⑦俳句というのは、句会とか吟行とかで鍛錬してだんだんうまくなる。そういうものは大事なんだけれども、そういうものからちょっと離れてみる時期というのは必要なんじゃない

かと思うね。つまり自分一人で俳句を作るということね。

ここで登四郎は以上七つの極めて重要な発言をしている。この言葉はそのまま現代にも通じるのではないか。少なくとも私には、俳句の真の新しさ、俳句への立ち向かい方……、そうしたことで多くのものを感じさせる言葉ばかりであったように思う。いつまでも型にしがみついていて、句会や吟行会などはやるが、点数ばかりに執着している、指導者に誉められることだけを考えている……、そうした人は一読すべき言葉ではないか。

＊

話を昭和四十八年の氏への批評に移したい。一月号には書評として、鳥越すみこの「『花鎮め』とわたし」。二月号ではやはり林翔による「『伝統の流れの端に立って』雑感」、五月号では「あしび・ほっと・にゅうす」に前述した座談会の実施日が三月二十五日午前十一時京橋ざくろにて行なわれた旨その名前が出る。九月号には西谷孝の「避けられぬ問題」と題する「馬酔木作家研究」⑪として登四郎に関する論が載る。また「句にこもる清澄の心」と題する原柯城の文章の中に作品が引用されている。十一月号には「馬酔木作家研究」⑫岡田貞峰筆「林翔論」、冨山青沂の「格調高く質実」、林翔筆の「若い「沖」」にそれぞれ作品や氏名が載る。以下これらについて多少補足しておきたい。鳥越すみこの「『花鎮め』とわたし」はさすがと思わせられる随筆風の名文章である。とりわけ「毎月一篇ずつ、文を何回かに分けての執筆。そうして断片化することによって、思い出の流れを断ち切っている。そのことが自叙伝にありがちな感傷と甘さに落ちこむことを防いでいる」「劇評と登四郎さんの文章を比べるのは当を得ないことかもしれないが、とにかく舞台の世界へ導入してくれる」など、分かりやすい中にも核心をついた書き方にひかれる。二月号の林翔による「『伝統の流れの端に立って』雑感」、これは長年の盟友の筆であるだけに説得力がある。とりわけ、「伝統の流れの端に立って」という評論で登四郎が「伝統継承」について「現代の創意を加えて明日へそれを送り届ける」という主張の具体化を「伝統の悪路」の章に見出だし、それを「仮名遣いの問題」「文語表現の問題」「漢字制限の問題」の三つに絞るあたり、論法も見事である。さらには登四郎について

論だけでなく実作においても平易な文語形式を志して実行している

と結んでいるあたりも見事である。いかにも歯切れのよい文章という印象を受けた。五月号の「あしび・ほっと・にゅうす」については特に補足することはない。九月号の西谷孝の「避けられぬ問題」は副題に「能村登四郎作品における身体語の意義」とある。六ページにわたる長文である。非常に熱心で克明に調べて、例えば『咀嚼音』の「肉体及び肉体に近く具体性を帯びる生理現象」の詠出回数をパーセントで表したりする。ただせっかくの調査に水を差すようで悪いのであるが、このような形式や用語といった面から回数を調べることがどのような意義があるのか、もちろんそれを資料として批評するのであるから

決して否定はしないが、重要な部分で作品そのものの質を見失う恐れがある。それと「咀嚼音」という用語をもちいた作品二句をあげて、そこから句へ話を移しているがこれは明らかに間違いであろう。例えばその内の一句

しづかなり受験待つ子等の咀嚼音

は「繰り返し繰り返し呟いている」というようなことであって、決して食べたものを嚙み砕いているのではない。また同じ九月号の原柯城の文章中の引用句は

春愁かよき片口に足とどむ

で、四行ほどの批評文が書かれているが別に取り立てて言うほどの批評ではない。十一月号の「林翔論」では能村登四郎、あるいは能村氏として二回ほど名前が出るだけである。冨山青沂の文章も概ね同様であるが一句だけ

身を柔くして仕立上りの白地着る

として作品をあげている。また林翔筆の「若い「沖」」にはその主宰者として登四郎の名前が出るのは当然であるが、問題はその内容である。翔が編集しているということもあろうが氏は「沖」について「馬醉木系全国誌」といい、「会員は沖だけによっている人も少

なくない」などともいっている。こうした文章を「馬酔木」に載せるところにも秋櫻子の懐の深さ、度量というものを感じる。

話を昭和四十八年の総合誌へすすめたい。ここで「総合誌」という言葉を用いるのはこの年の八月に新たに牧羊社から「俳句とエッセイ」という総合誌が発行されたからである。この雑誌は平成六年まで続くが、一時期はとりわけ女流などを中心にして幅広く編集を続け、現在の句集ブームの草分けともなった。

先ずいつものように「俳句」から見てみよう。作品発表には三月「遠い鳰」三十句がある。同時発表は永井東門居（永井龍男）と上村占魚ということもあってかなり力が入っている。

氷破りて得し裂傷のなまめかし
鳰がゐてそこに日洩らす余呉の湖
雨中にて鳰との距離を測りをり
摘みたきもの空にもありて野蒜摘
種子蒔くや最初の種子は空へ蒔き
二月田の水湧く場所は榛の下
すぐ岸に吹き寄す風の雛流し

いかにも自由に詠み切っている。想像の飛躍あり、真実の把握あり、とりわけ自分に引き付けるような詠法はこの辺りから完成の域に入ってきている。今までももちろんあったが、それはいかにも作り上げたというようなぎこちないものであった。それともう一つ指摘しておきたいのは全体を通じて流れる清澄さである。いかにも美しく澄み切っている。「種子蒔く」とか「二月田」とか言うような作品はいわゆる風土で、その根底には泥臭いものがあるはずなのにいかにも美しい。それでいて納得させられるところがある。都会生まれの氏の風土表現といえるのかもしれない。

「俳句」へのこの年の文章発表は私の見た範囲ではなかった。

氏への批評はたくさんある。先ず二月号では宮津昭彦が「胸中の伝統」と題して句集『民話』を評している。なかなか深い文章である。とりわけ評論集『伝統の流れの端に立って』と比較しながら書いているところは面白い。その中の「心象と現実、造形と諷詠の虚実皮膜の間に俳句が生まれていった」のような傾向が『民話』にうかがえるとする辺り、そして例句を揚げ「著者胸中の山河をもこの句集は偲ばせる趣を持つようだ」と結ぶ辺り、視点が見事であると思った。「現代俳句月評」にも三回登場する。一回目は三月号、執筆者は成田千空。大きく取り上げている作品は「俳句研究」一月号（後述）発表の

水で拭いて寒の畳目こまかくす

であるが他に三句をあげて、しきりに「心」ということを言う。「心の琴線が張っていなければ見逃してしまいそうなものの機微」、あるいは「心の目がいっそう滲透してすがすがしい」、「あたたかい心」といった風である。登四郎の作品が内面化していることのあわれであろうか。

*

この年の「現代俳句月評」の二回目に登四郎が登場するのは大井雅人の筆による次の作品である。

男ゐる遠景に未だ冬去らず

これは前述の「俳句」三十句の中の作品で、私は選ばなかったがそれは個人の考え方の違いであろう。どこか遠いところで登四郎の名句あの

火を焚くや枯野の沖を誰か過ぐ

をなぞっているように思えたところが嫌だったのである。大井は他に四句を揚げ、「物足りなさ」を言う。その中には私の選んだ「氷破り」の作品など二句が入っている。しかも氏は私とは逆に「なまめかし」が物足りないという。人によって違いのあることを知らさ

れた。またそうしたところが面白いのであろう。三回目は十一月号の和知喜八によるもので

盆みちを浄める風がいま通ふ

をあげている。大体において総合誌からの抜粋が多いのに、和知は「沖」九月号発表のこの作品をあげている。よほど印象が強かったのであろう。その批評は「能村は書く」で始まる。この言葉が二つもある。一つは「句帳も持たずぽかんと、その自然の風景のなかに浸っている」ということ、もう一つは「この頃少し不安になってきたことは、自分の目の力である。自分に見えるものはそこに存在しているもの……」、そして登四郎のこうした言葉を通して「掲句も、彼の胸裏風景として、新しく、軽く、鮮明に、作者の心象の微妙を宿している」と評する。名鑑賞である。七月号の「俳壇動向」では「俳句飛驒」の十五周年大会に選者になったこと、その時の特選句が紹介されている。同号の「私の好きな季節・季語」というアンケートも面白い。現代の俳壇の好きな作家とか、ベスト句集とか、ベスト作家とか、無責任なアンケートに比べると自分に関することだけにはっきりと答えられよう。登四郎は好きな季節では「冬」をあげ、季語では「綿虫・曼珠沙華・花冷え」をあげている。鳰をなぜあげなかったのか、生きておられたら聞きたいぐらいである。

ついで昭和四十八年の「俳句研究」に話を移したい。作品発表は一月号の「愛弟子と」

の二十句である。これは「特集・現代俳句の展望」として同世代の十八人がそれぞれ二十句（岸田稚魚のみ十九句）を発表したものである。そこには次のような作品が並んでいる。

幹裏にゐしなめくぢり今も思ふ
あかるくて水の近くの青芒

などの作品を私は評価したい。こうした作品には現実体験に根ざしている強さがある。この時代の氏はよく俳句は「密室」で作るということを言っていた。体験したことをいったん網棚にあげて、それを時折下ろして作品化するのである。そうすると余計なものが消えて、感動の対象が浮き彫りになるのだということを常に言っていた。

夕映のみなかみよりの刈藻屑
秋耕の終りの鍬は土撫づる

のような作品には類想のようなもの、あるいは名句を下敷きにしているような部分が感じられ、「密室」での創作が生きなかったように思えてならない。前句など虚子の名句「流れ行く大根の葉の早さかな」が思い出されてしかたなかった。

水よりもせせらぐ耶馬の鰯雲

水で拭いて寒の畳目こまかくす

などは感性のよさの感じられる作品、感性に忠実にしたがったという言い方もできるかもしれない。

蕨黒く干して老人の棲む気配

寒月のうしろに射すを耳が知る

は試みとしては分かる。しかし無理に作り上げた内容であり、後句などはいかにも知的な操作が感じられ、私としては「耳が知る」などという表現はあまり買わない。ただこの二十句はいい意味にしろ、悪い意味にしろ、試みの感じられる作品群で私は充実していると思った。

氏の文章に話を進めたい。雑文の域を脱しないと思うが、この年の「俳句研究」には次の三つの文章を載せている。

七月号「「沖」の若い精鋭たち」　**八月号**「第五回俳句研究全国大会」の作品評　**九月号**「初志一貫のこころ」

七月号の文章は「特集・各地各誌の新人」と題するなかの一つである。これは「馬酔木」「渦」「雲母」などの新人に視点をあてて執筆したもので、とりわけ補足することはない。

また八月号も選評であるから特に触れることもない。文章らしいもの、本格的な論と言えるものは三番目の九月号の「初志一貫のこころ」であろうか。この文章は副題の「わが初学時代」が示すように体験に基づいているので説得力がある。幼少年時代のこと、「馬酔木」の表紙絵にひかれて購読を開始したこと、いわゆる「一句十年」の話、途中楸邨波郷、とりわけ木津柳芽が「葛飾」という俳誌を出したとき投句はするが、一貫して「馬酔木」に踏み止まったことを次の様に言って結ぶ。

秋櫻子という父のごとき作家に対する弟子の情というものであろう。古風な人情であるかもしれないが、この気持ちの潔ぎよさで、終生つらぬきたいと思っている。

師秋櫻子へ向けての忠誠を誓うという発言ともとれないことはないが、私など登四郎の近くにいてこの心はいつも感じていた。

昭和四十八年、「俳句研究」の登四郎への批評という方へ話を向けたい。それは以下のようである。

一月号……倉橋羊村執筆「「馬酔木」の門流」に氏名及び作品が出る
二月号……「俳人協会賞」の選考委員として氏名が載る
三月号……「難解とは何か」という座談会の原裕の発言の中に「能村登四郎論」について話が出る
三月号……「俳誌月評」の欄で米山源雄（雲母）が「沖」十二月号を紹介する

三月号……「書評」の欄に句集『民話』を鳥海むねき（鷹・俳句評論）及び庄中健吉（氷海・響焔）が紹介する
四月号……「前衛俳句の軌跡」（川名大）に氏名が載る
十一月号……「随想・現代俳句診断」（斎藤玄（壺・風土））に氏名と作品が載る
概括して以上のようである。以下多少詳細に述べるわけであるが二月号・三月号の座談会・四月号の三つについてはただ名前が行き掛かり上出ているだけなので補足の必要はあるまい。他のものについて補足しておこう。
一月号の掲出作品は

おしろいの濃花種花青楼趾
水打つて夕に早き酔歌あり

これについて倉橋は「プロとしての得難い巧みさ」と評する。三月号の米山が取り上げている作品は

藁塚裏の芒かがやく刻すこし
木枯にまぎれず丘の医局員

の二句である。そして「自然の重みと人間の深さの中の、軽やかな光とかげりを淡々と表

現した佳句」という。妥当な批評といえよう。第四句集『民話』が二人の作家によって同時に書評されているのも面白い。まず鳥海の紹介であるがかなり批判的である。批判的なのはいいのだがどこかはじめから批判をしてやろうという思いがあって、その前提に立って評をしているように思えるところが不愉快だ。例えば登四郎の数句をあげて「詩としての成立要素を、これらの作品には認められない」という。俳句は詩であるということは登四郎は常に言っていた。ただそれだからといってわざわざ詩のないものをあげて論評することもあるまい。鳥海の引用句は二十一句である。これに対して庄中の批評は見事である。私もかねがね思っていたことであるが、例の評論集『伝統俳句の端に立って』の「端に」というところに不満を述べている。そして「伝統俳句の本流にデンと居座って」いてもらいたいという。その通りではないか。「端に」ではいけないと私も思う。

＊

「決意どおりの引き緊まった作品が多い」として、二十句をあげて批評している。十一月号の斎藤玄の文章は「俳句研究」一月号から八月号迄読んで取り上げたい作家として登四郎の名前が出てくる。そして

秋耕の終りの鍬は土撫づる

水で拭いて寒の畳目こまかくす

の二句を挙げ、前者には「秋耕の本質を捉えている」とコメントし、後者には「この句の内容とこの翳りに違和感を覚える。佳句と思うがこの点で私の鑑賞はつまづく」とする。私もこの考えに賛成である。おそらくこれは登四郎によって精巧に作りあげられた感性というものなのではないかなどと思ってみた。

なお「能村登四郎読本」（能村研三編）によると昭和四十八年には以上の他に次のような動きがあったがここでは詳細については触れないでおく。

●「蘭」創刊一周年記念号に「民話・民芸・民家」を執筆
●二月に岡山の西大寺会陽を見にいく
●歌舞伎座「仮名手本忠臣蔵」上演にあたり、筋書きに俳句と小文を執筆、秋櫻子・風生・敦など
●三月、京都・飛鳥・室生寺へ行く
●五月、平泉より遠野へ
●「小説新潮」に俳句五句
●八月、肥後五家荘より人吉・熊本へ行く
●「短歌」の迢空・折口信夫没後二十年記念号に「門中瑣事周辺」を執筆

●十一月、当麻石光寺より二上山に登り、京都北山の紅葉を見る

昭和四十八年の概括を見るのには、「俳句年鑑」と「俳句研究年鑑」の昭和四十九年版を見るのが便利である。したがって昭和四十九年に入る前にその二つの年鑑に眼を通しておこう。

まず「俳句年鑑」である。作品は「昭和四十八年諸家自選句」の欄に五句載せているが、これは本人の自信句であろう。しかし私にはあまりぴんと来ない。

男ゐる遠景に未だ冬去らず
紅きもの干して婆棲む春山家
濃き色は明日へと預け寒牡丹
露微塵冥から父の平手打ち
夏痩せの兆ししづかな箸づかひ

四句目辺りを除いて、それほど見るべきものはあるまい。執筆は「俳壇展望」の中の「作品展望5」を担当している。高浜年尾・高木晴子・今井つる女・後藤夜半・嶋田摩耶子・嶋田一歩・河野静雲・五十嵐播水・大橋敦子・中村若沙・丸山海道・中村汀女・皆吉爽雨・高柳重信・伊丹三樹彦・金子兜太・堀葦男・林田紀音夫・三谷昭・赤尾兜子・永田耕衣・石塚友二・岸田稚魚・草間時彦・小林康二・清水基吉・星野麥丘人・細川加賀・斎藤

玄の二十九人を担当、誉めるところは率直に誉め、注文を付けたりもしている。登四郎への批評は二つある。先ず「作品展望1」において香西照雄が馬酔木作家を取り上げた中に出てくる。その中で香西は登四郎の欠点を「……観念の操作をやりすぎて、意識過剰になる傾向がある」と指摘する。そして「写生句」をもっと多くと要望している。見事な指摘だと思うが香西に言われると、何となく複雑な思いがしてくるから不思議である。二つ目は星野麥丘人による「主要結社の動向」、その中の「沖」に関する部分である。全体的に好意的で、とりわけ「清新な紙面を読者に提供した」という部分が印象に残る。ここで星野は登四郎の次の作品を揚げているが論評はない。

盆みちを浄める風がいま通ふ

話を「俳句研究年鑑」に移したい。先ず「昭和48年度自選作品」（七句）である。これは二百八十八作家の、昭和四十八年制作の作品からなっている。登四郎はそこで

男ゐる遠景に未だ冬去らず
濃き色は明日へと預け寒牡丹
水で拭いて寒の畳目こまかくす
二月田の水湧く場所は榛の下

紅きもの干して婆棲む春山家
北上川大きくうねる野火避けて
露微塵冥から父の平手打ち

の七句を自選している。ほとんど「俳句」発表のものと重なっている。一句だけ

夏痩せの兆ししづかな箸づかひ

は入っていないが、さすがにこの老醜めいた思いの作品は嫌だったのかもしれない。「水で拭いて」「二月田の」「北上川」の三句が加えられているが私はこちらの句の方が登四郎らしいと思う。写生のように見えて、写生をこえているようなところがあると思うからである。

この年鑑における氏の執筆はない。氏への批評の方へ話を進めていきたいと思う。これもまた「俳句年鑑」と同様に「作品展望5」と、「俳句誌展望9」の二つだけである。先ず「作品展望5」であるが執筆者は小川双々子である。阿部完市・石川桂郎・伊丹三樹彦・有働亨・折笠美秋・桂信子・金子兜太・河原枇杷男・岸田稚魚・相馬遷子・鷹羽狩行・能村登四郎・波多野爽波・林翔・原子公平・藤田湘子・堀葦男・松沢昭・千代田葛彦・若山幸央の二十人を批評している。当時としては若手、中堅といわれる人たちであろ

う。その中で登四郎について小川は

男ゐる遠景に未だ冬去らず

後山に葛刈り入りし葛さわぐ

の二句をあげて「荒寥と風のある二句。さすがに詩境である」という。そうであろうか。だいたい「男ゐる」の作品を本人も自信を持って出しているようだし、他者も誉めるのがおかしい。こうした登四郎の作品は一時の流行にすぎなかった。その証拠には三十年以上たった現在、この作品について記憶に止めている人は誰もいまい。「未だ冬去らず」などという否定を詠む嘆き節の作品がいけないのである。「俳句誌展望9」で「沖」に関する執筆を担当しているのは福田甲子雄である。二十行ほどの短文であるが「沖」誌全体に目を通して書いている。登四郎の作品は一句

一二夜は忘れ霜くる種叺

である。いかにも福田らしい選句であると思った。こうした風土性豊かな作品にも目を当ててみることは登四郎の作品を知るうえにおいて大切なことなのではないかと思った。

＊

昭和四十九年に話を移したい。先ず「沖」から眼を通していこう。いつものように先ず作品を列挙する。

女岳より男岳に櫟もみぢ濃し　一月号・二上山
稲架越えて当麻の塔のならび立つ
紅葉見し眼を杉山に入り冷す　二月号・北山杉
白息も青む杉山に入りしより
凍滝と奥嶺の月と照し合ふ　三月号・月と凍滝
月射して凍滝さらに凍つる刻
曲り目に来て弱りたる畦火かな　四月号・わすれ雪
雛納めもとの暗さのかくれ部屋
燕来てより艶めける橋の反り　五月号・花筵
夕靄と春ひろごれる水の上
曲り目の殊にみごとに畦塗られ　六月号・竹酔
形代の名を書くまではへろへろと
ゆく春の磧乾けり千曲川　七月号・北信濃
細目して見る千曲川遠ざくら

白桃やゆたかなる時滞れ　八月号・泰山木
梅雨の竹暗さかくせる五六幹
汗止めて息とめて塗る姫だるま　九月号・豊後竹田
一豁を縛せる蔓の葛あらし
旅に遭ふ岬のまつり凌霄花　十月号・野母岬
月更けてすこし縮まる漁火の列
枯どきが来て男枯る爪先まで　十一月号・男鯉
山々の枯れ熟知せり檜山
真中の流速に菊棄てて来し　十二月号・流速
万の木の枯るるを待つて光り降る

各号十句発表、その内から二句を抜粋、号数の下に記したものはその月の題名である。これらの作品から感じたことを列挙すると次のようになる。

●吟行の作品が多くなってきている。これは主宰誌をもって、その支部を訪ねる機会が多くなってきたからであろう。

●ただしそれがそのままその地の内容であるかというとそうも言えない。この時期の氏は密室で作り上げるということを旨としていた。

●ただ写生をしようという思いになっていることは事実である。「曲り目に」や「汗止めて」などの作品は成功作である。

●多作をするので、同様の発想や同じ言葉を使用していることも多い。こうして偶然あげた中でも「曲り目」が二つ出てくる。

●擬人法が多い。それが成功すると「一谿を」のような作品になる。「山々の」あたりはその擬人法が鼻に付く。

昭和四十九年の「沖」への執筆に話を進めよう。作品の下の随想は名前を挙げるに止めておく。

一月号「京の若い仏師たち」　二月号「余呉の冬」　三月号「幼な言葉」　四月号「『定本咀嚼音』について」　五月号「沖の同人たち」　六月号「花響について」　七月号「信濃と大和」　八月号「業平忌など」　九月号「岬の人」　十月号「まぼろしの山」　十一月号「不義理ばなし」　十二月号「酒・煙草・珈琲」

この年の本格的執筆をあげると、次のようになる。

一月号「虚構とリアリズム」　三月号「「子はまぼろしの」考」　十一月号「往復書簡」

以上の三つである。それぞれについて少しだけ踏み込んで考えてみたい。先ず「虚構とリアリズム」であるがこれは「沖」三周年記念大会の講演をまとめたものである。当日聞いていた私がかなり意を強くした講演であったが、さらにその上に登四郎は加筆をしているのでかなり強い明確な論となっている。先ず鷗外から始まり芭蕉へいく、さらに志賀直哉、子規、虚子、秋櫻子を経て、その過程において虚構の必要性、それをリアリズムといかに両立するかを説く。特に私が共鳴する部分を三箇所ほど抜粋をしておく。

①ナマのものでは舞台の美にならない。それを演技者が自分なりに理解し舞台という美の表現の中で消化していって、はじめて人を感動させる芸になる。

②子規以前の江戸の俳諧は、実感の享受ということが殆ど忘れられて、パロディーからパロディーを生んだ月並俳諧時代だったので、虚構というより作者の実感を全く通さない言葉の面白さだけをねらった遊戯的なものだったので、人の心を打つこともなく終わった。

③あなたの肉眼に焼きつけられた風景は、必ずあなたの心の奥に棲みついて、後日ふとした機会に生まれ出てくることがあります。その時の風景はナマの風景ではなく、あなたの心奥で濾過され充分に燃焼を経た作品であると思います。

私は抜粋しながら、教えというものは恐いものだとつくづく感じさせられた。なぜならこの考えは今の私の根底をなす考えとなっているからである。多少個人的な話になるがあの日あの時、必死に聞いていた師の言葉が現在の私の俳句観を形成していることをつくづくと納得させられるのである。それとともにあの日もしこの講演を聴くことがなかったら、今日のように俳句に打ち込むこともなかったであろうという思いもする。それほど刺激的な講演であったのである。

「「子はまぼろしの」考」は水原秋櫻子の作品

羽子板や子はまぼろしのすみだ川

にまつわる論である。秋櫻子の「羽子板」の作品を各句集から抜き出して論証をしていく。そしてこの作品を讃えた成田千空と藤田湘子の論を否定して次のように言う。

秋櫻子の句の「すみだ川」は河川としての「隅田川」ではなく、劇の題名としての「すみだ川」だと思う。だから湘子の解釈のように作者が羽子板の絵から隅田川を連想するのは飛躍がありすぎる。又千空の評のように「隅田川」を通して亡き子の幻を追ったという連想も又考えすぎではあるまいか……私はどこまでも羽子板の中にある押絵から、わが子梅若丸の幻を追い悲しみに茫然自失する狂女を詠ったものと考えたい。

まことに見事な読み取り方といえよう。作品はあくまでも作品として読み取るべきである。もちろんそこから素直に得た鑑賞はいかに深くとも一向に差し支えない。ただそれが行きすぎると、あるいは捏造されたものとなると読者としてもどことなく得体の知れない、へつらったものを感じて冷めてしまうのである。

＊

十一月号の「往復書簡」も面白い。これは盟友林翔との間にかわされた書簡の形式をとっており、「第一信　翔より登四郎へ」「第二信　登四郎より翔へ」「第三信　翔より登四郎へ」「第四信　登四郎より翔へ」の四つからなっている。第一信では登四郎の「俳句」発表の「うらみ葛の葉」三十句が話題の中心。二信は登四郎が入院中、「感謝」という言葉を用いて一つは「沖」を支持してくれる人に、もう一つは翔に述べ、「葛の葉」へのお礼を言い、三十句を「妙に気の弱りを見せたような作品が多かった」と反省をする。そして三信では翔が若手の話、女流の話などを熱く語るが、四信の登四郎はやや冷めた感じで退院をした話などをやや儀礼的に書く。全体的に翔の勢いの目立った「往復書簡」であった。そうした中で登四郎の次の発言に注目をした。

ある意味で現在は、リアリズムというか物の形象の把握がや、忘れられがちな時代だと思います。リアリズムというものはある意味で大変野暮ったい感じのするものですが、俳句の底に無くてはならないものです。

確かにその通り、とりわけ言葉遊びに等しいような現代俳句においては味わうべき言葉ではないかと思った。

昭和四十九年の「沖」、その登四郎への批評へと話を進めていきたい。この年の「沖」における本格的な登四郎論は一月号の林翔による「登四郎俳句における不易と流行」だけである。その他に作品が引用されているもののみを記すと次のようになる。

十月号……「ことばの風景」（渡辺昭）

十一月号……「枯る、中」（久保田博）

「沖」は登四郎の主宰誌であるから当然そこここに名前が出てくるが、例えば支部報や大会記なども含めて、重要な意味をもたないものについては割愛をした。「登四郎俳句における不易と流行」は三周年記念講演の内容をまとめたものである。私自身もこの講演は聞いているがほとんど加筆修正はなく、速記のような感じを持つ。その中で氏は七句の登四郎の作品を揚げ、おそらく一番身近であろうと思える立場から親しく登四郎の「不易と流行」について述べている。七句とは

古葡萄酒聖夜をすごし又古ぶ
春鮒を頒ち貧交十年まり
さがしものあるや雨月のみだれ筥
蓋物に春寒の香のさくら餅
ぬばたまの黒飴さはに良寛忌
長靴に腰埋め野分の老教師
火を焚くや枯野の沖を誰か過ぐ

である。面白いのは盟友の氏しか分からないようなことを暴露しているところである。例えば一句目について「能村さんの家に古葡萄酒があったとは思われない……実際は赤玉

ポートワインか何かを飲んでいるくせに、俳句の上ではフランスの古葡萄酒を飲んだようなふりをしている」という。また二句目については「林翔に」という前書きがあるからもっとはっきりと言う。「ぼくは能村さんから、春鮒だろうが寒鮒だろうが、鮒と名のつくものは貰ったおぼえはないんだ」などと……。そうした暴露を交えながら、話は例の「ぬばたま」と「長靴」の句へ進む。そして「不易」を論じ、「流行」を論じて「風雅の誠」を攻めることの大切さをいう。確かに見事な登四郎論である。他の二つの論については引用句をあげるに止めておく。渡辺昭の「ことばの風景」では

白桃やいま豊満の時にをり
白桃をすするや時も豊満に

をあげて俳句と言葉の問題を説く。また十一月号では久保田博が「枯る、中」という小文の中で

枯る、中喫泉ときにきほひ噴く

をあげて「対象に主観を託す方法の手がかりが与えられた様な強い印象を得た句」と述懐する。

昭和四十九年の「馬酔木」に話を進めたい。まずいつものように作品をあげてみる。

遠き家の障子が照れる蓮根掘り　一月号（七句）
夕冷えに口を結びて貝剝けり
二上は眠るまろさの寒牡丹　二月号（七句）
寒牡丹めぐる寒気をやゝに緊め
少しづつ動いて枯るる川景色　三月号（七句）
風が研ぐ星が育てし軒つらら
裏山に雪ある冷えに紙漉ける　四月号（七句）
立春の日ざしも入れて紙を漉く
家裏に川すこし見え雛飾る　五月号（七句）
荒れ畝の霰のあとはぬくめあふ
血をすこし薄めんと出づ夜の朧　六月号（七句）
青年僧ゐて杉山は花降らす
山藤のまぼろしめきて高きより　七月号（七句）
隠れ沼をふちどる花の水芭蕉
肩よせて十六羅漢梅雨に倦む　八月号（七句）
洞を出て見る紫陽花の百の毬
夏瘦せて葉込みの螢さへ見ゆる　九月号（七句）

人罠をのがれてかへる白絣
花莫蓙を敷くさらさらと花こぼし　十月号（六句）
聖玻璃の窓離るるや赤蜻蛉
烏賊干して夕の聖鐘待つこころ
東支那海までをあふるる鰯雲　十一月号（七句）
湖尻といふ秋風の藻屑寄せ
霧の音して湖は寝るかまへ　十二月号（七句）

以上のような結果であるが、一、二補足鑑賞をしておきたい。

●二月号は「馬酔木」六百号記念特集号である。同人欄の「二月集」（登四郎もここに入る）は作品の左下に氏名・生年月日・出身地・入会年月・著書名・現職・現住所を十行にわたって記している。

●ほとんどの月が七句発表をしているが十月だけ六句である。これは前書きのあった作品が入ったためで、当時の「馬酔木」は行数で発表句を決めていたらしい。

●主宰誌「沖」に自信作を出すためか、「馬酔木」発表の作品にはやや無難な作品が並んでいるように思った。

●同じ言葉の使用、例えば「少し」などという表現が多いがこれは多作による弊害かもしれない。

●擬人法の多いのが気になる。ただこれも一つの新しさの模索と考えたい。

＊

次に昭和四十九年の「馬酔木」の氏の文章へ話を移す。この年の氏の文章はいわゆる雑文も含めて次の三つである。

二月号「選後感想」（馬酔木六〇〇号記念論文の部審査評）**六月号**「華麗ならざる危険」**七月号**「初松魚の句周辺」

「選後感想」は表題通り感想の域を出ないが、馬酔木における「この数年来の評論の不毛」を嘆いているところはいかにも登四郎らしい。氏は常に作品と評論は車の両輪であるという考えに立って居られたのである。この感想では「華麗なる危険」を称揚しているがそれを六月号の「華麗ならざる危険」と合わせて読むと本当の意味の登四郎の思いが分かってくる。つまり六月号の「華麗ならざる危険」という文章には黒木野雨を一位に推した弁明と黒木へ当てた登四郎の覚え書きめいたところがあるのだ。氏は黒木を一位に推した理由を「他になかったから」、「俳壇に横行するベタ褒めの批評やなれ合いの批評の後味の悪さ」の中で「読ませる」文であったからという。黒木の文章は佐野まもるを批判したものである。確かに潔い文章であった。しかし登四郎はその姿勢を買いながらも実に冷静に分析する。例えばまもるが「華麗な語彙」を指向したのは『恩掌』という句集の時代であってここで個性が開花したのだとか、波郷の「俳句は文学にあらず」説を用いたことについて、「二者を対比して優劣を論ずることはどちらにとっても迷惑」としている。とりわけ黒木の受賞の弁、「当月集へくると……難しい句が多い」という「初学者への疑問の回答」のつもりで書いた……、という部分には「唖然と」する登四郎である。そして登四郎は「当月集が同色になったら馬酔木俳句はそれこそ砂漠をいくようで索漠としてしまう」という。この辺りは個性発揮ということを主張しつづけた登四郎らしい言葉であると思った。七月号の「初松魚の句の周辺」は秋櫻子の作品

下剃の研ぐ包丁や初松魚　水原秋櫻子

にまつわる文章である。文中に「歌舞伎の五月狂言『梅雨小袖昔八丈』を詠まれた俳句」とあるように登四郎の得意の範疇の鑑賞である。「初松魚の句の周辺」というタイトルではあるが、そのほとんどが歌舞伎の話、とりわけ「下剃」の話で終始してしまっている。作品の鑑賞にまで及んでいないのは残念である。

「馬酔木」における氏への批評に話を進めていきたい。概略五つの号に氏の作品や名前が出てくる。

一月号……「俳句の文法」（林翔）

二月号……「馬酔木俳句の変遷」（相馬遷子）／「馬酔木と生活句」（有働亨）／編集者座談会
　に「沖」の名前は出るが登四郎の名前は出ず
三月号……「かがやく個性美」（下村ひろし）
十一月号……馬酔木賞選考委員
十二月号……「円熟した素朴性」（河北斜光）／「堀口星眠私論」（福永耕二）

この年の論のなかでは登四郎を真っ正面から取り上げたものはなかった。いずれも話の流れのなかから作品とか名前が出ただけなので、その部分だけを抜き出しておきたい。

林翔の「俳句の文法」では、「よ」の使用の例として

古藁塚よ怒りて春の鬼となれ

をとりあげ、「呼び掛けです」という。相馬遷子の「馬酔木俳句の変遷」ではその変遷を五期に分けて述べているがその四期目に

白地着て血のみを潔く子に遺す
長靴に腰埋め野分の老教師

をあげている。また「登四郎の合掌部落など辺土に寄せた愛情」と評価している。ちなみに四期は他に瓜人や友二、鳥頭子等の名前が出てくる。有働亨の文章では同じように「白

地着て」「長靴に」をあげているが特にコメントはない。ただ文中を（病涯の句）、（教師の句）、（医師の句）、（学生の句）、（農業の句）、（主婦の句）と分けた中で、教師の句の筆頭に

わが似顔黒板に消す冬の暮
ひらく書の第一課さくら濃かりけり

をあげているところに注目をする。下村ひろしの「かがやく個性美」では

虹かけて滝を離るる滝飛沫

十二月号の河北斜光「円熟した素朴性」でも十一月号発表の作品から

夕凪やルルドに礼し漁仕舞

を抜き出すが取り立てて言うほどのコメントはない。福永耕二の「堀口星眠私論」では「昭和二十年代前半の「馬酔木」は同人に復帰した石田波郷を中心に、能村登四郎、藤田湘子、林翔らが都会諷詠、生活諷詠を主として各々の句風を模索しつつ競い合った時期があった」と記している。総じて登四郎への批評は余り無く、型通りに例句として作品をあげている程度である。登四郎の活躍の場は完全に「沖」へ移っているという証拠であろう。

昭和四十九年の総合誌へ目を移してみたい。先ず「俳句」である。作品発表であるが十月号と十二月号、それに年鑑の三回である。ただし十二月号の方は「特集現代俳句の百人」の中の一人として二句と百六十字の短文を寄せている程度であるし、年鑑の方はその年の代表句を五句載せているだけであるから、正式に新作発表ということになると、十月号の「うらみ葛の葉」(三十句)のみとなる。この三十句は登四郎の力が漲っている。それは

身のうちの秋風といふ耳澄ます

に始まり

螢火を拾ひてここは水ほとり
うらみ葛の葉風怨みつつ谿白め
黄泉の子もうつせみの子も白絣
仮りの世の仮の色して青胡桃
咲いてより広き空享く曼珠沙華

と続いていく。まさに澄み切った美の世界の表現。この時期登四郎はしきりに虚と実のことを説いた。私はこのことを公の句会の場で質問をしたことがあった。その時の回答は今も忘れない。「見たものをいったん網棚にあげておいて、それを後日おろして、自分の風

景を作るのだよ……」、この様な立場から考えるとこの三十句を読み通して感じる一種の清涼感、高い美の世界、透徹した思い……、そうしたものは登四郎自身の心象風景だったのかもしれないなどと今考えている。いずれにしてもこの三十句に当時の私は陶酔しきっていたことを懐かしく思い出すのである。

*

昭和四十九年の登四郎の「俳句」発表の文章へと話を移したい。まとまった文章は発表していない。いわゆる感想、所感程度で、次の三つである。

二月号「第十三回俳人協会賞選者としての感想」 **十二月号**「『現代俳句の百人』の中の所感」 **四十九年版「俳句年鑑」**「作品展望」

とくに補足するようなこともない。したがってここでは二月号と四十九年版「俳句年鑑」について、同時に登場する作家の名前を記すに止めたい。先ず俳人協会賞の選者として同様に感想を寄せているものは、安住敦・石川桂郎・大野林火・香西照雄・沢木欣一・平畑静塔・皆吉爽雨の七名である。「俳句年鑑」の方は作品展望の方が香西照雄・沢木欣一・岸田稚魚・清崎敏郎と登四郎の五名、登四郎は高浜年尾・高木晴子・後藤夜半・嶋田摩耶子・嶋田一歩・河野静雲・五十嵐播水・大橋敦子・中村若沙・丸山海道・中村汀女・皆吉爽雨・高柳重信・伊丹三樹彦・金子兜太・堀葦男・林田紀音夫・三谷昭・赤尾兜子・永田耕衣・石塚友二・岸田稚魚・草間時彦・小林康治・清水基吉・星野麥丘人・細川加賀・石川桂郎・斎藤玄の二十九名を担当している。「ホトトギス」の作家から前衛に至るまで、多様な二十九人である。しかもこれらの作家についてただ儀礼的に紹介するのではなく、そうかといって悪く言い切るのでもなく、一つ賞めて一つ注文を付ける手法をとっている。その辺がいかにも登四郎らしいと思った。注文を付けている中でとりわけ高浜年尾への「小技巧に溺れている」という指摘、あるいは兜太への「年令の深まりにきていることを自覚して欲しい」という要望など私自身の心に響くものがあった。

昭和四十九年の「俳句」の登四郎への批評へと話を進めていきたい。この年の「俳句」には目立った批評はない。名前だけが出ているものを含めても、次の二つだけである。

十月号……「俳句とは何か」（特集・境涯俳句是非・角川源義筆）に名前と作品が採り上げられている。

昭和四十九年版「俳句年鑑」……作品批評と主宰誌「沖」についての論評がある。

前者は源義が導入部分で登四郎の例の

ぬばたまの黒飴さはに良寛忌

をあげ、初版にこの作品を入れず、定本版『咀嚼音』に入れたことについて簡単に触れている。後者は香西照雄の執筆である。この人の筆はどうも断定的に言うのが気になる。今回も批判部分では「ひねり過ぎる傾向がある」といい、賞める部分では「写生句としては出色のもの」などという。こうした批評に接すると批評の難しさということを痛感する。

次に「俳句研究」である。先ず作品発表から書きすすめていこう。作品発表は次の通りである。

一月号……「遠野」と題する作品二十句

十二月号……作品七句掲載

十二月号はいつもの年鑑形式の諸家作品欄であるから、新作発表という立場から言うと一月号だけである。これは「特集＝新俳壇の諸子百家・1」というもので、当時の大家中堅と目される作家、二十五人がそれぞれ二十句を発表している。因みにその二十五人とは、飴山實・石原透・上田五千石・上村占魚・加藤知世子・河原枇杷男・清崎敏郎・草間時彦・楠本憲吉・桜井博道・志摩聡・島津亮・杉本零・鈴木真砂女・鈴木六林男・田川飛旅子・能村登四郎・野澤節子・波多野爽波・古沢太穂・堀葦男・松沢昭・丸山海道・八木三日女・安井浩司である。そうした中で登四郎の力は漲っている。

いたどりは芽吹き遠野に馬ほろぶ
曲り家の屋根の曲り目鳥ぐもり
紅きもの干して婆棲む春山家

夏瘦せの兆ししづかな箸づかひ

葛の花遠つ江へ怨み文

二十句の中から、とりあえず五句を抜いてみた。いかにも多彩である。一句目の風土的把握、二句目の即物的眼、三句目の艶、四句目の自己描写、五句目の空間的時間的広がり……、しかもいずれも当時登四郎が主張していた「旅で得た自然を脳裏の奥に沈めて……」（十二月号「俳句」）という部分で共通している。ただ

北上川大きくうねる野火避けて

白地着て死の裏側も熟知せり

のような作為の目立つ作品もある。十二月号の七句は既発表のものである。余談であるがその七つのうち四句までが「凍瀧」の作品であった。このことからもあの袋田での作品がいかに印象深かったかが想像できよう。

「俳句研究」のこの年の文章もまた感想程度のものが二つ目につくだけである。

八月号「第六回全国俳句大会審査評」　**九月号**「大野林火の一句」

八月号についてはありきたりの選評の域を出ないので特に補足することはない。九月号は「特集・大野林火」、その中の「発表管見・大野林火の一句」を担当している。一句評

の執筆者は平畑静塔・能村登四郎・森澄雄・阿波野青畝・金子兜太・草間時彦・猿橋統流子・香西照雄・飯田龍太・高柳重信の十人である。因みに登四郎は

花散るよやすらひの傘まだ来ぬに　大野林火

を選んで、他に七句を好きな作品としてあげている。一ページの小文である。登四郎の随筆集に『花鎮め』があるだけに、この作品の解説は深い。とりわけ、「あの温顔をほころばせながらあの傘のなかに入り、ますます健やかになられたのであろうと、たのしく想像したのである」と書いていているあたりは印象深い。氏は句評などにおいては作品の善し悪しよりも、書き易いものを選んで執筆するということをいつか言っていたが、これなどもその類かもしれないと思った。

この年の「俳句研究」における氏への批評に話を進めたい。先ずそれを列挙してみる。

五月号……「俳誌月評」（細川加賀）の「馬酔木」二月号の紹介欄に名前が一度出る

八月号……「俳誌月評」（細川加賀）の「沖」紹介欄に名前と作品が出る

九月号……「俳句月評」（友岡子郷）に作品評が載る

十二月号……「俳誌展望」（中村苑子）に「沖」を紹介、作品と名前が載る／「俳誌展望」（細川加賀）に「馬酔木」を紹介、名前が載る／「各地俳壇」の「関東」の部に名前が載る／「作品展望3」（阿部完市）に作品とその作品への批評が載る

五月号と八月号については一般的な紹介であって特に補足することはない。九月号で子郷が採り上げている作品は

水飲みてすこしさびしき目借時

である。これは「俳句とエッセイ」七月号に発表した三十句の中の一句で、他に五句をあげて評している。十二月号では中村苑子の「沖」紹介と阿部完市の「作品展望3」に注目をしたい。先ず前者であるが沢山の俳誌をあげたその冒頭に「沖」をあげ、「いよいよ清新の気に満ちて飛躍を続けている」、「あっという間に手堅く軌道に乗ってしまった珍しい俳誌」などと評し非常に温かい。後者は阿部が同世代の二十九作家を評する中で、登四郎についてかなりのスペースを割いている。阿部らしい難解な評なので引用を避け、二句をあげるに止めたい。

少しづつ動いて枯るる川景色

蟻地獄跨ぎてよりの血が重し

ちなみにこの頃の登四郎は好きな言葉に執着をしていた。ここで言えば「少し」がそうである。

「俳句とエッセイ」の昭和四十九年に話を移そう。作品発表は七月号に「花筐」と題す

る三十句がある。気になる作品をあげてみよう。

第一花まぼろしめきて牡丹咲く
とくとくと血の音こもる黒牡丹
弁厚く牡丹咲かせては老ゆる
約のごとすこし閉ぢたる夜の牡丹
牡丹のほろぶまで見し齢かな
頸にややおとろへみせて更衣
水飲みてすこし寂しき目借時
さくら咲き杉山の色とどのはず
手を触れてしめり加へし朴の花
棚田植ゑ老かあらぬか皆小さし
苗提げてすこし濡せり棚田みち
姥捨の夕映えが染む春余白

三十句のうち、前半はどちらかというと日常の嘱目、後半の十句程が姥捨での吟行作品である。全体を通じて作品は決して多彩とは言えない。ただ対象をよく見ようということと、自分に引き付けた表現をしようとしていることはどの作品にも感じられた。登四郎は決して器用にまとめて作るような作家ではない。むしろ対象から得た己れを、美を、感動を必死に表現しているところが痛々しい。それが悪く出ると、同じ言葉を何回も使ったり、詰め込みすぎたような作品になってしまったりする。そのことは右にあげた作品などからも言える。例えば「老い」「すこし」「やや」の多用、「牡丹の」や「姥捨の」などの作品から感じられる詰込みなどに無いとは言えまい。それにしても昭和四十九年というと登四郎は六十三歳である。「老い」を言うには早すぎるとは言わないまでも、余りにも多用しすぎはしないか。

「俳句とエッセイ」発表の文章は四月号の「定家と私」、五月号の河野南畦句集『空の貌』評、八月号の「エッセイ・夏の色」の三つである。「定家と私」はこの号が定家特集の形で編まれていて、そこに寄せた一ページの短文である。話は「若いときに観世の舞台で見た能の定家」に始まり、「定家の恋の歌はねちねちと曲線的」とし、定家蔓の話へ移るなど実に博識ぶりが窺える。河野南畦句集『空の貌』評は「五十代の精気と翳り」と題するもので、一般的な句集評の域を出ていない。八月号の「エッセイ・夏の色」はかなり大がかりなもので、同時執筆者が安住敦・石原八束・金子兜太・野澤節子、それぞれが二ページずつのエッセイを寄せている。登四郎のエッセイは「白地着て」という題である。楸邨の作品、石橋秀野の作品、それに自身の作品をあげながら話を進めていく。このエッセイの圧巻は

白地着て血のみを潔く子に遺す

という作品について「白地から血という色彩の連想だけではなく純潔——純血というイメージから生れた句であること」を言い、その「種明かし」をしているところである。ここでもまた登四郎の芝居の話が拝聴できるが、長くなるので引用は避けておく。「俳句とエッセイ」における氏への批評へ話を移す。八月号に佐野美智が「現代俳句月評八月」に

水飲みてすこし寂しき目借時

を引用して論評をしている。氏はこの作品について「全く老いきらない或る時期の、ゆれうごく微妙な心理が実によく出ている」と評している。この作品もまた「俳句とエッセイ」七月号発表の「花筐」と題する三十句の中の一句で、他に二句をあげているがここでは触れない。また十二月号では「現代俳句月評十二月」で中拓夫が

身のうちの秋風といふ耳澄ます

他六句をあげて登四郎評を展開している。この作品は「俳句」十月号に発表したものである。中拓夫は登四郎のこれまでの句業を「外面の世界に求めていたものが、自然と人生の

相の悲愁の色調を帯びた諷詠を経て、やがて己れの骨肉に染み透っていく過程を示して……」という。これまでの全作品を読んだ者にしか言えない見事な指摘であると思った。また十月号には火村卓造による「能村登四郎論」がある。副題の「美意識を問いつづける俳人」という言葉が示すように、登四郎の作品をその「美」の立場から論評している。十ページにわたる大作である。

以上が昭和四十九年における登四郎の足跡の概略であるが、他にこの年の登四郎の仕事や出来事には次のようなものがある。

○五月に『定本咀嚼音』を出版する。水原秋櫻子編『新編季語集』を例句入れ替えなどをして刊行をする。

○九月には胃潰瘍を患って十二日間九段坂病院に入院する。

○十月に「鷹」創刊記念号に「低迷するリアリズム」を執筆する。また「俳句新聞」特集に随筆「幻山水」を書き、「秋の田の」と題する十五句を発表する。

○十一月には「俳句実作入門」（大泉書店）刊行／「近代俳句大鑑」（明治書院）に執筆

句集『有為の山』時代

十二月には「小説新潮」に作品五句を発表する。旅行も多く五月の戸隠姥捨はすでに触れたが他にも五月に飯岡で全国大会をしたり八月には長崎天草阿蘇を歩いたり十一月には河口湖を歩く。当然のことながら作品も吟行句が多くなっている。

それでは昭和五十年、登四郎六十四歳の年に話を移そう。まず「沖」での状況である。作品発表は毎月十句、各月から二句ずつ抜くと次のようになる。

杉山のしぐれあかりと熱き白湯　一月号
※男の眼ひとまばたきに綿虫消す
どんど焼きいま完璧の火の柱　二月号
※寒牡丹なかば開きの息もるる
泣き顔の笑ふにも似し涅槃図絵　三月号
蓬摘み膝ついて知る地の弾み
いちはやく畦の十字の雪消えし　四月号
野仏を避けたる野火の大曲り

やすらひ傘触れ散りどきの花ちらす　五月号

やすらひや雲林院の衆濡れて着く

一切経山雪襞に生るつばくらめ　六月号

※鳥雲に入る空白や順送り

※箒目を春逝くさまに流しつつ　七月号

睦みては拒み忘春の石十五

滝遠く見えしところに朴の花　八月号

植田ふくらみ安曇野はいま青の時

村中に藁殖ゆるころ曼珠沙華　九月号

炎天をたたへて老はのがれ得ず

※いつよりか秋風ごろを病むならひ　十月号

まどろみて秋風そしてまどろめる

露充ちて視界白める病後かな　十一月号

※癒え賜ひまぶしき菊の日も賜ふ

全山を葛山にして枯れ尽す　十二月号

※凩や焦燥さがす匿し鍵

色々な意味で登四郎自体にも変革の年であったように思う。このように並べてみると何から話したらいいか戸惑うのであるが、※印をつけた作品を中心に述べてみたい。

●氏は季語の好き嫌いが激しかった。好きな季語は鳰・綿虫・曼珠沙華・牡丹などである。いずれも氏の美意識の発露の感じられるものであるが……。二月号の作品の「寒牡丹」などの作品からはその美意識が感じられよう。

●この時期は随分と旅をして作っているが、一見旅吟のように思える作品にも案外後になって作った作品が含まれているのではないかと思う。この時期の登四郎は「網棚から下ろして作る」ことを提唱していた。

●七月号には「竜安寺二句」という前書きがあるが、これは私が同行していて、その日の句会で出されたもので現地作。とりわけ「睦みては」の作品は林翔も特選に採ったほどで当日の話題作であった。

●悲しいこと、辛いことがあったのもこの年の特徴である。六月号の「鳥雲に」には「次兄を喪ふ」という前書きがある。「順送り」という言葉が痛々しい。

●十月号では氏自身の病気がちなのが窺える。登四郎の持病は胃潰瘍である。個人的な話になって恐縮であるが、この年の秋に氏は青森で講演を行なう予定になっていてその代役を私が行なったことを思い出す。帰り掛けに報告がてら九段坂病院を訪れたときには病室に仕事を持ち込んで執筆しておられた様を昨日の事のように思い出す。

●奥様が発病されたのもこの時期である。静かな方で病気をされてからも私が訪ねると、二階までお茶を出してくださったのを思い出す。この時期の奥様の病状はかなりひどいものであったらしいが先生はそれを既に知って居られたものと思う。それが「凩や」のような作品となったのであろう。

●そうした中で主宰誌「沖」は五周年をむかえた。その思いが「癒え賜ひ」のような作品を生んだのである。

こうした毎月の作品とは別に十月号は五周年記念号ということもあって、開巻一ページ目に「豊満の時」と題する十句を発表している。その中から人口にも膾炙している

曼珠沙華天のかぎりを青充たす

白桃やいま豊満の時にをり

の二句をあげておく。

昭和五十年の「沖」の登四郎の執筆している文章の方へ話を移したい。まず作品の下の小文についてはいつものようにタイトルのみをあげるにとどめておく。

一月号「樅の木」　**二月号**「旅での誕生日」　**三月号**「自信ある芸」　**四月号**「さくらの句」

五月号「京の花の雨」　**六月号**「昔の筆跡」　**七月号**「兄の死」　**八月号**「碌山美術館にて」

九月号「同齢者の死」　**十月号**「わが惜命の記」　**十一月号**「網走の人」　**十二月号**「旅のな

い月日」
次に主な文章に眼を通しておく。
一月号「俳句が作者の身辺に在るとき——境涯俳句私見——」七月号「『寸前』に見る翳りと充足」十月号「創刊五周年を迎えて」「ギリシャ悲劇の椅子」／コンクールの選評・作品の部と文章の部
一月号の文章はその副題が示すように、境涯俳句についての論である。「俳句」十月号の「境涯俳句是非」の「是」の方の執筆依頼を断った理由から書き始めている。論全体を通じて是なのか否なのか、今一つはっきりしない。それほど氏の考えは微妙に揺れ動いていたのであろう。ただ最後の方で、「俳句というものは決して自分を離れようとして離れられるものではなく、すぐれた作家のものは一木一草を詠っても作者の心は常に投影している」と述べている部分、さらに主宰誌「沖」の五周年に触れて「境涯俳句ということばにこだわる気はないが、作者自身がその作品の陰に髣髴とうかんでくるような作品がほしいものである」と要望しているあたりにこの文を通じて本当に言いたいことがあったのかもしれないなどと私は考えてみた。

＊

七月号の文章は林翔句集『寸前』の書評である。もちろん盟友に対する文章であるから熱の入っていることは言うまでもない。それにこの文章の中には自分に引き付けた波郷との関連も書かれているのでその部分だけ引用をしておこう。

それは登四郎が第二句集『合掌部落』を出すときの経緯で、登四郎が「まだ二年しか経っていないので早すぎるか」と聞いたのに対する波郷の返答である。その時波郷は「作家というものは、問題にされたときに素直にのらなくては駄目ですよ。へんに遠慮をすると、全くどこからも声がかからなくなる時だってあるんだから」と答えたという。この言葉は随分登四郎に強く響いたようで、登四郎は私達に対してもよく口にしていた。

「沖」の十月号は五周年記念号にあたる。したがって多くの執筆があるが、ここでは選評の類は省いて「創刊五周年を迎えて」と「ギリシャ悲劇の椅子」の二つについて補足をしておきたい。まず前者であるが一口にいって強い意欲を感じる文章である。先ず「地方の俳人が何の代償もない仕事を実によくやってくれた」といい、「ひとつだけ曲げない方針」について「相当期間勉強したものでなければ同人にしない」と言い切る。そして「全て作品を通して行なっていて、「顔」のきかない場所」とも言う。これは全く本当であった。氏は人を評価するのには作品以外の要素は入れないところがあった。したがって一生懸命俳句に打ち込んでいれば必ず認めてくれるという安心感が私にはあった。又こんなこともあった。登四郎宅にお邪魔をしていたときに訪問者があった。奥さんが二階まで上がってこられて、「ぜひ会いたいといっています」という。話の経緯から、どうやら地方から出てきた人らしいことは分かった。登四郎はそれに対して「留守だといって」といい、私に「あの人は要領ばかりよくて嫌いだ」とつぶやいたのを思い出す。それは見事なほど作品本位の人の評価の仕方であった。もう一つこの文章で注目すべきことは末尾近くの「長い生命をもった作家が一番いい仕事をすると信じている私だから、これからの健康に注意して……」という部分である。これは多少健康に対して不安を抱えはじめた登四郎の自戒の言葉と受け取りたい。後者の「ギリシャ悲劇の椅子」は全くの随筆である。八年ほど前に飛んだギリシャ上空の旅、アクロポリスの丘の上に立った時の感動から書き起こしギリシャ悲劇「オイディプス」の話などに及ぶ、氏の芝居通、博識の加減を改めて感じさせられる名文である。

さて、昭和五十年の「沖」の氏への批評に話を進めたい。概略は次のようになる。

四月号……「高瀬哲夫緒論」（上谷昌憲）／「長靴に腰埋め野分の老教師」引用とともに氏名が出る

四月号……「跋に変えて」（林翔）に氏名が出る

五月号……「能村登四郎私記」（小野興二郎）

十月号……「若さと根気」（林翔）に氏名が出る／「現実体験と心象風景」（座談会）に作品が引用される／「季語への証言」（平津研而）／「真中の流速に菊捨てて来し」引用とともに氏名が出る

十月号……「俳句における擬人法の考察」（大関靖博）／「襞のふかみで考へてゐる夜の胡桃」「冬磧孤独の石の掘り出され」「白みつつ夜の風速梅飛ばす」「鳥だけが知る山窪のわすれ雪」「鋤鍬のはらから睦ぶ雪夜にて」の五句を引用他に氏名も出る／「俳句と近代について」（筑紫磐井）／「青滝や来世があらば僧として」引用とともに氏名が出る

他に十二月号には「他誌発表句抄」として三十六句が掲載されている。他誌とは「馬酔木」「俳句とエッセイ」「俳句」などであるので、これらはそれぞれのところで述べることになる。

「沖」において登四郎に触れているのは概略以上であるが五月号の「能村登四郎私記」（小野興二郎）は本格論であるのでいささか補足説明をしておきたい。小野は当時若手の歌人として知られ登四郎と同じ市川学園に勤務していた。たぶんまだ四十代であったろうか、若くして逝去したのは惜しまれる。ところでこの論は副題が「わが偏愛句抄」、ここからも分かるように歌人としての眼で、割合人口に膾炙されていない作品なども上げているので面白い。小野は冒頭に「登四郎俳句にとって、私は全く気まぐれな一読者であるにすぎない」という。そして「終生偏愛的読者であり続けること」を誇りにしたいと続ける。

帆のごとく男まぎれず八月野

を激賞するがとりわけ「帆のごと」きでないところにロマンの振幅があるというあたり見

事な歌人としての眼がうかがえる。さらにこの句を一度も問題視されないこと、作者自身の「自薦百句」にも入れられていないことをひそかにほくそ笑んでいるという。他に

男 低 唱 枯 る る 明 り に 鴉 飼 ふ
少 年 銛 を 熱 砂 に 刺 し て も う 見 え ず

等つぎつぎと氏の作品を掘り出している。ぜひ一読を薦めたい。
この辺に深入りしていたら切りがない。話を昭和五十年の「馬酔木」に進めていきたい。例によって作品を二句ずつ抜き出しておこう。

晩 菊 や 四 五 戸 に 尽 き る 入 江 村　一月号（七句）
船 大 工 四 囲 枯 れ し め て 船 作 る
おほちちとして羽子板の絵を選ぶ　二月号（七句）
嘴 の ご と き 蕾 の 寒 椿
九 体 仏 金 色 の 冷 え ま さ り け り　三月号（七句）
春ひらくごとおん厨子のひらかれあり
雪 つ も る 夜 や こ ま や か な 青 畳　四月号（七句）
湖 尻 の 二 戸 の ひ と つ が 雛 か ざ る

雪しろも蒼みて利根の源流へ　五月号（七句）
猫やなぎ隣り田はまだ凍りをり
咲き充ちてむしろ暗さの花の陰　六月号（七句）
春愁の色とも若布みどりなす
桐の花高枝ばかりや伊達郡　七月号（七句）
苗代の水よく見ればば流れゐる
あかつきは襞ひらく音の白菖蒲　八月号（七句）
青梅の粒かさなりて曇りよぶ
ほととぎす空耳ときめ睡りつぐ　九月号（七句）
山葵田の水勢に見ゆ梅雨の明け
山深き泉にもあるおのが顔　十月号（七句）
すこし窶れて炎天を仰ぎけり
秋風に老いいつまでも遠目利く　十一月号（七句）
秋曇り午前はゐし藻刈舟
栗飯の炊きふえもまためでたけれ　十二月号（七句）
病よくして一穂粲とらへたる

作品は全体的におとなしい。この時期の作品は「沖」に主力を置くので当然と言えば当然である。二、三指摘しておきたい。

●吟行の作品が多くなってきていることは注目に値する。例えば「晩菊や」「湖尻の」のような作品には心打たれる。とりわけ前者はこの時期あたり切れ字をほとんど使わなかった登四郎の作品としてはいわば貴重な作品である。

●表現手段として比喩が多く用いられている。中でも「嘴のごとき」や「春ひらくごと」の作品は比喩を用いて、氏独特の美の世界への広がりを見せている。

●美といえば「咲き充ちて」や「春愁の色とも」などはその美的なものが内面にまで及び始めていることを感じる。

●全体的には生活のなかの一齣をとらえた作品が多く「おほちちの」のような作品からは作者の面影が彷彿としてきて心温まるように思えた。

●ただ「沖」発表の作品に比べて質の落ちることも否定できない。例えば「船大工」や「咲き充ちて」等の作品はやや理屈に落ちているといわれても仕方あるまい。ただこうした作品はこの期の氏の本流ではあるまいからいろいろと言わない方がいいと思う。こうした句も含めて氏には対象と接近しようとしている姿勢があるところを見逃してはなるまい。

「馬酔木」発表の文章を見てみよう。主として次の五つがあげられると思う。

一月号「「水原秋櫻子俳句と随筆集」をめぐって」（座談会）　三月号「「推薦十五句」の感想」　七月号「随筆「梅雨」と「推薦十五句」の感想」　十月号「定本『葛飾』鑑賞」　十二月号「「推薦十五句」の感想」

概略以上のようになるが、少しずつコメントを加えておきたい。まず一月号の座談会であるが出席者は相馬遷子、能村登四郎、堀口星眠、福永耕二の四人で、耕二が司会をする形ですすめられている。表題が示すようにこの座談会は秋櫻子の、随筆について語り合っているので話題は狭い。ただ章立てが十五ある。それは、「堂々たる厚み」「名文の資格」「大和の情熱」「見ること感じること」「「大和安堵村」ほか」「先輩後輩」「先生と絵」「野鳥と音痴」「西国への旅」「構想の妙」「順境の句、逆境の句」「境涯俳句について」「科学者の目」「生きた歴史」「俳句と文章の関係」であるが、このことばが示すように文章にとどまっていない。以下登四郎の発言から注目すべきところだけを抜粋しておきたい。

①（秋櫻子について）あんなに筆の早い人はないですよね。だからよほど書くことが好きなんですよ。

②俳句で、面白い俳句ということを先生がいわれたのはごく最近のことで、若いときの俳句はまじめで面白いという種類のものではありませんけれど、文章の方は若いときからたいへん面白い人ですよね。

③先生の「仏像を詠む」というのは、あの頃の先生のイメージといいますか、想像力といっ

たものが現実の仏像の背後に出ているんですね。

④先生の自句自解を読むと……一年前に見たものが一年後に違った形で出てくるというのには驚きますね。

⑤境涯俳句というのは自分と紐つきの俳句ですよね。自分の生活の裏も表も全部引きずって、そう言う場合は悲劇的であればあるほど素材としてはいいわけなんですよ……普通の俳句を作った場合まったく面白くない、ということでは困るんです。

⑥俳句の人は文章がうまいっていいますね。なぜうまいかというと、言葉のむだを自然と落とすことに慣れているんですね。

あげたら切りがない。私が興味をもった部分だけその一部を抜き出した次第である。登四郎が主体になって話を進めているので興味のある人はぜひご一読をお薦めする。

次にこの年登四郎は「推薦十五句」の抜粋と感想執筆を三回行なっている。その方へ話を進めてみよう。三月号は相馬遷子、有働亨、千代田葛彦とともに、七月号は千代田葛彦と二人で、十二月号は千代田葛彦、米沢吾亦紅、堀口星眠とともにそれぞれ行なっている。その評の中から、まず三月号であるが、わずかに四百字ぐらいの中で「実感」という言葉を二回使っているのが印象的であった。ほかにも「実景」などという言葉も用いているから、「実」ということにかなり執し始めている氏を感じる。七月号では面白い発言がある。その部分を抜き出しておこう。

どの句もきちんと過不足なく読まれているのだがいざ抜き出して批評の筆を執りたいという意欲が起こらない作品が意外に多いのには驚いた。反対に一句がずば抜けて面白い形はよくないという作家もいるが、前者よりも後者の方がむしろ面白く感じるのは決して私の天邪鬼ばかりではなく、文学作品の持つふしぎであろう。

いかにも登四郎らしい発言である。氏は常に失敗を恐れずに冒険を提唱し、自らも実践していたのである。十二月号は病床での執筆である。「胃潰瘍で二ヵ月ほど入院していたので妙に気持ちが弱くなったりして自然自分の生命の火を見つめて詠んだような作品に心ひかれた」といって、相馬遷子の「病みて見るこの世美し露涼し」などの作品をあげているところは痛々しい。

「梅雨冷え」は作者独特の芝居の話、それも立見席での思い出話である。「常さん」という老人との話がなかなか面白い。この芝居好きの老人の告別式に参列したこと、近所の人だけの葬儀だった事、「梅雨は上がったが梅雨冷えがわずかにこの老人の死を悼んでいるようだった。市井の劇通の老人の死は多感な私の心にしばらく白々とした空洞を残したにすぎなかった」と結ぶ。

十月号の定本『葛飾』鑑賞は黒田桜の園、加藤春彦、黒坂紫陽子、大網信行、瀧春一、米谷精二、能村登四郎、宮原双馨の八人で行なっている。因みに能村登四郎が鑑賞しているのは

梨咲くと葛飾の野はとの曇り　水原秋櫻子

の作品である。

＊

昭和五十年の「馬酔木」における氏への批評へ話を移したい。四月号で千代田葛彦が過去を回想した名文を載せたその末尾に

春ひとり槍投げて槍に歩み寄る

の作品を引用している。また「推薦十五句」には次の二句が引用されている。

秋風に老いいつまでも遠目利く

船大工四囲枯れしめて舟作る

前者は十二月号に米沢吾亦紅が、後者は一月号に相馬遷子が選んで批評をしている。

さて、昭和五十年の総合誌、まず「俳句」から見ていきたい。作品発表は十二月号の一回だけである。この時は橋本鶏二、三橋敏雄とともに、「菊慈童」と題する三十句を発表している。

病み蹰みゆく秋風は前うしろ
病めば露の芯玲瓏と見えてくる
月しろや胃をくぼませて寝るとせむ
黄泉もいま末枯日ぐれ時ならむ
夕暮の葱の香の家に生きて帰る
綿虫にかはされ薄きたなごころ

登四郎の病気は胃潰瘍である。「菊慈童」三十句はその病み、入院、そして退院、その後の心細い思いを表現している。なお三十句の冒頭に、「病にはかにおこりて入院、そしてその日々」という前書きがある。また「夕暮の」の作品は「退院をゆるされる　二句」と前書きのある二句のうちの一句である。一口にいって、かなり弱気になっている。当時登四郎には二人の医者がいた。いずれも「沖」の同人の鈴木良戈、今泉宇涯である。私も心配で病状を聞いたりしたが、便に血が混じり、黒便が出たのであわてて入院をさせたということであった。好きなコーヒーを禁じられたことがかなりショックで、「コーヒーをやめるくらいなら俳句をやめるよ」という冗談を言っていたということで、今泉さんなどは考え方が甘いと言って怒っていた。いずれにしても、作品から感じられるほどの深刻な状態ではなかったようである。ここにもまた登四郎の悲壮がかった表現の片鱗が見えるように思う。ただ入院当初はかなりの衰弱で、憂うべき状態だったらしい。

個人的に知り得たことを付け加えておくと、ちょうどこの時期登四郎は青森東奥日報という新聞社の依頼で、青森へ行くことになっていた。それが病気になってしまい、その代役として私が指名を受けた。私も多少の戸惑いはあったが、お引き受けして、何とか責務を果たした。そしてその足で登四郎の入院先の九段坂病院へ行くと、登四郎はベッドの上に起き上がり、小さな机を前において、原稿の執筆をされていた。その様子は普段とあまり変わらない元気そうなお姿だったので、いまこの作品に接して、随分無理をされていたのかもしれないなどと思う。とりわけ「黄泉もいま」などといわれると、あの時の登四郎の様子と重ねあわせて、その意志の強さに改めて驚かされるのである。その他の作品発表は「俳句年鑑」の五句だけである。これは既に発表の中からの抜粋であるのでここでは触れない。

次に「俳句」に執筆した文章に触れてみる。二月号は雑詠を担当したために推薦に選んだ九名について選評を執筆している。また同号では「第十四回俳人協会賞選考経過」（林翔執筆）があるが、受賞者の村越化石「山国抄」について「境涯が底に沈んでいて、決して絶叫しない。そこに感動した」と述べている。三月号では「現代俳句と余情」というタイトルのもと、山下一海と二人で評論を寄せている。登四郎のものは「非情なる余情」という題で、七ページに及ぶ長文である。それは名映画のラストシーンから書き始める。そして俳句の散文化を嘆き、芭蕉を述べ、短歌の話に触れ、現代俳句へと話を移す。この文章で私がとりわけ注目することが二つある。その一つは「現代俳句でもっとも余情の深い作品」として

近海に鯛睦みゐる涅槃像　永田耕衣

を挙げていることである。そしてこの句のよさを「二つの全く異質な映像が重なって一つの世にもみごとに完璧な映像をつくり上げた」と評している。見事な論評だ。もう一つは「や」「かな」「けり」への考え方のあらわれているところである。登四郎のこの時期の作品にはほとんどこうした切れ字は使われていない。私どもはそれを不思議に思っていたのであるがそのことについての明快な答えがある。それは次の部分だ。

もちろん俳句は韻文特有の「や」「かな」「けり」があり、これによって十七文字以外への詠嘆の広がりをもつことができるが、そうしたもので醸し出す余情というものは限りがあり、前掲の句のような読者と自由な想像のなかに酔わせる詩特有の楽しさがない。……作品の全体の構成から生み出すものでなければ無限の広がりは生まれない。

つまり登四郎は「や」「かな」「けり」などの既成の切れ字を認めながらも、それに甘んじている危険性、それよりも大事なのは一句のなかの構成であるということを言っているのだ。これを発展させればおっつけ、二物の対比を重視した作品が生まれてくることとな

ろう。この時期の氏はそうした取り合せの作品に執していたのかもしれない。その他の氏の文章は「俳句年鑑」にある「蛇笏賞の百合山羽公」のみである。これはこの年蛇笏賞を得た百合山羽公を讃えた挨拶風の文章で、特に取り上げる必要もあるまい。

昭和五十年、「俳句」の登四郎への批評に移りたい。一月号と五月号の俳書展望（岡田日郎執筆）でそれぞれ句集『峡の邑』、句集『遠景』の紹介のところで、序文執筆者として名前が載る。また二月号の「リアリズム考」（富田直治執筆）で作品が引用される。それは

　頬掠むぬくもり鳥の渡りけり

で特に批評があるわけではない。八月号は「特集秀句の条件」の「試説・秀句の要因」（斎藤玄執筆）の中で登四郎の

　春ひとり槍投げて槍に歩み寄る

をあげて「近年の作では、最も「さび・しほり・細み」が備わり、しかもそれが最も強く現代転化がなされた秀句の一つ」と激賞している。「俳句年鑑」の「作品展望１」で岸田稚魚が作品六句を上げて批評しているが詳細は省きたい。もう一つ、「俳誌紹介」の欄で「沖」が取り上げられ、北野民夫が登四郎の作品を上げている。

「俳句研究」に話を移そう。まず作品の発表である。新作品発表は一月号の二十句一回である。

＊

他に十月号に「自選二百句」と十二月号の五句がある。前者はこの号が登四郎の特集号であるための、後者は一年間の発表作品からの既発表作品をまとめたものである。したがって純粋に新作といえるものは一月号の二十句のみ、以下その「冬の入江」と題する作品について述べたい。なお、この二十句は「特集・新俳壇の眺望Ｉ」とするもので、次の二十九人が参加している。

赤尾兜子、飴山實、伊丹三樹彦、上村占魚、小川双々子、片柳哲郎、桂信子、金子兜太、岸田稚魚、清崎敏郎、草間時彦、楠本憲吉、後藤比奈夫、香西照雄、佐藤鬼房、鈴木六林男、田川飛旅子、千代田葛彦、津田清子、能村登四郎、野澤節子、波多野爽波、林翔、林田紀音夫、古沢太穂、堀葦男、丸山海道、三橋敏雄、森田峠

少しづつ動いて枯るる川景色
鳰鳥に仕科似てくる寒釣師
杉山にまじりしゆゑの遅紅葉

枯れどきが来て男枯る爪先まで
真中の流速に菊棄てて来し
波裏の暗さも知りて浮寝鳥
曲り目に来て弱りたる畦火かな
鳥だけが知る山窪のわすれ雪

ここでは気になる作品八句を抜き出してみた。多少私見を述べておこう。

●この時期の氏はあえかなるもの、しかもその美に執着しているように思える。したがって「少しづつ」とか、「わすれ雪」とかどちらかというと小さなもの、目立たないものに目が行っているように思える。

●「知る」という言葉が繰り返し用いられているのもこの時期の特徴である。しかもその主体はいずれも人間ではない。擬人法による新しさの模索ということもできよう。

●ものをよく見ようとする姿勢もうかがえる。二句目の比喩、五句目の実態把握、七句目の「畦火」の姿など、その結果の所産である。

●水辺の情景は氏のもっとも好む題材の一つである。したがってこの二十句には勢いがある。ただし実際に水辺で作りはしない。いわゆる「密室」で、想像のもとに作ったものであろう。氏はそれをこの時期、公言をしていた。

●三句目は氏の第一句碑に刻まれた。

初紅葉せる羞ひを杉囲み

の着想と似たところがあって興味深い。ただし京都の神護寺に建てられたこの句も余りいい句だとは思えない。初めての句碑なので何回か京都を訪れて作ったということであるが、写生しようとする気持ちが強く出すぎて擬人法が生きなかった。

昭和五十年の「俳句研究」の文章の方へ話を進めよう。それは概略次のようになる。

五月号「秩父人の血脈」　**九月号**「外に出た野澤節子」　**十月号**「わが来し方」

いずれも特集号への寄稿である。五月号は金子兜太の特集号、九月号は野澤節子の特集号、そして十月号が登四郎本人の特集号である。兜太、節子に関する文章はあいさつ程度のものである。ここでは十月号について触れておこう。題名の通り来し方を振り返っている文章である。六ページに及ぶ長文であるが、ここでは例によって注目すべき箇所を二三抜き出しておくに止めたい。

①若者たちが、いつまで俳句を詠いつづけていくかということについては、私にも確信はない。……ある時期に俳句というもっとも日本的な詩型に取り組んだということがその人の人生を意味づけていくからである。

②大学時代に国文学専攻だったので、万葉集や源氏物語の歌を勉強していくうちに、俳句よ

り長い短歌の世界にすらすらと入ってゆけた。何といっても折口信夫に授業で接する機会が多かったので……先輩の牛尾三千夫にすすめられて「装塡」という短歌同人誌に入った……大部分の人が釈迢空の亜流の歌ばかり作っているので、反撥を感じはじめ二・三年後には「アララギ」風のリアリズムに変わっていった。

③ある日、本屋の店頭で「馬酔木」という表紙の美しい俳句雑誌を発見した。……私は「馬酔木」を買って、むさぼるように読んだ。……毎月休まずに投句した。そして二年目には句会にも出席した。しかし、私は没か一句で、一年間に六・七句しか載らなかった。

④要するに、自分を表現するものとして俳句が絶対であったわけではなく、むしろ他のものを求めたが一つも容れられず、俳句の道を歩む結果になったのである。

⑤詩は現実直視から更に遠い世界をおそれなく望み得る勇気がなければ出来ないことで、現実の自分に目をそらす人は、やはり詩を作り得ない弱者である。……きびしい現実を直視する心がなければ、自然を写すことすら出来ない。

⑥作家の作品の評価は十年経たなければ決まらない。だから、どの作家のいつの時代のものが一番すぐれているかは、案外、本人も気付かない。Aという作家の仕事は、もうとうに終ってしまっているのか、また思いがけない時期にもう一度ピークを作るのか、これもわからない。

かなり力の入っている文章なので、抜き出していたら切りがない。いずれにしても六十四歳の登四郎の考え方のうかがわれる部分も多いので心して読むべき文章である。

昭和五十年の「俳句研究」の氏への批評の方へ話を進めよう。それは概略次のようになる。

一月号……「俳句月評」（廣瀬直人）〈葛の葉をたよりに露の降りはじむ〉他作品引用四句・批評。いずれも「俳句」十月号へ発表した作品。

三月号……俳人協会賞の選考委員に名前を列ねる／「俳句月評」（大岡頌司）〈ぬば玉の闇の甘さの藷の穴〉の作品批評。これは「俳句とエッセイ」一月号に発表した作品

八月号……「俳句月評」（河原枇杷男）〈蘆を焚くさなか風出し北近江〉他一句を引用・批評。この作品は「俳句とエッセイ」六月号発表の作品。

十月号……「特集・能村登四郎」としてグラビアの写真から能村研三編の「年譜」まで、実に百二十四頁を費やしている。細部にわたって触れている余裕はないので、ここでは執筆者の名前と題名だけを挙げるに止めておく。

「わが来し方」（能村登四郎）／「登四郎俳句の歩み」（福永耕二）／「寡黙者の軌跡」（木村敏男）／「能村登四郎ノート」（川崎三郎）／「句集『咀嚼音』の世界」（久保田博）／「能村登四郎覚書」（鈴木六林男）／「『枯野の沖』跋渉」（上田五千石）／「句集『民話』考」（岡田日郎）／「『幻山水』の世界」（今瀬剛一）／「『花鎮め』その他」（成瀬桜桃子）／「能村登四郎自選二〇〇句」（能村登四郎）

十二月号……「作品展望4」（安井浩司）に〈盆みちをつくりて這はす飯けむり〉他三句を取り上げる。／「評論展望1」（酒井弘司）に名前が出てくる。／「俳誌展望10」（福田甲子雄）で「沖」を紹介。

昭和五十年の「俳句とエッセイ」に話を移したい。まず作品発表である。一月号の二十句と六月号の二十五句の二回ある。まず一月号であるが、これは八人の競詠という形をとっている。八人とは飯田龍太・角川源義・石原八束・沢木欣一・能村登四郎・金子兜太・野澤節子・桂信子である。当時の新大家と呼ばれた人たちである。登四郎は「いそしぎ」と題する作品を発表している。

籾殻火水辺で消ゆる遠江
菊人形蒼ばかりの青ごろも
漂泊の果の冬蝶藁にゐる
冬至といふ底抜けに明るい日
みづうみに魚片寄りて冬至る
颪の枯野に匂ひのこして男消ゆ

●題名の「いそしぎ」が示すように全体的に水辺の情景、あえかなる美の表現といおうか、冬の寒々とした情景の広がる作品が多い。

●「菊人形」の作品などは言葉は悪いが写生のできそこないという感じがする。氏は生涯写生ということを頭において居たように思う。したがって下手をするとただの報告に終わってしまう作品もある。

●氏のこの期の美の追求は「漂泊」の作品にあらわれている。つまり消えていくものに、滅亡の危機をはらんだものにあえかなる美しさを見出だすことである。

●この時期の氏は「や」「かな」「けり」などの既存の切れ字を嫌っていた。もっと新しい切れ方を模索していたのである。したがってこの二十句にも「けり」が二つあるだけである。ただし作品のどこかで切れるということはつねに意識していたことは確かである。それが失敗すると一句目、四句目のような冗舌な作品となる。

次に六月号へ話を移したい。この号は「特集・現代の俳人」というタイトルのもと、能村登四郎と清崎敏郎の二人を特集している。したがってこの作品「泥眼」（近詠25句）も既発表句が含まれている。ここでは以下作品を数句あげるに止めたい。

薄墨がひろがり寒の鯉うかぶ
どんど焼きいま完璧の火の柱
種子蒔くや種よりこまかなる光り
さくら咲きしばし山河に浮きごころ

痩畦火水に映りて力づく

なおこの特集は他に山田みづえ・柴田白葉女の登四郎評と角川源義・岡本眸・岡田海市・きくちつねこ・廣瀬直人の五人による「俳句合評」が掲載されているがそれについては後程触れたい。

次に氏の文章発表である。概略次のようになる。

三月号「凡兆――この叛ける門弟子」　五月号「肯定精神の美」　六月号「私の俳句観」

「凡兆――この叛ける門弟子」は猿蓑の編纂までやりながら、十哲に入らず、やがて蕉門を離れていく凡兆を温かく説く。なお私は本文もさることながら、文末の四行の註にとりわけ注目した。引用をしておこう。

註：私は蕉門の十哲という恵まれた地位の人たちより、乞食俳人の路通や芭蕉の寵愛をうけ、不遇のまま死んだ杜国とかそんな人物をえがきながら芭蕉という大きな人間像にふれたかったが紙数がつきたので今回は凡兆にふれるにとどめたしだいです。

なおこの文章は「特集　芭蕉門十哲」に寄せた一文で、佐藤和夫と二人で執筆している。その前の座談会、栗山理一・沢木欣一・佐藤和夫の「芭蕉と現代俳句」と合わせて読むと面白い。「肯定精神の美」は七ページにわたる長文であるが、「特集　現代の俳人」――細見綾子・鷹羽狩行――の細見綾子の方に寄せた一文である。とりわけ主張があるわけでなく、あいさつの域を出ていない文章なので詳細は省きたい。「私の俳句観」も小文である。一ページ三段組み、しかも下の一段は「俳歴」であるから、氏の文章は上と中の二段、三百三十字ぐらいである。その中で氏はいかに時間が大切かを説く。「緊張に生き生きした時間」という言葉を繰り返し使っているのが印象的である。

昭和五十年の「俳句とエッセイ」の氏への批評という方へ話を進めていきたい。概略は次のようである。

一月号……グラビアの写真に氏の色紙が載る
二月号……「古典という完成」（鷹羽狩行）に作品引用
三月号……「一句の切れ味」（鷹羽狩行）に作品引用
四月号……「俳句と旅の現在」（渡辺昭）に作品引用、名前や句集名などが出る
六月号……グラビアに写真二枚と色紙が載る／「能村登四郎随感」（山田みづえ）／「私の印象」（柴田白葉女）／「能村登四郎秀句合評」（角川源義・岡本眸・岡田海市・きくちつねこ・廣瀬直人）
七月号……「現代俳句月評」（坂口匡夫）に作品引用
十一月号……俳人協会十四回全国大会（畠山譲二）の中に選考委員として名前が出る
十二月号……「現代俳句月評」（落合水尾）の中に作品引用、批評される

少しだけ補足をしておこう。一月号グラビアは富安風生や水原秋櫻子など色紙十三枚の

中の一枚である。その色紙には

春ひとり槍投げて槍に歩み寄る

の作品が書かれている。登四郎のほかには滝井孝作・荻原井泉水・富安風生・水原秋櫻子・永井東門居・金子兜太・桂信子・石原八束・沢木欣一・森澄雄・角川源義・飯田龍太の十二人がそれぞれ色紙を寄せている。二月号に引用されているのは

子にみやげなき秋の夜の肩ぐるま

であるが、そこで鷹羽はこの作品の「ある程度の演技」と「演出過剰」を指摘したうえで、「父情という普遍の感情で古典性につながります」と述べている。また三月号に引用した作品は

春ひとり槍投げて槍に歩み寄る

であるが、ここでは切れについていっているところが面白い。「意味の上は「春」で切れるものの、口調の上では「春ひとり」で切れる感じを与え、しかも、根本のところで切れていない点、近代的抒情俳句の好例といえるでしょう」と指摘している。四月号では『合掌部落』の作品

暁紅に露の藁屋根合掌す
白川村夕霧すでに湖底めく
溝萩やかがむになれし農婦の腰

の三句が引用されている。他にもちろん名前も出るが執筆者は門下生でもあるので取り立てた指摘や批判はない。六月号についてはこれまでも述べてきたように特集号なので多少詳しく述べなくてはなるまい。まず開巻、そのグラビアに氏の色紙と写真が目に飛び込んでくる。写真は三枚ある。一枚目が大写しで、田園風景のなかに立つ氏の姿が印象的である。ベレー帽を被り、両手をズボンに納め、どこか遠くを眺めている。斜め下から撮っているところも顔が小さく感じられていい。その右上に氏の色紙が添えられているが作品は「火を焚くや枯野の沖を誰か過ぐ　登四郎」で、五行に散らし書きしてある。いかにも写真にふさわしい作品のように思った。二枚目の写真は江戸川の土手を和服姿で歩いているもの、懐手をしており、背後に広がる田園と少し前を歩く三人の子供とのバランスがいい。他にもう一枚、登四郎は映っていないが枯野の中の芽吹きであろうか、一本の木を中心とした自宅付近の田園風景を写した写真も添えられている。そして江戸川を行く写真には「花冷えや老いても着たき紺絣」の作品が、自宅付近の田園風景の写真には「二月田の水湧く場所は榛の下」の作品がそれぞれ書き添えられている。次に「能村登四郎随感」であるが、これは六ページにわたる長文である。

老残のこと伝はらず業平忌

ただ長文とは言うものの、論点がもう一つはっきりしない。前半は自分との関わりや登四郎の文章に触れ、後半に入ってこれまでの句集別に作品を批評していく。あげている作品の数は数え間違いがなければ三十八句に上るが、誉めているのか注文を付けているのか分からないようなところもある。ただ面白い。例えば『咀嚼音』について「句集名として好ましくない」という。私も大賛成である。また

子にみやげなき秋の夜の肩ぐるま

については「秋の夜が的確」という、これも賛成である。ただいかんせん羅列的で全体の論旨がはっきりしない。しかも「「沖」の一路平安を祈って止まない」とエールを送っている。全体的に挨拶的な書き方を心がけたのであろうか。「私の印象」は二ページものである。副題に「能村登四郎のプロフィール」とあることからも分かるように、全体的に登四郎の紹介にとどまっている。ただの二ページでよく纏ったものだと思わせられた。前半で登四郎の実生活面について述べているが、白葉女が感じた登四郎観を例えば「いつも足早な確かな足どりで歩まれる。言葉にもスピード感があり、態度も敏捷である」と述べて

いるところなど面白いと思った。後半では作品八句を採り上げ、「鋭くこまやかな感覚」を指摘し、「学究的人間性の深さ」が随筆集『花鎮め』を執筆させたと指摘している。温かい文章であると思った。この特集で特に問題なのは「能村登四郎秀句合評」であると私は思う。前述したように、角川源義・岡本眸・岡田海市・きくちつねこ・廣瀬直人の五氏による批評なのである。また批評の対象となった作品はいずれも登四郎の代表作

子にみやげなき秋の夜の肩ぐるま
暁紅に露の藁屋根合掌す
花冷えや老いても着たき紺絣
春ひとり槍投げて槍に歩み寄る
おぼろ夜の霊のごとくに薄着して

の五句である。この作品についてそれぞれが担当した作品を批評している。もちろん登四郎の代表句ばかりであるからほとんどの人が好意的な批評をしている。ただ角川源義の批評は実に辛辣であった。おそらく思いを包み隠さず、誠意をもっての心からの批評なのであろう。それは先ず登四郎の兜太観を書いた文章の引用に始まる。そして「私は登四郎と金子兜太を俳句の上で両極と思ったことはない」と言い、さらに登四郎の言葉を引用した上で「伝統俳句にどっぷり浸かっていたらそれでいいではないか。絶えず周囲を気にする

のは大人の仕種ではなかろう」とも言う。挙げ句の果ては

子にみやげなき秋の夜の肩ぐるま

という作品を「子のみやげなき秋の夜は肩車」と添削をするのである。さらに秋の夜は惨めすぎるからといって「春の夜」にしたいとも言う。今いちいちあげないが氏の担当した作品については誠に辛辣であった。私は今三十年近い年月を経て、これを冷静に読み直し、角川の批評の歯に衣着せぬ物言いに一種の潔さを感じる一方、添削までするのは批評として明らかに行きすぎではないかと思ったりする。作品に対しては人それぞれの考えがあるのは当然である。それを堂々というのが批評である。堂々といった結果その対象となった作家がそれを好意的に受けて育つような批評が本当の批評だと思っている。事実この文章が発表になった後の登四郎の落ち込み方はひどかった。私達仲間に対して傷心し切った表情で「添削までされるとはねえ……」といっていたのも事実なのである。当時三十代の私は批評の難しさを感じさせられた出来事であった。七月号では「現代俳句月評」に

紅梅の見えるところの玻璃くもり

の作品が引用されている。この作品は「沖」の四月号に発表されたものである。十一月号の「俳人協会十四回全国大会」には補足することはない。

＊

十二月号の「現代俳句月評」では

村中に稾殖ゆるころ曼珠沙華

の作品が引用されている。これは「沖」九月号に発表された作品の引用批評であった。

なお昭和五十年には他に「風雪」に随筆「西大寺会陽」、「短歌」の俳人招待席に「安曇野」十二句、「毎日新聞」に「この一句」、「沖俳句選集」の序文、「健康」に「待つこころ」、「青樹」に「晩年の奇蹟」をそれぞれ発表や執筆をしている。何よりもこの年に特筆されなければならないのは十一月に奥様が脳腫瘍を患われたことであろう。その心痛からか登四郎自身も胃潰瘍が再発し、翌年の二月まで九段坂病院に入院することとなる。

それでは昭和五十一年に話を進めたい。先ず主宰誌「沖」への作品発表から話を進めたい。二句ずつ抜くと次のようになる。

帰り来て凩に揺る家仰ぐ　一月号・凩の家

男手の厨の隅に葱やせゆく

いのちなりけり元旦の粥の膜ながれ　二月号・元旦の粥

一月十日姉逝く
はからずも初泣きといふ死に遭へり
定本枯野の沖　出版
冬萌やわが混迷の書と逢ふ日　三月号・冬萌
退　院
春たちて三日の空のややにごり
風の日の怯えごころの流し雛　四月号・別れ霜
妻四ヶ月ぶりで退院
妻帰り来て二日目の別れ霜
こころには未だ花冷えののこりけり　五月号・幻花
花どきの花遠ざけて辛夷咲く
幟立つ男の国の甲斐に入る　六月号・甲斐の春
桃花村火の始りは竈より
花過ぎの高遠に来し予後の旅　七月号・高遠
高遠の宿の花冷え枕かな
おくられて冥の色なる螢籠　八月号・螢籠
田草取濡れ身ひらりと田を移る

山裏の水ををしへて蜩鳴く　九月号・山うら
葛の花廃船の釘縦横に　十月号・連禱
いとも長き秋夜の刻を息ころす
遺族めく身を寄せ合ひて秋灯下
濡れてみて露の世の露とおもひけり　十一月号・露の世の
おとろへし燠ほどの燃え曼珠沙華
渓流のぎりぎりまでの照紅葉　十二月号・杉と紅葉
初紅葉せる羞ひを杉囲み

●登四郎の生涯において最も苦難の年とってもいいであろう。二回目の奥様の手術、そしてそれに伴う心労からくるご自身の入院、その思いは十月号、十一月号の作品に現れている。「沖」には当時二人の医者がいた。一人は今泉宇涯、もう一人は鈴木良花（良戈）であった。二人の話によると奥様の病気はかなり深刻で脳腫瘍の全てを摘出はできなかったということである。したがってそのことを知らされた登四郎は「遺族めく」とか「露の世」とか悲惨な言葉でその状況を表現している。
●一方奥様のご病気が小康を得た時期、五月号から九月号辺りへかけての作品は、旅に出る余裕も生まれ、明るくほっとさせられる思いもある。

●十二月号の「初紅葉」の作品は登四郎初めての句碑として京都の神護寺境内に建てられる。そのための句作りに京都を訪れたときの作品であるが、好い句であろうか。一生懸命句碑に残す作品として、写生を試みてはいるが「羞ひ」という言葉が浮いてしまっている。当時仲間同士の評判としてはあまりいいものではなかったことを覚えている。

次の昭和五十一年の「沖」における文章発表である。いつものように作品の下の小文はタイトルのみをあげておく。

一月号「枇杷の花」　二月号「姉の死」　三月号「立春の雪」　四月号「唸る」　五月号「夢」　六月号「高遠晩春」　七月号「激動と迫力のコロス」　八月号「炎天の一句」　九月号「黒塚の鬼」　十月号「旅のない夏」　十一月号「菊人形」　十二月号「紅葉冷え」

その他の文章に目を移そう。タイトルをあげると

一月号「俳句における瞬間的気息」　十月号「切れ字「かな」の変遷」／「コンクール審査評」

それぞれについて多少の補足をしておこう。「俳句における瞬間的気息」は「沖五周年記念講演」を改めて原稿化したものである。その中で氏は今後の主宰誌「沖」の方向を明確に示している。先ずこの五年間に出来上がってしまった「沖」の色彩について、「冷静に批判していくということは今大切なこと」として無反省の恐さを言う。そして「常に批判性を失わずに自分の個性にあった方向に押し進めていく」必要性を述べ、虚子を引用して「具象性の確かな作品」をいう。さらに芭蕉の言葉、波郷の言葉などを引用して実作に

はたくさんの時間は必要なく、「研ぎ澄まされた感性があればそれで十分」と言い切る。その上で写生について、虚子、秋櫻子、汀女などの作品をあげ、自分の作品をあげ、「具象化というとたいへん難しいように考えるかたがありますが、自分の眼の前の素材をじっとよく見据えることによって、実在ともう一つ違う「作者の個性によって捉えられた実在」を発見します」と結ぶ。登四郎流の写生論ということができるかもしれない。十月号の論評は「コンクール審査評」は短文で軽いものなので、ここでは補足の必要はあるまい。「切れ字「かな」の変遷」であるがこれもまた講演の補綴、こちらは「市川市俳句協会三十周年」の記念講演である。ただ最後まで氏の考えはどうなのか明白でない。まず最近の「かな」の使用の多さを言い、それが「俳句に新風」を志している人にも多いとして龍太、澄雄などの作品をあげる。次に波郷から人間探求派に至り、その「かな」の使用の少なさを言い、波郷の「韻文的真髄に帰れ」に触れ、「馬酔木」を店頭で見たときの新鮮さは切れ字、とりわけ「かな」の少なさにあったとも言う。想像するにこの論の背後には「かな」の乱用はあまり好まないという思いがあったのかもしれない。それを直接言えなかったので歯切れの悪い文章になってしまったのだと思う。

なお、草田男の例の「降る雪や」の作品について切れ字の併用はいけないとして「……

形代の襟しかと合ふ遠青嶺

名人だから名句になってしまう」という論が罷り通っているということを嘆いているが、ここで「抱え字」の問題に触れてもらいたかった。ただし抱え字として「は」を許したからといって決していい作品ということになるわけではないが……。

＊

昭和五十一年の「沖」における氏への批評に話を移したい。先ず概略は次のようになる。

一月号……「俳句の特性について」（林翔）／「季語抄論」（西山禎一）／「現代俳句論評」（今瀬剛一）／「編集後記」（林翔）

二月号……「受験の月」（林翔）／「編集後記」（林翔）

三月号……「福永耕二の人と作品」（大畑善昭）／「編集後記」（林翔）

四月号……「『幻山水』の〝幻〟の意味」（友岡子郷）／「山水仏心」（林翔）／「『幻山水』幻の句鑑賞」（高瀬哲夫）／「『幻山水』山の句鑑賞」（大畑善昭）／「『幻山水』水の句鑑賞」（吉田明）／「『幻山水』人の句鑑賞」（上谷昌憲）／「『幻山水』剛の句鑑賞」（今泉宇涯）／「『幻山水』柔の句鑑賞」（久保田博）／「青春の酔揺曳する風景」（筑紫磐井）

六月号……「わが眼で見たる」（久保田博）／「「幟立つ」の巻について」（林翔）

八月号……「未知のひかり」（山上樹実雄）

十月号……グラビアに写真

十一月号……「文法を超える」（藤井晴子）
十二月号……「風土の中から」（大畑善昭）／「沖語録から見た……五周年後の「沖」」／「この一年」（渡辺昭）／「感銘の三句」（小松耕子／斉藤棹歌）／「編集後記」（林翔）

なお「沖」は登四郎の主宰誌であるのでそこここに名前が出るのは当然である。支部報とか、大会の記事などに出てくるものはここでは省略した。以下、取り上げたものについて必要のあるものは詳述しておきたい。

先ず「俳句の特性について（林翔）」であるが、これは「沖」五周年の記念講演をまとめたものである。この中で林翔は「沖」の主張について「伝統的な俳句の特性を堅持しつつ、新しさを追求する」として

火を焚くや枯野の沖を誰か過ぐ
春ひとり槍投げて槍に歩み寄る

の二句をあげ結んでいる。季語抄論（西山禎一）ではやはり「火を焚くや」の句と、もう一つ

蘆の絮飛びひとつの民話ほろびかね

の作品をあげている。とりわけ「蘆の絮」について「わずか数秒の微かな時間推移」を指

摘している点印象的であった。
現代俳句論評（今瀬剛一）では固有名詞を必要とする作品として

籾殻火水辺で消ゆる遠江

をあげている。また編集後記（林翔）には登四郎の病状について詳しく触れている。二月号の「受験の月」（林翔）は作品の下の小文中に

しづかなり受験待つ子等の咀嚼音
受験子の髪刈りて来し眼のうるみ

の二句、これは同僚としての思い出を語る文章の冒頭に引用されているものである。なおこの月の林翔の作品に「能村夫人病む」「九段坂病院二一五」の前書きのある作品がある。とりわけ後者の「病む妻を思ひ病む夫に凧の空」は生涯の友人であった林翔でなくては詠めないような心のこもった作品であると思った。また「編集後記」（林翔）にも病気以後の登四郎の元気な様が記されており二人の心の交流が感じられて快い。「福永耕二の人と作品（大畑善昭）」では登四郎の名前が一回出てくる。三月号の編集後記（林翔）も登四郎の病気についての記載があるが別に補足することはない。問題は四月号である。この号は登四郎の第五句集『幻山水』特集号である。外部からは友岡子郷、内部からは林翔、高瀬

哲夫、大畑善昭、吉田明、上谷昌憲、今泉宇涯、久保田博、筑紫磐井の八名が執筆している。全てをあげると切りが無いのでここでは友岡子郷と林翔の文章について触れておこう。「『幻山水』の〝幻〟の意味」（友岡子郷）であるが副題は「「遠野の春」を中心に」である。句集の中の「遠野の春」の章に焦点を絞って書きすすめているのである。この章に焦点を絞ったことについて、友岡はこの句集は殆どが旅の句、しかもそれは「総じていわば民族的とも言える特色ある風土への関心が基調となっている」、また「普遍性全体性にまで広がっている点を」指摘してその一つの例証として取り上げたという。文中には

着ぶくれて春をもの憂きオシラ神

をはじめとする十六句を引用し、四ページを費やしているかなりの熱の入った文章である。全体を通して『幻山水』の「幻」について考え続け、それを次のように結論づけている。登四郎の「生き代わり死に代わり化けて出る亡霊であり、執念深い怨念なのである」（『伝統の流れの端に立って』）という言葉を引用して「この伝統の亡霊と怨念から脱し、あたらしい伝統を揺り覚ます本領の、いわば具体的実践の一例が、伝統の呪縛から脱して、そこに自然の明るい和みを見定めようとした「遠野の春」であり、『幻山水』の「幻」の意味である」と結んでいる。真に一貫した見事な文章である。もう一つ「山水仏心」（林翔）もいい文章である。この文章の副題は「『幻山水』読後感」と極めてシンプルである。冒

頭に『梁塵秘抄』を引用し、登四郎の「求道精神」に触れ、「怨みという語をよく使うが、この怨念も、解脱と執着との谷間から生い出たものなのかもしれない」と結んでいる。こちらは二ページの小文である。その中に二十七句の作品を引用している。なお他の内部執筆者は一ページの文章であることを付記しておく。六月号の「「幟立つ」の巻について」（林翔）は面白い。「沖」には今泉宇涯という作家がいてこれが連句の達人であった。ここでは登四郎が発句を出して半歌仙を巻いている。その発句とは

幟立つ男の国の甲斐に入る

というものであった。これに翔、宇涯、智子、千津、明、秀子が付けて一巻を巻いている。その途中までの句が収められている。このように登四郎が歌仙を巻くのは私の記憶では初めてのことではなかったかと思う。「未知のひかり」には名前が出るだけである。

*

十月号のグラビア写真は茨城県大洗町で行なわれた第五回勉強会のスナップ写真である。七枚ほどの写真の中で、松林の中を歩く登四郎の写真が印象的である。十一月号の藤井晴子の文章で引用されているのは

凩の中一途ゆく鳥とならめ

の作品である。句末の「め」に傍線を引き、「む」との違いについて、「心象が複雑になった」と指摘している。十二月号の「風土の中から」（大畑善昭）では

炉ほとりに婆が宝珠の卵拭く

をあげて「宝珠の卵」という把握に大畑は「激しいショックを受けた」と心情を吐露している。「沖語録から見た……五周年後の「沖」この一年」（渡辺昭）では登四郎の折々の発言を九つ集め、丁寧に分析している。「感銘の三句」はその一年間の作品を八人が三句ずつあげたものである。因に二人のあげた作品は

色尽くし果てたる紅葉雨を待つ
ひとり居の灯を消して知る霜の声

である。「編集後記」（林翔）では京都と大分に登四郎の句碑の建つことを朗報として伝えている。

さて、話を昭和五十一年の「馬酔木」に移そう。先ず例によってそれぞれの発表作品の中から二句ずつ抜く。

くづれくるひと波づつの冬ざるる　一月号
榧の木の山がよすがの雁の道
妻と経し歳月の端の虎落笛　二月号
これやこの重く冷たき漬菜石
いのちなりけり元旦の粥の膜ながれ　三月号
白妙の病褥を染む初明り
黄泉も又暖かならむ君ありて　四月号
かなしみの佐久の寒鯉沈みきる
夢の世と思ひてゐしが辛夷咲く　五月号
紅梅の濃さに乾ける根の周囲
枯木より常磐木に雪殺到す　六月号
正座してきびしかりける冬送る
褪せそめて怨がただよふ八重ざくら　七月号
ひらきては牡丹の怯え過ぎにけり
水音のする方に向くこころもがへ　八月号
あした見て夕見て畦の余り苗
戻るには遠く来すぎし螢狩　九月号

ふところの書のすべり落つ白絣
白地着てなすこと多き老の端　十月号
白桃を剝くやさしさをとりもどし
家ふかくゐて秋風の始終知る　十一月号
幸はこぶかな新藁のひと抱へ
枯山の青竹一把何のため　十二月号
煮鰈の身をほぐしやる雨月かな

この時期はもちろん力は主宰誌の方に入っているからあまり参考にならないかもしれないが多少コメントをしておこう。

●全て七句発表をしているがこの時期は上位の同人はみな自選ということになっていたのであろうか。

●十二月号発表の「煮鰈の」の作品は「妻退院その後」とある二句のうちの一句である。

●奥様が入院をして家事を自分でする。その結果登四郎も持病の胃を病み、入院することとなる。その間のいわば「事」を詠んだ作品に眼を見張るものがある。

●四月号は友相馬遷子を亡くした追悼作品で統一しているが全て心のこもった句である。「黄泉も又」の作品は今でも強く印象に残っている。

●「事」を詠むことと反対に「物」を詠んだ作品も多い。平たく言えば登四郎の落ち込んだ時期であったから、その静かな醒めた眼で対象がよく見えたのかもしれない。とりわけ、「紅梅の」や「枯木より」の作品にそれを感じる。また「夢の世と」の作品からはその眼が心の中にまで及んでいるような強さを感じさせられた。心象俳句への入り口かもしれない。

●ただそれが行き過ぎたとき擬人法で失敗をする。例えば「ひらきては」の作品などにそれを感じた。

●登四郎の好きな色彩は鮮やかなものでは決してない。おそらく「白」がいちばん好きな色なのかもしれない。期せずして「白絣」「白地」「白桃」などの言葉が使用されているがそれは単に句材としてということのみでなく、より深く内面的に澄み切って感じられる。この色は今後の登四郎の作品の根底を流れ続けていくように思える。

昭和五十一年の「馬酔木」への執筆について話を進めたい。それは次の二つである。

六月号「俳句・この新しさを拒むもの」**十二月号**「第一回新樹賞のころ」

先ず六月号であるがこれは四ページにわたる本格論である。かなり忙しいなかで書いたらしく、文章は捩れているし、論旨が妙に発展し過ぎているようなところもある。全体的に感じられるのは一種の嘆き節ということである。先ず冒頭に入院生活中に思ったこととして、四十年に近い自身の俳句の仕事で「一体どれだけオリジナルな仕事をして来たかと考えたときに暗然とした気持ちになった」と自分を反省する。また「子規の俳句革新以来」どれだけ「変革」したかと現状を嘆く。そして若い人への俳句について「参加させることは比較的簡単であるが長く引き止めていることは困難だ」といい、その理由の一つを本格的に俳句を始めたとき「仮名遣い問題、その他さまざまな表現上の制約」に出会うことにあるとする。また「その時代に生きる人間としてのしるしをその作品に刻み込みたいという願望は今も抱いている」として、俳句は「若い人が取り組んで甲斐のある文芸である」という。次に登四郎が俳句に目覚めた昭和十四年頃の「馬酔木」の新しさは新興俳句のそれとは違い「有季定型という伝統俳句の基調の上」にあったとする。その一つが切れ字の使用で、その結果自身も「切れ字の使用に注意深くなっていた」と言う。とりわけ「かな」は「俳句を固定化してしまいそうなので極めて用心深く使っている」と述懐し、現代俳句の「青春性」の欠如を嘆く。さらに「世間一般」の俳句への芽に唖然とするとして、最後は「俳句は近代文学の外にあることによってその命脈を保っているのであろうか」と結ぶ。確かに問題提起をしているのかもしれないが登四郎の文章としては明確な主張に欠けるところがあり、歯痒い。もう一つの十二月号の文章は「第二十三回新樹賞入選」発表に際しての文章で、氏がその名誉ある第一回の受賞の頃を思い出しての執筆である。波郷の話にしろ、『咀嚼音』の教師哀感の件にしろ全てこれまでに述べてきたことなので、特に補足の必要もあるまい。

昭和五十一年の「馬酔木」における氏への批評に話を移そう。それほど多くはないので直接内容に入りたいと思う。先ず二月号のグラビア写真が眼を引く。それは市川学園の校庭で、林翔と福永耕二とともに写っている。翔と耕二がベレー帽を被っているのに対して、登四郎は無帽で両手をズボンのポケットに入れ視点を右へ寄せ口を結んでいる。いかにも凜凜しい写真である。「学園冬閑」という題がつけられている。同時にこの号には渡邊千枝子が「『幻山水』盤桓」と題する文章を寄せている。いかにも渡邊千枝子らしい丁寧で謙虚な批評である。氏はそこで例句をあげて一句一句を批評する。その批評が登四郎の過去の作品と比較したりするので『幻山水』自体がより際立ってくる。全体で四十句を引用している。そして文末で

おぼろ夜の黙契ふかき二三幹　『枯野の沖』
四五幹は朧馴れして杉匂ふ　『幻山水』

の二句を対比して、「実作者としての孤独の中で眉に決意を刻んだ「冬の時代」から、次第に心ゆたかに人とも自然とも交情を深め、拡がりを持たせてきた作者の内面を暗示するかのよう」と述べるなど、配慮の行き届いた文章である。その他十一月号の桑原志朗の「軽井沢俳句——秋櫻子先生とその周囲の人々」では

食みたしや朝焼染みし軒氷柱

の作品が引用されているが特に論評はない。

昭和五十一年の「俳句」へ眼を移そう。先ず作品発表であるが一句もない。どうしたことであろうか。登四郎の文章執筆は三つある。それは七月号の「瓝瓜人先生覚書」、九月号の「美意識の底の冷静さ」、十二月号の「踊り子」、この三つである。いかにも淋しい。しかもこれらはいずれも書評や一句鑑賞、儀礼的な作家論である。つまり「瓝瓜人先生覚書」は馬酔木の作家の相生垣瓜人に関する七ページにわたる作家論、「美意識の底の冷静さ」は鷲谷七菜子の第三句集『咲く花散る花』の書評、「踊り子」は素十追悼号の一句鑑賞で例の

づかづかと来て踊り子にささやける　　高野素十

について鑑賞しているだけである。全体的にこの年の「俳句」は登四郎に冷たい。あるいは主宰誌「沖」の忙しさのためであろうか。ただ他誌へは随分書いているので、それのみとは言えまい。

次に昭和五十一年の「俳句」に書かれた氏への批評に眼を移してみたい。それは四回ある。先ず一月号の「現代俳句月評」（後藤比奈夫）では

病み跼みゆく秋風は前うしろ

が採り上げられている。これは前年の十二月号に発表した「菊慈童」の中の作品で、他にも三句をあげて批評している。同じく一月号には「誠実な詩情」（八木林之助）がある。こちらは句集『幻山水』の書評である。二ページに亘る文章で句集全体を克明に読んで、丁寧に批評している。三月号では「第十五回俳人協会賞選考経過」（池上樵人）の中に予備審査委員、選考委員の中にその名前を列ねる。また「俳誌月評」（山崎ひさを）では主宰誌「沖」が大きく採り上げられている。登四郎にとっては自分の作品が賞められるのと同様、あるいはそれ以上に主宰誌が賞められることは嬉しいことであったろうと思う。十月号の「現代俳句月評」（斎藤玄）では「俳句とエッセイ」九月号発表の

盆路をつくるや端の夜空あり

について、同時発表句六句を交えながら批評している。批評そのものも感銘深いものであるが私はそれ以上に登四郎自体を評価しているところが見事であると思った。例えば「現俳壇で筆者のもっとも注目する作家の一人」と言い、さらに「厳然とした俳句の領域内で、まだ埋められていない部分を埋めていこうとする試行」をしていると具体的に登四郎という作家を評価する。登四郎にとってこうした発言がいかに力となったか、想像に余りある。

なおこの年の「俳句年鑑」では主要作家の作品欄にこの年の収穫の五句を掲載、「作品展望一」（福田甲子雄）では六句を引用してそこから「……自然を的確に描写して、自己の思いを背後にただよわせようとする志向……」と評価されているのが印象的であった。また主宰誌「沖」についても西山誠が高く評価しているところも見逃せないと思う。

次に昭和五十一年の「俳句研究」に眼を移してみよう。先ず作品の発表であるが一月号に「黄落」と題する十五句を発表している。そのうちの印象句をあげておこう。それは

冬鳥の棲みかたよれる雑木山
僂なごとばかり黄落の雨日射す
水打って後の匂ひの菊花展

のような作品である。登四郎がここで必死に何かをしようとする思いは感じられる。写生を心がけながら決して単なる写生ではない、そうかといって独特の叙情にまで至っているとは言えない。題名となった「僂なごと」のような作品の方向がやがて完成して、氏独特の深い叙情風景にいたるのであろう。その過程の作品という受け取り方もできるかもしれない。

昭和五十一年の「俳句研究」への文章発表である。概略三つある。一つが三月号の「思いつくままの石川桂郎」、これはこの号が「特集・石川桂郎追悼」ということで、二十四

人が筆を寄せている、その一人の文章であって、別に加筆することもない。七月号は「特集・昭和前期の俳壇」の特集である。高浜虚子を始めとする二十六人の作家について、それぞれの関係者が筆を執っている。その中で登四郎は水原秋櫻子を担当している。題名は「華麗なる傾斜」、「昭和十五年前後の水原秋櫻子」という副題がついている。四ページにわたり、十二年から十九年辺りまでの秋櫻子の句集あるいは「馬酔木」のこと、世の中の移り変りや事件に触れながら詳細に評価している。十五年前後に焦点を当てた理由が面白い。そこで氏は自分が店頭で「馬酔木」を見てその美しさに見惚れ、入会したのが昭和十四年だからという。登四郎は雑誌の美しさをよく口にしていた。表紙絵、印刷も含めて垢抜けした出来上がりが好きなのである。これは余談になるが私が自分の主宰誌「対岸」の創刊号が出たときに持参した時、登四郎はそれをつくづく眺めながら一言「もっといい印刷屋さんはないの……」と仰ったことを思い出す。全てにおいて登四郎は美しさということを大切にする人であった。登四郎の秋櫻子評の文章に話を戻そう。例えば第四句集『岩礁』、これは昭和十二年の刊行であるがここでは連作の名残に触れ、「洋画の影響」を指摘している。また十五年の第五句集『蘆刈』では日本画や墨絵の世界を探りはじめているとし、京大事件に触れ、十七年には波郷の離脱に触れ、十九年には世情から「馬酔木」の減ページを余儀なくされていくことに触れる。情熱あふれる筆致の文章である。

＊

九月号は「特集・鈴木六林男」である。林田紀音夫・佐藤鬼房・赤尾兜子など二十五人の者が鈴木六林男に関する文章を寄せ、本人が「わが来し方」と自選二百句を寄せる百十八ページにわたる特集である。登四郎はそこで「鈴木六林男・人と作品」と題する文章を担当している。これは四ページにわたる長文で、例句をあげながらの丁寧な執筆である。まず六林男のことを「現代にめずらしいほどの誠実な人間」という。登四郎は誠実ということが一番好きであった。人間を評価するときの尺度もこの「誠実」というものを用いる。したがって氏にこのように言われると六林男という人物に限りない興味が湧いてくる。六林男の誠実さはまず「特集・能村登四郎」（「俳句研究」・前述）に執筆した六林男の文章に現われていたという。登四郎はそれを「その作家を心ゆくまで掘り下げることに毫も妥協のないものであった」といい、「その時執筆してくれた二十数名のなかで、もっとも心に残った本当の批評であったことを記憶している」という。つまり本当の批評とは「その作家を心ゆくまで掘り下げること」これが氏の言う作家批評の精神ということになる。したがって登四郎の六林男批評も面白い。とりわけ句集『吹田操車場』について「社会性というダイナミックな主題把握のために俳句に必要な一句の緊密構成が忘れられ」ていると指摘して、それを自分の問題として考えるあたり面白い。『合掌部落』もまた「群作の構成、主題の把握にのみ力を注ぎすぎた欠陥」があるというのである。いかにも良心的な批評であると思った。
話題を換えよう。昭和五十一年「俳句研究」の氏への批評へと話を進めたい。割合多いので、先ず概略について述べてみる。
二月号……「この揺れやまざるもの」（尾利出静一）で作品があげられている。／「俳句月評」（阿部完市）作品批評
三月号……「俳句月評」（岡田日郎／今坂柳二）作品批評
七月号……「俳誌月評」（佐野美智）主宰誌「沖」評
八月号……「俳句月評」（飯島晴子）作品批評
十一月号……「俳句月評」（中戸川朝人／和田悟朗）作品批評
十二月号……「作品展望2」（三橋敏雄）作品批評／「俳誌展望10」（原裕）主宰誌「沖」紹介／「句集展望3・4」句集『幻山水』紹介
多少の補足をしておこう。二月号の尾利出の文章は「年鑑自選作品批評」という副題がある。採り上げられている作品は

薄墨がひろがり寒の鯉うかぶ

である。また阿部の「俳句月評」では

徐々にして稲田に月の道敷かれ
一隅に落葉をためて田の仕舞

が採り上げられている。阿部の批評としては割合平凡な批評である。三月号の岡田は

黄泉もいま末枯日ぐれ時ならむ

を採り上げている。批評の中に「薄明はこの作家の追及する文学的世界である」という。私も同感である。同号の今坂は

枯野に立つ杉一本はせつなすぎ
狐火と見さだめてより青み帯ぶ
枯れし野にもつとも似合ふ薄色来て

の三句をあげ「青」について言う。氏は「どうやって己れの「青」に達しようとするのか」ということを考えているようだ。七月号の佐野の文章は「沖」の四月号について述べたものである。まず足掛け七年目を迎えた「沖」を「重厚で読みごたえがある」と言う。そして「感受性のみずみずしさが、登四郎俳句にそこはかとなく揺曳する艶やかさの源泉ではないかと思った」と言う。登四郎の作品三句、他に八人の作家の作品をあげて批評する。

通り一遍ではない深い批評はいかにも佐野らしいと思った。八月号の飯島は

朧夜に来て何の苞置いてゆく

の作品をあげて批評している。また十一月号の中戸川は念の入った批評である。「俳句とエッセイ」発表の「痩身」三十句から実に六句をあげて批評している。六句とは

形代にあまりし紙の鶴うまる
痩身にして夏痩のまぬかれず
一切を病がくれの白絣
炎天に立つ師も弟子も遠くして
豪雨来て糊の香もどる立版古
泣きし後秋風のいろ眼にたたえ《ママ》

である。「形代に」の作品を中心とする批評である。この作品については「胸裡寂寞の風の伝わる句」と言い、「痩身にして」と「一切」については病身を押しての「旺盛な作家精神」を言い、そして「完癒のはやからんことを祈りたい」と結ぶ、心温まる批評である。

同号で和田があげているのは

昨年よりも老いて祭の中通る
継ぐ息のまづしさ見せて祭笛

の二句である。前句を主としての批評である。これもまた「俳句とエッセイ」発表の「痩身」三十句から抜いたものである。二句を通して「老い」を言う、それは「祭」そのものにまで及ぶ。十二月号は年鑑である。三橋の文章は彼らしくいやに偉ぶっているが結局何を言いたいのか分からない。「措辞に欠けた」「真実がとらえられていない」、「洞察力不足」と否定的であるがそれではどういうふうにすればいいのかということが全く書かれていない。私はこういう文章に出会うといつも「己れを知れ」と言いたくなる。批評の意味を履き違えているように思えてならないのである。原裕の「沖」紹介は非常に好意的、一年間の「沖」誌を克明に読み、紹介している。また主宰誌「沖」の五周年に合わせて刊行した第五句集『幻山水』が二人の作家によって採り上げられ、批評されている。平井の批評では巻末の方に注目して「淡泊でさらっとした味に、近年の登四郎の生の意識の深まりを見る思いであった」という部分に、福田のところでは福田らしく農作業の作品を注目しているところが面白い。

秋耕の終りの鍬は土撫づる
ねむる田にひと声かけて鍬始

枯れる地を掘り漆黒におどろけり

の三句をあげて「この句集は立ち止まり改めて風景を見つめさせるような余韻を持つ」と結ぶ、福田らしいところに着眼した批評であると思った。

*

昭和五十一年の「俳句とエッセイ」に話を移す。まず作品の発表であるが三回ある。一月号「新春二十句「枯薄色」」　六月号「作品十二句「夢の景」」　九月号「作品三十句「痩身」」

一年間に三回も作品を発表するというのは異例のことである。登四郎に対する編集者の注目度の強さがうかがえる。それぞれから作品を抜き出しておこう。

枯野に立つ杉一本はせつなすぎ　（枯薄色）
狐火と見さだめてより青み帯ぶ
ひとつなる雁すぎし空しめり
病む妻に嘘いくついふ枇杷の花
人の世に戻りての息また白し　（夢の景）

夢の景とすこし違へる焼野かな
まぼろしの一花を掲げ牡丹の芽
瘦身にして夏瘦のまぬかれず
昨年よりも老いて祭の中通る
裸にて何かとものに聡くをり
爛れ目のきよときよととして羽抜鶏
泣きし後秋風のいろ眼にたたへ　（瘦身）

ちなみに一月号は飯田龍太や野澤節子など当時のいわゆる新大家ともいうべき作家十人が同時に作品を発表している。これは恒例となっている新年の競詠という形をとっているのであるが、どういうわけか登四郎には新年の作品が一句もなく、晩秋初冬の作品で統一されている。六月号の「夢の景」は毎月ある十二句の発表欄で、登四郎を筆頭に後藤夜半、石塚友二など十二名の作家が続く。何と言ってもいちばん力が入っているのが九月号の「瘦身」三十句である。桂信子、後藤比奈夫、きくちつねこの三人が同時発表をしている。登四郎は発表句が多ければ多いほど燃える。この三十句にも力があふれていると思った。それにしてもこの時期の作品を読むといかにも登四郎調とでも言うべきものが確立してきていることに気付く。それは一言で言えば感性的な美の表現ということになるが先ずすべての作品の根底に感性がある。そしてその感性のもとでの叙景、叙情ということになるから、叙景は幻想的になるし、叙情には人間性（登四郎の場合は寂寥感めいたもの）が加わる。結果的に象徴の味わいが伴うこととなる。もちろん奥様のご病気とかご自身の入院などにまつわる実生活を詠んだ作品も多いがそれとても決していわゆる嘆きあるいは苦痛の吐露ということのみに終わらない。それは人間としての尊厳を保ちつつ、高い詩の域で詠み切っている。全体象徴美とでも言いたくなるような世界を私は感じた。

昭和五十一年の「俳句とエッセイ」、登四郎の文章発表に移ろう。小さいものも含めて次の二つである。

二月号「病間怱忙」　**七月号**「岬への旅」

前者は毎月恒例の企画で、神近市子や中西進などとともに千四百字程度の小文を発表している。そこには奥様の病気のこと、ご自身も心労から胃潰瘍になったこと、一人暮らしの淋しさで見る庭木のことなど、身辺のことが速い筆致で記されている。後者は本格的な紀行文で、五ページにわたる文章と文末に「岬地図」を載せている。この号は「特集・岬」として四十ページ近いスペースを割いて、二十三人が文章や作品を寄せている。岬に関するエッセイは五人が寄せているが登四郎の文章はその一編である。まず岬に関する概論、次に岬巡りの旅「下北の尻屋崎と津軽の竜飛崎」を歩いたときのことを記す。途中みごとな竜骨を見た話、恐山や斜陽館を訪ねたこと、青函トンネル掘削への批評と話が進み、一気に読んでしまうような魅力的な文章である。特に恐山を訪れたおり、かつて夢にみた二人の亡き子を思い、黄泉の世界を想像するところなど、さらりと書いているだけに心打たれた。一歩も停滞も後退りもしない文章、それが登四郎の文体である。

登四郎への批評へと話を移そう。たくさんあるのでまずそれを列挙してみる。

二月号……「第十五回俳人協会賞選考経過報告」に選者の一人として名前が出る。
五月号……「現代俳句月評」（川崎三郎）で作品批評
七月号……「書評欄」（斎藤玄）で句集『枯野の沖』評
八月号……「現代俳句月評」（中島和昭）で作品批評
十一月号……「十一月の季語」（鷹羽狩行）で作品掲載
十二月号……「現代俳句月評」（山崎ひさを）で作品掲載

二月号は名前が何回か出るだけなので補足は必要あるまい。五月号で川崎があげているのは

うしろ手に扉を閉め冬の去る思ひ　「沖」三月号

と、他に三句である。登四郎の私生活にまで及ぶ温かい批評である。七月号の斎藤玄の書評は実に深い。副題は「白熱の試行」。そこで氏は先ず『枯野の沖』という題名から「能村氏の志向する境地を強く感じ」たと言い、それを「現代の幽玄ともいうべき、ひそかな

るものと、未知なるものへの希求」であるとする。それは作品を二十六句もあげながらの克明にして熱い批評で、ページ数がとても足りないのではないかと思うような批評であった。八月号で中島和昭が採り上げている作品は

水漬田に覚えのいろの雪敷けり　「俳句とエッセイ」六月号

である。十一月号では「水鳥」の例句として「鳰」の作品

一条の洩れ日を鳰のふりかへり

をあげているが論評はない。十二月号では林田紀音夫の作品を批評する際に参考として

春ひとり槍投げて槍に歩み寄る

をあげているだけである。

話を昭和五十二年に移そう。まず主宰誌「沖」の発表作品である。例によって三句ずつ抜き出してみる。

ほどほどに老いて紅葉の山あるき　一月号

脇僧に似て坐りをり鳰の湖

大年の流速としてくらく見る

餅花の柱は湯気のよりどころ　二月号

雲の裏こそばゆくして冬日過ぐ

綿虫の色を亡びのいろと見る

麹蒸す窓の雪嶺くもらせて　三月号

熱気もつ裸が走る寒造り

酒槽のさも深きより櫂を抜く

紅梅のまなじりつよく開きけり　四月号

火を焚いて未だ雪残す川向う

梅といふこの馥郁の和語ひらく

末黒野に火を焚き余生始まれり　五月号

土手降りて来しいきほひの野火放つ

花冷えに頸をすくめてかいつぶり

春愁の中なる思ひ出し笑ひ　六月号

火遊びに似て緋牡丹を咲かせたる

衰亡の日をすでに知り牡丹咲く

深谿や朴の一樹に一残花　七月号

淡々と生きて跨ぎし茅の輪かな
花合歓と眠りあはすや老いそめて
合掌の屋根完映す水張り田
山峡の田植すまざる一枚田　八月号
朴若葉新居の軒にすぐなじむ
色町を出てくらきへと盆送り
雨情も着し秋風ごろの白絣　九月号
百日紅遅れ咲きして雨十日
霧の中澪おごそかに船神輿　十月号
花野にて言葉濡らして交しあふ
秋蚕飼ふにほひの奥に人病めり
嫁が来てより秋燈のひとつ殖ゆ　十一月号
稀にみる夢も淡くて菊枕
三味線の澄みて秋夜の津軽うた
夜の峠降り来て濃目のとろろ汁　十二月号
花咲ける茶畑がその峠口
紅葉して鳶の細道いやほそる

一、二点、その傾向を指摘したい。登四郎はもともとマイナス指向の強い作家である。若いというよりは老いを、健康というよりは病を……、どちらかというと日蔭に視点を当てた作り方をする。その傾向が一段と強まっているように思う。奥様の病気、本人の疲れ、発病ということを考えると止むを得ないことなのであろう。とりわけそうした傾向は物語り的な作品を生むところに注目をしたい。ただその物語も暗くじめじめしたところが多いが……。この年に研三さんが結婚をする。その時の作品はさすがに明るく快い。風土的な作品も多いが風土のなかに浸かるということはない。あくまでも美しい傍観的風土ということができる。技法的には相変わらず擬人法が多く用いられている。それが成功すると象徴的な含みの大きい作品となるがうっかりすると観念倒れになることもある。

昭和五十二年、「沖」の文章発表を見てみよう。いつものように作品の下欄に記された小文については題名をあげるだけに止めたい。それは次のようになっている。

一月号「千本の三役」 二月号「冬の鰯雲」 三月号「鵙亭由来」 四月号「長寿の人」 五月号「朝寝」 六月号「燕子花屛風」 七月号「次男の服」 八月号「お染めの七役の玉三郎」 九月号「連句競吟」 十月号「続鵙亭の記」 十一月号「嫁が来て」 十二月号「高橋竹山を聴く」

小文以外の発表文章は次のようになる。大きく三つある。

二月号「枯野・あるいは野たれ死にへの願望」 六月号「句碑二つ」 十月号「出会いそし

て別れ」／コンクール選評
「枯野・あるいは野たれ死にへの願望」は実に熱い思いで執筆している。氏はそこで、芭蕉や西行、すべて詩人は「自分を苦痛で痛め付け、悲壮な思いのなかで死ぬことを願っている」などという。全体的にかなりハイなムードで書かれている。なおこの文章の冒頭部分に例の

火を焚くや枯野の沖を誰か過ぐ

の作句意図がはっきりと書かれていることに注目したい。その点からも貴重な文章であると思った。「句碑二つ」は京都と九州の耶馬渓に句碑が立つことになった経緯を綴ったものので、特に取り立てて補足しておくこともない。二つの句碑に刻まれた句は京都の神護寺が

初紅葉せる羞ひを杉囲み

という作品で、大分の耶馬渓の方は

水よりもせせらぐ耶馬の鰯雲

であることだけを補足しておこう。十月号の文章はいい文章である。淡々と自己の半生を

振り返り、出会いと別れについて考えている。「馬酔木」の一句十年時代については「耐えながらひそかに意地を育てていた」とし、加賀強情のことに触れ、「私のところを去って他の結社へ行く人を見ると小憎らしい気持ちはしないでもないが、そこで落ち着いて自分の俳句を伸ばしてもらいたいといのるような気持ちになる」と結ぶ。これは本音で、登四郎はよく私達側近の者にこのことをもらしていた。また登四郎ほど去っていった人を大切にする人を私は知らない。大らかというよりは心底「俳句」というものを愛していたのだと思う。十月号のもう一つはコンクール選評である。とくに補足することはない。

昭和五十二年「沖」における登四郎への批評へと話を移したい。概略次のようになる。

引用した作品もあげておく。

一月号……「イメージを詠む」（林翔講演で作品引用）〈火を焚くや枯野の沖を誰か過ぐ〉〈春ひとり槍投げて槍に歩み寄る〉〈ゆつくりと光が通る牡丹の芽〉〈おぼろ夜の霊のごとくに薄着して〉〈古藁塚よ怒りて春の鬼となれ〉〈仏足のありありと暁の冬耕土〉

四月号……「イメージの構造」（上谷昌憲が作品引用）〈脇僧に似て坐りをり鳰の湖〉

五月号……「白露微塵」（筑紫磐井が作品引用）〈露微塵冥から父の平手打ち〉

六月号……「イメージ論」（今瀬剛一が作品引用）〈曼珠沙華胸間くらく抱きをり〉〈春ひとり槍投げて槍に歩み寄る〉

八月号……「イメージの世界」（中島富雄が作品引用）〈鋤鍬のはらから睦ぶ雪夜にて〉

十月号……「打てばひびく叙情詩」（今瀬剛一が作品引用）〈涼しきほど小さき如意輪観世音〉
十二月号……「五十二年度同人研修会の記」（北村仁子が作品をあげて執筆）
この年は「沖」をあげて「イメージ」ということを追求した年であったのでほとんどがその論である。一月号はその範を垂れるという意味もあっての講演である。

＊

昭和五十二年、「馬酔木」へと話を移したい。先ず作品発表であるが、一月に七句（ただし十二月号だけは前書きがついた関係で六句）である。それぞれから二句ずつを抜き出す。

栂の尾へなだるる紅葉杉が堰き　一月号
雨後いまだ雲のたゆたふ実むらさき
田の鯉のみな没したる俄霜　二月号
孫にまだ早き花櫛年の市
その中の病鶴もつとも凍てにけり　三月号
一煙の立ちて二月田親しかり
寒茜して片屋根のしづり雪　四月号

枯山と雪敷く山と田が距つ
猫やなぎ畦ごとにある田の高み　五月号

坂なかばにて朧夜とこころづく
ともかくも病を盾に二月過ぐ　六月号

田の神の寵愛ふかき蝌蚪生る
花散りてしばらく宙を濃くしたり　七月号

白といふふしぎな色の花辛夷
牡丹見し遊びごころのまだのこる　八月号

やや癒えし刃音に妻の瓜きざむ
白桃を切る種までのふかき距離　九月号

螢火のいのちの端に触れて消ゆ
良寛の仮名のうねりの夜の秋　十月号

白桃にかぶりつきたる若さ見し
朝がたの夢が追ひくる花野かな　十一月号

やはらかき雲置き秋の忘れ潮
秋すこし色あるわが家嫁が来て　十二月号

車酔ひのこりて露の十三夜

この時期の作品傾向については前述したのでとくに付け加えることはない。しいて言えば「沖」発表の作品に比べて力が抜けている。それが返って魅力的で例えば九月号の「白桃」のような作品を生んでいる。もう一つ、どうしたことなのか判断に苦しむが「馬酔木」発表の作品だけは全て旧漢字を使用している。

昭和五十二年の「馬酔木」における文章発表は一度だけ、それは四月号の「私の及川貞論」である。これは〈馬酔木俳句の流れ〉というタイトルのもとで、大島民郎とともに執筆したものである。登四郎の論の副題は「そのあたらしさについて」である。その中で登四郎は貞の破調や口語調に触れながら、やんわりと「馬酔木風」を批判している。とりわけ面白いと思ったのは秋櫻子が「厠」「血」という言葉が嫌いなので皆それを使わない、しかしその時期に波郷は「縁談や夜の厠を萩打ちて」という作品を作っているし、登四郎自身「白地着て血のみを潔く子に遺す」を発表しているというところである。師の些末的な言葉に左右されて本質を見失ってしまう傾向、これは今の結社にも当てはまることではないか。余計なことを言えば我が「対岸」でも、私が好きな季語を使用して受けを狙っているものもいるようだが私の言わんとする本筋を見逃さないようにすることだ。

昭和五十二年「馬酔木」の登四郎への批評である。この年には「推薦十五句」という欄があって、「馬酔木」の中堅作家がその月の作品の中から感銘句を抜き出している。作品発表から二ヵ月後の号の掲載ということになるが、登四郎はその欄に十回登場している。

まとめて書くと次のようになる。
二月号……馬場移公子選〈雨中なる野の枯色も果見えて〉／福永耕二選〈枯山の青竹一把何のため〉／相生垣瓜人選〈雨後いまだ雲のたゆたふ実むらさき〉
四月号……下村ひろし選〈孫にまだ早き花櫛年の市〉／堀口星眠選〈田の鯉のみな没したる俄霜〉
八月号……千代田葛彦選〈隅に寒さ残して終る卒業式〉
六月号……林翔選〈張りつよくなりし凧糸を怖れけり〉
九月号……馬場移公子選〈蝌蚪の群入りくる夢の隙間かな〉／福永耕二選〈ともかくも病を盾に二月過ぐ〉
十二月号……林翔選〈良寛の仮名のうねりの夜の秋〉
各月の推薦十五句の下欄にコメントを記す欄があるが登四郎に対するコメントは林翔の論があるだけ。それは「登四郎にも「秋風の背後をいつよりか怖れ」があるが、芸の極致として「良寛の仮名」をとった」というものである。なおこの「推薦十五句」以外には登四郎は十一月号に歴代馬酔木受賞者として名前を列ねるだけである。
昭和五十二年の「俳句」へ目を移してみたい。この年は八月号に「有為の山」と題する三十句を発表している。この作品の題名はそのまま氏の第六句集の題名となる。なおその時同時に三十句を発表しているのは加藤楸邨、斎藤玄の二氏である。その中から印象句を抜き出してみよう。

茫として交りゐるなり蝸牛
茅花ながし後の白みを仏ゆく
滝すこし長く見すぎて声嗄るる
山法師の花がしるべの有為の山
うつつにも夢にも棲みて蛞蝓
梶の葉やえにしも薄く弟子去れり
星合やいのちしづけき妻とをり

全体的に充実している三十句であると思った。奥様の手術後の経過も良くて、登四郎にとって束の間の安定した時間であったのかもしれない。ただ奥様の病状については医師から説明もあり、それなりの覚悟はあったものと思う。作品的には氏の方向がはっきりしてきているように思える。美、それも幻想的なもの、あえかなるもの、それだけに悲しい美の世界であると言うこともできるかもしれない。前掲の作品からも分かるように、氏は「茫と」したもの、「白」むもの、「夢」なるもの、「縁」の薄いものに敏感なのである。

次に昭和五十二年、「俳句」の文章発表を見てみよう。本格的な論とか随筆はない。列挙してみると次のようになる。

二月号「俳人協会賞選考の選後評」　五月号「戦後十年と私」　六月号「諦観の末の決意」

十二月号「熟練の味」

五月号は「特集　昭和二十年代の俳句」に寄せた一文である。金子晉、齊藤美規、本宮鼎三、神田秀夫、金子兜太、佐藤鬼房、細見綾子の七氏が同時執筆をしている。「馬酔木」への決意、人間探求派の影響など書かれているが二ページ程度で意を尽くすに十分とは言えない。その他六月号は殿村菟絲子句集『樹下』の書評、十二月号も河野南畦句集『湖の森』の書評である。付け加えることはない。

＊

次に昭和五十二年「俳句」の氏への批評に話を移したい。登四郎についての記載は次の五回である。特に補足することもないので一括してあげるに止めたい。

●五月号の「特集昭和二十年代の俳句」、「雑感・戦後十年」（佐藤鬼房）に作品一句が採り上げられる。それは〈長靴に腰埋め野分の老教師〉で、特にコメントはない。

●九月号の「現代俳句月評」（三橋敏雄）に作品一句が採り上げられ批評あり。採り上げているのは〈はたらいてもう昼が来て薄暑かな〉という作品で、三橋の分かりにくい批評が印象的。

●十一月号「俳誌月評」（中拓夫）に「沖」が対象となる。対象号は九月号で、登四郎の作品五句、同人会員の作品をあげて批評している。冒頭に「……一作家の精神的起伏に常に惹かれながら現在に至ったぼくの中に、この伝統を担う作家は棲んでいる」と言っているのが印象的である。

●十二月号「今年の秀句」（鈴木鷹夫）に作品一句が採り上げられている。これは「私の周辺から」と題する文章で〈湯沸かしてつかはずにゐる半夏生〉の作品について、「半夏生という季語もこの様な巧い効かせ方があるものかと舌を巻いた」と評しているところが印象的である。なおこの作品は「俳句」八月号に発表したもの。

●「俳句年鑑」の「作品展望（古舘曹人）」に作品が採り上げられる。「主要結社の動向」に「沖」についての記載がある。「俳壇スポット」（燈台守）、「全国俳壇の動向」にそれぞれ記載あり、ここでは古舘の「作品展望」にのみ触れておこう。先ず初対面の時に登四郎が『合掌部落』を「あの句集は嫌いです」と言ったことに触れる。そして作品七句をあげ、「『合掌部落』時代の社会性といわれた他への指向が失せて、個への傾向が深まることには不安」と指摘している。また主宰誌「沖」については「独立した俳誌として読む」と明言している。

昭和五十二年の「俳句研究」に眼を移すことにしよう。先ず登四郎の作品発表である。

一月号……「除日の葦」と題する作品十五句を発表

十二月号……諸家作品欄に五句を発表

十二月号は例によって、年間の作品の中からの抜粋である。純粋に作品を発表したのは一月号の十五句だけである。その中からここでは五句を抜き出しておこう。

泪ぐましきまで小さくて寒牡丹
萩すすき見るにも病めば細目ぐせ
くもり日の焔もうすく菊を焚く
年逝かす一病珠と抱きつつ
触れむには除日の葦の遠かりし

この十五句は「特集・新俳壇の展望1」の二十五人の中の一人として発表したもので、他に飴山實、伊丹三樹彦、上村占魚、大岡頌司、岡本眸、加倉井秋を、桂信子、河原枇杷男、清崎敏郎、佐藤鬼房、佐野美智、桜井博道、志摩聡、清水径子、杉本零、鷹羽狩行、瀧春一、千代田葛彦、津田清子、野澤節子、松村蒼石、丸山海道、皆吉爽雨、八木三日女である。いわば新大家とも言うべきメンバーと競うということで登四郎の作品もかなり力が入っている。確かに氏の方向も定まってきている。対象の美の追求、そしてその背後から淡く覗く叙情の陰りが魅力的である。静かな澄み切った思い、そこには病の影が尾をひいて、負の叙情という思いがする。

昭和五十二年の氏の文章の発表へ目を移してみたい。それは次の二つである。

八月号「私の選んだ戦後の十句」　九月号「よき敵手として「敵手と食ふ血の厚肉と黒葡萄」」

このうち後者は「特集・藤田湘子」に寄せた一文である。特に補足説明の必要はあるまい。前者について多少述べておきたい。これは「特集・戦後俳句十句選」の文章で、阿部完市、小川双々子、岡田日郎、桂信子、岸田稚魚、清崎敏郎、後藤比奈夫、永田耕衣、能村登四郎、林田紀音夫、廣瀬直人、松崎豊、三谷昭、安井浩司の十四名がそれぞれ四ページずつの文章を寄せている。その中で登四郎は先ず「戦後」ということを考える。そして昭和二十八年、二十九年、三十年辺りの作品に焦点を当てて述べる。この時代はちょうど社会性俳句の論議も盛んな時代で、その辺りの氏の考え方を知る上でも貴重な資料である。結局登四郎は「戦後の十句」として次の作品をあげる。それぞれにコメントがあるがここでは作品だけをあげることとする。

火を投げし如くに雲や朴の花　　野見山朱鳥
冬の日や臥して見上ぐる琴の丈　　野澤節子
啄木忌春田へ灯す君らの寮　　古沢太穂
血を吐いて眼玉の乾く油照り　　石原八束
白い人影はるばる田をゆく消えぬために　　金子兜太

愛されずして沖遠く泳ぐなり　藤田湘子
齢来て娶るや寒き夜の崖　佐藤鬼房
大寒の一戸もかくれなき故郷　飯田龍太
塩田に百日筋目つけ通し　沢木欣一
磧にて白桃むけば水過ぎゆく　森　澄雄

次に昭和五十二年、「俳句研究」の氏に関する記載に筆を進めたいと思う。先ず概略をまとめあげる。

三月号……「俳句月評」（大串章）で作品批評〈あるだけの光を浴びて藁塚築く〉／「俳句月評」（跡部祐三郎）作品批評〈山川に齢のありて鮎さびぬ〉

八月号……「ひとりの初学と戦後」（廣瀬直人）で引用批評〈白川村夕霧すでに湖底めく〉／「戦後俳句十句撰」（三谷昭）に十句以外の句として作品のみあげられている〈春ひとり槍投げて槍に歩み寄る〉

九月号……「湘子登場」（草間時彦）「藤田湘子の横顔」（鈴木六林男）「俳壇春秋」（名正選挙推進部長）でそれぞれ名前のみが数回出る。

十月号……「俳句月評」（八木三日女）で作品批評〈山法師の花がしるべの有為の山〉／同（山田みづえ）〈祭笛よき音がいでて泪ぐむ〉〈白絣縫はせて齢白みたる〉

十二月号……「作品展望」（阿部完市）に作品五句をあげて紹介／「俳誌展望」（星野石雀）
において「沖」が紹介される
その他、「各地俳壇」や住所氏名欄に記載あり

＊

昭和五十二年の「俳句とエッセイ」に眼を移したい。まず作品発表は一月号と十一月号の二回である。一月号は「紅葉冷え」と題する二十句、これは飯田龍太、橋本鶏二、桂信子など同世代の作家十一人の競作という形をとっているので登四郎の作品にもかなり力が入っている。その中から五句を抜き出してみると

霜はまづ襤褸の葛の葉に降れり
いつのまに枯れ色が濃き身のほとり
大根を干していよいよ日の力み
洗ひもの枯野つづきによく乾く
山中に寝て紅葉冷え惻々と

の様になる。対象を見る目はいよいよ静かに透徹して、その背後から感性の響きが感じられるように思える。ただそれだけに風土的な素材に基づく作品には図太さはない。

十一月号は「夢うら」の十二句である。これについても五句を抜き出してみると

夢の背後たしかに露のあかり見ゆ
島裏に廻る路なる葛の花
満目の花野ゆき花すこし摘む
夢占は信じむ朝の白芙蓉
夢いくつ見て男死ぬゐのこぐさ

の様になる。幻想風景といっては言いすぎであろうか。この時期の氏には確かにそうした言葉が適当であるように思う。事実氏はこの時期見たものそのままを描出する方法はとらなかった。いったん書斎へ持ち帰り、それを再構築するような方法で作品を作っていた。いわゆる「密室俳句」の時代である。

昭和五十二年、「俳句とエッセイ」発表の登四郎の文章へ話を移そう。その全てを列挙すると次のようになる。

二月号「北の霊たち」四月号「決意の時」六月号「秋櫻子・古都吟遊」十月号「私の秋元不死男論「やすらぎとほおえみの中で」」

このうち四月号の「決意の時」は原裕句集『青垣』の書評である。一種の挨拶であるのでとくに補足することはあるまい。もう一つ十月号の文章も「特集　秋元不死男追悼」に

寄せた文章である。こちらの方は執筆陣のみをあげておこう。大きな文章を寄せているのは登四郎と成瀬桜桃子の二人である。その他「思い出」として皆吉爽雨・平畑静塔・殿村菟絲子・庄中健吉・山畑禄郎の五人が小文を寄せている。以上二つを除いた二月号と六月号の文章について触れておきたい。先ず「北の霊たち」である。これは七ページにわたる長文の随筆である。それは宮沢賢治の詩に始まり、愛弟子大畑善昭を訪ねたこと、十年前に遠野を訪れた時のこと、「遠野物語」の話、おしらさま、座敷わらし、でんでらのと続く。さらに津軽へ渡ったときの話に触れ、最後にまた大畑善昭に会った話で結ぶ。その時彼は「目も鼻もないのっぺらぼうのこけし」を土産に渡したという。そこに登四郎は「座敷わらし」を思い起し、「こけしの起源」を「東北に起こったのは飢餓による口減らしの間引き子の霊を慰める」という、この辺りは登四郎の見識の窺える名文である。あくまでも北志向の登四郎である。次に六月号の「秋櫻子・古都吟遊」である。これは「特集　古都と詩歌」の中の一文であるが、この特集に当たって師の秋櫻子を書こうと思い至ったということは登四郎の頭に常に命題としてあったことなのであろう。事実流れるような文体が快い。後年の「寺院の行事」を詠んだ作品よりは『葛飾』の頃の「寺院そのものを詠んだ作品」が好きだといい、それは「写生というリアリズムから完全に脱皮した作者の自由なイメージ」に基づいていると指摘する。さらに「古寺巡礼」などの社会的背景にも触れ、作品十八句を引用して（一句は志賀直哉の作品）論を展開する。とりわけ次の一文が印象的であった。
一句が完成する過程において作者は決してその一つのものだけの実感で作品をつくらない。その風景を通して今迄見てきたさまざまな類似風景を思いうかべその中にあるそれぞれのよきものを合成した結果でき上がることがある。
ここからは当時の氏の創作過程そのものを垣間見ることができるように思える。
次に昭和五十二年、「俳句とエッセイ」にあらわれた登四郎への批評ということに眼を移したい。先ずそれぞれの号にあらわれたものを羅列したい。
二月号……「俳人協会第十六回俳人協会賞選考経過報告」（村田脩）に選者として名前がでる／「能村登四郎論」（長谷川久々子）に作品引用九句、二ページにわたる論
八月号……「現代の俳句作家」（平井照敏）に作品引用、批評あり
九月号……「現代俳句月評」（齊藤美規）に作品が採り上げられて批評あり
十月号……「十月の季語　秋寒」（鷹羽狩行）に作品引用
以上のようになるが、このうち二月号には二回にわたって登四郎が登場する。ただ「俳人協会第十六回俳人協会賞選考経過報告」の方は選者として名前が載るだけなので補足の必要はあるまい。もう一つの「能村登四郎論」（長谷川久々子）は読み応えがある。そこで長谷川は「能村登四郎は抒情を身上とする作家である」と言い切る。そしてさらに「しみじみとした感慨は、その根本にエロスを含んで、豊かな抒情世界を醸しだす」という。多

少若さゆえの論の飛躍もあるが一読に値すると思う。ちなみに副題は「エロスの翳」である。八月号で平井の採り上げている作品は

曼珠沙華天のかぎりを青充たす

である。この作品は「沖」創刊の時の作品であるが氏は「それを考えなくてもこの句の鮮烈さは増しこそすれ、減ることはない」といい、「効果抜群の現代絵画が見えてくる」と激賞している。九月号の「現代俳句月評」（齊藤美規）であるが採り上げられている作品は

遠峰の藤浪すべて白と見ゆ

である。他に同時発表の「おほかたの春を逝かしめ鳰の湖」「はじめての孫との旅の芽杉山」の二句を交えて批評している。十月号の引用句は例の

くちびるを出て朝寒のこゑとなる

という作品で、特に鑑賞があるわけではない。

句集『冬の音楽』時代

昭和五十三年に話を移そう。先ず主宰誌「沖」の作品発表からである。例によって作品を抜き出してその傾向を見る。

山眠る身じまひの地震おこりけり　一月号
山浦の灯もよく見えて冬木立
しらじらと酔叟きかへる千葉笑ひ
春雪やすぐ編みあがる藁の神　二月号
初夢をいまさららしき夢違へ
桜餅みな売り切つて初霞
ただ寒きばかりに過ぎて今昔　三月号
寒牡丹この叫びにも似たる紅
耕して水を打つたるごとき土
湯ざめして何かと儚ごとばかり　四月号
襖あけて雛の闇にしばしをり

釣り上げて雪代山女神のごと
奥花背村とて霞む四五戸寄り　五月号
縁を出て鶏冠のごとき牡丹の芽
雪解けに買ひ紅色の鱒の渦
ゆく春の波うつうつと遠江
満目の藤波に酔ひ泳ぎをり　六月号
藤に掛け女願ひの紅の糸
魞挿して湖の憂色はじまれり　七月号
鯵刺の夕焦りして刺しそこね
田を植ゑて又古びにし湖の魞
招かざる客籐椅子に待たせをり　八月号
膝といふ哀しきふたつ甚平着て
白き犬ゆく盆路のけぶる中
秋立つや繭出はらひし蚕二階に　九月号
てのひらの繭児愛しき音もらす
葛の花も食べて秋立つ一夜旅
旧友らみな清く老い秋野行　十月号

佞武多祭すぎ海峡の荒びぐせ
早池峰の秋峯たるを疑はず
小さなる秋の玉菜や杜国の地　十一月号
鳥渡る路ありありと岬の空
まぼろしの鷹待つこころ岬に立つ
波郷忌や療園の抜け道も知りし
火のごとき咳しづまりし夜半の菊　十二月号
二三人逝きこの年も深みゆく

●作品発表は毎月きちんと十句である。掲出句は私好みのもの、また話題性のありそうなものとした。
●全体性に事の描写が多い。事の美の世界を追求しているということであろう。前半は自由に詠んでいる。「地震」を「なゐ」と読ませることなど今は考えられない。
●美的な世界を追う試みも多くされている。一々例句はあげないが、掲出した作品から、対象の美しさ、敬虔なる美、妖艶美、自己描写の哀感、あえかなる美の世界、風土の美的な美、想像の世界の広がりなどを読み取ることは可能であろう。
●普通俳句においては事を読むことはタブーとされているが氏は敢えてそれを試みている。

しかもそれが成功しているのが一つの魅力である。根底にある美意識に基づく比喩の力、季語の使用ということが可能にしているのであろう。ちなみにこの時期氏が好んで使用している季語は例えば「山眠る」、「千葉笑ひ」、「湯ざめ」、「寒き」など観念的なものが多いように思った。

●なお余談になるが、八月号の「招かざる客」の作品の内容は本当のことである。氏は表面には出さないが人の好き嫌いはかなり激しかった。いつだったか先生と二人で話をしているときに玄関に誰か来た。奥さんが告げると「居ないといって」と一言、そして私に「あの人あまり好かない」と吐いて捨てるように言ったことを思い出す。詩人らしい強い感情を感じた瞬間であった。

五十三年の「沖」、氏の文章の方へ移ろう。例によって作品十句の下の小文については題名だけを記しておく。

一月号「葛の細道」二月号「押絵の顔」三月号「冬籠り」四月号「木六駄」五月号「藻のごときとき」六月号「エンガ」七月号「池田の宿」八月号「虉の花」九月号「八月十五日の回想」十月号「夭折芸術の鬼気」十一月号「マルセルマルソーと俳句」十二月号「山茶花のころ」

次に発表文章であるが、雑詠その他の選評の類はこの際割愛するとして、大きく三つ、六月号の「雨の象山越え」十月号の「わが冬の時代」と十二月号の「浜田夕さんを惜しむ」

がある。そのうち十二月号はいわゆる弔辞であるので特に補足することはない。ここでは六月号と十月号について補足をしておきたい。先ず「雨の象山越え」であるが、「私の吉野紀行」という副題が付いている。このことからも分かるように吉野方面を歩いた紀行文である。時は三月、単独行動である。途中大学時代のことを思い出し、病後のことも忘れて「きさやまへの木下道を歩き始めた」とある。そして赤人の歌、旅人の歌を交えながら、もちろん芭蕉や西行の事などにも触れながら書くしみじみとした膨らみのある文章である。十月号の「わが冬の時代」についても多少の説明をしておこう。この文章は〈特集・能村登四郎初期作品をさぐる〉に寄せた一文である。分量は四ページである。「冬の時代」とは第二句集の『合掌部落』出版から『枯野の沖』出版に至る十二年間を指している。昭和三十一年から四十三年にわたる時期で、この時期の氏の苦悩、俳句観、主宰誌創刊を決意するまでに至る経緯も記されており貴重な文章であると思った。一二抜粋をしておこう。

……清新な俳句に志向していたので、切れ字やかなを使用することを極めて避けていた。……切れ字についても、私は伝統派の俳人たちのように素直に信じきれないものがあった。……決してや、かな、けりだけではないと信じていた。

火を焚くや枯野の沖を誰か過ぐ

唇緘ぢて綿虫はもうどこにもなし

の二句について「……作ったというより苦悩の果てに胸からため息にまじって漏れ出たような句……」という。さらにこれ以後句ができなくなったという。そして

春ひとり槍投げて槍に歩み寄る

「あたりでようやく自分の方法論を把握したようであった」と述べている。まだまだ抜きたい部分はたくさんあるがあまり深入りをすると長くなる。ぜひ直にご一読を薦めたい文章である。

昭和五十三年登四郎の「沖」における批評の部分へ話を進めたい。ざっとあげてみると次のようになる。主宰誌であるから登四郎の名前が出るのは当然である。文中に出る名前とか、「編集後記」に書かれているものなどは省略したい。

*

先ず概略を列挙すると次のようになる。

一月号……「個の孤の道」（大畑善昭）の冒頭に、昭和五十一年一月号掲載の「俳句に於ける瞬間的気息」の一文をあげて論を展開する。

四月号……「「沖論」序章」（筑紫磐井）では登四郎の例の「火を焚くや」の作品をあげ、評論集『伝統の流れの端に立って』の一文を引用、「沖風」について説く。

五月号……主宰誌だから当然であろうが「青年作家座談会」の中に名前が出てくる。また江渕雲庭による登四郎俳句の英訳二句が紹介されている。〈初紅葉せる羞ひを杉囲み〉〈水よりもせせらぐ耶馬の鰯雲〉。前句は京都の神護寺に、後句は耶馬渓にそれぞれ句碑として建てられた作品である。

六月号……「風土的発想」（井上銀杏）に〈風まぎる萩ほつほつと御母衣村〉〈暁紅に露の藁屋根合掌す〉〈白川村夕霧すでに湖底めく〉の三句をあげ、評論集『伝統の流れの端に立って』の中の一文をあげ「教えを乞いたい」と言っている。

七月号……「炎天」（筑紫磐井）は副題に「私の沖歳時記①」とあることからも分かるように新企画の「季題小論」である。そこに登四郎の次の三句が引用されている。〈炎天といふ充実をふりかぶり〉〈斃すべき敵あり炎天無帽でゆく〉〈炎天をたたへて老はのがれ得ず〉また「私論「かるみ」の位相」（渡辺昭）では〈春ひとり槍投げて槍に歩み寄る〉をあげ、「この句に〝かるみ〟の具現化を思う」と記している。

八月号……「白地」（筑紫磐井）は前述の「私の沖歳時記」二回目である。例句として〈白地着て血のみを潔く子に遺す〉〈白地着て家庭教師の夜はじまる〉〈さわさわと白着て坐る盂蘭盆会〉をあげ、白地以外に三句をあげている。そして「白地とは作者を羽化させ、はるかなる世界へ翔らせるものでもあった」といい、「登四郎俳句の一つの特徴として、冥界への作者の深い関心というものがある」と説く。傾聴に値する発言だと思う。また「私はこう思う」（阿部完市）では〈春ひとり槍投げて槍に歩み寄る〉をあげ、この作品について「「現代性」は、私には詳らかにし得ない」という。「便乗」（林翔）は作品の下の随想の文章である。戦後の混乱期に登四郎とともに秋櫻子を訪ねた思い出が書かれている。

九月号……「木晩」（筑紫磐井）は「私の沖歳時記」三回目、作品引用〈だしぬけに滝匂ひくる木晩道〉。特にコメントがあるわけではない。また「誠意の軌跡」（大牧広）にも作品引用。同人の湯本道生に送った作品〈別るるとき声の露けき信濃びと〉である。もちろん「湯本道生さん」という前書きがある。「流行」（鈴木鷹夫）にも作品が出ている。〈紅梅のまなじりつよく開きけり〉で、この作品についてはコメントがあるわけではないが、私はこの文章の中で『枯野の沖』との出会いについて、「俳句の夜明けにも似た衝撃」といい、「能村登四郎という作家の流行に激しく揺り動かされた」といっている部分に特に共鳴する。

十月号……「『咀嚼音』の頃」（久保田博）、「句集『合掌部落』について」（高瀬哲夫）、「『枯野の沖』の問題点」（中島秀子）以上三つについては後で補足する。

十一月号……「私の軽み論要約」（林翔）に登四郎への批評と作品引用がある。「……能村登四郎が「軽みはすきです」といったのは、すでに重みの句を散々作って、それに飽きているからである」といい〈敵手と食ふ血の厚肉と黒葡萄〉の作品をあげている。

十二月号……「「小鳥来る」の巻」を巻いている。これは伊良湖勉強会の帰路に起こしたもので四月二十一日、同人の鈴木良戈銀婚祝宴席上にて満尾している。また「藺田」（筑紫磐井）には〈八代の空くゆらせて藺田焼けり〉〈藺草焼はじけ飛ぶ汗火の煽り〉の作品が引用され、筑紫はこれらを「『合掌部落』などの風土俳句を詠みきった作者だったからこそ作りえたもの」と評価する。

十月号についてのみ補足をしたい。十月号は「沖」の八周年特集号で、特集・能村登四郎初期作品を探るをテーマに三人の内弟子がそれぞれ第一句集『咀嚼音』、第二句集『合掌部落』、第三句集『枯野の沖』について書いている。先ず『咀嚼音』については久保田博が筆を執る。題名は「『咀嚼音』の頃」である。それは五ページにわたる長文、久保田博といえば登四郎の弟子のなかでももっとも古い存在である。したがって私の知らないことなども随分と書かれている。引用句は十九句、登四郎からの葉書の文章引用に始まり、葉書の引用で文章を結んでいる。文体も随筆風なので、肩も凝らず、楽しく読める。次に『合掌部落』については高瀬哲夫が書いている。「句集『合掌部落』について」という題である。これまた七ページにわたる長文で、全体を三つに章立てして書く。即ち「一、『合掌部落』の書かれた時代」、「二、『合掌部落』の句の振幅と成り立ち」、「三、定本『合掌部落』に見る句の「しごき」」の三つである。引用句は九十四句（これは延べの数）である。

高瀬らしい地味ではあるが登四郎と真っ正面から取り組んでいる文体が印象的である。そして三番目が「『枯野の沖』の問題点」、これは中島秀子が筆を執る。引用句十九句、句集『枯野の沖』について、五十歳までを登四郎の初期の作品と見做すということで、「昭和三十六・七年以前の時代のものに焦点を合わす」と言う事である。これもまた六ページにわたる好評論、問題点を浮き彫りにしている。

以上登四郎への昭和五十三年の「沖」関連である。

＊

次に昭和五十三年の「馬酔木」関連に話を移そう。先ず発表作品である。いつものように二句ずつを抜き出す。

錦木の紅のくらさの霜月へ　一月号
初稲架に祝ぎごとめける声かける
狐火の蹤くともあらず蹤きにけり　二月号
ゆく年の引く澪にのりかいつぶり
紅梅のよき声のする方に咲く　三月号
日が射してすこし雪ある恵方道

天と地に間あるを知る雪降りて　四月号
寒牡丹近づきて花くもらせる　五月号
二月すでに汚れそめたるわが月日
芹の水跨ぎてよりの行きどころ　六月号
よき出会ひあるかも知れぬ雪の旅
ひとりづつ女出てくる桃花林　七月号
百の蕾揃ひ雨気よぶ牡丹寺
疲れたる果緋牡丹に裾焦がす　八月号
一つ咲いて袱紗の形の花菖蒲
すこし汚れし形代におのが名をしるす　九月号
切子灯籠夜雨にともり怨のいろ
尾をばさと切つて真菰の馬出来し　十月号
佞武多絵の怒髪も炎ゆる三国志
男の怒りかく美しき佞武多かな　十一月号
さやさやとたぐりてあまる今年酒
雨月なり湯の沸く音に隣して　十二月号
曼珠沙華ほむらも若き杜国居址

唐辛子焦げしにほひの畑村

●十月号、十二月号の発表句はそれぞれ「佞武多」と「伊良湖岬」の吟行作品である。

●漢字の表記はすべて旧漢字である。他の作家たちもみな旧字を使っているところから考えると、これは秋櫻子の方針のようである。ちなみに登四郎の「沖」発表の作品はすべて当用漢字を用いている。

●作品傾向は同年の「沖」の欄でまとめたので重複は避けたい。

昭和五十三年の文章発表である。次の通りである。

一月号……「『余生』の一句」秋櫻子の句集『余生』の作品一句をあげて弟子たちが鑑賞したもの、登四郎は〈撒手拭得たりとうけて初芝居　水原秋櫻子〉をあげて鑑賞する。鑑賞するというより、自分の体験も加えて好きな歌舞伎について述べているという感じである。

六月号……「推薦十五句」という欄が出来て、そこに「馬酔木一月号」から十五句を選んで選評。取り立てて付け加えることはない。

九月号……「加住の丘回想」、これは『水原秋櫻子全集』特集②に寄せた文章である。この文章は『秋櫻子全集十巻　鑑賞二』から『加住の丘』『新選俳句評釈』の二つについて記したものである。いずれも登四郎の初学時代の回想につながるものだという。

とりわけ後者については自分の作品も入れながら、秋櫻子の「小手の芸」という言葉を考えるあたり、いかにも真摯な氏の姿勢がうかがえて楽しい。なおこの特集には、下村ひろし、谷迪子、瀧春一、原柯城、新井英子の諸氏も執筆をしている。

七月号……六月号同様の選評であり、とくに付け加えることはない。

次、昭和五十三年「馬酔木」における氏への関連記事（批評）へ話を進めたい。全て前述の「推薦十五句」欄への推薦ということである。それ以外の登四郎に関する記載は見当らなかった。

六月号……河北斜陽、古賀まり子が、二月号からそれぞれ次の作品を選んでいる。〈大年の暮れぎはにして深霞〉〈秋逝くや一度も露に濡れずして〉

七月号……原柯城が次の作品を選ぶ。〈寒牡丹近づきて花くもらせる〉

八月号……馬場移公子が次の作品を選ぶ。〈おぼえなき歌口を出て朧めく〉

十月号……河北斜陽が次の作品を選ぶ。〈白地着て多情めきたる夕じめり〉

以上、「馬酔木」昭和五十三年についてである。次に同年の「俳句」へ目を移したい。

作品発表は全くなかった。文章の方では小さいものが二つある。

六月号……「たしかなる形象化」、加藤知世子句集『夢たがへ』への書評である。とくに補足することはない。

十二月号……あの歌舞伎俳優を思わせる懐かしい顔がグラビアに載り（これは後述）、最後に「鳰亭晩秋記」という一ページの文章が載る。隠居所を建てた話、鳰亭という言葉の由来、病気がちなこと、句集『有為の山』が出来たこと……、要するに近況を述べた文章である。

次に氏への批評・関連記事に話を移したい。これは割合多いので先ず概略を書いて、そのあとで補足必要のあるものは多少加筆したい。

二月号……「自選句を読む」（清崎敏郎）／「諸家自選句管見」（大串章）／「俳人協会賞選考経過」（村田脩）
四月号……「取合せについて」（林翔）
七月号……「能村登四郎論」（石井保）
十月号……「用語について」（林翔）
十二月号……「俳人アルバム・能村登四郎」

以上について多少の補足をしておきたい。二月号で取り上げられているのは次の二句である。

老いし二人だけが眺める雛買ふ
あるだけの光を浴びて藁塚築く

なお、村田の文章には選考委員の一人として名前が出るだけである。四月号と十月号の

林の文章には作品が引用されている。この文章は後日「初学俳句教室」として単行本化されるものである。引用されている作品は

鳥雲に紅絹糸とばす新はたき
いつも午後出る教室の午後の稲架
ぶつかりくる吾子によろめく露の中
風船をくれるを待てり聖樹蔭
雪冷えや吾子の一語にうろたへる
すり抜ける子捉ふ春愁の腕のびて
教師蹌踉と抜ける梅雨晴のジャズ世界

＊

七月号の「能村登四郎論」（石井保）は九ページにわたり、作品四十四句を引用しての本格論である。それは登四郎の経歴に筆を起こし、それまでの五句集についてその傾向を述べる。そして最後に「特に目についた言葉」として「青」をあげる。氏によるとその数は『咀嚼音』十句、『合掌部落』八句、『枯野の沖』二十三句、『民話』十九句、『幻山水』十句、合計七十句だという。そして登四郎の「青」を「純粋で美しいものへの憧れの象徴」と言い、「どこまでも青（抒情）の美しい漣である」と結んでいる。好評論といえよう。

十二月号のグラビアは前述の小文とともに写真が四枚載る。初めに和服姿で勤め先の市川学園の校庭に立つ姿、次に洋服姿で子供たちの釣を覗いている写真、コートを着て弘法寺の石段を降りてくるもの、そして最後が和服で自宅の書斎で座卓に寄り掛かるようにしている横顔である。いずれも自然で登四郎らしい個性の表れた写真である。私の好みから言うと四枚目の書斎での写真が好きである。表情がきりっとしている。登四郎には気取ると口が開いてしまい、長い顔が余計長くなってしまうところがあった。その点この写真は口をしっかりと結んでいてまことに好男子である。

話を昭和五十三年の「俳句研究」へと移そう。本格的な作品発表は八月号の「榧の木山」と題する十五句だけ、十二月号の五句は年間の作品からの抜粋である。ここでは八月号から三句を抜き出しておきたい。

わが名ある形代風に攫はれし
蕗刈りのほそきうなじの弱法師
けふといふ日を抜け出して白絣

作品としてはすっきりできているというべきであろう。ただやはりどちらかというとか弱い美、マイナスイメージの作品が多いように思った。一つの美的な世界へ向けての試みの作品も多いのではないのだろうか。

昭和五十三年、「俳句研究」への文章発表は私の見た範囲では見かけなかった。その代わり登四郎への鑑賞や批評は非常に多い。まず概略を列挙すると次のようになる。

一月号……「俳句月評」（伊丹三樹彦）に作品評、「俳誌月評」（磯貝碧蹄館）に主宰誌「沖」紹介

二月号……「諸家自選句管見」（葛城綾呂）と「七人も一人に同じ」（藤原月彦）に作品引用

三月号……「俳句月評」（小川双々子）に作品評

十月号……「能村登四郎」（福永耕二）／「俳句月評」（尾利出静一）に作品評

十二月号……「作品展望」（阿部完市）に作家紹介、「俳誌展望」（金子晉）に「沖」紹介、「諸家自選句欄」に作品五句

多少補足をすると、一月号で伊丹があげている作品は

満目の花野ゆき花すこし摘む

である。ここで伊丹は登四郎を「新伝統俳句を担う作家」として評価している。また「俳誌月評」で磯貝は

秋ぐちの日暮は藁の俳諧寺

ほか七人の作家の作品を採り上げ温かく批評している。二月号で葛城、藤原が採り上げて

いる作品は両者とも

春愁の中なる思ひ出し笑ひ

で期せずして一致している。この作品へ藤原が「……「春愁」というムードに流れやすい季語を用いての微妙な踏み止まり方」と指摘している点は面白い。当時の登四郎は確かに成功するのも、失敗するのもこの一種の「ムード」であったことを私も意識していた。三月号の小川は

ひとりでに扉があき雪の街に出る

などの九句を引用している。この批評はどうやら『合掌部落』を想起してのものと思えるが登四郎にしてみればおそらくは迷惑なものだったのではないかと思う。当時の登四郎は『合掌部落』よりももっと深い世界に進んでいたのである。十月号の「能村登四郎」（福永耕二）は注目すべき本格論である。これは「特集・戦後派の近業」として赤尾兜子、伊丹三樹彦、飯田龍太など二十五人の近業をそれぞれが批評した中の一文である。この特集の登四郎の欄を福永が担当したわけである。福永は当時登四郎の最も身近にいた一人であった。面白いことにまだ出版されていない『有為の山』を校正したときのことから書き始めている。そしてそれを「さびさびとした趣き」と位置付け、この「山」を「より高いもの

への志向」と指摘する。そのことを基としてさらに最近の特徴について、「一句一章」が多いことと同じ季語や用語の多用を指摘する。そして前者は「登四郎半生の物言いに通うもの」と言い、後者は「いのちに翳をさすもの」と述べる。さらにはここから「声調の沈潜、用語の集中はその年齢の深まりと関係がある」と指摘するあたり見事だ。まことにその副題にある「低声の抒情」を分かりやすく、説得力のある文体で書いている。好評論であるのでご一読を薦めたい。同号で尾利出が採り上げている作品は

わが名ある形代風に攫はれし

である。論評で別に新たに注目すべきところはない。十二月号は例年通りの年鑑としての編集である。したがって別に補足するところはない。「俳誌展望」（金子晉）では

長藤に蹌踉の酔ひ見えはじむ

他六句をあげて主宰誌「沖」を温かく批評している。

昭和五十三年の「俳句とエッセイ」に話を移そう。作品発表は一度もない。文章発表は多少あるので、まず羅列してみると次のようになる。

二月号「下村ひろしの句業」**三月号**「無常の極みに」（森澄雄句集『鯉素』）**八月号**「芭蕉・その孤と衆について」（特集　芭蕉を支えた人たち）**十月号**「結末と出発の中で」（川井玉

枝句集『おろろん鳥』）　十二月号「季語について」（特集　現代俳句入門）

二月号はこの年の俳人協会賞を受賞した『西陲集』への推薦文である。加倉井秋を、皆吉爽雨、草間時彦も同時執筆をしている。三月号は普通の句集評、作品二十句を引用して丁寧に批評している。八月号は登四郎には珍しい芭蕉論である。それは西行との比較に始まり、謡曲からニーチェ、芭蕉周辺の人たちの話とか、非常に幅広い論である。ただ私には、例えば芭蕉について「……どこかに人の愛を拒み孤独に脱出しようとする姿勢……」などと言っているあたり、それはそのまま登四郎自身の姿をそこに見ているのではないかと言う思いがしてならなかった。十月号は全く見知らぬ人への句集評である。登四郎にはこのように頼まれると義理堅くそれを読み、そして論評までするという真面目な一面があった。そこがまた魅力でもあるのだ。

＊

十二月号の文章には「季語に関する諸問題」という副題がついている。古今の例句をあげながらの五ページにわたる論である。なおこれは「特集　現代俳句入門（1）」に寄せたもので、同時執筆は皆吉爽雨、岡田日郎、阿部完市、平井照敏である。特集の表題のごとくあくまでも「入門」講座であるが多くの季語を引用していて読ませる文章である。ここではその結びのみを引用しておこう。

「……このように季語というものはその時代の要求によって生まれたり消えたりするもので……、歳時記などは十年に一度改訂版を出す必要がある。但し、大歳時記のようなものは、たとえ現在使われない季語であってもかつて使われた記録として残して欲しい。……小冊である携帯用歳時記は、どこまでも実作を主としたもので現在使われていないようなものは廃するのが正しい読者への指導方針であろう」

と歳時記への考え方、要望まで記して締め括っている。

「俳句とエッセイ」の昭和五十三年の登四郎への批評に話を移す。それは概略次のようである。

一月号……「現代俳句月評」（田川飛旅子）に作品が採り上げられている。〈うすばかげろふ押へし己が指憎む〉

二月号……「俳人協会賞」の「選考経過報告」の中に選考委員として名前が載る。

四月号……「歳時記虚実」（渡辺昭）に作品引用三句。〈暁紅に露の藁屋根合掌す〉〈白川村夕霧すでに湖底めく〉〈火を焚くや枯野の沖を誰か過ぐ〉

九月号……「定型について」（鷲谷七菜子）に作品引用二句。〈子にみやげなき秋の夜の肩ぐるま〉〈春ひとり槍投げて槍に歩み寄る〉

十月号……十月の季語（鷹羽狩行）の「赤い羽根」の項に次の句がある。〈教へ子の赤き羽根なり重ね挿す〉

以上が「俳句とエッセイ」の昭和五十三年の登四郎に関する記載であるが特に補足することはない。

昭和五十四年に移りたいと思う。主宰誌「沖」から見ていこう。まず作品発表である。例によって各月の作品（毎月十句発表）から三句ずつ抜き出してその傾向を探ってみたい。

白鳥の争ふときの牙を見つ　一月号・男峯

咽喉を病んで

わが声の次第に枯野鴉に似

美緒と命名

美しき緒に鈴つけむ小春凪

冬いちばん寒き日ならむ職を辞す　二月号・夕鴉

柊を挿していよいよ閑居めく

夕鴉が西へかたよるふしぎかな

箸といふ文化が不思議建国日　三月号・建国日

菜が咲いてわが夢食ひし貘いづこ

去年の傷治り給はぬ雛飾る

野蒜摘み量の辺は深蹋み　四月号・三輪山

野を焼く火笠縫邑を過ぎて見つ
芹の香の朝粥で足り京泊り
ひとつづつ開きて梅の反り睫毛
みどり児がゐておろおろと桜過ぐ　五月号・桜過ぐ

坂本長利の一人芝居「土佐源氏」
凍る夜の懺悔ときには艶見せて
苗時の信濃は水のはしる国　六月号・信濃

紬織る音をたよりに燕くる
溜息はどの石仏か木の芽冷え
参籠の一夜の伽の夜鷹鳴く　七月号・羽黒山坊

獅子独活の群落の中踏みまよふ
湿原や未だ初花の水芭蕉
絖絖とぬくみの残る蛇の衣　八月号・山刀伐越え

封人の家
蚤虱まだひそむらし蔀の間
梅雨雲を載せ流速の最上川
病葉や忌日を一に殉死墓　九月号・殉死

久闊や酒銘涼しき美少年
朝曇かさねて阿蘇の火山灰曇
雲取へ雷去りし夜の荒太鼓　十月号・秩父太鼓
索道の奈落へさそふ葛あらし

金昌寺
露の日の供養ごころの小法師買ふ
黄落の大安にしてぬくき雨　十一月号・遠くの冬
水中に落ちし胡桃に手足生え
十一月からの山色鳥なじむ
咳に覚め日吉館てふ夜寒宿　十二月号・柳生道
刑場に似て鹿の角伐る青矢来
片隅に未だ角のある怯え鹿

以上のような作品である。多少の指摘をしておこう。

●この年は登四郎の生涯においても身辺の生活にいろいろの変化のあった年といえる。第一に永年勤めていた教職（市川学園）を退職したということ、そしてもう一つは内孫の美緒ちゃんが誕生したということである。

●退職はもちろん一種の淋しさをともなうものであるが氏にとってそれは全く一時的なもの、二月号の作品などやや淋しさがうかがえるがその後はむしろ嬉々として旅行を楽しんでいる。

●氏は退職を機に俳句一筋となるのであるが実に多くの旅行をしている。題名、作品が分かるだけでも、「三輪山」「信濃」「羽黒山」、「山刀伐峠」「秩父」「柳生」と目まぐるしいほどである。

●好きな芝居なども見ているようであるがそのことは文章のところで触れたいと思う。

●お孫さんの誕生に際して二句を詠んでいる。とりわけ掲出句はお名前の「美緒」を見事に読み込んでいる。それはそれとしてあの折お訪ねしたときの登四郎の微笑みは未だに忘れられない。もちろん「美緒」（みお）という名前は登四郎による命名である。

●旅における登四郎はあらゆる物に興味を示し、そこで見聞したことを作品として定着させている。素材面でも、把握法でも多彩になったことは見逃してはなるまい。

●作品面で見事に充実していることも見逃せない。見た対象を見たまま詠むというよりは対象を自分に引き付け、その上で詠むという手法が見事である。

＊

次に昭和五十四年、登四郎の「沖」における文章発表である。前例にならって作品の下の随想は題名をあげるに止める。

一月号「百号」 二月号「辞職して」 三月号「夕霧」 四月号「夢」 五月号「紅梅白梅屏風」 六月号「土佐源氏を観る」 七月号「若き日の歌」 八月号「ビスコンティの夕映」 九月号「自註本について」 十月号「俳句子守唄」 十一月号「縛られたプロメテウス」 十二月号「ゴヤの最晩年作」

次にその他の文章執筆である。それほど多くはない。一月号の「「伝統詩型の運命」――その繁栄の裏側」と同号の百号記念座談会「現代俳句と「沖」」、それに五月号の「青年作家に望む」である。二月号に「塚越琴雨さんを悼む」があるがこれは一種の挨拶的な文章であるのでここでは割愛させていただく。ところで一月号は主宰誌「沖」の創刊百号の記念号である。おのずからその内容にも力が入る。まず「伝統詩型の運命」から考えてみよう。それは四ページにわたる長文である。十五六年前の考えと今の考えとの微妙な違いを情熱的に書いている。先ず次の世代へ残すための問題点として漢字制限教育の問題と文語表現の問題をあげる。そして高校などの教科書で俳句短歌は「現代国語」の中に出るがそれは「文語脈の発想」のものが多いとし、生徒から「現代俳句といいながらも、俳句は明治以後にもそんなに変わってきてはいないのではないですか」と質問を受け「後ろめたさを感じた」と記す。そして歳時記出版、入門書ブーム、カルチャーセンターなどを「俳句産業という新しい企業」と軽く揶揄し、アメリカのハイクなどとの違いを明白にしたうえで、結論に入っている。結論の部分から二箇所ほど抜き出しておきたい。

①私は小学生に俳句を教えるときにはあまり五七五を強いない。季節も絶対入れなければならないとは言わない。ただ心にある嬉しいこと、悲しいことを短いことばで表現してみなさいと、俳句の法則以上に詩の法則を言う。……そうして出来た句の方が、有季十七音を絶対の法則として作らせた高校生の作品より感動的なのは、やはり詩の母胎は感動だからである。

②ただこの繁栄が単なるジャーナリズムによる俳句産業に終わらずに、このすぐれた珠玉のような日本の庶民詩を国民の誇りとして大切に次の時代に送ってもらいたいということを切望している。

いかにも登四郎らしい俳句の将来性を展望したまとめであると思った。可能性を信じつつ、決して楽観はしていない。そして俳句が明日の社会でも生き続けてほしいという願望が随所に感じられる。とりわけ私は「詩の母体は感動」という部分に心打たれた。これは登四郎が折に触れて口にしていた言葉でもある。同号の百号記念座談会「現代俳句と「沖」」に話を移そう。座談会出席者は能村登四郎、林翔、鈴木鷹夫、今瀬剛一、渡辺昭、大牧広の六人である。司会は吉田明が務めている。なお能村研三が写真撮影で出席をしている。二十七ページにわたる大きな座談会である。ちなみに章立ては次の十六である。

「百号を迎えて」「「沖」の誕生」「質的な充実」「編集長の「沖」観」「「沖」とわたし」「伝

統の中の新しさ」「「沖」風の再点検」「伝統観」「リゴリズムの厳しさ」「切れ字の問題」「「沖」だけにあるもの」「中央と地方」「「沖」にないもの」「「沖」の原点」「「沖」の方向と流行」「林翔の人と作品」

一九七八年九月二十三日、新宿の野村クラブにてとある。場所は当時渡辺昭が勤務していた野村證券に関連していたものであったと記憶している。個人的な話になるが私は当時かなり職場が忙しくて、下調べもせずに出席をして、後に沢山の書き込みをしたことを思い出す。今考えるとまさに冷や汗物であった。登四郎の発言については直に読んでもらいたいと思うが、章題から分かるように非常に前向きな討論であったことを思い出す。「沖」だけにあるものを認めながらも決してそこに安住しない強さ、いわゆる沖風を作っては壊して前進するという考えは登四郎自身の考えであった。登四郎膝下で学んだものは今もそれを守っているように思える。その他「沖創刊」への登四郎の思いなどの貴重な発言もある。次に五月号の「青年作家に望む」である。それは現俳壇の老齢化を憂うることから書き始め、自分の若いときの作家の若さ、それに比べ今は老人が若い人の進出の壁になっていると言い、「沖」の若手作家の作品を十三句あげて次の様に言っている。

これらの中には、素材として新しいもの、または都会風なもの、感覚として新しいものなど、その種類はさまざまであるが、これらの作品を綴り合わせたところから新しい「沖」の俳句が生まれてくるのではないか。

そして
その若いという特権を何よりも精神的な豊かさに向けてほしい。俳句に浸ることによって必ず人生の意義あるものを摑むことができると信じて進んでいってほしい。
と結んでいる。
当時の「沖」には二十代三十代の人たちが沢山いた。そして作句に夢中であったことを今懐かしく思い出す。
次に昭和五十四年の登四郎への批評に移ろう。先ず概略であるがそれは次のようである。
一月号……「感動の過程」（小澤克己）に作品引用二句
三月号……「藤浪の」（川崎展宏）／「夢の作像」（川崎三郎）／「秋風歔欷」（上谷昌憲）／「句集『有為の山』を読む――「露連禱」の章――」（今瀬剛一）／「無常の見せる風景――「有為の山の章」鑑賞――」（鈴木鷹夫）／「『有為の山』鑑賞――〝いのちの〟の句を中心に――」（岡野康孝）／「「あこがれ」について――沖俳句の原点――」（林翔）に作品及び氏名引用
五月号……「〝句会のあり方〟をめぐって――あるグループの実験から――」（渡辺昭・大橋俊彦・野村東央留）に作品引用／「藤浪」（筑紫磐井）に作品引用
七月号……「英詩と俳句の谷間にて」（大関靖博）に登四郎の作品が英訳されている
十月号……「幽けきものと余情と」（都筑智子）に作品引用二十五句／「現代俳句論評」（鈴

木鷹夫）に作品引用一句／「俳句と年齢」（鎌倉佐弓）に作品引用

以上が昭和五十四年「沖」の登四郎への批評の概略である。多少の補足をしておこう。

＊

一月号の引用句は

火を焚くや枯野の沖を誰か過ぐ
春ひとり槍投げて槍に歩み寄る

の二句である。この二句を小澤は「「詩」そのものとして捉えたい」とした上で、その理由を「想像によって生み出された」としている。今では当たり前とされている論であるが当時は非常に目新しい視点であった。三月号は登四郎の第六句集『有為の山』の特集号である。「藤浪の」、「夢の作像」の二編を除いて後はみな「沖」の内部作家による論である。「藤浪の」は静かに随筆風に筆をすすめている。登四郎を「淡泊ではないか」とした上で、句集から十句を採り上げ、とりわけ

藤浪のゆらぎがかくす有為の山

を激賞し、「ペンを持ったままだ藤浪の句に興奮している」と結ぶ。「夢の作像」は三郎

らしい評論である。例の「ぬばたま」の句までの「鬱屈した美意識」は「変質しない部分」として『有為の山』を「日常の時間を静寂のなかに溶解させてしまったような影絵の世界」と言い、「夢」「旅」「死」「病」などの作品が多いことを指摘する。さらに「詩的な生の確認」だとして、「死意識そのものを豊穣な詩意識に転換させようとする能村氏の作句の喩を随所に読み取ることができる」と結んでいる。引用句は二十句である。内部では上谷が十三句（二ページ）、今瀬が十八句（四ページ）、鈴木が十句（四ページ）、岡野が二十五句（四ページ）をそれぞれ執筆している。なお「「あこがれ」について——沖俳句の原点——」は句集とは特に関係がない。私はまとめとして

火を焚くや枯野の沖を誰か過ぐ

「満たされない心の「あこがれ」がこの句を生んだ」としている点に注目したいと思う。五月号の「〝句会のあり方〟をめぐって」では

至芸終ふそれより夜涼にはかなり

の一句、「藤浪」では

藤浪のゆらぎがかくす有為の山

がそれぞれ採り上げられている。七月号の英訳の作品は

男ゐる遠景に未だ冬去らず

である。十月号の鈴木が引用しているのは

湯沸かして使はずにゐる半夏生

の作品一句である。鎌倉は次の二句を引用している。

蓬摘み膝ついて知る地の弾み

絮毛の旅水あれば水にはげまされ

以上昭和五十四年の登四郎批評への補足である。
次に昭和五十四年の「馬酔木」へ話を移したい。まず作品である。作品を二句ずつあげておく。

冬もみぢ日陰日陰へ水走り　　一月号・枯山

尉鶲かの世の径のごとくゐる

夢覚めし後も浮寝をつづけゐる　　二月号・浮寝

類型のあまたを生めり餅切つて　三月号・寒九
風花の空の深きに職を去る
水飲んで寒九の日暮どきと思ふ
帰去来人のごと牡丹に寒肥やり　四月号・帰去来人
母方のうからすくなき一の午
遠野火の春日けぶらふ宮つ趾　五月号・紫香楽・蒲生野
蒲生野に枯萱茫とのこる春
牡丹に熱き息しておのれあり　六月号・忘春
忘春の酔ふべきものに根来の朱
みちのくの花時にして炉火を恋ふ　七月号・北上山系
牧開き後なる冷えに仔牛どち
花過ぎの隠し部屋もつ局の間　八月号・喜多院
囀りを聞かんと羅漢耳洗ふ
痩鶴のごとくに老いし袴能　九月号・痩鶴
つひに紙魚つきたりしわが処女句集
高千穂の神の巌根の泉湧く　十月号・日向路
炉があれば炉に寄るこころ山女宿

いつせいに香立ちし桑や雷の後　十一月号・秩父その他
滝行の僧は滝より透きとほり
青北風や終の書めきし句集の名　十二月号・秋渚
皆ここで踵をかへす秋渚

●毎月七句の発表である。「沖」の発表作品とは全く重複していない。

●退職後の登四郎は堰を切ったように旅行をしている。したがってそのほとんどが吟行作品である。

●作品傾向は「沖」の欄で述べたのでここでは言わない。ただ一つ「夢」とか「死」とか「老い」のような作品が多い。この傾向は決して今に始まったことではないがこの時期なおさら強いような気がする。川崎三郎が「夢の作像」（「沖」昭和五十四年三月号）で、「「夢」「旅」「死」「病」などの作品が極めて多いのは、能村氏の昨今の関心事が想像できる」と指摘している通りである。

昭和五十四年の「馬酔木」への文章発表はない。当然であると思う。主宰誌「沖」に全力投球しているということである。一つだけ五月号の「推薦十五句」の欄で下段に四百字程度の批評を載せているだけである。登四郎への批評に移りたい。次の通りである。

一月号……『有為の山』鑑賞（堀口星眠）／「推薦十六句」で、下村ひろし、古賀まり子、桂樟蹊子の三人が作品をあげる。
堀口の文章は作品を十六句あげて、四ページにわたる長文であるが全体的に句の鑑賞が多い。一つだけ結びの部分に注目した。そこで堀口は
藤浪のゆるぎがかくす有為の山山帽子の花がしるべの有為の山
の二句をあげ、「この二句の差は、言葉の魔術師たる氏の、次の発展を暗示するものではあるまいか。或いは、完璧な円熟の前ぶれと言いかえても良いであろう」と言っている。
「推薦十六句」で採り上げられているのはそれぞれ次の作品である。

をはりまでなじめぬ旅のをどし唄　（古賀まり子推薦）
銭亀を畦に拾ひし土用凪　（下村ひろし推薦）
雨月なり湯の沸く音に隣して　（桂樟蹊子推薦）

なお推薦句外に原柯城が一句をあげているがここでは省略したい。
九月号……「推薦十五句」欄で原柯城が〈ひたひたと田の水充ちて雛祭〉の作品を採り上げている。批評はない。
十月号……「控えめに、さりげなく」（大島民郎）の文章の中で、情景の具象化の例とし

て〈潮浴びにゆき帰らざり一生徒〉が引用されている。

＊

話を昭和五十四年の総合誌に移そう。先ず「俳句」である。作品発表は二回ある。一回目が一月号の「新春作品特集」で「翁渡り」八句と小文、これは同世代の四十人と競詠である。二回目が八月号の「情脆きとき」と題する三十句、飴山實、福田甲子雄が同時発表をしている。両発表句から気になった作品を抜粋しておく。

思はざる急流とあふ探梅行
左義長の残り火と立つ神の嶺
植ゑ終へし真竹と男しばらく立つ
梅雨の旅断じてわれは晴れ男
身に残る男ざかりと暑を迎へ待つ
手の切れるやうな朝来て凌霄花
白地着て腰が要と帯を巻く
真裸のもつとも情に脆きとき
おのが臀叩き遠泳の位置につく

曼珠沙華跨いでふぐり赫とせり

主宰誌「沖」も順調に発展をつづけ、登四郎にも自信と余裕がでてきた。作品からそのことを私は感じる。

●一句目、三句目、四句目のような現場に立った作品、六句目、八句目のような感性的な把握など作品も多彩になってきているように思う。なお四句目の「晴れ男」、確かに登四郎は晴れ男であった。私もそうなのでよくこのことは二人の間で話題に出た。

●「白地着て」の作品は私ども仲間の間で話題になった。やや官能的な美というものが感じられるのである。

●官能といえば「曼珠沙華」のような作品もこの期の氏の試みの一つである。生の根源を抉るような把握、私どもは肯定的であったが女性仲間などは眉を顰めていた。ただ後年これが〈今にある朝勃ちあはれ木槿咲く〉のような作品となるが、こうなると私としてはいささか行きすぎなのではないかと思うが……。

●もう一つ指摘しておきたいことがある。それは〈植ゑ終へし真竹と男しばらく立つ〉の作品についてである。登四郎には一つの表現を得るとそれを長くもち続けて、やがて完成させるような傾向があった。この作品も氏の句集『長嘯』の巻頭に据えた〈霜掃きし箒しばらくして倒る〉として完成したのではないかと私は思っている。なおこの作品は平成元年作である。

次に昭和五十四年「俳句」発表の文章に移ろう。一月号には前述したように作品の下に二百字程度の短文を載せている。短いが当時の登四郎の虚実観を知るうえで重要である。ここで登四郎は作品発表の時には季節を先取りするという。そしてこれは「全くの嘘ではない」と言い、「芸術における虚というものは実がその根底にあるから虚でも実以上に人の心を打つことがある」と言い切っている。私達仲間が登四郎から受けた大きな教えの一つである。二月号では「殿村菟絲子素描」を五ページにわたって執筆しているがこれはこの年の俳人協会賞受賞者へのいわば賛辞で特に付け加えることはない。宮津昭彦、成瀬桜桃子も同時執筆をしている。なお十二月号では雑詠選を阿波野青畝と担当、その選評を執筆しているがここでは割愛したい。

次に昭和五十四年「俳句」での氏への批評である。名前の出ているだけのものも含めて記すと次のようになる。

一月号……「イメージと虚実」（林翔）作品引用

二月号……「俳人協会賞・新人賞選考経過」（石田勝彦・樋笠文）で選考委員として名前が出てくる。「苦難の歳月を超えつつ」（友岡子郷）は二ページにわたる句集『有為の山』の書評。

三月号……「慶老楽事」（平畑静塔）に作品引用。「俳誌月評」（布川武男）で「沖」が紹介されている。

五月号……「俳壇人物往来」に「叙情派の俳人、能村登四郎」（信太妻）と評される。もちろん執筆者名は仮名である。

九月号……「現代俳句月評」（村松紅花）に作品批評。

十月号……「作家精神の若さ」（林翔）に作品引用。

十一月号……「現代俳句月評」（原子公平）に作品批評。

十二月号……「沢山ある中から」（北野民夫）は「特集・今年の秀句」、その中に作品引用。

批評のあるもののみ引用されている作品をあげておく。

露骨言葉に男いきいき熱帯夜　九月号
病葉や忌日を一に殉死墓　十一月号
ひだり腕すこし長くて昼寝せり　十二月号

二月号の「苦難の歳月を超えつつ」と五月号の「叙情派の俳人、能村登四郎」についてのみ多少の補足をしておこう。前者は真に見事な『有為の山』鑑賞である。友岡は登四郎の「苦難」について十五句を引用して「苦難に対応する詩心のしなやかさ。それが現実の苦難を生命の愛情へ切り替えている」といい、「……ある深みを加えている」と指摘する。そしてさらに六句をあげ、「風景」を「不分明の不定形の相として新鮮に感受している」

と述べ、他に五句をあげ「人生的に苦しいが、その分以上に美しい幻想が開けようとしている」と結んでいる。まことに氏らしい真摯な鑑賞で、当時登四郎が喜んでいた顔を私はいま思い出す。後者は「俳壇人物往来」の文章である。沖の記念会のことから始め、その順調な発展を祝し、登四郎の来し方を言い、作品と文章に優れている旨を記す、いわば挨拶的な文章である。しかし当時の登四郎に力を与えた一文であることには間違いあるまい。以上、昭和五十四年「俳句」である。

昭和五十四年の「俳句研究」に話を移したい。新作の発表は全くない。十二月号（年鑑編集）に諸家と並んで自選五句が並んでいるだけである。したがって話を文章の発表にすすめる。これもまた少ない。五月号に「作家の良心」という見開きページに榎本冬一郎評が載っているだけである。これはこの号の「特集・榎本冬一郎研究」に寄せたもので、他に川崎三郎、佐藤鬼房、和田悟朗、桂信子、杉本雷造、田川飛旅子、松井牧歌、藤井冨美子が原稿を寄せている。普通の挨拶文で取り立てていうことはない。

＊

昭和五十四年の「俳句研究」の登四郎への批評の方へ話を進めることにする。それは次のようになる。

三月号では先ず「契機は大事にされねばならぬ」（杉本龍史）に作品が引用されている。

それは

遠い木が見えてくる夕十二月

という作品である。杉本の文章自体分かりにくいのが気になる。また最後に「登四郎が確実に書きとめようとした強い契機がある」とあるが当たり前ではないか。どうもこの時代の「俳句研究」には分かり切ったことを回りくどく言うようなところがあって私はあまり好かなかった。

「俳句月評」（志摩聡）の作品批評では

睡り薬枕辺に置く月あかり

が採り上げられている。「日常的な常軌の中に身の置き所を定めて一句を望んだ、そんな感じの美意識」とはなかなか面白い言葉だ。

また「俳誌月評」（高橋悦男）には主宰誌「沖」が紹介されている。二ページにわたる丁寧な好意的な紹介で当時の登四郎もずいぶん元気づけられたであろうことは想像に難くない。

四月号では「書評」の欄に句集『有為の山』（中島秀子）が採り上げられている。愛弟子ということもあってかなり身贔屓な論ではあるが心ひかれる部分も多い。とりわけ私は

「登四郎には、長い間、悲劇の詩人・不遇の詩人という印象があった。それが「沖」発刊以後やや薄れたものの、『有為の山』によって再び甦って来た」として処女句集『咀嚼音』と『有為の山』とを比較し、その悲劇不遇を述べるあたり、登四郎を知り尽くしている愛弟子にして初めて言えることなのではないかと思った。いずれにしても貴重な論である。

七月号では三月号に続いて再び主宰誌「沖」が「俳誌月評」（小山内春邑子）の欄に紹介されている。一年間にそれもそれほど期間を置かない時期に二回も採り上げられるということは「沖」への期待の高さというものを示すものではないかと考えている。小山内は短い文章だがその中で一般論として「個我喪失の到来」として次のように言う。

はじめに感動のない世相、それが句作りにまで及ぶとなると困ったことになりかねない。現代の物質的贅沢が人間から感動を失わせ、気力を失わせ、俳句の臨場感欠如に繋がらないとは言えないだろう。どうしたらよいのか。俳句の平均化から脱するのには、どうしたらいいのか。

これは現在も続いている大きな問題ではないかと考えさせられた。また「「沖」についてという訳ではない」とは言っているが当時の「沖」の観念化というものを遠回しに言っているととれないこともない。問題のある発言であると思った。

八月号の「能村登四郎」（久保田博）は二ページにわたる論である。もちろん「沖」内部作家による論であるという弱さはある。しかし短い文章の中で、久保田は第一句集『咀嚼音』を「海の句もない、山の句もない、ひたすら貧しい日本人である一人の教師の旦暮の詩を綴り続けた作品集」と評価し、社会性の影響については「これに影響されるはずはない」、といいつつ「奥底に揺れ動くものを抑えがたく、苦悩」を抱いていたとする。そしてそれが「馬酔木」発表の「北陸紀行」の七十句、「合掌部落」一連の作品になったと位置付けている。また久保田は登四郎の今後について「俳句は有季十七音の抒情詩だという俳句の伝統に対する受け取り方は今後も絶対に変わらない」と言い、登四郎自身「暗黒の時代」というように、「伝統に新しい魅力」を盛り込むことは難しいとして、「氏の作家としての真の苦悩と不屈の精神の練磨は、これから始まった」と余韻を残して結んでいる。

登四郎の、『合掌部落』以後の方向についてコンパクトにまとめた名文であると思った。

九月号でも「俳誌月評」に主宰誌「沖」が採り上げられている。今年に入って三回目である。いかに当時の「沖」の注目度が高かったかということが想像できる。内容については三月号、七月号と大差ないので、重複を避けるうえからもここでは触れないでおくことにする。

十月号では青柳志解樹が俳句月評で作品を採り上げている。作品は

植ゑ終へし真竹と男しばらく立つ

である。これは「俳句」の八月号に発表した「情脆きとき」と題する三十句のなかの一句

である。青柳はこの作品について「『真竹』と『男』の象徴性は、語感の強い響きをともなって実存を承認させる」とし、その上で「客観を通して打ち出された主観である」と評価している。卓論であると思った。この三十句はかなり評判がよかったようで同月のもう一人の「俳句月評」担当者の和知喜八にも採り上げられている。作品は

溽暑はや淀みゐし血のさとりをり

である。この句について「漸く見えてきた人間の生をいとおしみ、そこから突き上げてくる魂を見とどけようとしている姿勢が窺える」と評価したうえで、「能村氏の独自な志向に注目しているのであるが、少しどろどろと暗くなってゆきそうなところに危惧もある。〈手の切れるやうな朝来て凌霄花〉のように、美しく老いて貫いたいものである」と願望も述べる。こちらはいかにも温かい友情に満ちた鑑賞であると思った。

十二月号はいつものように年鑑形式の編集である。その作品については、「作品展望3」において阿部完市が触れている。自由律、無季を標榜する作家なのでどのような批評をするか楽しみであったが

渥美より色鳥多き知多の空
急に能が見たくなりたり落葉の香

うつくしき語彙が過ぎけり鳰

をあげ、「写生でもない、叙情でもない……」と冷淡、始めから論が頭のなかにあって、例句を見つけたような感じがするのは私一人ではあるまい。その一方

曼珠沙華跨いでふぐり赫とせり

については、「能村作品としては直接的で打たれた」と言う。私は首を傾げてしまう。その他、「俳誌展望17」（宮津昭彦）に主宰誌「沖」が紹介されているがここでは触れる必要もないように思う。なお、恒例の「自選五句」の欄には五句の冒頭に、阿部が否定した

急に能が見たくなりたり落葉の香

が載っているのも面白いと思った。

＊

昭和五十四年の「俳句とエッセイ」であるが作品は十月号に「夏の終り」と題する三十句を発表している。ここでは七句を抜き出しておこう。なおこれは磯貝碧蹄館との同時発表である。

ひだり腕すこし長くて昼寝せり
寝覚めして悪評よりも無視怖し
この世ともあの世ともなく藻流れて
闘はむ残暑の恋の血を啜り
ひとりゐてひとり分だけ秋の風
川下に流燈の父母別れゆく
幾人か敵あるもよし鳥かぶと

一口で言って登四郎の心中を表現した作品が多い。当時登四郎の主宰誌「沖」は発展の一途をたどっていた。発展をすればそれを妬む者のあることも世の常である。この作品にはそうした者達への挑戦の気持ちも含まれているように思った。登四郎がこの時期いわばそうした悪意に対して身構えていたことも事実で、そのことを我々側近には密かに洩らしたりしたこともあった。また一見情景句と思える三句目とか、六句目なども実景そのものではない。いわばそうした孤独感というものが背景にはあるのであって、強いて言えば心象風景である。当時の登四郎はしきりにこの心象風景ということを我々に説いていた。

次に文章の執筆であるが二つある。六月号の「倭をぐな鎮魂」、九月号の「長靴の一句」である。前者には「『海まほろば』評」という副題がついていることからも分かるように歌人岡野弘彦の歌集を評したものである。またこれは「本年度芸術選奨文部大臣賞受賞」という特集に寄せた一文で他に岡野弘彦本人と阿部正路が文章を寄せている。登四郎が若い頃短歌を志したこともあったということは以前述べた。その後もこの俳句と隣り合う文芸にはとくに興味を示しており、この論自体も非常に熱が入っている。ただ直接俳句の主張とは関連しないのでここでは深入りをせず先へ進みたい。なおこの号には別に「現代俳句の父・水原秋櫻子」という特集も組まれており、登四郎は「略年譜」の作成と「水原秋櫻子200句抄」を担当している。登四郎の他には馬酔木外から平井照敏、福原麟太郎、木俣修、佐藤朔、吉村貞司、山口青邨、阿波野青畝、村山古郷、佐藤和夫、山下一海の十人が執筆している。「長靴の一句」であるがこれは「私の俳句開眼」という特集に寄せた文章である。同時執筆は皆吉爽雨、長谷川双魚、中島斌雄、柴田白葉女、田川飛旅子、松沢昭、平井照敏の七人である。この一文のなかで登四郎は例の

長靴に腰埋め野分の老教師

の作品の生まれる経緯を述べている。登四郎は長年低迷を続けたうえで、昭和二十三年初めて「馬酔木」の巻頭を得た。したがって当時非常に有頂天になっていたという。ところがその巻頭の作品の一句

ぬばたまの黒飴さはに良寛忌

について思ってもみなかった非難が石田波郷から入る。当然のことながら登四郎はショックを受けた。そしてその意味を考え、自分の作品について、「抒情にもたれた作品」の弱さを反省する。さらに波郷の真意を知りたく「鶴」を読みあさり、「俳句はあくまでも韻文の髄の髄である」という主張と出会う。さらに波郷の作品にも直に触れて、自分の今後の作品について「今生きている自分の現実を詠わないで他にどんな素材があるだろうか」ということに気がつく。そして生まれた作品が「ぬばたまの」の作品であるという。実に理路整然とした文章で読み応えがある。なお余談になるが、この「長靴に」の作品は作品のモデルとなった菅田良岳先生（登四郎の同僚）の市川市にあるお墓に句碑として建てられていると聞く。あらゆる意味で登四郎の思い出深い作品だったのであろう。

次に昭和五十四年の「俳句とエッセイ」の登四郎評へすすみたい。それは羅列してみると次のようになる。

一月号……「瞑の文学完成へ」（岡井省二）は登四郎句集『有為の山』への書評。
二月号……「俳人協会賞選考経過報告」の中に選者として名前が出る。
三月号……「現代俳句月評」（山田みづえ）に作品が採り上げられる。〈うつくしき語彙が過ぎけり鳰〉

十月号……「現代俳句月評」（河野多希女）に作品が採り上げられている。〈炎天を横切りし鳥の鳴咽きく〉ただ執筆者の書き違いか、校正ミスか分からないが氏名の「能村登四郎」が「野村」となっている。
十二月号……「現代俳句月評」（星野紗一）に作品が採り上げられている。〈晩涼の音楽樹下に出て撓ひ〉
以上、登四郎評の概略である。特に付け加えることはない。先へ進もう。
昭和五十五年に話を移す。先ず主宰誌「沖」から読んでいこう。作品発表からいつものように各月三句ずつを抜き出してみると次のようになる。

凩の御油赤坂は雨まじり　　一月号
凩の日はよく撓む曲げわつぱ
吉良さまを敬ふ寺の藪柑子
こころざす思ひの色の初明り　　二月号
にひ年に目覚め巨人のたなごころ
鮟鱇の鈎に吊りたき人もがな
雪降りぬ忘れるほどに遠くの日　　三月号
詠み尽さざるに枯野の景終る

亀鳴くを待つまでの顔老いにけり
先ざきの陽炎を追ひ遠江

四月号

春情を泛べて潮の入りどころ
春鴨の漂ひごころ知りてをり
花どきの飲食すべて少な目に
まどろみの後の夕餉の干し鰈

五月号

校庭のまん中の蟇春やすみ
唇あけて何見るとなき花疲れ

六月号

深寝後一せいに花了りけり
黒牡丹弁の重ねも深くして
黒南風の辻いづくにも魚匂ひ

七月号

総の海の朝の一雨も鰹どき
みな知りし顔で始まる鰹糶り
飼はれゐし鶴しか知らず夏やつれ

八月号

鳰の子の吹かれ吹かれてあらぬ方
ことことと奥で貝煮る半夏生
山口の露のぬれ幣鬼封じ

九月号

戸隠に老ゆこまやかに箕を編んで
鬼胡桃割る手刀を婆もちて
鉾の稚児馥郁として過ぎにけり　十月号
船鉾の沖の見立ては東山
月鉾の月がかたむく鉾廻し
藷掘りし跡いたはりの夜露降り　十一月号
北へ飛ぶ一羽もなくて刈田ばかり
ゆく雁の消えてより眼のうるみくる
神の山よりの引き水茎漬くる　十二月号
洗ひ葱白きあたりが雫せり
白鳥の幾羽か溶けし月明は

この時期の作品を読んで、私は登四郎は叙情の作家だとつくづく思う。しかもそれはある意味では叙景を装った叙情、景の奥から心がにじみ出てくるような表現が多い。逆の言い方をすれば心を通して情景を見るという事である。この時期登四郎は我々によく「俳句は密室で作る」ということを言っていた。その真意はいろいろ考えられるが例えばこれを吟行の作品でいうと、そこで得た素材をいったん家に持ち帰り、一人その感動を回想して作り直すということである。これを登四郎は「網棚から下ろす」という言い方をされていたことを思い出す。なおこの年は主宰誌「沖」の十周年にあたる年で、十月号はその記念号として編まれている。登四郎はその記念号に「蕩揺」と題する三十句を発表している。その中から五句ほどあげておく。

飛びぎはの飛沫も見せて瑠璃揚羽
くもり日は水辺の蓼とむかし唄
をりをりは游魚も過ぎて鰯雲
舟降りて弱法師めく施餓鬼僧
蓑虫を老年となり疎みだす

全体的に幻想的な雰囲気、その中に自己を描写しているように思う。感覚的なひらめきももちろんあるが、その感覚も心象風景も年齢なりの自然な老い方を感じさせる。

次に昭和五十五年の文章発表に移りたい。例によって短文については題名を記すのみに止めたい。

一月号「校歌」 二月号「あわてもの」 三月号「冬又は春」 四月号「遠江」 五月号「花まみれ」 六月号「黒牡丹」 七月号「黒南風の海」 八月号「男梅雨」 九月号「鬼無里」 十月号「群集演出」 十一月号「寂鮎」 十二月号「普陀落行」

この年の主宰誌「沖」への主な執筆を羅列してみると次のようになる。

一月号……「十年目の春」／「三賞の受賞者について」

二月号……「愛誦の詞華(1)」

三月号……「愛誦の詞華(2)――氷の僧――」

四月号……「愛誦の詞華(3)――一茶の雪――」

五月号……「愛誦の詞華(4)――難波の葦――」

六月号……「愛誦の詞華(5)――蔦の細道――」

七月号……「愛誦の詞華(6)――人間のうた――」

八月号……「愛誦の詞華(7)――門司の関守――」／「ある囚徒のうた」

九月号……「愛誦の詞華(8)――船遊女のうた――」

十月号……「対談・歌舞伎美学の構造」（対談相手は演劇評論家渡辺保氏）／「歌舞伎随想
――沖旧号再録――」／「言葉まぶしく」／「コンクール審査感想」（作品・随筆の部）

十一月号……「愛誦の詞華(9)――心中する武士――」

十二月号……「愛誦の詞華(10)――素朴なる愛――」

多少補足説明をしておこう。一月号と十月号の作品や作家批評にあたるものはここでは省きたい。また十月号の旧号の再録も補足の必要はあるまい。一月号の「十年目の春」も「沖」が十周年を迎えた近況報告でこれも補足の必要はない。この年は「愛誦の詞華」と

題する二ページの連載をしている。ほとんど副題から内容は想像できると思うが二月号だけ副題がない。二月号は蕪村の

斧入れて香におどろくや冬木立

についての文章で「冬木立」を枯木ととるか、常緑樹の冬木と考えるかの考え方が面白い。またこの文章の末尾に

…私の好む昔の古いうたについて気儘な鑑賞文を書いて見ようと思う。単に俳句、短歌に限らず、連歌や古代歌謡や狂言小歌歌謡など、気のつくまま書いて、日本の古代から流れて来た韻律の系譜をさぐってみたい…。

と書いて、その執筆の意図を明確にしている。ここでは登四郎の各章で採り上げた作品のみを記すに止めておく。

水取や氷の僧の沓の音　松尾芭蕉(2)
春めくや藪ありて雪ありて雪　小林一茶(3)
夕月夜潮満ち来らし難波江の葦の若葉を越ゆる白波　藤原秀能(4)
駿河なる宇津の山べのうつつにも夢にも人に逢はぬなりけり　在原業平(5)
稚ければ道行き知らじ幣は為む黄泉の使負ひて通らせ　山上憶良(6)

筑紫の門司の関　関の関守老いにけり　鬢白し　　　梁塵秘抄　巻二(7)
何とて据ゑたる関の関屋の関守なれば年の行くをば留めざるらむ　閑吟集(8)
人買舟が沖を漕ぐ　とても売らるる身を　ただ静かに漕げよ船頭どの　俗耳鼓吹(9)
君と寝やうか　五千石とろか　何の五千石　君と寝よ
筑波嶺に雪かも降らる　否をかも　悲しき子ろが布乾さるかも　万葉集　巻十四(10)
〈括弧内の数字は回数を示す〉

八月号の「ある囚徒のうた」は登四郎が選者をつとめている新聞紙上で出会ったKという囚人の話、心打たれる二ページの随筆である。文末の一行だけ引くとそこには「……俳句が私達ともう一つ違った所で生きていることを知り、あらためて驚いている」とある。登四郎の人間性を改めて感じさせる。十月号は前述したように「沖」の創刊十周年の特集号である。

＊

十月号の対談について補足をしておこう。その題名、対談相手は前述の通りである。何しろ登四郎の大好きな歌舞伎の話であるからかなり熱の入った対談で十七ページにも及んでいる。先ず小見出しを挙げておこう。それは①「女形の運命」について、②五世福助・

近代への挑み、③先代歌右衛門の記憶、④芝居見はじめのころ、⑤六代目菊五郎への傾倒、⑥鏡獅子と道成寺、⑦初代中村吉右衛門について、⑧松助・仁左衛門・中車、⑨半自然美の世界、⑩頽廃美の魅力、⑪六十代の歌舞伎、⑫芸への執念、⑬歌舞伎今後の問題、である。詳細について述べている余裕は無いが、登四郎の歌舞伎への傾倒はすごい。時々対談相手の歌舞伎の専門家が聞き返すような場面もある程である。全く俳句から離れたところで登四郎はのびのびと発言をしている。登四郎の美の世界、新しさへの思いなど見るところも多く、これは是非ご一読を頂くほかに方法はない。

話を昭和五十五年の「沖」における登四郎への批評に移したい。例によってその概略を示しておこう。

一月号……「私の沖歳時記⑦枯野」（筑紫磐井）に作品引用二句。〈火を焚くや枯野の沖を誰か過ぐ〉〈夢の景につらなるごとき枯野径〉

二月号……「私の沖歳時記⑧雪」（筑紫磐井）に作品引用。〈鋤鍬のはらから睦ぶ雪夜にて〉

四月号……「余呉にて」（鈴木鷹夫）に作品引用、詳説されているので後ほど補足したい。引用作は次の句である。〈火を焚くや枯野の沖を誰か過ぐ〉

六月号……「『現代俳句叢書・能村登四郎』読後雑記」（森山夕樹）／「私の沖歳時記⑫青田」に作品引用。〈日本海青田千枚の裾あらふ〉／「沖同人奥浜名湖研修会記念」として「付勝歌仙遠江の巻」を巻いている。登四郎の発句は次の作品。〈先ざきの陽炎を追ひ遠

江〉
八月号……「私の沖歳時記⑭夏痩せ」（筑紫磐井）に作品引用八句。補足の必要はあるまい。
九月号……「私の沖歳時記⑮流灯」に作品引用。〈さいはての流燈と逢ふ葦間道〉
十月号……「著者開襟――六冊の句集と六人の作家――」（座談会）六月二十九日、銀座の三笠会館で行われたもの、出席者は中島秀子、鈴木鷹夫、今瀬剛一、渡辺昭、大畑善昭、森山夕樹の六人、編集長の林翔が司会をしている。／「「沖」創刊と二句集――『枯野の沖』と『和紙』――」（高瀬哲夫）、登四郎と翔の句集を対比しながら、「沖」創刊に至る過程を記す。／「沖創刊十周年記念」と銘打って歌仙が巻かれている。「歌仙「菊白し」の巻」、捌き今泉宇涯、執筆松村武雄、登四郎の発句は次の作品である。〈菊白し老の初心の馥郁と〉
十一月号……「俳句文体とその可能性――切れ字を中心にして――」（大関靖博）に作品引用。〈長靴に腰埋め野分の老教師〉〈春ひとり槍投げて槍に歩み寄る〉／「私の沖歳時記⑯酉の市」に作品引用。〈板前は教へ子なりし一の酉〉
十二月号……「私の沖歳時記⑰凍滝」に作品引用。〈凍滝に月光暈を徐々に殖す〉／他誌抜粋の記事として、「壺」十一月号、「現代俳句渉猟」（近藤潤一）の記事を載せる。そこに登四郎の次の一句についての鑑賞文が掲載されている。〈男梅雨かな三日目は芦伏せて〉

以上、昭和五十五年の「沖」における登四郎に対する批評を羅列的に挙げてみた。以下「余呉にて」と「『現代俳句叢書・能村登四郎』読後雑記」「著者開襟」（座談会）の三つについて多少の補足をしておきたい。先ず「余呉にて」であるがこれは随筆風の鈴木らしい軽快な筆運びが快い。そして内容も

火を焚くや枯野の沖を誰か過ぐ

について述べ始めてからはまさに本質論である。この作品について論理的に書き進めた上で、「この句は重く深く作者と一つになっている」ことを指摘する。そして次に現代俳句について「切れがない、沈黙がない」と言い切る。さらに「作者に切る心がなければ、たとえ切字を使っても切れない」といい、再び「火を焚くや」の作品に戻る。そしてこの作品の「や」の使用について妥当性を述べながら独特の切れ字論を展開している。是非一読に値する切字論である。次に「『現代俳句叢書・能村登四郎』読後雑記」である。これは綜合美術社からの出版で、菊判変型、豪華布装上製本、サイン入りというもの、私も頂いて大切に保管してある。その本への書評である。そこで森山は次の作品を取り上げて、氏の言葉で言うと「雑音を奏でて」いる。ここではその作品を挙げるにとどめる。

部屋ごとにしづけさありて梅雨兆す

洗はれて月明を得む吾子の墓
白地着て血のみを潔く子に遺す
旅への疼き夜空は張りて七月へ
暁紅に露の藁屋根合掌す
朧湧きたをやかなりし夜の橋
春ひとり槍投げて槍に歩み寄る
おぼろ夜の霊のごとくに薄着して
頰掠むぬくもり鳥の渡りけり
ひとときの水を薫らす流し雛
どんど焼きいま完璧の火の柱
炎天を横切りし鳥の鳴咽きく

次に座談会の方へ話を進めたい。二十二ページにわたる大座談会である。小題を挙げておこう。それは、百号以後の句集、沖への参加、創刊当時の初々しさ、論争は必要、骨太い作家、『天仙花』、『約束』、『花屋敷』、『早池峯』、『流藻晩夏』、『渚通り』、「新しさ」と「新しがり」、深く静かな観照、四十代の苦しみ、深さと探究の十五の項目に亘っている。なお二重括弧はそれぞれ出席者の句集名である。因みに、『天仙花』中島秀子、『約束』今瀬剛一、『花屋敷』森山夕樹、『早池峯』大畑善昭、『流藻晩夏』渡辺昭、『渚通り』鈴木鷹夫である。このことからも分かるように出席者は全員ごく最近句集を出版したものたちばかりである。したがって力の入った論争が展開されている。ここでは登四郎に関する部分だけを抜き出しておきたい。

能村先生は一人一人のいいところをとらえて育ててくれたわけです（大畑）

能村先生のように、ある句集を出した後その欠点を反省して次の句集に向かうというような……（渡辺）

能村先生がよく、一つの句集を出したら、それの足りない点を補いながら、発想の転換なり表現の工夫なりをして第二句集に臨まなければいけない……（鈴木）

能村先生が、『枯野の沖』の後書きで、「冬の時代」ということを書かれていますね（鈴木）

能村先生が、そういう意味で、ことしの一月ですか、去年の十二月ですか、厳選主義でやると。百号の時ですかね、厳選主義で一からやるという宣言をしましたね。（渡辺）

「寒雷」にいながら「沖」に参加して、自分の世界を一つ拡げるようなつもりでよろしいかと言うと、能村先生はもちろんそれでいいと言われまして……（中島）

能村先生、林先生のいわばファンでしたから……（森山）

能村先生がこういうことをおっしゃるんですね。結社の中だけで立派な作家であっても、結社から一歩出ると、他の結社の中ではつまり俳壇全体の中では全く通用しない作家が多い

と……（森山）

五周年なら五周年、節々では能村先生がある程度ブレーキをかけたり、アクセルを踏んだり……（渡辺）

能村先生は、俳句は究極的には優雅なあそびかもしれないけれども、自分はあそびを否定したい気持が働く、ということをおっしゃっていた……（森山）

この座談会に出席した私の印象は皆さんよく登四郎のことを勉強していると言うことであった。とりわけ大畑、渡辺の両氏は登四郎の言葉を隅々まで読んでいると思った。結果的に私は俳句の本質論みたいなことを述べるに止まってしまった。しかしこの座談会は私にとっては自分を反省するいい機会となった。この座談会以後私はそれまで以上に登四郎の言葉を考え始めたことは言うまでもない。

話を昭和五十五年の「馬酔木」へと移したい。先ずいつもの様に作品を二句ずつ抜き出しておく。

籾を焼くけむりが這へる安堵村　　一月号
鳥いくつ渡り主なき窯冷ゆ
老が入る荒湯なりしが柚子うかぶ　　二月号
座持ちよき一人失ひ年忘れ

松過ぎや花なき床の丹波壺　三月号
人馴れし鳰がしばらく舟を追ふ
崩るる時火の声おこるどんど焼き　四月号
北窓を開きし眼何が刺す
いつよりか抒情を棄てて朝寝せる　五月号
目借時漂ひ着ける旅だより
壬生寺の鉦がみちびく余花小路　六月号
壬生狂言鉦方若くつかまつる
今といふ時のうつつを茅花風　七月号
風あれば細魚さばしる青田原
やや濁る支流ですます泳ぎ初め　八月号
白地着てこころ羽ばたき待ちゐたり
信濃いま雄時房なす青胡桃　九月号
戸隠に老ゆこまやかに箕を編んで
船鉾を降る灯の海にすこし酔ひ　十月号
屛風絵の名所づくしも宵山に
秋祭見に来て水の辺にゐたり　十一月号

倚松庵夫人の手なる秋扇
秋風に撫してたしかな鼻柱
いわし雲斜めに見えて坂がかり　　十二月号

各月七句発表である。ただし前書きがあるとその分だけ作品数が減る。三月号はその関係で五句発表であった。作品傾向は意欲的なものは主宰誌「沖」に発表しているので「馬酔木」発表の作品は概して静かである。ただそれだけに深く沈潜したものも多く、読後がさわやかなのが印象的であった。

この年の「馬酔木」への文章発表は次の一回だけである。

四月号……「『野づかさ』拝見」これは遠藤正年という人の句集の特集に寄せた文章であって書評の域を出ない。ここでは採り上げる必要はないと思う。

昭和五十五年の「馬酔木」での登四郎への批評に話を移したい。

先ず概略を示すと次の様になる。

一月号……馬酔木賞の選考委員を辞した理由がでている。／「初学入門⑧品格の高い句」（大島民郎筆）に作品引用。〈蛾族たち団地襲ふを謀りゐる〉そして「団地」が詩語として公認されると思われると書く。／「推薦十五句」欄に岡田貞峰が次の作品を挙げているがコメントはない。〈忘春の酔ふべきものに根来の朱〉

二月号……「推薦十五句」欄に下村ひろしが次の作品を挙げているが批評やコメントはない。〈痩鶴のごとくに老いし袴能〉

四月号……俳人協会賞選考委員として名前が出る、特に選評などの記載はない。

六月号……「馬酔木山岳俳句の系譜（戦後）」（小野宏文筆）に作品引用三句。／「初学入門⑬季語について」（大島民郎）に作品引用、特に論評はない。〈ナイター映ゆ夜学子充つる一電車〉／「推薦十五句」欄に相生垣瓜人が次の作品を挙げる、特に記載はない。

〈末枯れてすぱりすぱりと鯉の口〉

七月号……「内外の秀作」（林翔筆）に作品引用・鑑賞。

概略は以上であるが、一口に言って「馬酔木」での登四郎への注目度はかなり低くなってきている。これはそれだけ主宰誌「沖」に登四郎の力がいっていると言うことであり、当然の結果と受け止められよう。

それでは前述の六月号と七月号について補足をしておく。まず六月号の「馬酔木山岳俳句の系譜」で小野が引用しているのは次の三句である。

霧過ぎてぎくりと聳ちし一の壁
お花畠吾子は歓喜の身を擦れり
山小屋のポスト若さの文に膨る

これは前述した「父子登攀」六十七句の中の作品で、同伴したのは長女の萌子さんであったと記憶している。この作品について小野宏文は次の様に言う。

「登四郎は高原や山岳の「額縁の絵」のような作品には批判的であったが……」

「連作風の句もまじるが生活派らしく、自然の描写よりも「人間の息づき」を優先させた作例として話題を呼んだ」

「馬酔木」内部での登四郎の立場とか発言とかを知る意味に於いて貴重な発言の様に思った。少なくとも登四郎は馬酔木に一時期ブームを興した高原派といわれる作風には余り賛同していなかったと言うことは分かる。また小野の発言の「生活派」という言葉を面白いと思った。自然情景描写を主としていた「馬酔木」にあって人間に執着する登四郎、抒情表現を主とする登四郎は少なくとも主流ではなかったのかも知れない。七月号の「内外の秀作」で林の挙げている作品は「馬酔木集」五月号発表の次の作品である。

蝌蚪を見てゐて隙だらけかもしれず

文章の達人林翔の文章だけに実に楽しく読ませる。「俳人たるものは隙のある方がいい」と言い、長年の盟友らしく「この作者も隙の多い方だ」と断定している。私もそう思う。

＊

それでは昭和五十五年総合誌での登四郎の活躍を見ていきたい。まず「俳句」である。作品発表はない。文章が次の二つである。

九月号「愛誦句あふれる『春の蔵』」　十二月号「歳時記と風土」

前者は飯島晴子の第三句集『春の蔵』の書評である。先ず著者を「難解作家の代表選手の一人」と位置づけ、次に『蕨手』『朱田』に軽く触れる。そして「もはや飯島晴子は私とかけ離れた場所に立って作句している人」と嘆く。その上でこの『春の蔵』について「たくさんの難解句の中からほっとする様な作品に出合って愛誦することであろう」と推薦している。登四郎の影響によって育ってきた晴子が次第に難解化していく姿を悲しみつつも、期待を込めている好書評であると思った。

後者は「俳句と風土・風土についての小論」と題する特集で十四人が執筆している。登四郎の文章は四ページにわたる長文である。その中で登四郎は花や祭など京都中心に季語が発生してきたことをいい、それが旅行などにより地方による季節感の違いに気づいたことを指摘、例えば「雪解」であっても東京のそれと雪国とでは全く違うことをいう。そして誓子が「流氷」、「熊祭」などの季語を開拓し、「近代俳句のスタイルを樹立した」という。また沢木欣一らによって「南国特有の植物も詠まれている」ことを指摘、最近では「欧米の風土」や「砂漠地帯であるシルクロードに執して」いる加藤楸邨のような作家もいるとして、「俳句はもはや京都東京中心による歳時記の限界というものを感じてきた」と結ぶ。

昭和五十五年の「俳句」の登四郎に関する記載に話を移す。概略を示すと次の様になる。
四月号……「俳人協会賞・新人賞・評論賞選考経過」の中に選考委員として名前が出る。
七月号……「俳誌月評」（日下部宵三）の欄に主宰誌「沖」が紹介されている。氏の作品も三句引用されている。
八月号……「祭を見に行く」（草間時彦）に作品引用。〈白川村夕霧すでに湖底めく〉
十一月号……「十一月の風景――遠近感のある俳句――」に作品引用。〈冬耕の人帰るべき一戸見ゆ〉
十二月号……「現代俳句月評」（山崎ひさを）に作品引用。〈立版古波また波をまづ組んで〉
「俳句年鑑」昭和五十六年版……池上樵人の「白き手と大き手」の文末に『短かい葦』を紹介、その中で「韻文精神の本質を衝く。詩人はすべからく勇者たるべしと教示させられる」という。／岡本眸の「句の心意気」において作品引用二句。〈血がすこし古びし頃の曼珠沙華〉〈幾人か敵あるもよし鳥かぶと〉
その中で「現代俳句の代表的な指導者として地位を確固としている」と述べているところは印象に残る。
林翔が「私見二十作家」の中で作品六句を挙げて批評している。「旅の句」の多いこと、「老境の感慨」、「優游の境地」をいう。作品を挙げることは紙面の関係で控えたい。
「俳句年鑑」には他に諸家競詠欄に五句、主宰誌「沖」の紹介などがあるがここでは詳細には触れない。

次に昭和五十五年の「俳句研究」に眼を移すこととする。一月号に「紅葉鮒」と題する作品十五句を発表する。その中から三句を引用しておこう。

着ぶくれて皆に叛きてゐるごとし
鳰見るといふことにして家を出づ
伐られたる角痕白し落葉鹿

この十五句は二十四人の作家による競詠の形を取っている。登四郎自身もおのずから力が入る。右の三句からも分かる様に非常に意欲的である。叙情の作家としてのその力が遺憾なく発揮されている。それとともに新しい試みもさりげなくして批評を待つのである。例えば三句目の「落葉鹿」という季語の使用、これは嫌う人は極端に嫌う、そんな季語ないよと言下に言われてしまいそうな危うい使い方であるが、こうした季語の使用によって新しい俳句が生まれることを願っていたものなのである。もちろんこの作品の季語は「鹿の角きり」、「鹿」自体で通用するが登四郎にはもっと新しいものをつねに願うところがあったのである。

そして、昭和五十五年の文章発表は、「俳句研究」に一つある。それは二月号の「『咀嚼音』のころ」という二ページものである。これについては後述したいと思う。

「俳句研究」昭和五十五年の登四郎の記載へ話題を移すこととすると次の様になる。

二月号……「『咀嚼音』と能村登四郎」（今瀬剛一）で作品引用三十三句。これについては後ほど詳述したい。

三月号……「俳句月評」（庄中健吉）に作品引用。〈着ぶくれて皆に叛きてゐるごとし〉庄中は「着ぶくれは自愛の姿。わが身より出る体温をしっかりと離さないポーズである」とする。そしてもう一つ補助的に〈悴みてつらぬきかねし「かな嫌い」〉もあげている。

五月号……「沖」二月号についての紹介の記事あり、作品引用。〈大股にして越えたりし去年今年〉

八月号……「能村登四郎」（久保田博）に作品引用八句。これについては後述したい。

十二月号……「俳誌展望」（高橋悦男）に主宰誌「沖」が紹介されている。「俳句研究」の十二月号は例年の様に年鑑風の編集である。したがって他に年間の作品から自選して五句を発表している。

それでは二月号と八月号について多少の補足を加えておこう。先ず二月号であるがこれは「特集・戦後の処女句集」に寄せた一文である。これと同時に登四郎は前述した「『咀嚼音』のころ」を寄せている。今瀬は四ページ、それに応えるように登四郎の二ページの文章が続く。因みにその時「戦後の処女句集」として採り上げられたのは『胡桃』（加倉井秋を）、『荒天』（鈴木六林男）、『新雪』（丸山海道）、『歩行者』（松崎鉄之介）、『寒蕭々』（清水基吉)、『雪礫』(森澄雄)、『安房上総』(清崎敏郎)、『浅蜊の唄』(赤城さかえ)、『百戸の谿』(飯田龍太)、『咀嚼音』(能村登四郎)、『未明音』(野澤節子)、『秋風琴』(石原八束)、『浚渫船』(原子公平)、『途上』(藤田湘子)、『少年』(金子兜太)、『花文字』(田川飛旅子)の十六の句集である。(「『咀嚼音』と能村登四郎」は私の執筆なので書きにくい。ぜひ直にお読み頂きたく思う。)。登四郎の「『咀嚼音』のころ」はこの時代の登四郎を知る上でいい資料になると思う。とりわけ石田波郷の影響、第二句集への経緯、『咀嚼音』が三版まで出すことになった事情など事細かに書かれている。そして文末に「いつも最近のものが一番よいと思っている私には、なぜ『咀嚼音』があんなに愛されているのかどうしても分からない。」と記している。いつも前向きな登四郎の言葉である。

*

昭和五十五年の「俳句とエッセイ」に話を移したい。作品発表は全くない。文章も数えるほどなので次に列挙するにとどめたい。

二月号……「『雪鬼華麗』幻想」歌人の馬場あき子の歌集『雪鬼華麗』の書評。
六月号……「雑談の中の考察力」井本農一著『流水抄』の書評。
七月号……「もういない雁」かなり力のこもった文章であるがこれは先年亡くなった北海道の作家「斎藤玄追悼」の文章である。五ページにわたる長文である。なおこの号は「斎藤玄追悼号」で他に野澤節子、稲島帚木も追悼文を寄せている。

九月号……俳人協会刊行の「自註現代俳句シリーズ」の紹介があり、次の四句の自註が紹介されている。〈逝く吾子に万葉の露みなはしれ〉〈子にみやげなき秋の夜の肩ぐるま〉〈同温の妻の手とこの冬を経なむ〉〈黄泉の子もうつそみの子も白絣〉

十月号……「『柿の木坂雑唱』読後」安住敦句集『柿の木坂雑唱』の書評。

十二月号……「奈良の寺々」「特集　うたのふるさと・奈良」に寄せた文章である。五ページに渡る長文で、登四郎の美に対する原点のようなものを感じる。部分的に抜粋する。

西の塔の台石に雨水がたまり、それが東の塔の水煙を映すときに沸然と湧く西の塔への幻――。それが薬師寺の美しさだと思っていた私に今の薬師寺は大切なものを失ったようで淋しい。

美しさを言ったらやはり薬師寺の三重の塔が第一である。三重の塔でありながら六重に見える裳階も美しいが、他の塔より長めの九輪もすらりとしてみごとである。月のよい晩あの塔から音楽が洩れるという話は決して嘘ではないと思う。会津八一の短歌を上げ、秋櫻子などの作を挙げながら奈良の寺々の魅力を述べている。それこそうっとりとするような文章である。ご一読を勧めたい。先を急がなければならないので次へ移る。

昭和五十五年、「俳句とエッセイ」の登四郎への批評へ話を進めたい。ここでも取り立てて言うほどの記事もないので箇条書きに上げておこう。

三月号……「愛の祈念の書」（小野興二郎）登四郎の俳論集『短かい葦』の書評。因みに小野は歌人、登四郎とは市川学園の同僚である。
四月号……「「人間」の俳句」（阿部完市）の中に作品引用。〈逝く吾子に万葉の露みなはしれ〉／第十九回俳人協会賞の発表があり、選考委員の中に登四郎の名前がある。／「現代俳句月評」（神蔵器）の中に作品引用、鑑賞。〈にひ年に目覚め巨人のたなごころ〉

筆を進めなければならない。昭和五十六年へ行こう。まず主宰誌「沖」である。例によって作品を二句ずつ引用する。

一雁を棄てし早さに雁渡る　一月号・冬田
寝てゐては見えぬ枯野の一戸かな

能の出のごとくに立ちて芦刈男　二月号・冬の日陰
冬の悼歌――福永耕二突然の死に
言なくて凍る夜をただ立ち尽くす

ふところ手かく深くして老いゆくか　三月号・二月抄
紅梅を見て来し道を遥かにす
麻衣誕生
産声の午下りよりじわりと春　四月号・春の寺

晩年にそろそろ染まり穀雨かな
強東風に似て遥かなる敵ありし
燃え色の鯉迫りくるさくら冷え
しんしんと白湧きつげる白牡丹
空の冷えそのものなりし朴散華
大和国原にも逃げ水のありやなし
青葉ぐもりの径嫋々と平城山へ
補陀落や岸うつ梅雨のくづれ波
紙ありて一条しろき滝の芯
大津絵の鬼の朱色の大暑かな
百日紅しづかに溢れ甲賀郡
滝上に来てやや縮むいわし雲
花野たしかありし筈なる水ほとり
箸置いて見るはるかなる崩れ簗
一病を宥め宥めて露の日々
虹色の鯛とどきけり七五三
今にして切字にまよふ風鶴忌

五月号・さくら冷え
六月号・朴散華
七月号・平城山
八月号・補陀洛の海
九月号・大津絵の鬼
十月号・華厳
十一月号・雨中
十二月号・そして冬

二つのことを指摘しておきたい。その一つは身ほとりに何かあると必ず登四郎はそれを詠む。見事だと思う。この年には愛弟子であり同僚でもあった福永耕二を亡くしている。掲出句には号泣しているような強さがある。忘れられがちであるが耕二は登四郎を慕って鹿児島から上京し、登四郎の世話で市川学園に勤務することになったのである。両者の敬愛の念にはそれこそ深いものがあった。自身の体調も余り優れない上にこの悲しみ、その辛さが身にしみて感じられる。そうした時の麻衣ちゃんの誕生、登四郎にとってそれがどれほど嬉しかったか、想像に余りある。この作品の「じわりと」という表現には強い現実味が出ているように思う。もう一つはそうした心と重なることであるが氏の作品が極めて叙情味を深めていると言うことである。もちろん老いの意識もあるかも知れないが作品の底からじわりと湧く寂寥感、その深まりにも注目しなければならないと思う。

作品の下の小文であるがいつものように題名だけを上げておく。

一月号「はん女の雪」 二月号「古稀」 三月号「モデル」 四月号「殴る」 五月号「ふるさと」

六月号「『子午線の祀り』を観る」 七月号「五所さん」 八月号「冷夏」 九月号「信楽狸」

十月号「負けの芸」 十一月号「敬老の日に思う」 十二月号「「かな」について再び」

十二月号については多少補足しておいた方がいいかもしれない。「かな」という切れ字を使わなかった自分が最近頻繁に用いている事への弁明である。そこで登四郎は次のように言う。

……「かな」という切字は習慣的に使うと鼻もちならぬほど俳句が古くさくなる。しかし熟考の果使った「かな」は又新しい俳句の響をあたえている。要するにあたらしい響の生まれる「かな」を使ってみたいということである。

実は私も当時の登四郎が急に「かな」の使用が頻繁になったので直接聞いたことがあった。その時にも登四郎はこの文章に書かれていることと同じような回答をした。そしてその時に手元にあった雑誌からこの「かな」は新しいでしょうと言って示された句が「……にかな」という作品だった。先生それは間違いですよねと言って笑い合ったことを思い出す。私はその直後にこの文章に触れて、登四郎の「かな」の使用もまた俳句を新しくしようとする一つの試みなのだ、そのためには多少の危険を冒しても……、と妙に納得させられたのである。

＊

前回述べた作品で、十一月号に発表した特別作品「藁の飾り」三十句が抜けてしまったので前後するがここに補足しておく。

竹伐つて意外女の出で来たる
青北風やこころに殖えし死者の数

蓑虫のさゆらぎほどの迷ひかな
吹かれゆく穂絮に乗りし旅もがな
枯蔓の節のところで燃え残る
足袋買つてこころにもする冬用意
葱の白見て決意せること一つ

内面をえぐるような作品が心を打つ。その中にふと思いついたように「枯蔓」のような写実的な作品が入る。そうすると何となくこうした作品までどこか内面を表現しているように思えてくるから不思議だ。「竹伐つて」の驚きをそのまま表現したような作品も真実なら「青北風」や「蓑虫の」も真実なのである。己を見つめる心の静かさと深さに心打たれる。そうした中で私は「吹かれゆく」のような願望表現に妙に納得させられるのである。いずれにしてもこの時期の登四郎の作品には詩のないものは無いと言っていい、もっと言いたいが先を急ぎたい。

昭和五十六年「沖」の文章発表である。作品の下の小文（五百字随想）については前述した。それ以外の文章について列挙すると次のようになる。

一月号……「愛誦の詞華⑾――翁の寿詞――見えるもの見えないもの」（十周年記念講演）
二月号……「愛誦の詞華⑿――やまとをぐな――福永耕二を悼む」

三月号……「愛誦の詞華(13)――叛ける天才――」
四月号……「愛誦の詞華(14)――伊吹残雪――」
五月号……「愛誦の詞華(15)――定家中文――」
六月号……「愛誦の詞華(16)――黒き鎮魂歌――」
七月号……「愛誦の詞華(17)――旋頭歌の調べ――」
八月号……「愛誦の詞華(18)――うたた寝の夢――」
九月号……「秋櫻子先生の死」
十月号……「コンクール審査評」
十一月号……「愛誦の詞華(20)――天の火――」
十二月号……「愛誦の詞華(21)――乞丐人路通――」

多少の補足をしなければならない。「愛誦の詞華」についてはその副題から内容が読み取れるものが多い。一月号の「翁」は能楽のそれである。二月号は「古事記」の例の「やまとをぐなの物語」について書いている。三月号は芭蕉と凡兆について、四月号が丈草について、五月号は副題の通り、六月号は高市黒人の和歌の解釈が面白い、七月号も万葉集であるが旋頭歌の話、八月号が小町のこと、十一月号が万葉集の例の「君が行く……」（狭野弟上娘子）にまつわること、そして十二月号が副題にもある斎部路通のことである。いずれも話題が面白く、登四郎の幅の広さをうかがわせる文章である。なお十九回が抜けているが九月号と十月号には見かけなかったように思う。私の見過ごしであったら後ほど補充したい。ところで登四郎は前年の十二月に愛弟子福永耕二を喪い、この年の七月には師秋櫻子を亡くしている。二月号と九月号にそれぞれの追悼文が掲載されているがそれは誠に痛々しい。とりわけ耕二は四十二歳という若さであった。登四郎が鹿児島を旅した時に初めて出会い、話をする。そしてその情熱に惹かれた耕二は登四郎に突然「上京したい」という手紙を出し、上京する。登四郎は自分の勤め先の市川学園に就職させ、住まいも紹介し、それ以後苦楽を共にしてきた仲である。そうした真の意味での愛弟子であった。突然の訃報にうろたえ、嘆き悲しむ様が文面からも感じられる。当時の登四郎の嘆き悲しみを私も側で見ていたことを思い起こす。師秋櫻子の方は登四郎にも多少の覚悟はあったのかも知れない。冷静にその業績、作品の推移などについて執筆をしている。副題ともなっている

先師てふことば始めの夜涼かな

という作品が全てを語っていると思った。「先師」という言葉を使い始めなければならない深い悲しみの一方で、今後は独り立ちして生きなければならない覚悟が「夜涼」という言葉を登四郎に選ばせたのではないかと思う。「見えるもの・見えないもの」は「沖」十周年大会の折りの記念講演をまとめたもの、いま読んでも感動的である。この講演によっ

て我々若い作家達がどれほど勇気づけられたか、是非ご一読を願いたい。ここではまとめの部分を三箇所抜くにとどめたい。

存在するものの形や色を凝視したり、存在するものの音に耳を傾けてそれを表現することは、俳句の表現の源流となるもので、大切であることは現在も変わりありませんが、私は俳句はこれだけで果たして良いだろうかと言うことを考えます。写生から発した俳句の進展のもどかしさは、『枯野の沖』以後の私の一つの課題だったのです。ものを言えないという俳句形式ゆえに、俳句の深さというものの表現も可能になるのではないかという希望も、同時に私の胸裏に生まれた問題でした。

芭蕉が流行の心を説いたのは、追う心ではなく創り出す心として唱えたのだと思います。俳句も文芸作品であれば、自然とその時代の相を負って表現されるのが当然です。その時代時代の人の新鮮な感受性に受け止められるのは、やはり流行のもつ新しさからであります。俳句が近代という時代に生きるには、これもまた避けがたいことです。

もう一つ必要なのは、ものの外見の形象のみにとらわれず、その形象を見据えることによって、その背後のものが見えてくるはずです。いわゆる、音でない音が聞こえてくるはずです。これは一見写生とは違う世界のように見えますが、結局は同じで写生を窮めることによって作者の心に生まれてくる世界です。

昭和五十六年、登四郎の「沖」発表の文章でそれ以外補足するところはないので、同年の登四郎の批評の方へ話を進めていきたい。まずそれを羅列的に掲げておこう。
三月号……「魅力ある俳句」（松村武雄）に作品引用。〈春ひとり槍投げて槍に歩み寄る〉〈新絹をひろげて湖の中の妻〉
五月号……「私の沖歳時記」（筑紫磐井）の「蝌蚪」の部に作品引用。〈跳ねる蝌蚪口惜しがる性まだ残り〉
十月号……「新しさへの提言②」に作品引用。〈薄目せる山も混りて山眠る〉
十一月号……「新しさへの提言」に作品引用。〈発想のひしめく中の裸なり〉
十二月号……登四郎の句集『冬の音楽』の特集号として編集されている。外部から牛尾三千夫、内部からは久保田博、今瀬剛一、渡辺昭、大畑善昭、坂巻純子が文章を寄せている。牛尾と久保田は四ページ、他は一ページの小文である。

以上が昭和五十六年登四郎への批評についての概略である。ほとんど補足の必要はないが十二月号だけは特集であるのですこし補足をする。牛尾の文章は作品を多く引用して丁寧に書かれた文章であるが引用作品にも登四郎の作品にも作者名が記されていないのでわかりにくいところがある。登四郎には黄色を詠んだ句が少ないとか、前句集に比べて家族を詠んだ句が少ないとか、随所にいい指摘があるのであるが全体的にはややまとまりに欠けた鑑賞のように思った。久保田の文章は講演をまとめたものである。自分の先生を仲間の前で説くので歯がゆい部分もあるが論は一貫している。句集を出す度に新境地を深めている登四郎を第七句集『冬の音楽』では「年齢の深みの中にある命の艶やかさ」にあるとまとめている辺りは見事であると思った。その他の四人の執筆については特に補足することはない。

句集『天上華』時代

それでは昭和五十六年の「馬酔木」に話題を移したい。「沖」創刊によって既にそのほとんどの精力を「沖」に注いでいる登四郎にとって「馬酔木」はいわば儀礼的な参加という趣があった。これは致し方のないことであろう。したがって毎月七句の作品を発表しているのみで、文章発表も登四郎への批評も見当たらない。発表作品から二句を掲げるにとどめておく。

綿虫のいのちの果てをあそびをり　一月号
果ちかく莟残せり菊花展
（「馬酔木」二月号は作品見当たらず）
散りそめし雪片に身もいつか浮く　三月号
切り口に泡ふつふつと榾火かな
紅梅に綴れる糸のあるごとし　四月号
紅梅を見て来し道を遥かにす
三椏の花の奥より日の粒子　五月号

過去とすこし遊ぶこころに青き踏む　六月号
くもり空より咲きいでて濃きさくら
嬰の匂ひある家桜咲きにけり
八十八夜昨日にしたる星青き　七月号
着替へして祭に出づるふたごころ
浜人の足跡浅し梅雨汀　八月号
一僧を消し朴そよぐ熊野道

水原夫人

夏痩せのみとり窶れの忌の衣　九月号
明け易く明けてもう水原先生なし
大喜雨あり喜雨亭の死のその直後　十月号
先師てふことば始めの夜涼かな
鷺草にはつきり宙のありにけり　十一月号
新涼の水ありてこそよき目覚め
花よりも影たわたわと秋ざくら　十二月号
百日祭来て萍も紅葉せり

二つほど指摘しておきたい。一つは「馬酔木」の作品はどことなく手軽に作っているようなところがある。そのためかえって肩の力が抜けて私など好きな作品も多い。「紅梅に」や「くもり空」等の作品は今読んでも私の心をとらえる。二つ目は秋櫻子死去に際しての作品である。それは九月号の作品であるが題名の「哭」が示すようにまさに慟哭である。夫人の姿にまで目を向けているところに登四郎のこころの深さを感じる。

昭和五十六年の「俳句」に移りたい。作品発表は一回だけである。それは九月号の「東京下町競詠50人」という特集に発表した四句と小文である。二句だけ挙げておく。

昼の部を出て日の余る薄暑かな

夕立ではじまる幕の州崎土手

題名が「歌舞伎座」で、小文も作品も全て歌舞伎に関する内容である。特集に参加しているのはいずれも東京在住の作家らしい。安住敦、清水基吉、松沢昭など五十人である。

次に昭和五十六年の「俳句」における文章発表の概略である。

二月号「雑詠選選後評」**六月号**「雑詠選選後評」**九月号**「人間探求派」（これは「俳句用語辞典」として後にまとめられるその一編の執筆である）**十月号**「明暗の谷間――四十歳代の句業――」

登四郎はこの年、「俳句」誌巻末にある一般投句者向けの「雑詠」の選を二月号、六月号と担当している。いわば入門者向けの選後評であるので特に補足はない。ここでは九月号の「人間探求派」と十月号の「明暗の谷間」について多少記しておきたい。まず「人間探求派」についてである。登四郎の語る人間探求派は私にとっても最も興味のあることである。文中で登四郎は先ず中村草田男、石田波郷、加藤楸邨の三人を挙げその個性の違いを言う。そしてそれを草田男「人間謳歌」、楸邨「人間孤独の心奥の世界」、波郷「現実に生きる人間の哀感」とまとめる。さらにこの命名には当時「俳句研究」の編集長だった山本健吉司会による座談会が関わっているとする。さらに芭蕉精神がこの三人によって引き継がれていることを指摘したりしている。よく纏まった論である。次に十月号の「明暗の谷間」についてである。昭和五十六年の「俳句」十月号では「水原秋櫻子追悼特集」が組まれている。口絵、「悼秋櫻子」、座談会、「秋櫻子の句業」、代表百句、著作解題、略年譜……、二百ページ余にわたる大特集である。「馬醉木」内外の作家が多くの寄稿をしているが、登四郎はそのうちの「秋櫻子の句業」の欄を担当しているのである。同時執筆者は野澤節子、金子兜太、中西悟堂など十二名である。副題が示すように秋櫻子の一番脂ののった四十代の作品について述べている。それは五ページにわたる長文である。ただし追悼号であるから多少儀礼的な書き方も多い。ただまとめのところで「秋櫻子の四十代は外見は「馬醉木」隆盛一斗の気運に乗っているが、内部には様々な問題があり、膝下の愛弟子の幾人かと袂を別つ悲運に逢うなど……この巨匠の歩んだ長い俳句の道の一つの谷間をなした暗い時代」と独特の指摘をしているところは注目に値する。
昭和五十六年の「俳句」、登四郎の批評の方へ話を移したい。先ず概略を示すと次のようになる。
二月号……「俳壇日録」（久保田博編）の十一月二十六日（水）の欄に「能村登四郎・林翔二人展」の記事掲載。
五月号……「現代俳句月評」（柴崎左田男）に作品引用。〈散りそめし雪片に身のいつか浮く〉
七月号……「祭　七夕」（鍵和田秞子）に作品引用。〈井の底に水膨らめり星まつり〉
八月号……作品引用。〈夕凪にやはらかな輪を生み泳ぐ〉
九月号……「社会性俳句」（前述した「俳句用語辞典」の一文章として佐川広治が執筆）に作品引用。〈暁紅に露の藁屋根合掌す〉
十一月号……「造語」（前述した「俳句用語辞典」の一項目として今瀬剛一が執筆）に作品引用。〈火を焚くや枯野の沖を誰か過ぐ〉
十二月号……「昭和俳句私史　自然から日常へ――「何かを言いたい」という「何か」を――」（和知喜八）に作品引用。〈飼はれゐし鶴しか知らず夏やつれ〉
また、文中に次のような記載のあることも付言しておきたい。
昭和三十一、二年に踵を接して現れる沢木欣一『塩田』能村登四郎『合掌部落』も、印象ただならぬ句集だが、私にはこれが、桑原氏のつきつけた《人生そのものが近代化しつつある以上、いまの現実的人生は俳句には入りえない》という断定を真正面から受けとめ、全力を振りしぼり、実作によってこれを反証しようとするものと見えた。

いかにも和知喜八らしい鋭い指摘だと思う。登四郎は句集『合掌部落』を社会性俳句として扱われることを極端に嫌っていた。むしろこの和知のような意図が心底にあったかも知れない。

「昭和俳句私史「第二芸術」論後遺症——または遅れてきた俳人たち」(小室善弘)の中に次の三句が引用され、コメントがある。

炎天に身を踊めきる砂利負女
白川村夕霧すでに湖底めく
暁紅に露の藁屋根合掌す

＊

この年の十二月に刊行された「俳句年鑑」では登四郎に関して次のような記載があるのでまとめて記しておきたい。

「現代俳句の二十人」という特集では「各々の道」(鍵和田秞子)が作品七句を掲げて批評している。その中では「老年の艶」という言葉が印象に残る。同じく河野友人は「作品・時評・その他」と題して五句を掲げて論評をしている。登四郎の句集『冬の音楽』を「今年度の収穫」と位置づけている。また中島秀子は「喧噪と騒音の中での自己確認」と題して七句を掲げ「表現の優雅さ」を言い、古舘曹人は「新しき時代の曙光」の中で『冬の音楽』から作品十句をひき「境涯性の強い好著」と述べている。その他においての登四郎の掲載は諸家発表欄の五句と、主宰誌「沖」の記事があるのみである。

昭和五十六年「俳句研究」に眼を移したい。作品の発表は七月号の十五句である。題名は「芒種」、その中から五句ほどを抜き出しておく。登四郎らしい感性美ともいうべき作品が多い。

花過ぎの樹下のくらみへ吸はれ入る
ありありと縄焼きし灰諸葛菜
のぼるのぼると呟いて鳥雲に入る
すこしづつ放下のこころ竹植ゑて
芒種かな放生ごころ鯉を飼ふ

登四郎の内面描写がかなり強くなってきている。当初は鼻についたところもあった文学性が詩的なものとして定着している。ただしそれを当時の俳壇が受け入れるかどうかは未知数である。登四郎の苦難は依然として続く。

「俳句研究」、昭和五十六年の登四郎の文章発表はないので、登四郎への記載に移りたい。

まずその概略を列記しておく。

三月号……「三つの世界――現代俳句の現況――」（高橋悦男）に作品引用。〈鳰見るといふことにして家を出づ〉／「現代俳句の現況」（星野石雀）に作品引用。〈直言も残して若き年賀客〉／「詩にならない悲劇――なぜ、そんなに急いでうたい終わるのか――」（三浦健龍）に作品引用。〈古魬に冬日は情を尽しきる〉

六月号……「現代俳句の珠玉」（平井照敏）に作品引用。〈ひとりゐてひとり分だけ秋の風〉

八月号……「特集・四十年代の俳壇Ⅱ」には四十一人の活躍中の作家が採り上げられている。その中の能村登四郎の欄を久保田博が担当している。

十二月号……「作品展望Ⅰ」（三橋敏雄）に作品引用。短いコメントがあるがここでは省く。／「俳誌展望」（桑原三郎）に主宰誌「沖」の紹介あり。／「句集展望」（星野麥丘人）に第七句集『冬の音楽』の簡単な紹介あり。／主力作品欄に五句が載る。

「昭和四十年代の俳壇Ⅱ」（久保田博）について多少補足しておこう。この特集に採り上げられている作家は上村占魚、後藤比奈夫、野見山朱鳥、波多野爽波など同世代の作家四十一名である。文章は二ページの小文であるが久保田は登四郎のこれまでの全句集についてその意義に触れ、「沖」の創刊の事情などを述べた上で、第五句集『幻山水』を「最も純度の高い、詩の句集におけるピーク」と位置づける。そして「昭和四十年代は、能村登四郎にとって第二の充実期であったと言っても間違いの無いことであろう」と結んでいる。

短いスペースの中でよく纏まっている登四郎論である。

昭和五十六年の登四郎についてては以上なのであるがふと目にした記事に妙に気になった文章があるので付言しておきたい。それは七月号の「俳句春秋」という匿名の欄である。匿名という言葉からも分かるように全く無責任な記事である。内容は余りにもばかばかしいので紹介はしないが能村登四郎・林翔を始めわれわれ当時の「沖」人がどれほど不愉快な思いをしたか、また四十年経った今いかに中傷に過ぎなかったかが分かる。この二点だけを指摘しておきたい。何でも同じこと、急に出てくると叩かれるのだ。それを黙々と耐えた登四郎である。

話を昭和五十七年に移したい。先ず主宰誌「沖」の登四郎の作品である。例によって二句ずつを抜き出しておこう。

浮遊してこの綿虫の少数派　　一月号・白蔵主
癒えし胃の寒水の沁みよろこべり
またふえし孫の名を書く箸袋　　二月号・蓬萊
うつくしき老いとは髭しなやかな飾り海老　　身辺自分
北方に樅あり雪のまだ降らず　　三月号・北方
きさらぎや老いと寒さの頸まはり

校庭のまん中乾き春やすみ　　四月号・辛夷咲き

目の高さなる雪片はみな大き

蕗・蕨さやの中山みづみづし　　五月号・さやの中山

花冷えをぽつりと言ひしばかりかな

猩々袴ささやき咲きに花ふたつ　　六月号・安曇野

山葵田の花季を守りて黒づくめ

稚児が取る縒り綱ふとき祭牛　　七月号・葵祭

目まとひに泣きし記憶もかの日のまま

匂ひての佳き反りの太刀島つばめ　　八月号・松山にて

大南風水軍の裔船つくる

ほたる火の冷たさをこそ火と言はめ　　九月号・螢火

毛虫焼く火のいささかも濁りなし

能なかばにて聞きとめし秋の声　　十月号・出来ごころ

羽抜鶏といふより声の嗄れし鶏

秋夢さめとり巻かれゐる白尽し　　十一月号・幻花

すさまじや白づくめなる寝嵩にて

それなりの重さに垂れし綿虫は　　十二月号・冬

削るほど紅さす板や十二月

登四郎はまさに充実の時期に入ったとみたい。身辺を詠もうが、あるいは吟行で対象に触れながらもそれを確実に自分のものとしているように思う。心が澄んでいる。目が深い、聴覚も澄みきっている。そして感性が静かである。そのことは生涯の代表句と思われる作品が少なくとも二つ含まれているという事実からも分かる。「ほたる火の」と「削るほど」の作品である。前句はこの「ほたる火」は現実だろうか、想像の世界だろうか、確かに螢は存在している、しかしそれはどことなく遠い遥かな存在、確かな存在はむしろ「火」の方ではないか、それでも確かに螢はいる。後句は後年登四郎が筆者に写生の代表句として示してくれた作品である。上五から中七に掛けての確かな把握、十二月の空気の張り、深い、決して平面的な広がりではない、この板は削りに削って次第にどのような色になるのであろうか、登四郎の紅はその色である。紅の極まりは夢、それが同時に登四郎の「白」に通じるようにも思う。

「かな」の切れ字を使用し始めていることも面白い。晩年登四郎は「かな」の現代的使用と言うことをしきりに言っていた。古い自己満足に終わらないような使用である。「花冷え」の句の様な一種突き放した表現を心がけていたように思う。ただしその試みの中で「かな」が体言または活用語の連体形につくという鉄則も逸脱しかけたことがあった。これには私などは行きすぎではないかという指摘をしたこともあった。

昭和五十七年「沖」の文章の部へ移りたい。例によって作品の下の五百字随想について は題名を揚げるにとどめたい。一月号「耕二忌」、二月号「百人一首」、三月号「新旧交替」、四月号「涅槃図」、五月号「吉野川」、六月号「安曇野」、七月号「うまい句・よい句」、八月号「辻が花」、九月号「気になる言葉」、十月号「鹿児島寿蔵さんの死」、十一月号「曼珠沙華のころ」、十二月号「ワキと脇役」。

＊

昭和五十七年の五百字随想以外の「沖」発表の文章は次の通りである。なお十二月号で三十三回になった「愛誦の詞華」については主たる内容を同時に補足しておく。
一月号……「年頭にあたって」／「56年度の授賞について」／「愛誦の詞華(22)——命なりけり——」新古今集の西行の歌から書き始め芭蕉にも触れる西行論。
二月号……「愛誦の詞華(23)——萌ゆるさ蕨——」志貴皇子の例の「石激る垂水」の歌から書き始め御長女萌子さんの命名の由来や近代短歌にも触れる幅広い文章。
三月号……「愛誦の詞華(24)——ひとり寝の歌——」隆達小歌集から谷崎潤一郎の「盲目物語」を引用し、歌謡曲「ひとり寝の子守歌」まで引き合いに出し、現在この系譜は「小唄や地唄」に見られると結ぶ。

四月号……「愛誦の詞華(25)──白雄の抒情──」矢島渚男の著書により加舎白雄に興味を持ち始めたことから書き始める白雄論／「『石笛』に寄せて」

五月号……「愛誦の詞華(26)──みやびの伝承者──」大伴家持論。家持を「古今集へみやびの精神のバトンを渡した唯一人の歌人」と言う。

六月号……「愛誦の詞華(27)──その江戸ぶり──」榎本其角を江戸ぶりという立場から論じている。登四郎はご自身が江戸っ子と言うこともあって江戸の気質というのをかなり評価していた。

七月号……「愛誦の詞華(28)──仮説の中の人麻呂──」謎の深い万葉の歌人柿本人麻呂について所感を述べる。／「俳句芸能説の是非」（朝日新聞四月二十五日号より転載）

八月号……「愛誦の詞華(29)──俳諧のまこと──」上島鬼貫論。登四郎は鬼貫を「まことをかかげて俳と人とを一つにして」生き抜いた作家と評価する。／「俳句芸能論私説」

九月号……「愛誦の詞華(30)──ますらをぶり──」源実朝について書く。文末に「鎌倉右大臣実朝の忌なりけり（尾崎迷堂）」をあげてこの句程「実朝にふさわしい俳句を知らない」と記す。

十月号……「愛誦の詞華(31)──随伴者曾良──」河合曾良について書く。末尾に伯父さんから頂いた一軸と書簡を秘蔵していると書くがもちろん私は見せてもらったことはない。本当だろうか。

十一月号……「愛誦の詞華㉜――かげろふの女――」　この章は随分興が乗った様である。四ページにわたる長文である。右大将道綱の母の心中を書くが多少歌舞伎仕立てのようにも思える。ただ「蜻蛉日記」を「内面の心の葛藤」の描写から評価しているところはさすがであると思った。

十二月号……「愛誦の詞華㉝――防人明暗――」防人の歌を述べながら戦前と戦後の教育にまで触れている。与謝野晶子の「君死にたまふこと勿れ」の心が万葉の時代にあったことを指摘する。

連載も三十三回になった。どことなく登四郎の知識の中で自在に書いているという感じがする。したがって多少常識的になるところも無いでは無いがとにかく健筆を振るっているということは確かであると思った。いつだったかおたずねした時に「この頃は一日にエッセイ一つ書くんだよ」と笑って居られたことを思い出す。

その他の文章について多少触れておく。小文であるが一月号の「年頭にあたって」は「馬酔木」を離れた由、今後の「沖」の方針などを記す。振り返ってみると登四郎も六十代後半に入っていたであろうに、今読み直してみても若々しい文章である。四月号は僚友林翔の第三句集『石笛』への鑑賞文である。個人的なことなどにも触れながら作品を挙げて丁寧に批評する温かい文章である。七月号の文章は転載である。文末の「俳句の名作は、作者自身も意識しない中に往々生まれる」、「作品の価値は作者が決めるものでは無く、読者によって自然の内に決まる」は同感である。八月号はこの七月号と呼応する様な文章である。非常に刺激的でもある。これは直に読んで貰いたい。

昭和五十七年の「沖」における登四郎への批評に移りたい。先ず羅列的に上げて、必要あるところのみ補足を試みる。

三月号……「登四郎の近作」(林翔)、これは登四郎が「俳句」二月号に発表した「やさしき冬」二十五句について書いたものである。

六月号……「新しさへの提言⑦――優しさについて――」(小澤克己)に作品引用。〈病む妻に嘘いくつ言ふ枇杷の花〉

七月号……「若き日の翔論」(筑紫磐井)の中に登四郎に関する記述が数箇所ある。／「安曇野同人研修会記念として「附勝歌仙爺ヶ岳の巻」の歌仙を巻いている。登四郎の発句は次の作品。〈屈みつつ霞やさしき爺ヶ岳〉

十月号……「新しき提言⑪――エロチシズムについて――」(小澤克己)に作品引用。〈春ひとり槍投げて槍に歩み寄る〉

十二月号……「新しき提言⑫――傷について、或いは未完の力について――」に作品引用。〈傷なめて傷あまかりし寒旱〉

以上その概略を記したが、三月号の林翔の文章について多少補足をしておこう。登四郎の発表句の中から林翔は次の四句を上げて鑑賞している。

噂・綿虫みなさはさはとやりすごし
口さみしくて残る日を数へけり
浅漬を噛みその音に酔ひゐたり
耕二の忌以後を湯ざめのごとくをり

巻頭表紙裏の一ページを使用した文章であるが要を得ている。登四郎の私的な部分にも触れているところが面白い。なお末尾に「馬酔木」の僚友中条明から、登四郎の二十五句を読んで感動した旨の手紙を頂いたことが記されている。

昭和五十七年の「俳句」へ話を移したい。新作品発表は二月号の二十五句一回だけである。題名は「やさしき冬」、その中から私の印象に残った作品を五句抜き出しておこう。

空稲架の遠目なれども五段稲架
耕二の忌以後を湯ざめのごとくをり
一雁の列をそれたる羽音かな
重ね着にうすうす五欲燃えゐたる
聖夜にてぎんぎらぎんの音地獄

「馬酔木」を離れ、いわば独り立ちした登四郎の本領が遺憾なく発揮されている二十五句だと私は思う。一句目は情景を描きながらそこに作者の表情が明滅する。二句目は愛弟子福永耕二を喪ったその尾を引く悲しみが痛々しい。「湯ざめのごとく」という比喩には静かにその運命を肯わなければならない作者の悲しい思いが感じられる。三句目には「四十年学びし馬酔木を辞す」という前書きがある。真実と孤独感と覚悟を見事に表現した。こうなると一種の芸とも言えよう。なおこの時期の登四郎の試みの一つかも知れないが真実を表現する試みとして、多少エロティックがかったもの、世俗に足を据えたもの、そうした素材への挑戦があった。四句目の「五欲」、五句目の「ぎんぎらぎん」にそうしたものを感じる。五句目などは当時若い歌い手が「ぎんぎらぎんにさりげなく……」と歌っていた、それを引用したもの。私など全然知らなかったのに登四郎はどこで聞くのだろうかなどと私たち仲間の間でひそひそと語られたことを懐かしく思い出す。

＊

昭和五十七年の登四郎の「俳句」への文章発表である。十一月号に一度あるだけである。十一月号は大野林火の追悼号である。それは「大野林火の追憶と業績」、「大野林火百句選」、「句業」、「一句鑑賞」、「大野林火論」、「林火俳句の抒情」など大野林火の巨像を浮き彫りにするような特集である。この特集で登四郎は友人の一人として「林火編集長」という一文を寄せている。これは五ページにわたる長文である。友人として林火を惜しむ気持ちがそこここに記されている。そうした中で私がいかにも登四郎らしいと言う真実を読み取った部分があるのでそこだけを記しておきたい。それは『合掌部落』発表の裏話のような部分である。昭和二十九年の夏、当時「俳句」の編集長をしていた大野林火に秋までに三十五句をつくってもらいたいと「宿題」を出されたというのである。そしてこのことが契機になって夏休みを利用しての「父子登攀」、「合掌部落」の旅となり、結果的に句集『合掌部落』を生むこととなった、その経緯を情感豊かに述べている。そして「考えてみると林火編集長と出会わなかったら私のこの情熱は生まれなかったかと思う」とまとめる、単なる形式的な追悼文にはとどまらない真実が記されている好文であると思った。

昭和五十七年の「俳句」、登四郎への批評に話を移そう。その概略は次の通りである。

一月号……「俳誌月評」（宇咲冬男）の「馬酔木」紹介の欄に名前が出る。

二月号……「書評」（廣瀬直人）に「冬の音楽序章」と題する文章が載る。句集『冬の音楽』についての紹介文。

四月号……「俳句用語」（今瀬剛一）の「体験」（追体験）の欄に作品引用。〈春ひとり槍投げて槍に歩み寄る〉／「俳句用語」（河野友人）の「風土」の欄に句集『合掌部落』から五句が引用される。（※なお参考までに記すとこの「俳句用語」は後に「俳句用語辞典」として出版された。）／俳人協会三賞の選考委員として氏名が載る。

五月号……「季語深耕　祭（端午）」（鍵和田秞子）の欄に作品引用。〈幟立つ男の国の甲斐

に入る〉
十二月号……「俳誌月評」（綾部仁喜）の欄に主宰誌「沖」の十月号が紹介される。登四郎の作品も三句載っている。
以上が昭和五十七年の「俳句」の登四郎に対する批評である。特に補足の必要もないので筆を進めたい。
昭和五十七年の「俳句とエッセイ」である。先ず作品発表であるが一月号に「除日茫茫」と題する十二句の発表がある。その中から三句を抜き出しておこう。

行く年の霞みにすこしゆらぎ見ゆ
枯れ季の鯉墨いろをやや深め
あかつきの雨や四温の男夢

登四郎の個性美の描出の試みは順調に進んで、次第に奥深くなっていく。一つはその微妙な世界、あるかなしかにある世界の描出、一句目の「すこし」、二句目の「やや」にそれが感じられる。こうした用語が多く使われるのである。次に単色の澄みきった世界への挑戦、二句目のような「枯れ」の世界は氏の独壇場である。もう一つは物語に美を求めるような世界、それも過ぎるとややエロティックになることがある。三句目はやや抽象的ではあるが均衡のとれた作品だ。

次に文章の部へ移りたいと思う。これも一回だけであるがいい文章である。それは十一月号の特集「父の句母の句」に寄せた一文である。七人が文章を寄せているが登四郎はその冒頭を飾っている。題名は「父の思い出」。段抜きでしかも四ページにわたる文章である。そこには父が生まれてから立志の志を抱いて上京し、黙々と働いて亡くなるまでの生涯が淡々と描かれている。息子が父親を書いた文章というのはこのようになるのであろうか、それは淡々としているだけに心引きつけられる。とりわけその晩年「春慶塗のひとり膳で母のつける酒を黙々と飲んでいた」、「「東洋美術」をあつめていた」という部分には登四郎の姿にも通じるものを感じた。もっとも登四郎は酒は飲まなかったが……。父が亡くなった後に残っていた「鉛筆書きの絵」を「十八歳で親知らずを越える立志の姿」と思うところもいかにも登四郎らしい見方だと思った。

この年のもう一つの登四郎の文章は四月号に寄せた「『生身魂』を推す」である。これは細川加賀の句集の書評である。その処女句集まで引用しながらきめ細かく書いた好文である。

昭和五十七年、「俳句とエッセイ」における登四郎への批評へと話を進めたい。概略は次のようである。

一月号……「現代俳句月評」(上田五千石)に作品引用。〈虫しぐれだんまり虫もありぬべし〉

三月号……「若さと気品と」(細川加賀)に作品引用三句。『沖俳句選集Ⅲ』の書評である。

四月号……俳人協会三賞の選考委員として名前が出る。／「作品というもの――俳句雑談――」（平井照敏）に作品引用、批評がある。〈ひとりゐてひとり分だけ秋の風〉「千変万化の広がりのある、面白い句」、これはこの作品についての批評の一部である。

以上が概略であるが一つだけ補足しておきたい。それは一月号の「虫しぐれ」の作品についてである。私事になるかも知れないがあることを懐かしく思い出した。それは私の作品「虫時雨のなかの一つに笑ひ虫」と関わる話である。じつはこの批評の欄でも五千石はこの作品について「季題の「虫時雨」が「笑ひ虫」の出現によって抹殺されてしまっている」と指摘している。当時納得の一文であるとおもったことを今懐かしく思い出している。

昭和五十七年「俳句研究」へ話を移したい。作品発表は一月号の「浮寝鳥」と題する十五句である。例によってその中から三句を抜き出してみたい。

冬に入る身辺どこか整ひて
蛇穴に入りぎは怨をひらめかせ
新藁やこの村ふかく棄老譚

この時期の傾向については前述したので触れない。掲出した三句などに私はその傾向を確認した。その他の作品発表は十二月号の年鑑に自選五句があるだけである。

昭和五十七年の文章発表である。一回だけある。それは「原裕素描」と題する一文である。副題が「清澄から円熟へ」と掲げていることからも分かるように原裕の円熟ぶりについて述べたものである。作品二十七句を上げてその作品について懇切丁寧に述べている。昭和五十七年、「俳句研究」における登四郎に対する批評に移りたい。羅列すると次のようになる。

三月号……「俳句月評」（竹本健司）に作品引用・批評。〈葱一本横たへて何始まるや〉

四月号……「現代俳句の今日と明日」（安土多架志）に作品引用、批評はない。〈ありがたく何包みたき掌か〉

五月号……俳人協会三賞選者として名前が載る。

六月号……「俳誌月評」（齊藤美規）に主宰誌「沖」が紹介され文中に作品二句が載る。

九月号……「鑑賞・能村登四郎の十句——作家論風に——」（久保田博）は副題が示すとおり登四郎の小論風である。昭和二十三年から現代に至るまでを分かりやすく書いている。

十二月号……「俳誌展望Ｉ」（阿部鬼九男）に主宰誌「沖」が紹介されている。／自選五句欄に作品掲載。

＊

昭和五十八年に筆を進めたい。先ず「沖」の作品発表である。いつものように各月から二句ずつを抜きだして、その作品傾向を探って見よう。

離れゐし鶴から順に凍りけり　一月号
白鳥の長頸縊りしは夢か
腓返りす人日ののつけから　二月号
白鳥の餌時の修羅のをさまりゆく
雁の死を見し枯蘆はあのあたり　三月号
傷覗くごとくに屈み寒牡丹
たらの芽や男の傷は一文字　四月号
靴下まで脱いでしんじつ青き踏む
後姿の春愁として見送れり　五月号
七小町二つは知らず朧にて
しこしこと歯ごたへの蕎麦余花の佐渡　六月号
青空が夜まで残る半夏生
まぐはひに似て形代の重ねあり　七月号
浮巣みし夢あざやかに覚えをり
一献の後黒竹を植ゑにけり　八月号

鮎食べてそれよりの身のけぶりをり

命終の言なきもよし夏の露　九月号

それ以後はまくなぎゆゑの泪とし

瞑りてゐるとき多く青薄　十月号

烏瓜咲いてひとりの餉にも馴れ

鳩吹きのをはりぬ谺ともならず　十一月号

星合の契りもいまは昔ごと

三分写真湯ざめの顔に写りけり　十二月号

炬燵して老艶の書に深入りす

なお、三月号は通巻一五〇号の特集号である。この号に登四郎は「午後からの雪」と題する三十句を発表している。次にその中から五句を抜き出しておく。

思ひせまりて氷面にはしる鱒

家鴨たちを走らす野火のひと煽り

初夢の色もていへば真綿いろ

ふり返る身のしなやかに探梅行

逃げ水を追ふ旅に似てわが一生

この年の七月二十八日、登四郎は奥様を亡くされる。その作品が九月号に載るが、さらに十月号で「天上華」三十句を発表している。その中からも五句をあげておきたい。

睡りより死へと涼気のながれゐて
一度だけの妻の世終る露の中
朴ちりし後妻が咲く天上華
夏痩せ季すでに過ぎしに今の痩せ
妻の流せし血ほどに曼珠沙華咲かず

享年六十四歳という若さだった。脳腫瘍の手術をして意識が戻らないまま逝去されたということである。非常におしとやかな方であった。先生のところにお伺いした折、二階までお茶を運んで頂いたときのことが忘れられない。既に第一回の手術を終わられていた頃だ。ご自分のことはさておいて私に体を大事にしなさいと言って下さった。ここにあげた九月号以降の作品を見ても分かるように登四郎は慟哭している。その悲しみの全てを作品が物語っている。したがって下手なコメントはしない。作品から直に感じ取って貰いたいと思う。この時期の作品を大まかに言えば九月号以前は漠然とした不安、孤独感が滲み出ているし、それ以後は抜け殻と化した己の表現である。是非そうした立場からこの時期の登四郎の作品はお読み願いたい。余談になるがこの年の七月三十日には岩手県の花巻で主宰誌「沖」の勉強会が行われた。奥様の葬儀の日である。当日もご子息の研三さんには「勉強会に出席したい」と言ったそうである。その理由が「死んでしまったんだから仕方ないよ」ということであったという。さすがに出席はかなわなかったが登四郎にはそうした強い意志も一面にはあったことを言い添えておきたい。なおこの三十句と同名の第八句集『天上華』を翌五十九年の九月に角川書店から出版している。これについては後日触れる機会があると思う。

次に昭和五十八年の「沖」における文章の発表に移ろう。例によって五百字随想についてはそのタイトルをあげて置くに止めたい。

一月号「亥年」 **二月号**「句集の名前」 **三月号**「摩利支天詣」 **四月号**「しきたり」 **五月号**「初代吉右衛門の墓」 **六月号**「佐渡残春」 **七月号**「父の遠忌」 **八月号**「騎士という句集」 **九月号**「妻の人生」 **十月号**「選句屋」 **十一月号**「中村児太郎」 **十二月号**「之の小面」

その他の文章発表は次の通りである。

一月号……「愛誦の詞華(34)――その年の秋――」芭蕉の作品を四句挙げ芭蕉の「終焉に近い作品」について「孤独感寂寥感の底に死の影がひたひたと寄せている」と指摘する。

／「五十七年度の沖賞と沖新人賞」

二月号……「愛誦の詞華(35)――みごとなる自然詩人――」赤人の歌三首を引用しての山部赤人論。

三月号……「愛誦の詞華(36)――悲劇の帝――」　新古今集の和歌を引用して「後鳥羽院」について述べる。ここで登四郎は後鳥羽院を悲劇の人とみる。

四月号……「愛誦の詞華(37)――臈たき花――」　式子内親王の和歌をあげてその人生そのものにまで迫っている。

五月号……「愛誦の詞華(38)――夜半亭晩春――」　蕪村の作品九句をあげて蕪村を論じる。特に結びで「芭蕉と対照的に、蕪村には春の句にすぐれた作品があり、その中でも晩春の作品に佳句が多い」と指摘しているところは面白いと思った。

六月号……「鵙賞について」／「愛誦の詞華(39)――紫匂ふ――」　副題からも想像できるが額田王について述べている。

七月号……「愛誦の詞華(40)――水無瀬三吟――」　飯尾宗祇の作品を挙げての論。芭蕉の敬愛して止まなかった故人の一人として書く。／「俳句になぜ新しさが必要なのか」――「俳句・その新しさについて」改題――

これは「沖」一五〇号記念大会の折の講演の記録である。期日は昭和五十八年三月十九日、場所は日本工業クラブ。ここで登四郎は「沖」のキャッチフレーズの「俳句の新しさ」に芭蕉を引用して述べる。まとめの部分を抜粋しておこう。

……現代俳句を眺めた感じを率直に述べますと、私は何か時間が長いこと止まっているのかと錯覚します。皆が俳句プロパーなるものを大切にするため、新しさに対してひどく用心深くなっている……古いものがいつまでも居座って新しいものが出番を失っている感じ……若い作家の出現を望んでいますがはたしてそうした時代が遠からず来るでしょうか……これは当時の俳壇としてはかなり勇気のある発言だった。何しろ「俳句は古いものなのだ」という考えが主流を占めていた時代なのであるから……。

八月号……「愛誦の詞華(41)――猿蓑連句の抄――」本章では芭蕉と凡兆の微妙な関係を連句から想像しているところが面白い。

九月号……「愛誦の詞華(42)――華麗なる修辞学――」本章は紀貫之についての論である。

十月号……「愛誦の詞華(43)――節の気質――」去来論。去来と其角を比して「温和で律儀な去来と寛容で幅を持っている其角」と言うあたり特に面白い。

十一月号……「愛誦の詞華(44)――『死者の書』の背景――」釈迢空の小説『死者の書』に基づいて万葉の世界、大伯皇女や大津皇子などについて書く。

十二月号……「愛誦の詞華(45)――幽玄の源流――」定家の父藤原俊成について短歌を引用しながら特にその定家を思う親心を中心にまとめている。

昭和五十八年の「沖」、登四郎への批評に話を進めたい。先ず概略を挙げると次のようになる。

一月号……「新しさへの提言」（小沢克己）に作品引用二句。〈ただ寒きばかりに過ぎて今昔〉〈ふところ手かく深くして老いゆくか〉

二月号……「梅桜考」（都筑智子）という随筆に作品引用。〈花冷えや上眼にらみの踏まれ邪鬼〉〈花冷えや老いても着たき紺絣〉〈紅梅に刻が触れては鈴鳴らす〉

三月号……（通巻百五十号記念号）「「沖」創刊ごろからの能村さんの句集」（井本農一）に登四郎についての記載あり。／「子規の今昔」（石本隆一）に登四郎及び主宰誌「沖」についての記載あり。／百五十号記念座談会「知性と機知」において登四郎の名前が出てくる。／「言葉を考える」（鈴木鷹夫）に作品引用、特にコメントは無い。〈雪吊りや松よりも縄香りけり〉／「永遠なる新しさを求めて」（今瀬剛一）に作品引用。〈火を焚くや枯野の沖を誰か過ぐ〉／「秀句の条件」（今瀬剛一）に作品引用。〈火を焚くや枯野の沖を誰か過ぐ〉〈春ひとり槍投げて槍に歩み寄る〉

五月号……「新の構造」（鎌倉佐弓）に作品引用。〈火を焚くや枯野の沖を誰か過ぐ〉

七月号……「十七字を無限に」（林翔、百五十号記念講演）に「沖」及び登四郎についての話あり。

十月号……「寡作・多作」に登四郎に関する話及び次の作品について書かれている。〈寡作なる人の二月の畑仕事〉〈春鮒を頒ち貧交十年まり〉

十一月号……登四郎の随筆集『鳰の手帖』に成瀬桜桃子が文章を寄せている。

以上が昭和五十八年の「沖」掲載登四郎への批評の概略である。それでは十一月号についてのみ補足をしておこう。

成瀬桜桃子の一文は「『鳰の手帖』のよさ」というものである。さすが久保田万太郎門下の書き手と知られる氏らしい味わい深い文章である。それは少年時代に見た不忍池の鳰の思い出に始まり、この随筆集を「夢を誘い自然や人生や芸術への示唆をもたらしてくれた」と評価する。さらに「一項が五百字で、その中に俳論あり劇評あり、笑いありで、密度の濃い充実した文章」と評価、「俳論は、分かりやすい文体の中に貴重な教えをはらんでいる」と記す。そして最後に「まことの籠もった語り口」と結んでいる。

昭和五十八年の総合誌に眼を移したい。先ず「俳句」の作品発表である。一月号に八句を発表している。この八句の他の発表者は、山口誓子、山口青邨、加藤楸邨、皆吉爽雨、平畑静塔、阿波野青畝、中村汀女、安住敦、石塚友二、後藤比奈夫、金子兜太、瀧春一の十二名である。いずれ劣らぬ作家が揃い、登四郎の力もおのずから入る。ここでは三句を抜き出しておく。

翔つときの精気が掠む青鷹
冬の光浴ぶ鳥ならば羽ばたくに
晩年に見る大年の河の景

静かな年末頃の情景と言うべきか、それを登四郎らしく静かにとらえて味わい深い。「精気が掠む」、「羽ばたくに」、「晩年に」など自分に引きつけて表現するところも登四郎らし

い。なお一つだけ問題を提示しておこう。それは三句目に出てくる

雪吊りや松よりも縄香りけり

の作品についてである。ここには「や」「けり」の問題がある。この作品発表の後我々の間で話題になったが登四郎は笑って応えなかった。当初はあれだけ「や」「かな」「けり」を嫌っていた登四郎であるがこの頃になるとそれを抵抗なく使っていた。ただ「かな」の用法を逸脱して試みていたのには少し疑問を感じる面もあったが。それも氏の一つの試みとして理解したい。この作品の場合は「も」という助詞が抱字と言えるかどうかによって判断は異なる。私は許せるように思うがいかがであろう。いずれにしても登四郎の一つの試みではある。

昭和五十八年の「俳句」、登四郎の文章発表へ話題を移したい。文章という形での発表は全くないが六月号では「角川俳句賞選考座談会」に出席している。座談会出席者は石原八束、金子兜太、能村登四郎、細見綾子、それに角川書店側として角川春樹を含めて五人で選考をしている。ここではその発言、特に登四郎の発言に限って、その俳句観の出ている言葉を中心に抜き出しておこう。

①切れ字が割合多いんですね。「けり」とか「かな」が。そういう点がちょっと古いか。

②全体がどっしりとして安定して不安がない。

③〈具体的な例句を挙げて〉これなんかが比較的新しい表現の句ではないか……。
④気になったのは〈農の冬……〉。これ、耳で聞いたら分からないですね。ちゃんと言っても
らわないと困る。「過疎の村」というのはもう我々としては食傷して……。
⑤手当たり次第素材をつかんだという、そういう感じがする。
⑥全体が説明調で、何がある何があると言うんで……素材を次から次へと網羅したという感
じが致しまして……。
⑦何がありますというのではなくて、何がどうあるかと言うことを言っているところが多い。
そこのところの描写が非常にきちっとしている。
⑧これは私は始めから推したんです。まあ、新しいものというのがどうしても欲しいのと、
もう一つは安定したものが欲しいのと、いつも二つの間で迷っているんですが……。
⑨「けり」とか「かな」とか、いわゆる切れ字というものは使っちゃいけない訳はないんで、
効果的に使えばいいんですけど……。

発言の中からの抜粋と言うことで要領を得ないかも知れないがまた真実をふいと話している部分も多い。とりわけ新しさと言うこと、切れ字の用い方など耳を傾けさせられる部分も多いと思った。

次へ進もう。昭和五十八年、「俳句」誌における登四郎への批評である。先ず羅列的に挙げておく。

五月号……俳人協会賞選考経過に選者として名前が出る。／「俳誌月評」（加藤三七子）に
主宰誌「沖」が採り上げられている。

六月号……「季語深耕六月」（小熊一人）に作品引用。〈どこよりか青梅雨の夜は藻の香せり〉／「季語深耕六月」（鍵和田秞子）に作品引用。〈一隅のくらき香りのころもがへ〉

八月号……「俳句の技法と鑑賞」の次の項に例句として引用。「歴史的背景の見える風景」（石井保）〈白川村夕霧すでに湖底めく〉／「固有名詞」（鈴木鷹夫）〈枯れ色が基調よN氏自画像は〉／「擬声語・擬態語」（今瀬剛一）〈しくしくと声して雨夜の種俵〉／「季感季語によらずに季節感のある句」（西田もとつぐ）〈ぬばたまの黒飴さはに良寛忌〉

九月号……「季語深耕　花」（青柳志解樹）に作品引用。〈散りごろの萩にやさしき雨ひと日〉／「現代俳句月評」（古舘曹人）に登四郎についての記載あり。

十月号……「新刊俳書展望」（榑沼けい一）に『鳰の手帖』についての紹介文が載る。

十二月号……「俳誌月評」（齊藤美規）に主宰誌「沖」の紹介文あり。

以上が昭和五十八年「俳句」誌登四郎への記載である。特に補足するような記載もないので次へ進む。

昭和五十八年の「俳句研究」である。作品発表は一月号に「北欧」と題する十五句の発表がある。ここでは五句を抜いて揚げておく。

露の中二三歩いのちあかりかな
男演歌凩の音と聞くべかり
臼彫りの仕上げどころの小春凪
葦刈つて来て別人のごとき声
三夕の歌さりながら雪の暮

一句目には「退院」という前書きがある。この時期登四郎は秋になると胃潰瘍を患うという傾向があった。当時登四郎門下には今泉宇涯、鈴木良戈という二人の医者がいてその状況を案じ、コーヒーが悪いのだという結論を出し、登四郎にコーヒーを止めるように勧めた。その時の登四郎の言葉が「コーヒーを止めるくらいなら俳句を止めるよ」というものであった。きつい冗談である。二句目の「男演歌」は登四郎自身のことだと思う。演歌が好きでよく宴会の席などで歌ったりしていた。因みに美川憲一の「さそり座の女」などをよく歌っていた。あくまでも幅の広い人なのである。この時作品を同時発表をしたのは上村占魚、加倉井秋を、桂信子、岸田稚魚、清崎敏郎、草間時彦、後藤比奈夫、佐藤鬼房、佐野まもる、鈴木六林男、高屋窓秋、瀧春一、津田清子、永田耕衣、橋閒石、平畑静塔、堀葦男、横山白虹の十八人であった。この年の作品発表はこの一回のみである。後は十二月号に年鑑の自選五句を載せているがここでは割愛したい。

文章の発表は六月号に「「俳句研究」回顧」という二ページを載せている。この号では「「俳句研究」今昔」という特集を組んでいる。これまで「俳句研究」と関わりの深かった十五名の人たちが原稿を寄せている。登四郎はその一人としてこれまでの「俳句研究」との関わりを書いている。それはおおよそ次のようになる。

昭和二十七年に初めて作品八句を発表

昭和三十一年　現代俳句協会賞受賞を林翔が書いてくれたこと

「枯るる象潟」五十句を発表したこと

昭和三十二年　「枯野の沖」二十句を発表

登四郎にとってとりわけ思い出深い年を書いたのであろう。「今振り返ってみても懐かしい足跡」と述懐している。そして主宰者として総合誌を「十二分に利用しなくては嘘」という。さらに総合誌のあり方について次のように述べる。

総合誌を編集するものは、あくまでも広い公平な場に立って時代時代によって生ずる俳句形式の問題を討議し、いつもその時代の息吹を持った俳句を生み出す気運を作ることに努力しなくてはならない。

昭和五十八年、「俳句研究」の登四郎批評に話を移す。例によってその概略を示すと次のようになる。

一月号……「戦後俳句の功罪」（飯島晴子）に句集『合掌部落』についての記載あり。作品引用五句。〈凪まぎる萩ほつほつと御母衣村〉〈白川村夕霧すでに湖底めく〉〈暁紅に露の藁屋根合掌す〉〈露の日輪戸に立つ母郷死守の旗〉〈露の山川母郷とよびて亡びむか〉

戦後派の功罪（平井照敏）という文章の中に名前が出る。／俳誌月評（伊丹公子）の中で主宰誌「沖」が大きく採り上げられている。

句集『合掌部落』を飯島は社会性俳句と位置づけているが登四郎自体はそのことを一番厭がっていた。ただこのように五句を並べてみるとその様に言われても仕方の無い部分があるのではないかと思う。少なくとも当時登四郎は社会性俳句に対する強い意識の中で作句していた。そうした意識から作られた作品群であることは間違いない。

六月号……「俳誌月評」（畠山讓二）の欄に主宰誌「沖」が採り上げられている。／「俳誌月評」（八木三日女）の欄に主宰誌「沖」が二ページにわたり大きく採り上げられている。この号は「沖」の「一五〇号」記念号であることもあるがこれだけ創刊間もない俳誌が注目されるのは希である。長い冬の時代をぬけて登四郎自体に日が差し始めたことも確かである。

十二月号……例年通りこの月の「俳句研究」は年鑑様式の編集である。「作品展望2」（阿部完市）に作品引用。〈削るほど紅さす板や十二月〉〈水へ水へと冬雁の死処さがし〉／「俳誌月評10」（坂戸淳夫）の巻頭に主宰誌「沖」が採り上げられている。

その他「自選作品」五句、各地俳壇、俳人名簿などにその名前が出るがここでは省略したい。

それでは昭和五十八年の「俳句とエッセイ」に話を移したい。先ず作品発表であるがこの年の発表は珍しく一回もなかった。文章発表が二回ある。

一月号「あまりにも反自然的な」

この文章は「特集　風景と写生」に寄せた一文である。他に皆吉爽雨、橋本鶏二、永田耕一郎なども一文を寄せている。この文章は登四郎俳句を知る上では素通りの出来ない一文である。次に気になる部分を抄出しておく。

①……私は頑固なほど人間に偏重した作品を作り続けていた。私の俳句に入るきっかけは……人間探求派の影響で有季十七音で人間の深奥までが詠えるという興味で入ったので草田男、楸邨、波郷の影響は受けたが、秋櫻子とは初めから別の道を歩いたようである。

②私は他の人のように……母郷感を持たない。

③『民話』、『幻山水』、『有為の山』、『冬の音楽』と後になるほど自然に対する比重が多くなった。……人間との関わりの俳句が少しわずらわしくなったためと思う。……そうは言うものの私は死ぬまで自分の思いを詠い人間のなまぐささを詠むと思うが、自然の美は遅蒔きながら分かってきたようである。

登四郎の作品の変遷のよく分かる文章である。一読を勧めたい好文である。

十一月号……「草田男とその宇宙青春性」（「特集　草田男俳句の青春性――中村草田男追悼――」に寄せた一文）五ページにわたる長文であるが全体的に随想風である。特に引用はしない。

三月号……「心に残る春の名句」（有働亨）に作品引用。特にコメントは無い。

＊

それではいよいよ五十九年の作品へ進もう。まずは主宰誌「沖」からである。いつもの様に発表作品の中から三句ずつを抜き出して列挙してみる。

雁たかく過ぎてひた照る榲原　　一月号・年忘れ
妻なくてあそびも多し小六月
湯婆にひつそりと抱く齢かな
簪にふれ鈴鳴らす嫁が君　　二月号・嫁が君
ひと揺ぎせり凍鶴に夢ありや
負け独楽のよき負けぶりに習はむか
遠き火の色に瞠く二月かな　　三月号・魞
蕉門の末弟子のごと魞見てをり

眼をあけて偽凍鶴となりきりし

おん胸に傷はしりをり涅槃像

可笑しくて哀しくてやつぱり菜種河豚

四月号・菜種河豚

縄の端噛みし氷のくもりをり

朝寝して体内ふかき鍵ひとつ

五月号・駘蕩

北窓の用心ぶかき細びらき

駘蕩や舌にあそんで貝の紐

右ひだり顔が違ひて目借時

六月号・春怨

うらみごとなくはなけれど夕桜

ゆく春や動悸ほど鳰ただよひて

局口より見る惜春の庭の景

七月号・川越・喜多院

阿羅漢に旧知の蟇のうかがへる

気の乗らぬ旅二日目に山法師

鳰浮巣編みあまるもの漂へり

八月号・半夏生

青手術着の一団廊にゐて半夏

茅の輪くぐる一歩女のあそび足

網戸入れてより喪ごころもなじむ青

九月号・盂蘭盆会

ある日突然声が出なくなって

唖蟬のもがき足掻きもかくならむ

妻の一周忌　そして初盆

この道しか知らざる妻の盆の道

赤松の他は晩夏のさくら山　　十月号・勿来・五浦

やさしさとは涼しさのこと雨情さん

平潟港

鰯桶燦たり雑魚は棄てられて

研三、日中友好青年隊の一員として訪中

高塔に登りてをらむ月あらば　　十一月号・こころ弱き日に

地に臥してみたき蓑虫もあらむかと

竹すこし伐り過ぎたりし気病かな

北斎に執着の神還りけり　　十二月号・信濃・小布施町

遠嶺はみな雪に染み恵比須講

散る前の昏みの時の山紅葉

以上が毎月の作品十句であるが登四郎はこのほかに六月号に特別作品三十句、十月号に特別作品二十八句を発表している。その中から多少抜き出しておく。

みづうみの痒きまで魞挿されけり　六月号・花のあとさき
花篝こぼれ火こそはしづかなれ
妻知らぬ月日の中のさくら狩
行かでもの喪にゆき貰ふ春の風邪
妻とほくなりぬ朧の果ても朧
花の後しばらく無明闇夜かな
花了へし椿つらつら椿の葉
夏惜しむ山の窪なる檜苗　十月号・心づくしの秋
苛立ちの啄木鳥が降らせる木屑かな
沖からも更に加はり鰯雲
白といへば白と思へや葛裏葉
いつぽんの棄藁かをり豊の秋
新生姜うすくれなゐを股裂きに
澄むといへば心の滓も上澄める

以下、多少の補足をしておきたい。

●抜き出した三句は各月の冒頭作品は必ず入れる様にした。これは登四郎は常に自信句を巻頭に据える様にしていたからである。私が句集を出版するときにも自信句は冒頭に置きなさいと指導されたことを覚えている。

●出来るだけ題名となった作品は挙げる様にした。但し全体の雰囲気からつけた題名については その気分の強く出ている作品を抜き出すように心がけた。

●全体的に登四郎の視点は内側へ内側へと向かっている。しかもその内側自体が孤独であるから作品自体も非常にわびしい。さらに哀しいのはその内面が澄んでいることである。この時期の登四郎を一言で言えば澄んだ淋しさの表現と言うことになるかも知れない。旅も多くしているがそれは旅によって癒やされる様なものではない。旅にあってもこのふかい澄み切った哀しみは持ち続けている。

●なお多少私的なことになるかも知れないが十月号の作品は私どもが勉強会をしたときに登四郎を案内した折の作品である。私は当時は気がつかなかったことであるがこれほどまでに登四郎がふかい淋しさを持って居られたとは思わなかった。当時「やさしさとは……」の作品は登四郎が単に面白がって、旅において心弾む思いで詠んだ作品かと思っていたがとんでもない、当時の私の至らなさをこの文章を執筆しながらつくづくと反省している。このように十句まとめた作品の中に入れて読み直してみるとそれは淋しさの極にある人の「やさしさ」の把握、「涼しさ」の体感ではなかったかと思い直すのである。

●淋しさ、悲しさは特別作品においても拭いきれない。いやむしろ悲痛にさえ感じるほどである。但しそうした思いを多作にぶつけている姿勢、俳句への執着は後進の者への手本となるのではないか。まことに多彩である。例えば「新生姜」の作品など思い切った表現をしているがそれでもその背後から悲しさ淋しさが感じられてどことなく強がりを言っているようにもとれて切ない。

昭和五十九年の文章発表の部へ移ろう。例によって作品の下の小文、「五百字随想」についでは題名を上げるにとどめておく。

一月号「朴落葉」 二月号「青春の日の歌集」 三月号「節分」 四月号「雛の日・三人姉妹」 五月号「花冷え・春愁」 六月号「人生すれ違い」 七月号「あそぶ俳句・楽しむ俳句」 八月号「白葉女さんの死」 九月号「孝夫への期待」 十月号「曼珠沙華」 十一月号「秋を病む」 十二月号「北斎美術館」

その他の文章執筆について概略を上げておく。選評その他の雑文はここでは省くこととする。

一月号……「愛誦の詞華(46)——その単純明快さ——」
二月号……「愛誦の詞華(47)——無垢なる詩僧——」
三月号……「愛誦の詞華(48)——独楽吟——」
四月号……「愛誦の詞華(48)——軽快と情緒——」

五月号……「愛誦の詞華(50)――しぼめる花の――」
九月号……「人を悼むこころ――『幻化』読後――」

しばらく続いてきた「愛誦の詞華」は五十回で終了している。傍題から大体の内容は想像できると思うがそれぞれについて補足する。一月号は嵐雪論、二月号は良寛論、橘曙覧論である。四月号は狂言小歌、花子にまつわる話、狂言の筋なども交えて興味深い話である。そして五月号の謡曲井筒の世阿弥の「しぼめる花の、色ならで……」を引用した世阿弥論で「完」としている。

●九月号は林翔の第四句集『幻化』の特集号である。そこに登四郎が寄せた温かい一文である。

＊

昭和五十九年の登四郎への「沖」における批評へと話を移したい。

二月号……「不易と流行」（林翔）に作品引用七句。そして馬酔木時代のこと『合掌部落』についての記載もある。

五月号……「四十八字皆切れ字」（林翔）に作品引用。〈ふところ手かく深くして老いゆくか〉

十月号……「視点が第一」（大牧広）に作品引用。〈優曇華や寂と組まれし父祖の梁〉

十二月号……「現代俳句に生かす芭蕉の心」（藤井晴子）に氏名が出てくるがあくまでも内部者としての発言である。

昭和五十九年の総合誌へ話を移したい。まず「俳句」である。作品の部から行くと次のようになる。

一月号……「紅葉酔ひ」と題する十二句を発表、同時発表者は石原八束、石塚友二、福田蓼汀、金子兜太、柴田白葉女、村越化石、山畑禄郎、角川照子、井沢正江、稲畑汀子の十人である。五句を抜き出しておく。〈きびし名の男川の簗くづれけり〉〈昼酒のあとの山行紅葉酔ひ〉〈猪垣の網目を密に枯れ葛〉〈掬ひたる綿虫綿と吹き返す〉〈柱巻く幟に風のゑびす講〉

一句目には「奥三河」、五句目には「三河一言」という前書きがついている。このことからも分かるように全て吟行句である。登四郎独特の美的な把握が風土の重味を得て快く響く作品である。

九月号……「芭蕉わすれ」と題する四十八句を発表、同時発表が加藤楸邨である。二人の競詠のような感じでおのずから力が入る。気になる作品が非常に多い。次にその一部を抜き出して傾向を探ろう。

花　樗　ま　ば　た　き　ま　ば　た　き　花　殖　す

せめて馬見たしとおもふ青田原
栗咲くと森のいきものなまめける
洗硯のしばし月光に浸しおく
蟇の声蟇より出でて昏みけり
螢袋に指入れて人悼みけり
揚花火何かが咲いてなにか失せ
竹婦人抱かせてもらひすぐ戻す
ひとり身は老も恋めく白絣
身を裂いて咲く朝顔のありにけり
裸ぐらしのほとほと芭蕉わすれかな
肉嚙んで殻したたかな蝸牛

まだまだ抜きたい句は沢山あるのだがとりあえず十二句を抜き出した。実に多彩である。心が澄み切っている。そして年齢独特の快い艶がある。

この四十八句を通じて言えることはある意味ではこれは妻恋俳句であると言うことである。奥様を亡くされて登四郎は号泣した。それが句集『天上華』である。その悲しみが次第に深く沈潜して日常の思いの中にいわば濾過されて現れてくるのではないか。だからその情に読者も深く心打たれるのである。

艶が少しもいやらしくないのは登四郎独特の美的な姿勢があるからであろう。感性で把握しながらもその感性自体に美的なイメージが含まれているのである。「蟇」の作品に私はそれを感じる。登四郎は下手物は大嫌いであった。美的なもの、愛らしいもの、仄かなるものが好きだったのである。だからその眼は鳰に向けられ、曼珠沙華などに向けられていた。ここで蟇を詠む、しかもその声を詠む、そしてその声を蟇自体に戻す。あたりは全く汚れないのである。「螢袋」の「人」は奥様自体であろう。そしてさりげなく悼み、作品を普遍的、私的にしている。「洗硯」のような幻想的な美、「揚花火」のような淡い淡い消えそうな、危うい表現も含めて非常に多彩な登四郎の世界が展開する四十八句であった。

そして結果的に「竹婦人」、「身を裂いて」のような登四郎の生涯を代表するような作品を発表できた。実に見事な試みというものがこの作品群にはある。なお「せめて馬」の作品を見て私はおやと思った。芭蕉の「奥の細道」の那須の一文を思いだしたからである。登四郎の意識の中には間違いなく芭蕉のさすらいの思いに似たものがあったはずである。

昭和五十九年、「俳句」の文章発表をみてみたい。概略次の通りである。

二月号……「平明の句のよろしさ」、沢木欣一の第七句集『遍歴』に対する書評。従って特に補足することはない。

六月号……「内なる充実、新しい俳趣」、これは座談会であるが角川俳句賞選考のためのものなのでそれほど注目する発言はない。出席者は石原八束、金子兜太、能村登四郎、細見綾子、角川春樹の五人である。

八月号……雑詠欄の選者を勤めたので選後評があるが特筆するような内容ではない。

十一月号……「同行五十年」、この号は林翔の句集『幻化』の特集号で、そこに長年の盟友として寄せた温かい文章である。

それでは昭和五十九年「俳句」の登四郎に対する批評に話を移すこととしよう。概略次の通りである。

四月号……「俳誌月評」（磯貝碧蹄館）に主宰誌「沖」が採り上げられている。登四郎の句は次の二句。〈簪にふれ鈴鳴らす嫁が君〉〈寒牡丹懸命の緋の拳ほど〉

八月号……「季語深耕の祭」（鍵和田秞子）の部に作品引用、特に批評はない。〈地蔵盆よりあたらしき子等の箸〉

九月号……「俳誌月評」（和知喜八）に主宰誌「沖」が採り上げられている。登四郎の句は次の二句。〈存分に芽吹きてほぐす桑の瘤〉〈今日の智恵けふ使ひきり椎の花〉

十月号……「現代俳句月評」（黒田杏子）に作品引用、簡単な批評あり。〈眼ひらき何か見つけし羽抜鶏〉

十一月号……前述したようにこの号は盟友林翔の句集特集である。この号に「林翔の魅力と時代性」という座談会があり、そこに名前が出る。／「季語深耕　花」（青柳志解樹）

に作品引用。〈午後といふゆるみの刻の枇杷の花〉
同年内に二人の作家が主宰誌「沖」について触れている。いかに登四郎が注目されているかと言うことの証であろう。
以上が昭和五十九年「俳句」における登四郎の記載である。次に同年の「俳句研究」に話を移したい。
作品発表は全くない。強いて言えば年鑑発表の自選五句だけである。文章の発表もない。登四郎に対する批評だけはある。次にそれを列挙しておこう。
一月号……特集「戦後俳句鑑賞」に作品が三人の作家によって鑑賞される。落合水尾、小泉八重子、竹本健司の三人である。〈洗はれて月明を得む吾子の墓〉
発言で面白いと思ったところを抜いておく。「登四郎俳句の愛の深遠をここにみる」（落合水尾）、「限りない慟哭と精神的浄化」（小泉八重子）、「日常の情感を叙述的に語ろうとする書き方」（竹本健司）、なかなか面白い指摘である。
三月号……「新興俳句ちふは」（たむらちせい）に作品引用、批評はない。〈水へ水へと冬雁の死処さがし〉
五月号……特集「戦後俳句鑑賞」に次の作品が引用、木割大雄、見学玄、越内春邑子の三人が批評している。〈暁紅に露の藁屋根合掌す〉
三人の意見で傾聴すべき点を抜くと、「作者にとっての一通過点」（木割）、「社会性志向から、次第に内面の深化に進もうとする道程で得た佳吟」（見学）、「思わずも、ひたむきに発した「合掌す」の措辞」（越内）など面白い。

八月号……「俳誌月評」（廣瀬直人）に主宰誌「沖」が採り上げられる。登四郎の作品は次の一句。〈慈姑煮て齢の艶もここあたり〉

十二月号……「作品展望」２（岸田稚魚）に作品三句及び批評あり。但しこの号は年鑑編集なので注目すべきほどの発言はない。／「俳誌展望９」（窪田久美）で主宰誌「沖」が採り上げられ批評されている。

昭和五十九年の「俳句とエッセイ」に話を移そう。作品発表は一回だけ九月号にある。これは特集「追悼　柴田白葉女」に寄せたものである。私どもも親しくして頂いていた白葉女さんが非業の最期を遂げたことは当時かなりの悲しい話題となっていた。その特集号で安住敦が弔辞を、福田蓼汀、能村登四郎、石原舟月、岡本眸の四人がそれぞれ三句ずつの弔句を寄せている。登四郎の作品は「白葉女女史を悼む」という題名で次の二句である。

流燈に滲めるその名こそあはれ

雨あとの螢火と見て息をのむ

同じ市川在住と言うこともあって親しくされていた登四郎だけに二句とも思いのこもった弔句である。

昭和五十九年、「俳句とエッセイ」への文章も一回だけである。これは阿波野青畝句集『あなたこなた』への書評である。当時の俳壇における最長老とも言える一人で、登四郎も青畝作を二十九句も引用して慎重に筆を運んでいる。いわゆる儀礼的な文章で特に登四郎の俳句観などがうかがえる文章では無い。

昭和五十九年の「俳句とエッセイ」の登四郎への批評に話を進めたい。列挙してみると次の様になる。

一月号……「山中で思うこと」（大牧広）に作品引用、特に批評は無い。〈春ひとり槍投げて槍に歩み寄る〉

十一月号……「俳句の中の野鳥たち」（大牧広）に作品引用二句、批評あり。〈磯鳴がいちはやく知る海の枯れ〉〈火を焚くや枯野の沖を誰か過ぐ〉

句集『寒九』時代

昭和六十年の「沖」へと話を進めよう。先ず発表作品からである。一月号については当方の手違いで資料が調わなかった関係上二月号から挙げて見たい。なお一月号については後日掲載する。例によって三句ずつ抜き出しておく。

初あかりそのまま命あかりかな　　二月号・淑気
一月や正座してみる杉の位置
松の香がしてそれよりの淑気かな
二日ほど雛に見られて病めりけり　　三月号・寒荒ぶ
モノクロに撮られし春の風邪の顔
黒服の男が群れて寒荒ぶ
去る冬を拳ゆるめて送りけり　　四月号・鶴帰る
雛納め耳うつくしと見てゐたり
腋羽の汚れをまざと鶴帰る
けぶりゐる田母木や越も雪の果　　五月号・越後早春

唐三彩みどりが淡き雪解時
唐俑の春愁ふかき庇髪
胡人泊めし夜深の空の霾にごり　六月号
山ざくら今満開の蒼みとも
ながし目をして行き過ぎし流れ海苔
もはや脱ぐものなき竹の照し合ふ
螢川と呼ばるるほどの昏みかな　七月号・螢川
おのが火の冷え知り尽す螢かな
七月やその奥の青侍むなり
炎天に立ちたる樫の無傷の葉　八月号・織匠
深梅雨の苔石据ゑて織匠の庭
流れ藻のひそかに先を争へり
暑気中り世の日の暮れのやはらかし　九月号・流れ藻
やさしさの闇ながれ寄る螢籠
神棲める峯より劣り雲の峰
鬼社あたりもつとも山気澄み　十月号・求菩提
猪垣の繕ひの縄まま新し

秋燕の今さらめきし速さかな　　十一月号・神の留守
くらく厚き文封じたり神の留守
鶏頭のむしろ黒しとおもふ頃
まづ頭怠けさせをり石蕗日和　　十二月号・雪遍路
牡丹焚終の華麗を燠に見る
忌を修すごと牡丹の一枝くべ

なお、十月号は「創刊十五周年記念号」として編まれている。そこに登四郎は特別作品として「小塩山」（二十八句）を発表している。そこから八句を抜き出しておこう。題の脇には「洛西にある小塩山十輪寺は謡曲「小塩」の舞台にして業平ゆかりの寺」という小文が記されている。

露ちりて徐々日おもてに小塩山
翁さん舞ひしお蔭の稲の花
水母浮くまはりを秋の色にして
溺るる夢このごろは見ず鰯雲
昨日花野過ぎし覚えの腕かぶれ
胸あかく帰る日ちかき燕らし

かりがねの道ぞと見しが失せにけり
宙を見てゐし眼が鶏頭に落着けり

補足、五月号には「北方博物館」、六月号には「中国より客来たる。ウイグルの人なり」、八月号には「桐生」とそれぞれ前書きがある。また十月号の「求菩提」(くぼて)には「求菩提山は九州北部、英彦山、犬ヶ岳を主峰とする山脈の一つで中世修験道栄えし山」という小文が記されている。

●確実に登四郎の美の追究が深まっている。それは物のみに止まらず人物、己の内面にまで及んでいることを感じる。体全体で美をとらえているという言い方もできるのかも知れない。視覚のみにとらわれず全神経が対象、己あらゆるものに注がれているように思える。

●その美の表現のためであろうか、感動の表現をする「けり」「かな」が多用されている。相変わらず「や」の使用が少ない。このことは登四郎の作品が一つの物の対象へふかく入り込んでいることを示している。別の言い方をすれば二物の取り合わせによる美の表現という試みはまだ無い。

●艶なる美の表現も相変わらず多い。新たにないものにその跡を見るような作品も増えてきている。例えば「かりがね」の句のようにその跡さえも失せてしまっているという。

そしてその形を読者に思わせる技量はこの時期の一つの収穫と言える。
●体調も余りすぐれない折、随分と吟行をしている。吟行先での作品には素材に頼り気味の作品が多いように思う。むしろそのあとにそれを素材として飛躍して格を残している所は注目に値しよう。

*

昭和六十年「沖」における文章発表へと進みたい。その前に前後するが前月号で欠けていた「沖」一月号の作品を抜き出しておく。

湖鳥が刈田にあそぶ伊香郡
琴糸の百本縒りや息白し
寝てさめて湖北の冷えを蹠にす

なおこの号は新年号で特別作品二十八句を発表している。その中から七句を上げておく。特別作品の題名は「その年のをはりに」である。この時期の作品の傾向については前述したので、ここでは作品を揚げるのみにとどめたい。

菊を焚く昨日といふ日忘るため

焼き諸を食べ老愁を深くせり
男の欲寒流黝くうねりつつ
つぎつぎと人跳び鞍馬冬の艶
妻亡きを誰も知らざる年忘れ
千葉笑不意に白けの刻が過ぎ
弄ばれつづけし年も逝かんとす

「沖」の文章発表である。いつもの様に作品の下の五百字随想についてはその題名を揚げるにとどめたい。

一月号「奥琵琶湖①」 二月号「奥琵琶湖②」 三月号「一日一句」 四月号「納め雛考」 五月号「蓑を着たお姫さま」 六月号「いただき」 七月号「秋櫻子墓畔」 八月号「男梅雨」 九月号「二度目の『ビルマの竪琴』」 十月号「十五年目の課題」 十一月号「一句が勝負」 十二月号「波郷忌」

その他の文章発表はない。十月号の対談に登四郎の俳句観がうかがえる程度である。題名は「芸と俳句」、対談の相手は宇野信夫氏、昭和六十年六月十七日に西新宿の野村ビルにおいて収録されたものである。面白い話であるがここでは小題だけを記して先へ進みたい。

「ひと夜」という芝居、役者と俳句、「巷談宵宮雨」のころ、菊吉論争、吉右衛門の芸風、世話狂言、六代目のリアリズム、あの頃の舞台装置、「落窪」と「源氏」、小芝居の味、投げる菊五郎、菊吉じいさん、江戸の小ばなし、芝居の季節感

昭和六十年の「沖」における登四郎への批評の部へ移りたい。いつもの様に概略を示すと次の様になる。

一月号……「登四郎俳句再見」（今瀬剛一）に作品引用・句意・鑑賞〈ぬばたまの黒飴さはに良寛忌〉／「『咀嚼音』への反響」（筑紫磐井）

二月号……「『咀嚼音』論争Ⅰ」（筑紫磐井）／「登四郎俳句管見」（今瀬剛一）に作品引用・句意・鑑賞文〈うすうすとわが春愁に飢もあり〉

三月号……「特集／能村登四郎句集『天上華』」に次の作家の寄稿あり。季感への執念（鷹羽狩行）、うしろ姿、『天上華』にみる生老病死（林翔）／座談会「『天上華』の世界」（上田五千石、鈴木鷹夫、北村仁子）／「『咀嚼音』論争Ⅱ」（筑紫磐井）／「登四郎俳句管見」（今瀬剛一）に作品引用・句意・鑑賞文〈秋虹のかなたに睦べ吾子ふたりの老教師〉

四月号……「登四郎俳句再見」（今瀬剛一）に作品引用・句意・批評〈長靴に腰埋め野分の老教師〉

五月号……「登四郎俳句再見」（今瀬剛一）に作品引用・句意・批評〈たより合ふ眼をもちて梅雨の一家族〉

六月号……「登四郎俳句再見」（今瀬剛一）に作品引用・句意・鑑賞〈悴みてあやふみ擁く新珠吾子〉／「『枯野の沖』句碑序幕の記」（鈴木節子）に次の作品が載る。〈火を焚くや枯野の沖を誰か過ぐ〉

七月号……「登四郎俳句再見」（今瀬剛一）に作品引用・句意・鑑賞〈白地着て血のみを潔く子に遺す〉／人間への扉（筑紫磐井）に作品引用六句。

八月号……「第十九回蛇笏賞『天上華』」に授賞の記事、記載あり。／「登四郎俳句再見」（今瀬剛一）に作品引用・句意・鑑賞文〈水荒くつかふ卒業式より帰り来て〉「新人登場」（筑紫磐井）に次の作品への記載あり。〈ぬばたまの黒飴さはに良寛忌〉

九月号……「登四郎俳句再見」作品引用・句意・鑑賞〈梅漬けてあかき妻の手夜は愛す〉／「波郷と登四郎」（筑紫磐井）

十月号……この号は「創刊十五周年記念号」である。外部作家八人の関連記事がある。／「登四郎・翔そして耕二」（山本健吉）には「ぬばたまの」の句をはじめ十二句引用。／「近作に触れて」（飯田龍太）では作品引用二十三句。「蕪村寸見」（宗左近）／「旅」（斎藤茂太）／「年月」（太田治子）／「志向を貫くために」（加藤克己）／「夏の秩父にて」（金子兜太）宗・斎藤・太田・加藤・金子の各氏の文章は特に「沖」に触れてはいない。

他に宇野信夫との対談は前述した通りである。

以上が十五周年記念に関するものであるが他にこの号では「蛇笏賞受賞に向けて」

の特集があり、上田五千石、佐川広治の外部作家ふたりが寄稿をしている。

「『天上華』私記」（上田五千石）作品引用七句。／「恩愛の句集」（佐川広治）—蛇笏賞の能村登四郎氏、両方とも丁寧に、好意的に登四郎、『天上華』を紹介してくれている。

『天上華』についての内部座談会（林翔・鈴木鷹夫・吉田明・森山夕樹・坂巻純子・渡辺昭）も面白い。章立てだけを揚げると次の様になる。

ぬばたま伝説、美意識は思想か、「にじみ」の美、好きな言葉、嫌いな言葉、諧謔と美意識、秋櫻子美学と写生、虚実の美意識、さらには「井上ひさし氏にきく」と題して「特別企画インタビュー」もある。題名は「日本語の動詞は弱い」、インタビュアーは内部から淵上千津があたっている。

「俳句〈能〉学論」（小澤克己）に作品引用三句。〈すこしくは霞を吸って《ママ》生きてをり〉〈すこしづつ放下のこころ竹植ゑて〉〈ほたる火の冷たさをこそ火と言はめ〉／「藝としての現代俳句の地平」（渡辺昭）に作品引用。〈ぬばたまの黒飴さはに良寛忌〉／「すさまじい表情」（松村武雄）に作品引用。〈削るほど紅さす板や十二月〉／「登四郎俳句再見」（今瀬剛一）に作品引用・句意・鑑賞〈日本海青田千枚の裾あらふ〉〈暁紅に露の藁屋根合掌す〉

十一月号……「登四郎俳句再見」（今瀬剛一）に作品引用・句意・鑑賞〈優曇華や寂と組まれし父祖の梁〉

十二月号……「登四郎俳句再見」（今瀬剛一）に作品引用・句意・鑑賞〈子へやさしから
　むと急ぐ寒ければ〉

以上が昭和六十年「沖」における登四郎への批評であるが、前掲した三月号の座談会「『天上華』の世界」について多少の補足をしておきたい。三人で話をしているが鈴木と北村は殆ど聞き役である。したがって主として五千石の話の中から参考となる部分だけをまとめておきたい。

●能村登四郎の作品には二つの面（剛直な面とやわらかい面）がない交ぜになっている。
●俳諧性が少なかったが今度は濃密に出た。
●うまさを隠すと言うことを『天上華』では意識している。
●「へかな」についての考え、「へ」と「かな」との間に省略がある。
●教養がいいところで出ている。
●異性の匂いを感じる。一種の艶めいた、恋めいたというか。
●能村さんの巧いというのは、僕は俳句の巧さの中に、H_2Oといいましょうか、水気、色気ですね、水気の使い方ですね。
●俳句を面白くするのは一つは心術だと思う。一種のイロニーが『天上華』はよく出ている。
●「削るほど紅さす板や十二月」について、「削るほど紅さす」の部分について「この人の積み上げてきた、人間形成の収集……、何と言いましょうかな、教養と言いましょうかな、それが即物的に出ていると思いますね」と言っている。

話を昭和六十年の「俳句」へ移したいと思う。先ず作品発表についてである。それは二回ある。一回目が句集『天上華』からの五十句抜粋である。この年登四郎は同句集によって第十九回蛇笏賞を受賞している。このこと及び作品についても後程まとめて述べたい。もう一回は八月号の二十句発表である。これは歴代の「蛇笏賞受賞作家集」として、加藤楸邨、福田蓼汀、平畑静塔、安住敦、阿波野青畝、百合山羽公、細見綾子、瀧春一、村越化石、橋閒石と並んでの発表であるが登四郎だけは受賞第一作としての新作である。此処ではその中から三句を抜き出しておく。

夢の後見し黐の花黄ばみたり
長き葉の添ひたる早桃欲しかりし
青梅雨の中なる滝の伸びちぢみ

何の気負いもない、静かに息づかいの感じられる二十句である。どことなく疲れているというか、余裕というか沈潜した思いが感じられる。因みに題名は「夏窶れ」である。

次に昭和六十年「俳句」における登四郎の文章発表である。それは座談会なども含めて概略次のようになる。

五月号……「座談会「放下の句境」」（出席者沢木欣一・藤田湘子・林翔・能村登四郎）※
五月号……「漂泊の人草堂」（山口草堂に対する弔文）
六月号……「選考座談会「風土への切り口」」（出席者石原八束・金子兜太・能村登四郎・細見綾子・角川春樹）角川俳句賞に関わる選考会議。
七月号……第十九回「蛇笏賞」決定発表のニュース、受賞の言葉と写真掲載。

※についてのみ登四郎の考えていることについて補足をしておきたい。この企画は登四郎の『天上華』について登四郎の縁の人四人が語り合う形式をとっている。司会役には登四郎の生涯の友人林翔が当たっている。全体二十六ページにわたるものなので、此処では登四郎の発言部分に限って、しかも出来るだけ俳句観の表れていると思える部分のみを抜き出しておく。なお章立ては次の十章である。

登四郎俳句の生と死　時代と秀句　『咀嚼音』前後　「馬酔木」左派の三人　秋櫻子の美意識　生活・風土そして　『天上華』の具象性　今にして切れ字にまよふ風鶴忌　放下の句境　「馬酔木」育ちの叙情性

……楸邨、波郷、草田男の人間探求、あれの影響がありますね……

……僕はあの三人では楸邨に一番傾倒したのね。個人的接触をしていたのは波郷だったけど、心では常に波郷と叛くような抵抗を持っていた。そして重くて晦渋な楸邨の俳句の方に惹かれた……

『咀嚼音』について……自分の生活をほじくり返して俳句にして、自然何も見ていない、旅行もしてない、貧乏の詠嘆ばかり繰り返していいかなあと言う反省があった……あれが次の『合掌部落』になるのです……

……生活派から風土性になると結局、風土っつっても山や谷を詠んでいるんじゃなくて、そこで人間がどう生活しているか、それを見ようとした。これは人間探求派だろうね。……

……僕はやっぱり高原俳句には物足りなかった……

……『咀嚼音』で生活を詠み、『合掌部落』で風土を詠んで、それだけでもまだ摑めないもの……それは俳句の表現の問題……前二冊の句集は、つまり語っているという感じ……俳句は語るものではなくて黙って分からせるもの……いわゆる沈黙の奥から湧き上がってくるもの

……その模索の時間が……十二年も……

……水原先生が亡くなって「馬酔木」を離れて、それから家内が亡くなって、という不幸がすごくぼく自身に、いろんな意味で自由を与えてくれた……

以上ごく部分的な抜粋でわかりにくい部分もあると思う。ただ私自身すごく教えられる部分のあった座談会である。是非ご一読を勧める次第である。

昭和六十年、「俳句」での登四郎に対する批評に話を移したい。それは概略次のようになる。

一月号……「現代俳句月評」〈鈴木鷹夫〉に作品引用。〈春の夜の夢の浮橋耕二佇つ〉

五月号……「積極に立つ人」（田谷鋭）四ページにわたる長文、作品引用十二句。／「『天上華』の世界――その夢の所在について――」（友岡子郷）作品引用五十句、五ページにわたる熱論。／「ふところの深さ――『天上華』随想――」（大島民郎）作品引用十二句。「強情の血」（大牧広）作品引用三十句。／「登四郎俳句十二ヶ月」（渡邊千枝子）作品引用二十六句。／「ただいま少し自受法楽――能村登四郎の世界――」（大畑善昭）作品引用六十四句。／「父登四郎のこと」（能村研三）、作品引用四句。／その他次の十一人が『天上華』の一句鑑賞。〈嬰の匂ひある家桜咲きにけり〉（大石悦子）・〈露や妻に与へしものの何あらむ〉（大串章）・〈まぐはひに似て形代の重ねあり〉（岡野弘彦）・〈夜がくれば夜の冷えおくる八重桜〉（久保田月鈴子）・〈湯婆をひつそりと抱く齢かな〉（草間時彦）・〈水へ水へと冬雁の死処さがし〉（古賀まり子）・〈口辺のまだこはばりて山笑ふ〉（佐藤鬼房）・〈朝寝して体内ふかき鍵ひとつ〉（宗左近）・〈ときどきは死を思ひての桜狩〉（新田祐久）・〈冬至湯におのが膩とみてかすか〉（平井照敏）・〈水へ水へと冬雁の死処さがし〉（丸山哲郎）。本号は「能村登四郎特集」として編まれたものである。

七月号……「能村登四郎の句業」（林翔）、五つの章立て、作品引用五十五句、六ページにわたる熱論。

九月号……「現代俳句月評」（細川加賀）に作品引用。〈瓜人先生羽化このかたの大霞〉

十月号……「現代俳句月評」（細川加賀）に作品引用。〈うちうちの忌の出入這りの簾かな〉

十二月号……「俳誌月評」（山田みづえ）に主宰誌「沖」紹介。

昭和六十年の「俳句研究」に移りたい。作品発表は一月号に一回ある。「忘られ人」と題する二十句である。同時に二十句を発表しているのは大峯あきら、藤田湘子、鷲谷七菜子の三名である。その登四郎作品から五句を抜き出しておく。

自祝てふしづかな刻の冬木の芽
豊饒の白の襖や大根干す
日向ぼこして忘られ人の数に入り
綿虫の湧きつつしづみつ死後の景
遠凩齢の中に吹きかはり

この時期はますます孤独感、厭世観が強くなってきている。とりわけ「綿虫」の作品などに出会うとどきりとさせられる。この傾向は奥様を亡くされてからとりわけ深くなってきている。二句目の「豊饒の」の作品などに深い眼が感じられるがこれとてどこかけだるく、視点が淋しい。

文章発表は一月号の「自句の周辺」のみである。それについて補足しよう。これは「特集・戦後俳句点景」の中の一文で、同時にこの特集に参加しているのは十八名であるが氏名は省略したい。登四郎はこの中で自作七句をあげてその背景などについて述べているがとりわけ次の三句について多くを述べている。

暁紅に露の藁屋根合掌す
火を焚くや枯野の沖を誰か過ぐ
春ひとり槍投げて槍に歩み寄る

一句目について、登四郎はこの作品の出来たときの思いを「夏なお寒くひんやりと湿った森を通り抜けると眼前に三階建ての合掌造りの民家が幻のように現れた。それを見た瞬間、私は体がしびれるような感動を覚えた。」と記し、「新しい風土俳句を拓いた結果になった思い出深い作品」とその立場を言う。二句目の作者自身の作句意図の解説が面白い。とりわけこの作品について「……枯野の沖を通る旅人は私にとって一つの美しい幻である。成功したか否かは分からないが、私はこの句で、俳句に求めたポエジーと、映画に見られる二重写しの効果が、ある程度成功している……」という。遠慮がちではあるが作者の自信のほどがうかがえる。三句目については書き出し部分で「俳句は無意味なほどいい」「何も読者に語り掛けない方がいい」などと持論を展開している。全体的に興味深い自句自解と言えよう。

次に昭和六十年登四郎への外部作家による批評の方へ移りたい。概略は次の通りである。

二月号……「俳句月評」（平井照敏）に作品引用。〈夏果ての男は乳首のみ老いず〉

三月号……「俳句月評」（宇多喜代子）に作品引用。〈雪中の死を夢にみていさぎよし〉

三月号……「俳句月評」（平井照敏）に作品引用。〈くさめして突然顔に日が当る〉

三月号批評の二句は、両句とも「俳句研究」一月号発表の作品であり、一月号に発表をした「忘られ人」二十句が好評であったことがうかがえる。

四月号……「俳誌月評」（落合水尾）に主宰誌「沖」が採り上げられる。作品引用。〈琴糸の百本縒りや息白し〉

九月号……「特集・昭和50年代の俳壇Ⅱ」の登四郎の欄に久保田博が作品引用九句・執筆。

昭和六十年の登四郎への批評は概略以上であるが、特に補足する必要はないように思う。次へ移ろう。

昭和六十一年である。先ずこの年の「沖」から眺めていきたい。例によって、毎月の発表作品から三句ずつを抜き出しておく。

一月号・橋よりの眺め

菊焚くや炎中にひらく花のあり
見せるつもりの綿虫いつか失へり
橋よりの眺めの中の除夜の景

二月号・蓬萊

指に血豆できて大年うろうろす
新年のまだ残る闇なつかしき

海老据ゑてより蓬莱のゆらぎなし
朧すぐ眼に来て泪たまりけり
行僧の荒び声なる追儺経

三月号・追儺経

火中にて爆ぜるを耐ふる桑の梢
逃げの手をかの逃げ水に教へられ
凍鶴に金剛壁や四囲の凍て

四月号・逃げ水

春雪の一夜ほろびをまざと見せ
二分咲きの実は薄墨桜かな
春愁の声に嗄びの出でにけり

五月号・花時

花時の人の名と顔すぐ合はず
碑の彼方早池峯見えて五月雪
いしぶみの所得て松みどり立つ

七月号・早池峰

みちのくは奥ほど植田ととのへり
絹莢に絹の音して降り出せり
残花なりしが業平のかきつばた

八月号・芭蕉の鬚

芭蕉に鬚ありやなしやと袷どき
極暑にて金魚藻ばかり浮ぶ鉢

九月号・夕鰺

夕鰺をくれてひたひたゴム草履
無気味さやその橋またも鯰釣れ
音もなくいざよひの木を猫降りる
十一月号・秋霜

刈り伏せし稲に飛ぶものあまたかな
破れ簗なほ破るべく水勁し
末法の世の浅漬けのあまかりし
菊人形裏に菊師まだをりて
狐火もでてくる村の数へ歌
十二月号・狐火

六月号と十月号が当方の手違いで資料不足になってしまった。この分については次号に追加記載をしたいと思う。

●一口に言って実に深い、まさに心象風景の描写である。淋しい、悲しい、深い……、そうした内面をどちらかというと負の言葉を用いて表現しているように思う。

●そのことは例えば「菊焚くや」のような火の世界の描出についても言える。この炎の中に開く花は現実の花を越えて、どことなく象徴の世界にいたっている。この現実を越えたような花の美的存在は読者の心を打つ。

●作者の表情、それも物静かな、そしてどこか凛とした表情を感じさせるのもこの期の特徴かも知れない。それは「見せるつもりの綿虫」を失ってしまった呆然たる表情、「鯰」の作品のような渋い顔まで多彩である。なおその深い心はユーモアを一種のペーソスとしていることも見逃せない事実であろう。

＊

ここで先月号で資料不足だった六月号と十月号の作品について補充しておきたい。

善光寺平かすみて句碑びらき　　六月号・姥捨
花過ぎに来て姨捨の花に逢ふ
開眼経のあひ間あひ間を囀れる
婆が売る秋果の端に湖のもの　　十月号・湖の地蔵盆
湖に這ふ地蔵盆会の夕けむり
大津絵を抜けし鯰の葦がくれ

なお、この十月号は「沖」創刊の十六年目にあたる。その特集として登四郎は特別作品として二十八句を発表している。その中から作品七句を掲出してその特性を探っておきたい。

近江より帰りて扇しまひけり
火取虫狂死といふもかくしづか
あたらしきハンカチひらく土用波
掌に這はせて秋の螢とも
秋痩せて薄墨描きのごとくあり
秋ふかむごくり唾のむこともなく
もはや惑ふ齢ならねども穴まどひ

題名は「かくて秋」である。全体的に静かだ、深い、命の悲しみにあふれている。「火取虫」を見ては「狂死」を思い、掌上の「螢」に秋を感じる。確かに登四郎は老いて、しみじみと孤独と対峙しているように思える。つくづくと一人の自分を思っているのである。しかし登四郎は当時私達の前ではそれをおくびにも出さなかった。あの静かな笑顔の影にはこれほど深いものがあったのかと読み進めて、二十七句目に「秋ふかむ」の作品を見つけて何も言えなくなってしまった。下五の「こともなく」、登四郎にとって「ことのある」と言うことはどういうことなのか、簡単に読み過ぎてしまってはいけない作品である。齢七十五歳の登四郎である。私などそれよりも生きて居るのに、こうした深い表現はいまだ出来ない。

それでは昭和六十一年、「沖」における登四郎の文章に進みたい。例によって五百字随想についてはその表題のみを揚げておく。

一月号「電話ぎらい」 二月号「新菊吉」 三月号「平田満のこと」 四月号「俳句は一つ土俵」 五月号「梅若忌」 六月号「姥捨連袂句碑」 七月号「早池峰句碑」 八月号「螢など」 九月号「猛暑多忙」 十月号「俳句助平」 十一月号「喜多実」 十二月号「一句と五句」

句碑に関する記載が二つある。六月号の「連袂」は林翔とのもので、姥捨にある。その末尾に登四郎は「こうして水のごとく淡々とした交わりの記念碑が誕生した」と記す。生涯の友人、影のごとく登四郎を支えつづけた林翔への真実の思いであると思う。なお碑面には次の作品が記されている。

枯れ果てて信濃路はなほ雪の前
胡桃割るこきんと故里鍵あいて　林翔

また七月号記載の早池峰句碑には次の作品が記されている。

早池峰の雪かがよへり朝さくら

その他の登四郎の文章発表はない。他は全て選後評などの文章なので話を登四郎への批評の方へ移したいと思う。先ず概略を挙げて見ると次のようになる。

一月号……「登四郎俳句四季（一月の句）」北村仁子・松島不二夫に作品引用。（以下各号にページがあるが執筆者は同じなので作品のみを抄出）〈一月の音にはたらく青箒〉〈ただならぬ白さ破魔矢は抱くべし〉／「七草秘話」（筑紫磐井）に作品引用三句。ここでは省略したい。

二月号……「登四郎俳句四季（二月の句）」〈我とわが声のふしぎな鬼やらひ〉〈梅くぐりくぐるや齢くぐるごと〉

三月号……「登四郎俳句四季（三月の句）」〈残り餅焼く三月のくらき炉火〉〈遥かなる水は青かれ流し雛〉

四月号……「『愛誦の詞華』を読む」（加藤三七子）、この文章については後程補足したい。／「登四郎俳句四季（四月の句）」／「随筆『桜どき』」（鈴木節子）に作品引用。

五月号……「登四郎俳句四季（五月の句）」（中尾杏子・湯本道生）に作品引用。〈昨年よりも老いて祭の中通る〉〈みな指になり風つかむ花辛夷〉

六月号……「有情滑稽礼賛」（大関靖博）、文末に作品引用十句、特にコメントは無い。／「登四郎俳句四季」（中尾杏子・湯本道生）に作品引用。〈形代の襟しかと合ふ遠青嶺〉〈語らひのふと微に触れし遠螢〉／「病める青春」（筑紫磐井）に次の作品を挙げている。〈年の豆手にまろばせて病よき〉／「おもいで」（三浦青杉子）に作品引用。〈春ひとり槍投げて槍に歩み寄る〉

七月号……「登四郎俳句四季」（安居正浩・北川英子）に作品引用。〈汗の肌より汗噴きて退路なし〉〈青嶺覚め地球の自転音もなし〉／「非歌の前奏」（筑紫磐井）に作品引用五句。／「登四郎句碑五番札所」（坂巻純子）に句碑に刻まれた次の句について記載あり。〈早池峰の雪かがよへり朝さくら〉

八月号……「登四郎俳句四季」（安居正浩・北川英子）に次の作品についての記載あり。〈こまかなる光を連れて墓詣〉〈古蚊帳の古さに戻り明けはなる〉

九月号……「教師新生」（筑紫磐井）に作品引用十一句。／「登四郎俳句四季」（安居正浩・北川英子）に次の二句についての鑑賞批評。〈子にみやげなき秋の夜の肩ぐるま〉〈子は遠し秋水まとふ水中花〉

十月号……「方丈自在」（小野興二郎）に作品引用八句。この文章については後程補足したい。／「登四郎俳句四季」（坂本俊子・正木浩一）に作品引用・鑑賞批評。〈その藁塚往きもかへりも手触れてゆく〉〈薄紅葉片眼つぶれば少女現れ〉／「猥褻は面白い」（作山泰二）に作品引用。〈薄目せる山も混りて山眠る〉／「奪ひがたきもの」（筑紫磐井）に作品引用十三句。

十一月号……「登四郎俳句四季」（坂本俊子・正木浩一）に作品引用二句、鑑賞批評。〈枯れどきが来て男枯る爪先まで〉〈枯るる中われはゆつくり枯れんかな〉／「波郷は語る」（筑紫磐井）に作品引用。

十二月号……「烈風の蝶見し」（筑紫磐井）に作品引用。／「登四郎俳句四季」（坂本俊子・正木浩二）に作品引用、鑑賞批評。〈削るほど紅さす板や十二月〉〈落葉追ふ人の瞳を追ふ死神は〉

＊

多少の補足をしておきたい。「登四郎俳句四季」は連載もので、見開き二ページ、一句について一人が一ページを担当して、その月の登四郎の句について出典、句意、鑑賞を試みている。筑紫の文章も連載で、『咀嚼音』研究と題し、両方とも資料性に富んだものである。一読を勧めたいと思う。

改めて四月号と十月号について補足をしておこう。先ず加藤三七子の文章である。これは能村登四郎の著書『愛誦の詞華』についての書評である。それは四ページにわたる。先ず例の「ぬばたまの」の作品を挙げここから登四郎を「短歌的叙情の濃い人」として、万葉その他の和歌についての文章に触れる。そして「俳句への思いも募ってくる」として芭蕉他の俳句に関する文章について所感を述べる。さらに登四郎についての第二の印象は「大人の俳人に出会った」として「船遊女うた」、や「心中する武士」などの章を紹介する。そして「連歌にも、世阿弥にも、触れないで筆を擱かなければならない」と余韻を残して筆を擱いている。十月号の方は「登四郎・翔の現在」と題するもので

二分咲きの実は薄墨桜かな

について「実は」の表現を歌舞伎等の影響から来ているとし、詳述しているところが面白い。

それでは昭和六十一年の「俳句」に話を移したい。先ず登四郎の作品発表である。一年間に三回ある。

先ず一月号の「冬遠」と題する二十句。同時発表者は山口青邨、加藤楸邨、平畑静塔、福田蓼汀、細見綾子など十二人である。ここではその中から五句を抜いて紹介しておく。

味噌均しをり悉く神還り
黄落の水に昏みに魚寄れり
美しき風邪の女人に隣せり
歳晩の野や一煙もなく晴れし
冬深むこころどこまでも吸ひ込まれ

初冬の情景は氏のもつ冬寂の情景とよく合っている。従って全体的に静かに、力の入っている作品が並ぶ。

七月号には「忘れしも」と題する二十句がある。同様にその中から五句を引用しておこう。これもまた同時発表は加藤楸邨、福田蓼汀、平畑静塔、右城暮石、安住敦など十四名で、豪華なメンバーである。登四郎にとって不足はない。力作が並ぶ。

忘れしも忘れられしも芒種かな
思はざる朧の湖に迅きながれ
あるかなき牡丹の襞のかげりけり
かたつむり逡巡の肉ぴくぴくと
括り糸すこし濡して兜虫

淡い淡い情景、そして美、さらには艶なる世界、それらは全て新し味への試みであり、登四郎の心象風景でもある。
十二月号の「軽食」五十句は石原八束、金子兜太と三人の競詠の形をとる巻頭作品である。ここでは七句を抜いておく。

肘ついてそこに血が凝る露葎
秋蒔きの種子とてかくもこまかなる
ふとりゆく露を見てゐる熟睡あと
狂死てふ死に方もあり曼珠沙華

かりがねを聞きしとひとり思ひ込む
軽食の午後見て水草紅葉かな
母屋まで夜庭のすみし煙くる

あくまで人間、とりわけ己に終始する。そしてそこから生まれてくる美であるから生き生きとしている。詩がある。

次に昭和六十一年の「俳句」誌上における氏の文章発表である。概略次のようになる。**三月号**「荒ぶる神スサノオの如し」 **四月号**「「系譜」の姿勢」 **六月号**「選考座談会「現代俳句の方向」」 **七月号**「晩業燦々」 **九月号**「雑詠選」担当、「推薦」について批評あり

以上の五回であるが、九月号については選評であるので補足の必要はあるまい。三月号は角川春樹句集『猿田彦』への書評である。四月号もまた清崎敏郎特集に寄せた文章、七月号も副題に「長谷川双魚氏について」とあるように特集に寄せた一文である。ここでは六月号の「現代俳句の方向」が一番力が入るのであるが、これは角川俳句賞の選考座談会で纏まった俳句観のようなものもない。出席者が石原八束、金子兜太、登四郎、細見綾子、角川春樹の五名であるということをのみ言い足して、次へ進もう。

昭和六十一年の「俳句」における登四郎に関する記述である。概略を列挙すると次のようになる。

二月号……「戦後日本と俳句――「前衛と伝統」序論」（古舘曹人）に作品引用三句。〈風まぎる萩ほつほつと御母衣村〉〈白川村夕霧すでに湖底めく〉〈暁紅に露の藁屋根合掌す〉／「俳誌月評」（畠山譲二）に主宰誌「沖」が採り上げられる。作品も四句採り上げられている。

三月号……「座談会「現代俳句の方向を探る」」（出席者、石田勝彦・今瀬剛一・老川敏彦・斎藤夏風）の中に氏名が引用されている。

四月号……「幻の橋」（永田耕一郎）に作品引用。これは「現代俳句の現況と未来」という特集。〈暁紅に露の藁屋根合掌す〉

九月号……「特集・現代俳諧考「俳諧精神と知性」」（鈴木鷹夫）に氏名が引用されている。

十月号……「特集・「私にとっての師の一句」」（鎌倉佐弓）に鑑賞批評。〈火を焚くや枯野の沖を誰か過ぐ〉

十二月号……「特集・現代俳句、挨拶と季のいのち」「ほのあたたかい凩」（今瀬剛一）に作品引用・鑑賞。〈対岸に声あり霜野ひきしまる〉／古舘曹人と藤田湘子との対談の中で氏名が出る。

昭和六十一年の「俳句とエッセイ」に眼を移してみたい。いろいろな出版社の事情もあるのかも知れないが、この年の登四郎の同誌への作品発表は全くなかった。執筆は四回ほどしているがそれも小文、書評のたぐいである。それらについては列挙するにとどめたい。

二月号……「甘党・辛党・煙党　今はコーヒー党」

五月号……「私の好きな「奥の細道」の一句」に芭蕉の「文月や六日も常の夜には似ず」を上げて所感を述べている。これはアンケートへの回答である。

七月号……「瓜人仙境」、馬酔木の先輩にあたる相生垣瓜人句集『負喧』についての書評。

十月号……「『安良居』と樟蹊子さん」馬酔木の先輩である桂樟蹊子の句集『安良居』に関する書評。

昭和六十一年の「俳句とエッセイ」、登四郎に関する記載へ話を移したい。概略次のようになる。

三月号……「現代俳句月評」（矢島房利）に鑑賞批評。〈黄落の水に昏みに魚寄れり〉

五月号……季語についての記載の中、「更衣」の項に〈一隅のくらき香りのころもがへ〉の作品が例句として載る。

九月号……「文章は翼」（大牧広）に文章引用。

十一月号……「青い山」（大牧広）に作品引用。〈昔むかしの種痘の痕のまだ痒し〉

十二月号……「白と赤と」（ながさく清江）に作品引用。特集・「冬の色を詠む」の一文。〈とやかくの家相を払ふ実南天〉

＊

話が前後して恐縮だが、ここで俳句総合誌の状況を改めてまとめておこう。昭和五十九年の一月に「俳句四季」が創刊された。また五月には「俳壇」が誕生した。そして同六十年の九月号を持って「俳句研究」が休刊。同年に「俳句とエッセイ」が誕生している。つまりこの時点での総合誌は「俳句」（角川書店）、「俳壇」（本阿弥書店）、「俳句とエッセイ」（牧羊社）、「俳句四季」（四季出版）の四誌と言うことになる。従ってしばらくの間この四誌を中心に資料をあげることとなる。このうち「俳句」と「俳句とエッセイ」については既に昭和六十一年まで見てきたので、「俳壇」と「俳句四季」についてのこれまでの資料をまとめてあげておく。

「俳壇」は次の通りである。

五十九年十二月号……「諸家自選ベスト一句」に作品が載る。／「現代俳句月評」（廣瀬直人）に次の作品他五句が採り上げられ、評論。〈胡桃ふたつ眼玉のごとく並べたる〉

六十一年三月号……「昭和五十年代の話題句」として次の作品について登四郎自身によって短い註が書かれている。〈夏果ての男は乳首のみ老いず〉／「現代俳句月評」（飯島晴子）に次の作品が取り上げられ、論評。〈白身魚ならばと食べて冬深む〉

六十一年十月号……「私の推す秋の秀句99」の今瀬剛一、中嶋秀子にそれぞれ次の作品が推薦・批評。〈長靴に腰埋め野分の老教師〉〈子にみやげなき秋の夜の肩ぐるま〉

六十一年十二月号……「諸家自選ベスト一句」に作品が載る。

「俳句四季」は次の通りである。
五十九年四月号……「吟行」の欄に「山辺の道」と題する文章と次の作品が写真入りで紹介される。〈国原は跨げるほどに稲架低し〉
五十九年六月号……「祭の中を往く」（宮津昭彦）に作品引用・批評文。〈昨年よりも老いて祭の中通る〉
五十九年七月号……「七月」の欄に作品引用。特に論評はない。〈白地着て血のみを潔く子に遺す〉
五十九年九月号……この月は「四季吟詠」の欄が登四郎の選句担当となっていた。選句結果の発表と批評文掲載。
五十九年十月号……「霧の御嶽山」に作品掲載。〈霧が霧を追ひて声あり杉檜〉／「松島の芭蕉忌」の欄に選者の一人として名前が載る。
六十一年一月号……「花信風」の欄に「沖」の十五周年大会についての記事が掲載されている。
六十一年四月号……「桜」競詠の欄に作品発表。〈杉山は杉襖なしはつざくら〉（神護寺の句碑「初紅葉せる羞ひを杉囲み」の初案かなどとふと……）／「季語を考える」（倉橋羊村）に作品引用。〈春に透く翅生えて吾子入園す〉
六十一年五月号……「昔むかし」という作品二十句を発表。作品の下に「今の詩情」（皆吉司）の文章がある。ここでは作品五句を抜き出すにとどめたい。〈畦の木に夕靄のぼる雨水かな〉〈藪越えて裏より這入る涅槃寺〉〈昔むかしの種痘の痕のまだ痒し〉〈ひと波に手を逃れたる流れ海苔〉〈二度寝てふさびしさに春深みをり〉作品の後に「能村登四郎さんに聞く」という対話型の記事がある。

「俳句とエッセイ」昭和六十一年、登四郎への批評について次のふたつを補足しておく。

六十一年四月号……『愛誦の詞華』への書評、「名歌名句を跋渉する」（岩田正）

六十一年七月号……「誰でも行ける夏山」（奈良文夫）に作品引用・鑑賞。〈霧をゆき父子同紺の登山帽〉

以上、資料は出来るだけ完璧にしたいと思い、昭和五十九年前後の総合誌の創刊や休刊、欠落していた部分を補足したわけである。

さて、それでは話題を戻して、昭和六十二年に入ろう。先ず主宰誌「沖」での状況である。いつものように作品は作品十句の中からここでは二句を抜き出しておく。

波皺に綿虫まぎれ遠江　　一月号・遠江

一鱗も全き冬のいわし雲

今逝きしばかりの年とその夜空　　二月号・三童女

福藁をはや遊び場に三童女

三月号・駘蕩

涅槃図のちと騒がしく描かれたる
駘蕩とがんもどき煮えゐたりけり

四月号・春の炉

後知恵に舌打ちしたる雨水かな
燠といふうつくしきもの春の炉に

五月号・さくら雫

花どきのよしなき生血見てしまふ
雨後の日にほたほたほた桜雫せり

六月号・竹婦人

散りしぶる牡丹にすこし手を貸しぬ
蔵を出て祖父のものとふ竹婦人

七月号・越中五箇山

田植時すみししづけさ砺波郡
まだ若き苗田や合掌屋根映す

八月号・燃え雫

苗足して来て廻りけり水田べり
花植ゑてきて凌霄の燃え雫

九月号・溝萩

溝萩の屯たむろの露あかり
身の痩せや八月は葉の混むばかり

十月号・翅音

秋の意の晒一反たぐりゐて
月明にこころ幽かな翅音もつ

招かれて横手へ

北上山系秋暮顕れてかくれなし　十一月号・豊の秋

掛け唄の張りにも見えて豊の秋

刈田の景見ゆる一間の片づける　十二月号・刈田

晴れすぎて楢山枯るる音もらす

主として毎月の巻頭句、それから題名となった作品、それを主体に選ぶことにしている。登四郎は作品発表においては自信句を巻頭に据え、題名には好きな言葉の入ったものを据える傾向が強い。

この時期登四郎独特の美的なものがかなり強くなってきている。身辺描写においても、吟行句においてもその傾向は強い。本来どちらかというと、農村俳句というと土臭い、汗まみれのものを思うがそれも登四郎の手にかかると美的なものとなる。私はそれでいいのだと思う。それが登四郎の農村風景なのであるから……。六月号の「竹婦人」で面白いことに気がついた。登四郎の艶な句の代表とされる句に「竹婦人抱かせてもらひすぐ返す」という作品がある。「しばらくを握らせて貰ふ囮鮎」にその原型を見る思いがした。

句集『菊塵』時代

なお補足的になるがこの年の五月号は通巻二百号の記念号を編んでいる。そこで登四郎は「花時」と題する二十八句を発表している。その中からは五句のみを抜き出しておこう。

万蕾を尻目に一花ひらきけり
徐々にして春月に重み加はれり
花時の出づれば行く手ある歩み
長々と縦裂きにして春の葱
旅券はやとどきて四月終りけり

昭和六十二年、登四郎の「沖」における文章発表である。いつものように「五百字随想」についてはその題名だけを揚げるにとどめたい。

一月号「テレビ出演記」　二月号「数え日の中で」　三月号「引越さわぎ」　四月号「娘道成寺と鏡獅子」　五月号「桜をきる」　六月号「団蔵三代」　七月号「もう一つの合掌部落」　八月号「サラダ記念日」　九月号「この夏」　十月号「新国劇解散におもう」　十一月号「終の栖」　十二月号「同人句会」

このほかの発表文章を見てみよう。纏まった文章は特にない。強いていえば五月号にコンクールの選評を書いている位の処である。なお、五月号の特集の中での対談「歌舞伎よもやまばなし」（相手はNHKアナウンサーの山川静夫）は登四郎が好きな話題であるだけに話が弾むが直接俳句については触れていないのでここでは割愛したい。二十二ページに及ぶ長い対談である。

昭和六十二年、「沖」における登四郎についての記載を抜き出しておきたい。既に連載の形として定着している「登四郎俳句　四季」の執筆者と掲出作品は次の通りである。

一月号〜三月号（執筆者　鈴木良戈）

ななくさのはこべのみ萌え葛飾野　（一月号）

枯れし幾畦干満珠寺の杜が呑む　（二月号）

夢の世と思ひてゐしが辛夷さく　（三月号）

四月号〜五月号（執筆者　淵上千津）

出てみればわが家の朧他より濃し　（四月号）

幟立つ男の国の甲斐に入る　（五月号）

いくらかは僧形に似む白絣　（六月号）

七月号〜九月号（執筆者　都筑智子）

発想のひしめく中の裸なり　（七月号）
吾子の詩をいつ詠みやめむ南風　（八月号）
命とは蘂噴き上げし曼珠沙華　（九月号）

十月号～十二月号（執筆者　川島真砂夫）

まどろみて秋風そしてまどろめる　（十月号）
しばらくは新稲架として雨はじく　（十一月号）
少しづつ動いて枯るる川景色　（十二月号）

「登四郎俳句　四季」以外の文章における登四郎の記載について見てみよう。

一月号……「もうすぐ春が」（筑紫磐井）に作品引用、登四郎についての事も書かれている。

〈匆々ときさらぎゆくや風の中〉

五月号……「沖論壇展望」（櫂の座編）に数回氏名が掲載される。これは特集号の企画でこれまでのものをまとめたものである。

五月号……「規則ということ」（筑紫磐井）に作品引用三句。

八月号……「『青鷹』のパラダイム」（上谷昌憲）に作品引用。

昭和六十二年の「俳句」に移りたい。先ず作品発表である。二回ある。八月号の「浮き苗」（三十一句）と十一月号の「萍紅葉」（十一句）である。それぞれについて述べてみよう。まず八月号「浮き苗」から七句をあげる。

浮き苗や見まはせば水くもりゐる
茱萸食へり仏に懸想せし男
泰山木一枝は妻の世に開け
闇がなほ濃き闇つくる花火後
蝸牛いつも余白を前うしろ
水際に来て螢火の火を強め
疲れ眼の萍溜り見てをりし

この時期の登四郎には日常詠に目を見張るものがある。今回の三十一句も取り立ててどこかへ行ってつくったというよりは身辺を詠んだものが多い。身辺というと誤解を生むかも知れない。むしろ登四郎の想像空間にあるものを詠んだと言った方がいいであろうか。驚くほどその空間は広いのである。「浮き苗」にしろ、「仏」にしろ、「泰山木」にしろそこからうかぶ詩の想像の世界、美しさに驚く。想像の世界に心を遊ばせながら俗に落ちない。実に美しい、読後感に透き通るような思いが残る。それは氏の感性のなせる技ではないか。感性などと言うととかくぴりぴりした神経質な世界を思い描きがちであるが氏にはそれが無い。やわらかいのである。静かなのである。深いのである。あくまでも心の余裕、それでいて強い氏の内面がそこには表現されている。

かつて登四郎は、見たものを体験を大切に心にしまっておく、そしてそれを想像の世界に遊ばせる。そうすると余計なものは省けて、対象の核心が見えてくる……、そうしたことを私達の前で言ったことがある。この時期はそうしたことを実践していたのではないだろうか。取り立てて何と言うことは無い、うっかりすると日常の羅列に終わりかねない素材を見事に詩の域にまで高めている、それは氏のこうした姿勢と持ち前の大らかな想像力、やわらかい感性によるものであると私は考える。

「萍紅葉」の方からは三句を抜き出しておこう。

表裏なく藜したたる厄日かな

どこか匂ふ秋刀魚の目黒駅に立つ

水くらくして萍の紅葉せり

なお「俳句」の十一月号は氏の第九句集『寒九』の特集号として編まれている。詳細については後述するがグラビアに登四郎の全身の写真が載っている。そうした折の十一句であるからおのずから力も入る。

昭和六十二年、「俳句」の文章発表へと筆を進めよう。文章執筆もかなり多い。先ず羅列的にあげておこう。

一月号……「若さとは老いとは」（現代俳句月評）

二月号……「実作懸命」（現代俳句月評）
三月号……「松過ぎの感想」（現代俳句月評）
四月号……「虚子ブームの裏で」（現代俳句月評）
五月号……「「月の人」新考その他」（現代俳句月評）
六月号……「三冊の俳句年鑑その他」（現代俳句月評）／「座談会「充実した生活詠の時代」」（選考座談会）
七月号……「難解句その他」（現代俳句月評）
十一月号……「ダム底の村」（自解俳句体系）〈暁紅に露の藁屋根合掌す〉／「ひたすら行く――私の俳句人生」

以上が昭和六十二年の文章発表の概略である。この年は一月号〜七月号まで「俳句月評」を連載したということもあってかなりの執筆である。各月それぞれの主題に基づいて執筆しているところも面白い。どの文章も詳述したい文章である。例えば「難解俳句」については難解俳句の作者の残っている名句は「誰にでも理解される句」であるといい、虚子の写生については「子規以来の写生を唱えながら案外虚子には写生の俳句が少ない」と言い切る。この「俳句月評」にはひかれるところが多いのであるが先へ進まなければならない。後ろ髪を引かれる思いで次へ進もう。

昭和六十二年の「俳句」における登四郎への批評、記載である。

概略をあげると次のようになる。
七月号……「花鳥諷詠百句」に作品引用。批評はない。〈葱の根の白さしのぼるごとくなり〉
九月号……「季の旅」（辺見じゅん）に作品引用。〈雲ちりぢり学継ぎがたし迢空忌〉
十月号……「最新季語集」植物新年（今瀬剛一）に作品引用・批評文。
十一月号……「絹の音して」（川崎展宏）、作品引用二十三句。／「浅漬」（岡井省二）、作品引用十三句。一句鑑賞の形で黒井千次、岩田正、桂信子、波多野爽波、福田甲子雄、原裕、成田千空、伊藤白潮、石田勝彦、深谷雄大の十人が執筆している。〈老いにも狂気あれよと黒き薔薇とどく〉〈雛の燭妻の仏間に流しけり〉〈冬麗や弟子の一句に襟正す〉〈提げ重るべつたら漬の夜空かな〉〈滴りや次の滴りすぐふとり〉〈雲の峰にも女峰あるらしき〉〈伝在五中将の墓をとこへし〉〈素裸の僧ゐてやはり僧なりし〉〈鳰浮巣編みあまるもの漂へり〉〈初あかりそのまま命あかりかな〉／「秘境の祈り」（大島民郎）は「鑑賞俳句体系」として、登四郎の自解と対の形で載せられている。〈暁紅に露の藁屋根合掌す〉
十二月号……「今年の秀句」に鈴木六林男、平井照敏氏がそれぞれ次の作品を採り上げている。〈年惜しむために這入りし櫟山〉〈掌の中に闇握りゐし重みかな〉
十一月号……能村登四郎の特集号として編まれている。グラビアに登四郎の全身の写真が掲載されている。ベレー帽を被り、ネクタイをしている。昭和六十二年九月十九日の撮影とある。タイトルは「特集『寒九』能村登四郎句集」というものである。概略は前述した通りであるがその中で川崎展宏、岡井省二それに大島民郎の三氏の文章について補足をしておきたい。

登四郎の文章は前述したように湖底に沈む前の白川村、とりわけ合掌造りの住居について感動的に表現している。それに対して大島の文章は湖底に沈んだ合掌集落の描写である。その思いを感動的に書きながらこの作品については「こう観じたときに、作者は一瞬すくわれたおもいになったのではなかろうか」「社会性を孕み、人間臭に満ちて、自然諷詠の新しい境地を開いた歴史的力作として忘れがたいものがある」という。見事な批評であると思った。

川崎の文章は句集『寒九』の作品評であるが伊勢物語に焦点を絞って表現しているところは面白い。とりわけ「……重いだけではない。この作者の在りようには、どこか業平めいたところがある、といっていいのではないか」という指摘はさすがであると思った。

岡井の文章はまことにあたたかい。とりわけ次のような部分に考えさせられたので抜粋をしておきたい。

つまり「そのまま」がそうさせる。「そのまま」がめでたい。

自在であろう。その心ばえが、人口に膾炙した

瓜人先生羽化このかたの大霞

となる。まことに俳句は人生観の風景、そう思う。
昭和六十二年の「俳句とエッセイ」へ話を移したい。纏まった作品発表も文章発表もない。従って登四郎への批評へと話を移したい。気になった発言などについても一緒に上げて話を進めたい。

二月号……「花の俳句」（二月の花・梅、伊藤敬子）に次の作品が載り、詳細な批評がある。
〈老幹のいま一花得し濃紅梅〉
●〝ひとはな〟ではなく〝いっか〟というとなぜか鮮烈な紅梅の花がイメージに浮かび上がるから不思議である。
●この一花こそ命ある証であり、作者の精神の化身の一花でもあろう。
「現代俳句月評」（大牧広）に次の作品が取り上げられて、批評されている。〈装幀にあれこれとごね雁渡し〉
●自分の持っている美意識や造詣の深さに、さらに自信を深めることが出来る。

五月号……「端午の節句あれこれ」（今瀬剛一）に文章の結びとして次の作品が採り上げられ、批評がある。〈幟立つ男の国の甲斐に入る〉
●格調が高く、骨太で私の好きな作品であるが、私はいつもこの作品の「男」という言葉のもつ深さに心ひかれる。男というのはその精神的強さ……。

六月号……「現代俳句月評」（倉橋羊村）に次の作品が取り上げられ、批評文がある。〈火

のまはりよき花冷えの牡丹鍋〉
●日常生活の些事の中にひそむ詩ごころを、さりげなく表現して、しかも些事以上に見せぬところが、芸の力である。
八月号……「現代俳句月評」（松本旭）に次の作品が採り上げられ、批評されている。〈螢火に思ひ出したる忌のひとつ〉
●やわらかな調べとも感じさせる語感のひびきをもちながら一句を仕立てていくのが能村氏の作品の特色。

昭和六十二年の「俳壇」に眼を移したい。先ず作品発表であるが九月号に二十句を発表している。その中から八句を抜き出しておきたい。私の見た限りでは「俳壇」誌への作品発表は初めてではないかと思う。それだけに力が入っている。題名は「炎帝の寵」である。

炎日の松を讃へて男老ゆ
腕撫して炎帝の寵ほしいまま
蚊帳たかく吊る癖かつてありしかな
血を採らる快感に汗してゐたり
真裸の果てはしくしくさびしかり
人間の匂ひもありし稲の花

今にある朝勃ちあはれ木槿咲く
炎天をゆくやふぐりの意地ありて

●作品においては登四郎は正直である。日常生活などにおいては弱音を吐かない登四郎であるがこのように抜き出してみると心の起伏がしみじみと胸を打つ。老いたのである、淋しいのである、それがこの時期の登四郎の偽らざる心境であろう。
●ここに発表された作品で言うかぎり美的なものよりも深い内面描写、登四郎の思いその物をぶつけたような作品が多い。
●七句目の「朝勃ち」の作品は当時私達の間でかなり話題を呼んだ作品である。「先生元気だねえ」といって眉をしかめる人もいたし、「ここまで言っていいのか」という人もいた。中には下品だという人もいた。私は一貫して肯定する立場だった。そういう一瞬もあったということはそれを詠む詠まないにかかわらず真実には違いないのだから……ただ決して美ではない、登四郎俳句としては例外であろう。
次に昭和六十二年の「俳壇」における文章発表である。九月号に「主宰の一週間」という小文を寄せている。これは四月の十二日から十八日までの登四郎の行動を記したもので別に取り立てていうことはない。同年の登四郎への批評へと話を進めたい。例によってその概略を示すと次のようになる。

一月号……「秀子氏の人と作品」（和田悟朗）に登四郎の作品五句が掲載される。批評はない。

八月号……「俳壇地図」に主宰誌「沖」が採り上げられる。特筆することはない。

十月号……「現代俳句月評」（成田千空）に次の作品他七句が採り上げられている。丁寧な批評がある。〈白地着て白き褌も思ひ立つ〉
●正と負の間に登四郎俳句の動きが生まれる
十二月号……代表の一句としてこの「白地着て……」の作品が挙げられている。

次に昭和六十二年の「俳句四季」に話を移す。作品発表は四月号と十一月号に一句、七月号に齊藤美規と競詠のような形で「虹」と題して六句を発表している。四月号と十一月号は「競詠歌と句」と題するもので四月号が「しだれ桜」、十一月号が「垣の秋」である。競詠の相手はそれぞれ四月号が阿部完市、伊丹公子、廣瀬直人、いさ桜子、十一月号が鶯谷七菜子、馬場駿吉、廣瀬直人、須賀一恵である。登四郎の作品はそれぞれ次のものである。

秋深む心の奥に雲殖やし
枝垂桜脊山の靄も競ひ湧く

七月号の発表作品からは三句を抜き出しておきたい。

虹もつと美しき筈虹立てり
牡丹の緋の一片を嚙んでみし
思ひ出せぬまゝに衣を更へにけり

たかだか合計八句であるからコメントも出来ないと思うが氏のもつ美への意識が内面化する傾向は読み取れよう。

文章発表は四月号に一つある。それは「懐かしき宿場道」と題するもので、盟友の桂樟蹊子氏の句文集『東海道俳句の旅』の書評である。取り立てて言うことはない。

昭和六十二年、「俳句四季」の登四郎への関連記事である。作品の引用が一月号に一回だけある。「どんど焼き」(牧石剛明)に次の作品が引用されている。論評はない。

どんど火に掌が花びらの子供たち

昭和六十三年に移る。先ず主宰誌「沖」の作品発表から始めたい。いつものように各月から二句ずつを抜粋しておく。

川あれば澄み三河路はもみぢ時　　一月号・参州足助町
廻しつつ新渋にほふ傘づくり

厚氷思ひつめたる蒼みかな　二月号・松過ぎ

雲の間を日のすすみゐる雪後かな

捨て灰をなだめ寒九の雨なりし　三月号・わすれ霜

ひとり湯のひとりに濁る朧かな

茫々と野焼を待てり鵜殿葭　四月号・鵜殿の葭焼

野焼人すぐに炎中にかくれけり

よく見れば下萌えてをり江口道　五月号・江口

誰やらにうしろ見られて接木せり

深空より垂れ水分のさくらかな　六月号・吉野・国栖

咲く花のくらき高みに国栖の宮

苗ぐもり頂模糊と女男二峯　七月号・筑波

満目の水田や空も水田いろ

天竜の梅雨晴間なる濁り波　八月号・遠州二俣

白紫陽花切なる白を守るかな

厠にて国敗れたる日とおもふ　九月号・盆波

ひとくち茄子ひとくちほどの紫や

八ヶ岳よりの秋風と聴きにけり　十月号・信濃路

稔り穂や諏訪は武の国をとこ神

空港に曼珠沙華みて阿波に入る　十一月号・阿波・讃岐

四五人の結願らしき秋遍路

碑を越して見し早池峯の雪化粧　十二月号・花巻・遠野

桑の枝のみな括られて乳神さま

●登四郎自身「……花の吉野を皮切りに浜松、蓼科、徳島、岩手、福井などを歩いた……」と書いているように旅行が多く、その度に旅吟を作っている。その作品が実に多彩で精力的である。

●そしてその旅吟からは一つの傾向として対象を細かく観察するという姿勢がうかがえる。またこの時期の特性としては美的な物が深まったと言うことが言える。対象を見詰める深い作者の存在が感じられる。登四郎の写生と言ってしまえばそれまでだがとにかく深い。

●これまでも大切にしてきたものであろうが登四郎流の季節感の把握、風土的な作品が眼につく。もちろん風土は傍観者的な目によるものであることは否めない。しかしその底に登四郎という人間、とりわけ美的な感受性の漂うていることは見逃してはなるまい。

昭和六十三年の「沖」発表の文章へ眼を移したい。いつものように「五百字随想」は夕イトルを掲げるにとどめたい。
一月号「私の一年」　二月号「宇野重吉・一つの死に方」　三月号「冬の日溜りの中で」　四月号「道明寺」　五月号「テレビを終って」　六月号「花の吉野」　七月号「筑波山縁起の碑」　八月号「基本の芸」　九月号「多産の夏」　十月号「ビデオ」　十一月号「蕎麦の食べ方」　十二月号「この一年」
その他の文章発表を羅列しておきたい。
七月号「よき友よ、さらば」（平澤研而氏への追悼文）　十二月号「江渕雲庭さんを悼む」（江渕雲庭氏への追悼文）
昭和六十三年「沖」での登四郎への批評に眼を移したい。先ずそれぞれの月についてその概略をあげる。
一月号……「愛染――『寒九』にふれつつ――」（宇佐美魚目）／「気概の美学」（岡本眸）／「寒九の華」（林翔）／「老艶――鳰亭先生の業」（筑紫磐井）／「余饒の美――『寒九』鑑賞」（波戸岡旭）／「初あかり」（鎌倉佐弓）／「見えぬものへの想い」（小澤克己）／「寒九シンフォニー」（北川英子）／「『寒九』愛誦の一句」（今泉宇涯・都筑智子・中尾杏子・藤井晴子・河口仁志・松島不二夫・正木浩一・池田崇）／「合評『寒九』を読む」（中嶋秀子・鈴木鷹夫・今瀬剛一・高瀬哲夫・吉田明・坂巻純子・上谷昌憲・淵上千津・松村武雄）
一月号は登四郎の句集『寒九』の特集のため寄稿者も多い。合評の部分についてのみ採り上げた作品を記しておきたい。

老いにも狂気あれよと黒き薔薇とどく
初あかりそのまま命あかりかな
鮟鱇の鉤より降りる時来たり
山中に見る炎天の深どころ
菊焚くや炎中にひらく花のあり
身を裂いて咲く朝顔のありにけり

登四郎俳句四季（秦洵子）

鶴歩み止まりぬ凍てに入るならむ

二月号から十二月号にかけては「沖」における登四郎の記載は「登四郎俳句四季」だけであるので執筆者と作品をまとめて記すにとどめたい。執筆者は二月号から三月号が秦洵子、四月号から六月号は柳川大亀、七月号から九月号が松本秀子、十月号から十二月号は柏山照空である。採り上げている作品は月を追ってあげると次の作品である。

春めくを心のどこか拒みをり

今もなほ夢見瞼の享保雛
睦みては拒み忘春の石十五
一樹なき死者の山より道をしへ
部屋ごとにしづけさありて梅雨兆す
すつ飛んでゆく形代は我のもの
翁さん舞ひしお蔭の稲の花
命とは蘂噴き上げし曼珠沙華

思い出風の文章で登四郎に関する記載あり。

末法の世の浅漬のあまかりし
鮟鱇の鉤より降りる時来たり

その他十月号に「ふたりの先生」（坂巻純子）と題する思い出風の文章で登四郎の記載がある。

＊

概略は以上であるが、一月号の登四郎句集『寒九』の特集記事について多少の補足をしておきたい。

『寒九』は登四郎の第九句集、昭和五十九年から昭和六十一年までの作品四百句が収められている。「沖」一月号ではこの句集に対して六十頁を越える大特集を組んでいる。執筆者については前述したので重複を避けたい。

先ず外部寄稿者の二つである。宇佐美魚目は登四郎の俳句の根底に流れるものを「愛染」と言い切る。そして「登四郎さんの歩いてきた様に私も歩きたい」と願望を述べ、具体的には「見える世界と見えない世界の境界、あるいはあってなき境界、その一筋の道を歩いて行きたい」と感動的に結んでいる。岡本眸は登四郎の白、艶なる色、そして気概こそが男の美学であるとして句集『寒九』を「気迫のこもった句集」と表現する。見事な文章である。もう一つ林翔の四ページにわたる「寒九の華」についても触れておきたい。この文章はいわゆる句集評ではない。むしろその時代の登四郎の動向、作品の背景、例えば句碑建立の苦労話などを知るという点において貴重だと思った。その他は内部の執筆であるから特に補足することはない。

昭和六十三年の「俳句」に話を進めたい。先ず作品発表である。五月号に一度作品発表がある。中から三句を抜き出しておく。

ぎこちなき雲ゐて榛の芽立前

新海苔の二枚合せに焙りけり
水に浮く種子おろおろと欣べり

昭和六十三年の「俳句」への登四郎自身の執筆である。十一月に大特集「写生と吟行の上達法」に次の自作を引用して小文を寄せている。この部分については多少の補足をしたい。

削るほど紅さす板や十二月

短い文章である。三〇〇字前後の短文であるがここにはこの時期の登四郎の考え、この作品が生まれるに至った経緯がはっきりと記されている。登四郎は、ものを見ることが基本、だから良く吟行をするとした上で次の様に言う。

「私自身は殆どその場では出来ない。観たものを心の底に一度沈めて、心の中で十分に練り上げて浮び上がったものが俳句になる。つまり写生に何か自分の思いをプラスしないと私の俳句は完成しない」、この言葉そのものが写生ではないかと私は思っている。そしてこの作品については「大工の作業を道端で見たものだが、観てから出来上がるまで一週間ぐらいかかった」と述懐している。八月号、「特集山本健吉の世界」に「悼山本健吉」として「昭和俳句の完成」の一文を執筆している。同時執筆は石原八束、林翔、山田みづえである。

二月号に「最晩年の力」と題して長谷川双魚への追悼文を執筆している。作品三十三句を引用してこの作家の力を讃えている。同時執筆は飯田龍太、金子兜太、岡本正敏である。

その他「俳句の新しさとは何か」と題しての座談会にも出席している。これは角川俳句賞の選考座談会である。登四郎の発言にもそれほど踏み込んだものはないし、敢えて補足する必要はない。なお出席者は石原八束、金子兜太、能村登四郎、細見綾子、それに角川春樹の五名である。

それでは昭和六十三年「俳句」の登四郎に対する批評あるいは記事について触れておきたい。概略を羅列すると次の様になる。

一月号……「現代俳句月評（一月）」（山田みづえ）に作品引用、批評。〈大根抜く摑みどころはみな同じ〉

二月号……一月号から始まった座談会「俳句の時代を読む」の二回目は「花鳥諷詠の世界」（出席者は宇佐美魚目、川崎展宏、原裕）である。その能村登四郎に関する部分の要点を抜粋しておこう。採り上げられている作品は次の四句である。〈臥た臥ぬの取沙汰しきり露尾花〉〈露寒や内股こころもち緊めて〉〈十日の菊なれどと届きみづみづし〉〈寂鮎を昆布で巻くすべ男手に〉

「臥た臥ぬ」の句については宇佐美が「『俳句研究』十二月号の能村登四郎さんの……」

と持ち出す。そして「臥」という文字を使用したわけが分からないという。川崎がそれに同調した上で「ぼくは、色事の寝た寝ぬの方が面白いと思うんだ」といい、原が「芭蕉の句が後ろにあるからそれの新解釈じゃないの？」という。「露寒や」については川崎が「分かりやすい句だけれども、印象に残っている」、原が「能村さんの良いところがでた句」と言い、「十日の菊」の作品を挙げて軽さを指摘する。そして「寂鮎」の作品を「しみじみとした感じがこの人のもの」と評価し「登四郎さんの場合、もっと生活的な句を見せて欲しい」と要望をしている。私に言わせれば多少見当違いの論でもあるが比較的好意的であると思った。

四月号……作品引用、特に批評はない。〈蝸牛いつも余白を前うしろ〉
五月号……「特集・入門現代俳句の地名歳時記」（原田青児）に作品引用、批評文。〈もはや巴里見るはなからむリラ咲いて〉
七月号……「特集・現代俳句の魅力の実践編」（今瀬剛一）に作品引用。〈煩悩や凍て床激踏激打して〉
八月号……「現代俳句月評」に作品引用、批評。〈牡丹咲く土の乾きを切にして〉
九月号……「大特集・現代花の俳句歳時記」に作品引用、簡単な批評あり。〈桐の花高枝ばかりや伊達郡〉
十二月号……「大特集・旅と食の俳句歳時記」（大阪）に作品引用、批評はない。〈鱧の酢

や満座の酔に酔はずをり〉

「俳句年鑑」……「上田市の岳幟り（雨乞）」の写真とともに作品引用。〈高波の夜目にも見ゆる心太〉

●作品七句と登四郎についての紹介文あり。

昭和六十三年の「俳壇」へ眼を移したい。作品は九月号に二十二句を発表している。その中からここでは気になる作品七句を抜き出しておきたい。

夏掛けのみづいろといふ自愛かな
箸先をはつかに染めて蕗の味噌
梅雨濁流時には白歯見せもして
蠅叩くには手ごろなる俳誌あり
われならば赤く塗らむを竹夫人
うすあかりして鷭のゐる気配かな
ほたる火をほろと零せりひとり閨

●まさに自在である。軽いという言い方もできるかも知れないが私は老境に入った登四郎が自由自在に身辺のもの、あるいは思いを詠んでいると考えたい。

●色彩的なものがはっきりとしてきている。淡い色彩、と言おうか、あるかなきかの色、心のいろ、とりわけ全てに白をまぶした様な色合いが悲しい。
●艶なるものにも、寂なる思いにも白がまぶしてあって淋しい。
●「蠅叩く」の作品は当時かなり話題になった。丁度俳誌が沢山でた時代でもあって、内部的にはそれに対する皮肉だという声もあった様であるが、登四郎自身はその様な意図はないと言うことをしきりに言っていた。今冷静に読み返してみても確かにそうした皮肉めいた思いがなかったとは言えないのではないかと私は思う。

昭和六十三年の文章発表はアンケートに対する回答が一回ある。しかもただの二行、それは〈現代俳句の傾向について〉聞かれたのに対して、「作家各自の作り上げた文体が乏しいため皆一律になって作家の個性が希薄になっている」というもの、傾聴に値する。なおこの年の十二月号の「俳壇雑詠」欄は山口誓子と共に選者にあたっている。選評もあるがここでは割愛したい。

＊

昭和六十三年の「俳壇」の登四郎に関する記述である。八月号「現代俳句のホープ⑳」(片山由美子)で愛誦句、問題句にそれぞれ次の二句を上げている。

削 る ほ ど 紅 さ す 板 や 十 二 月

老残のこと伝はらず業平忌

その他、十二月号の自選欄には次の句を載せている。

遠くより見る雪の日のあそびかな

昭和六十三年の「俳句とエッセイ」に移りたい。作品発表は八月号に三十句がある。その中から七句を抜き出しておく。

夢の端にまぎれし蝌蚪の二三匹
人文字にわが孫もゐて麗なり
夢にみしわが遍路みち海に沿ふ
あけ方は捨て苗のみな立ちあがり
月光を魚影が過ぎし椎の花
老の家に樫の木の夏来たりけり
梅雨明けの三つ掘つてある暗い穴

二つのことを指摘しておきたい。一つは「老」「暗」といういわばマイナス思考の方へ登四郎の思いが至っていると言うことである。その逃げ場はどこか、結局は「夢」「孫」

という方向に望みを見いだす。心情を思うと切なく悲しい。「立ちあがり」とか「夏来たりけり」という言葉もどこか空しく響く。もう一つはそうした心情というものが氏の美意識へも影響をしているということである。例えばそのことは「月光を」のような作品にはっきりと現れる。幻想と言おうか、心象と言おうか、この作品から感じられる美はいかにも儚い感じがする。

（資料の関係で、昭和六十三年の「俳句とエッセイ」発表文章、氏への批評は次回に記したい。）

昭和六十三年の「俳句四季」に話を移す。始めに作品発表である。九月号に一回ある。「抱き籠」と題する六句である。二句を抜く。

あさき夜の鍋にうかびし蕗の灰汁

桑畑より送り火の終を見る

昭和六十三年「俳句四季」での文章発表はない。氏への批評は十一月号に一回だけある。「詩人の見た俳句2――季節と季語の記号化――」（宗左近）である。登四郎の句集『寒九』について作品十七句を引用して批評する。登四郎の世界を「ひそやかな艶を核として冷え寂びている」という。見事な指摘である。

昭和六十四年に話を移したい。この年の一月に昭和天皇が崩御され、皇太子が即位、平成の時代を迎える。先ず主宰誌の「沖」から眺めていきたい。作品発表はいつもの様に各月から二句を抜き出して記す。

神還るしづけさにあり気比の宮
若狭路の煮鰈厚し時雨くる
一月号・若狭路

夕凍みや木賊の青のいよよなり
今思へば皆遠火事のごとくなり
二月号・夕凍

しかすがに苦みもいでし春の葱
切り身ひとつ煮焼きにまよふ余寒かな
三月号・余寒

雪吊りの縄ささくれて解かれけり
赤き紐輪なりに落ちてわすれ雪
四月号・忘れ霜

鉾杉の間の一樹の遠ざくら
ゆくりなく来て長篠の武者幟
五月号・長篠

春霜や五六列あるあそび畝
巣箱掛け楡の葉込みの冷えてをり
六月号・巣箱

緑雨来て洗へり耶馬の連袂碑
由布岳や雨後の若葉の押しのぼり
七月号・耶馬渓・由布

南吹く藍国阿波は藍かをり
八月号・阿波の木偶

青梅やつめ人形の毛虫眉

枯山水夏涸れどきに見てゐたり　九月号・晩夏

遥かなる木にして確か晩夏の木

腹出でしことなく老いて夏終る　十月号・忘扇

忘扇をとどけついでの二三言

殉教の裔痩土に黍つくる　十一月号・長崎・島原

川奉行ありし城下の秋の水

石蕗は黄に蕾を割りて土師の里　十二月号・河内野

双塔のひとつは紅葉がくれにて

多少の補足をしておきたい。この時期の氏は旅の作品と在宅の作品では作風が極端に違う。もちろん在宅の作品の方に見るべきものがある。従って二月、三月、四月の作品は心が深くしずかで悲しい。一人でいると過去のことが思い浮かべられておのずから境涯を詠むこととなるのであろう。例えば「今思へば」や「巣箱掛け」、「忘扇」などの様な作品、これを私は真の写生と考えたい。事というのはともすると観念に終わりがちの性質を持っているがこれらの作品には事を詠みながらその思いを具象化する強さがある。

手法的に言えば副詞の使い方が絶妙である。「しかすがに」「ゆくりなく」等の言葉を俳句に使うこと自体かなり勇気が要る。それが見事に作品の中で生きて、哀れの世界を醸し出している。切れ字の使用もこの時期の登四郎には多く見られる。かつては切れ字を使用することを極端に嫌っていた氏であるが、それがこの時期には「や」「かな」「けり」などの切れ字をむしろ多彩に使っている。写生的な作品といい、切れ字の使用といい、氏はこれまで大きな冒険の旅を続けて俳句本来の形へ回帰したと言うことも出来るのではないかなどと考えたりしている。

旅吟が多いのもこの時期の特徴である。登四郎は旅に出るとその目が輝く、人との出会いに心が弾んでいるのかも知れない。ただ作品は私はあまりいいとは思わない。前書きが多いことからも分かる様に、氏の旅吟は誤解を怖れずに言えばメモ的な性格を持っているのだ。従ってその情景は後に完成するのである。見てきた対象を一度頭の中で、氏自身の思いを通して後日表現するのである。氏の心の中で一度昇華される、それだけに詩の域にまで達したものが多いのである。これはこの時期に限らず氏の作句姿勢でもある。「青梅や」の「毛虫眉」、「双塔の」の「紅葉がくれ」などの表現にはメモ的なものがあることが分かろう。

「沖」昭和六十四年（平成元年）の氏の文章発表に移りたい。いつもの様に「五百字随想」はその題名を掲げるにとどめたい。

一月号「落葉時」　二月号「天皇崩御と改元」　三月号「八月の鯨」　四月号「胞衣の句」　五

月号「今瀬さんの百句修業」六月号「人間ドック」七月号「耶馬の連袂碑」八月号「尾上松緑の死」九月号「菊塵について」十月号「句風の変遷」十一月号「橘中佐のこと」十二月号「合邦ヶ辻」

以上であるが五月号と十月号について補足をしておきたい。五月号は私自身に関することである。私が三年間続けた百句発表はまさに苦行であった。これを当時非難した人が少なからずあった。その中にあって登四郎が毅然として擁護してくれたのは嬉しかった。登四郎は「あの苦業に似た仕事を軽く批判する人がいたが私は敬意を払う」とか「苦業に似た仕事をみずからに課したのは立派である」と言ってくれた。当時私の心の支えになったことを今も忘れない。もう一つ十月号であるがここには登四郎の作句姿勢が端的に記されている。「一所に止って足踏みだけはしたくない」とか「一作ごとに微細ながら自己変革ができる」などの言葉は氏を理解する上で大切であると思う。

その他の文章発表であるが、九月号に「ともに平成の世を生きて」という二頁を執筆している。これは僚友林翔の第五句集『春菩薩』について書いたもので実に温かい。

＊

昭和六十四年（平成元年）の「沖」誌の登四郎に関する記事へ話を移そう。概略は次の様になる。

一月号……「登四郎俳句四季」（平沼薫洋）に作品と批評〈薄墨がひろがり寒の鯉うかぶ〉

二月号……「登四郎俳句四季」（平沼薫洋）に作品と批評〈寡作なる人の二月の畑仕事〉

三月号……「登四郎俳句四季」（平沼薫洋）に作品と批評〈春ひとり槍投げて槍に歩み寄る〉

四月号……「登四郎俳句四季」（大橋俊彦）に作品と批評〈花ふぶき暗渠にふかく水が鳴る〉

五月号……「登四郎俳句四季」（大橋俊彦）に作品と批評〈わがために夏炉の榾をひとつ足す〉

六月号……「登四郎俳句四季」（大橋俊彦）に作品と批評〈白地着て腕に吾子の歯型あり〉

七月号……「登四郎俳句四季」（遠藤真砂明）に作品と批評〈潮焼にねむれず炎えて男の眼〉

八月号……「登四郎俳句四季」（遠藤真砂明）に作品と批評〈船焼いてうみぐに安房の出穂ぐもり〉

九月号……「登四郎俳句四季」（遠藤真砂明）に作品と批評〈沖からも更に加はり鰯雲〉

十月号……「登四郎俳句四季」（正木ゆう子）に作品と批評〈鷹の眼をもつ若者とひとつ湯に〉

十一月号……「登四郎俳句四季」（正木ゆう子）に作品と批評〈装幀にあれこれとごね雁渡し〉／「俳句実作ノート」（坂巻純子）の「島原にて」に登四郎に関する記載あり。／「能村登四郎の世界」（成田千空）／「心体技一如」（福田甲子雄）／「菊塵讃」（齊藤美規）／「老と艶と」（小澤實）／「『菊塵』を読む」（岸本尚毅）

「『菊塵』鑑賞歳時記」〈春の句〉（北村仁子）・〈夏の句〉（河口仁志）・〈秋の句〉（上谷昌憲）・〈冬の句〉（小澤克己）・〈雪・月・花の句〉（藤井晴子）・〈遊心の句〉（秦洵子）・〈葱の句〉（松本圭司）・〈芸の句〉（波戸岡旭）・〈五感の句〉（正木ゆう子）・〈五体の句〉（大島雄作）・〈羇旅の句〉（北川英子）／「能村登四郎句集『菊塵』の五句」（舘野たみを・坂本俊子・殿畑ただし・池田崇・梅田津・松永史子）

十一月号の『菊塵』特集の文章についてのみ補足をしておきたい。この特集には「沖」内外の作家二十二名が執筆をしているがその内の成田千空、福田甲子雄の文章について触れておきたい。成田の文章の副題は「句集『菊塵』を読む」である。作品二十四句を引用して、二ページにわたって『菊塵』の世界を論じる。「男の美学」「さりげなく詠われている」などの言葉が印象に残る。とりわけ文末の「声がきこえるといっても大声がきこえるわけではない。きこえるともなくきこえる低唱の、しかしよく通ることばといってよい」という部分が印象に残った。福田の文章には副題は無い。誠実な好意に満ちている批評だと思った。冒頭部分の「生身の肉体に添った精神の発露をなすことは容易ならぬことである、としみじみ思う。しかし、『菊塵』には、それがなされていると思った」という文章にその結論が記されていると思った。

次に昭和六十四年（平成元年）の「俳句」に移りたい。先ず作品発表であるが二回ある。一月号と八月号である。どちらも十五句の発表である。一月号は「新春作品大特集」として組まれた三十二人の作家たちとの競詠、八月号は「盛夏作品大特集」の二十八人の作家の競詠である。その中の一月号から三句、八月号から四句を抜き出したい。なお題名は一月号が「一乗谷朝倉遺跡」、八月号が「名越」である。

一乗谷川鳴る瀬に浸す漬菜樽
したたかに露霜ありし杉檜山
黄落のさかんなるかな永平寺
献立がはや夏となる蒼畳
ありあまる時間の中に浮巣見る
擂粉木のほどほど減って名越すむ
泳ぎつつすこしわが前魂あそぶ

寺社、とりわけ寺院などを詠む時に登四郎は力が入る。このどちらかというと色彩の淡い、墨絵風の素材が氏の心の内奥とよく響き合うためであろう。奥様を亡くされ、一人の生活になって七年、いよいよその孤独感は深まってきている。我々の前では明るく、笑みを絶やさなかった登四郎であるがその真実は作品によく現れていると思う。ただ静かに対象に眼を凝らし、客観的に沈潜した眼でとらえて静かに表現する姿勢には変わりはない。いわゆる暴れたところがないのがとりわけ悲しい。

作品としては八月号の「名越」の方が断然いいと思う。風土的な対象を見て即吟した「一乗谷朝倉遺跡」よりも感動を一旦昇華して表現している「名越」の方がこの時期の氏の手法としては正しいのである。この時期の登四郎は感動を一呼吸おいて詩的に表現する手法を採っていた。結果的に作品はいきいきとしてくるものが多い。また冬という沈んだ季候よりも明るく活気ある夏の情景を欲していたのかも知れない。同じ淋しさの表現でも、「したたかな」の情景より、「ありあまる」の開き直りの方が当時潔い。

昭和六十四年（平成元年）、「俳句」における氏の文章に眼を移したい。短い文章であるが次の六つ発表をしている。

三月号……「俳人協会選後感想」を執筆。

三月号……「私の即興句の作り方」に二句を揚げて述べる。〈凍土に掃かれて何の鈴ならむ〉〈紐すこし貰ひに来たり雛納め〉

四月号……後藤夜半の次の作品について短評を執筆。〈滝の上に水現れて落ちにけり〉

八月号……「特別企画芭蕉「奥の細道」の花鳥諷詠を読む」に曾良の次の作品について書いている。〈かさねとは八重撫子の名なるべし〉

十一月号……「俳人日記」を執筆。九月二十一日、二十三日、二十四日、二十五日について日記風に記す。

十二月号……「私の書いた俳句入門書」に次の自作二句についての記載あり。〈火を焚く

や枯野の沖を誰か過ぐ〉〈春ひとり槍投げて槍に歩み寄る〉

以上の他に、六月号は座談会に出席している。これは「角川俳句賞」選考座談会で特に登四郎の俳句観などの表れたところはないのでここでは割愛をしておく。

昭和六十四年（平成元年）の「俳句」における登四郎への批評へ話を移したい。概略次の通りである。

一月号……鼎談（沢木欣一・波多野爽波・岡田日郎）に作品が取り上げられて「理屈」の傾向を指摘される。〈新藁の香に酔ふ刻の豊満に〉

二月号……鼎談に名前が出てくる。

三月号……「吟行地での即興句の作り方」（今瀬剛一）に作品引用。〈凍滝と奥嶺の月と照し合ふ〉

四月号……「つぶやき歳時記」（高橋治）のUFOの話に作品引用。〈楤の芽をわかきけもののごとく嗅ぐ〉／「今日の秀句にどう学ぶか」に作品引用。〈紐すこし貰ひに来たり雛納め〉

五月号……「俳誌月評」（小澤實）に主宰誌「沖」についての記載がある。

七月号……「動物の季語の選び方」（羽田岳水）に作品引用。〈玉虫や歿き子のものの家に減る〉／鼎談（氏名前述）の中に作品引用十二句、それぞれについて批評あり。／「現代俳句月評」（有馬朗人）に四句引用・批評文。

八月号……グラビアにスナップ写真あり。

十一月号……「特集・今日の句集　能村登四郎『菊塵』」の「『菊塵』の一句」に十四人の作家（戸板康二・北村太郎・橋閒石・塚本邦雄・三橋敏雄・波多野爽波・後藤比奈夫・中村苑子・佐藤鬼房・石田勝彦・岡本眸・大串章・高橋睦郎・佐佐木幸綱）が一句鑑賞をする。

十二月号……グラビアの十句神蔵器選に作品引用。特に批評はない。〈葛桶に薄ら氷ゆらぐ宇陀にをり〉

昭和六十四年（平成元年）、「俳句研究」についてまとめておこう。この年は新連載として「季節の秀句鑑賞」を執筆して、ほとんどがそれに終始している。六ページにわたる長文で、内容も濃い。ここではそのタイトルと登四郎の引用している自作のみを挙げ、参考となりそうな部分を抜き出すにとどめたい。

一月号「新しき年の序章」　二月号「雪が降る」　三月号「雛の月」　四月号「花のレクイエム」

〈やすらひや雲林院の衆濡れて着く〉

「祭」についても造詣の深い登四郎は「花鎮め祭」がさらに転化したものが「京都のやすらい祭」だとしてその例句の一つとして右の作品も挙げている。

五月号……「業平忌など」―〈幟立つ男の国の甲斐に入る〉

この作品について登四郎は「拙作は私が甲斐という国には久しく足を入れたことがなかったので、その心躍りを詠ったもの、境川の桃畑を見に行ったら旗幟に出合った。いかにも武田武士の国に来たという実感があった」と記している。

六月号……「梅雨のあとさき」〈男梅雨かな三日目は葦伏せて〉〈どこよりか青梅雨の夜は藻の香せり〉〈仕返しの場が開いてゐて五月闇〉

照れ性の登四郎にしては珍しく自分の文章の中に自作を三句も入れている。梅雨は登四郎の好きな季語の一つであった。自作についてのコメントは特に記されていない。

七月号……「祭の準備」〈船鉾の沖の見立ては東山〉〈喜雨亭先生甚平の膝若くして〉

後句の「喜雨亭先生」はもちろん水原秋櫻子のこと、「甚平の好きな秋櫻子先生だった」と記す。

八月号……「敗戦の日」〈裸でゐて果てはしくしくさびしかり〉〈くちびるを先立て来たり遠泳子〉〈潮焼にねむれず炎えて男の眼〉〈厠にて国敗れたる日とおもふ〉

三句目について「夢中で一日泳いだ夜、床に入ると肌の潮焼けが板のように突っ張ってそれが夜具などに触れると痛くてねむれない。合宿の夜など、みな眠れず眼ばかりぎらぎらさせている。……若き日を思い出す句である」とその周辺を記している。

九月号……「秋くさばなし」〈逝く吾子に万葉の露みな走れ〉〈秋虹のかなたに睦べ吾子ふたり〉〈洗はれて月明を得む吾子の墓〉

お子さんを喪った三句をあげてその頃の思いを淡々と記している。「私は戦後の混乱の中で二人の男の子を失っている。次男は二十二年の冬生後二ヶ月で失い、その翌年六歳の長男を疫痢で失った……長男を失った時はさすがに痛手が深かった。……その後妻を亡い、私が墓に訪れる忌日も多くなった。が谷中の町を歩くのは楽しい」

十月号……「班女の扇」〈曼珠沙華胸間くらく抱きをり〉〈曼珠沙華天のかぎりを青充たす〉〈咲いてより広き空享く曼珠沙華〉〈曼珠沙華跨いでふぐり赫とせり〉〈踏み込んで血がせめぎあふ曼珠沙華〉〈蘂が蘂舐めて雨中の曼珠沙華〉

登四郎は自分でも言っているが季語の好き嫌いが激しい。「曼珠沙華」は大好きな季語である。したがって作品も多い。ちなみに「鳰」も好きな季語の一つである。ここでも「私は花の中ではいちばん曼珠沙華を詠んでいるようだ」という。一句目の句を昭和三十一年に作ってからのことである。

十一月号……「神の留守」〈葱の根の白さしのぼるごとくなり〉〈洗ひ葱白きあたりが雫せり〉〈葱一本横たへて何始まるや〉〈葱の香が怒りの最中ながれくる〉〈ぐい呑にきざみ葱あり良夜にて〉〈葱囲ひをりはるかなる電話鳴り〉〈板前は教へ子なりし一の酉〉〈君も亦二の酉もどり鯛茶漬〉〈三の酉なきこの冬の乾きをり〉〈簪が兇器なりしと霜の夜話〉

登四郎が一つの文章に自作を十句も入れている。面白い。十一月、神無月の頃の氏の作品には注目すべきものが多い。

十二月号……「大つごもり」〈削るほど紅さす板や十二月〉

以上、平成元年（昭和六十四年）の「俳句研究」連載の「季節の秀句鑑賞」からの引用であった。連載をしていたからであろうか、作品の発表は一年間なかった。登四郎への批評に移りたい。

七月号……「現代俳句展望」に次の作品が採り上げられている。〈霜掃きし箒しばらくして倒る〉

十一月号……「特集・人事句の詠み方」（今泉宇涯）に「瑣末事の詩因」に作品が採り上げられている。〈紐すこし貰ひに来たり雛納め〉

十二月号……「特集・今年の秀句ベスト5」（穴井太）の「句集から」に次の作品他三句が採り上げられ、批評あり。〈今にある朝勃ちあはれ木槿咲く〉／「特集・今年の秀句ベスト5」（今瀬剛一）の「心に残った作品から」に作品が採り上げられ、批評されている。〈千葉笑ひ笑ひの外にいつもわれ〉／「特集・今年の秀句ベスト5」（神蔵器）の「木の実のごとき」に作品が採り上げられ、批評されている。〈葛桶に薄ら氷ゆらぐ宇陀にをり〉／「特集・今年の秀句ベスト5」（林翔）の「老・壮・青」に作品が採り上げられて、批評文がある。〈凍土に掃かれて何の鈴ならむ〉

十二月号は例年のごとく年鑑風に編まれている。他に自選句があるがここでは省略して次へ進みたい。

＊

ここで多少の資料の補足をしておきたい。一つはこの「能村登四郎ノート」に興味を持って下さった「世界日報」の増子耕一氏が資料を寄せて下さったのでそれを次に挙げておく。資料は二つある。

先ず、一九八五年（昭和六十二年二月十三日）に登四郎が発表した作品五句である。それは「余寒」と題する作品。

薄ら氷やなれあい《ママ》の日の薄くさし
庭に石組ませて後の涅槃雨
ああと声あげて紅梅に近づけり
橋懸りにシテ向かい《ママ》たる余寒かな
すでにして繕い《ママ》があり春障子

もう一つは一九八一年（昭和五十六年一月二十四日付）の「初春の狂言」という文章である。これは文化欄一面に載る長文で登四郎の写真も載っている。登四郎の歌舞伎狂言に関する深い見識を知る上でも興味深い内容なので、その中から多少抜粋しておきたい。副題は「じっくりと噛んで味わうものは外して」である。副題の意味は結びのところに出てくる。

……初春狂言というものは華やかで楽しいものであるが、本当の見巧者はあまり喜ばない。じっくりと噛んで味のあるような狂言は、どちらかというと初春狂言から外されるものが多いからである。

この文章の章立ては次の三つである。

「曽我兄弟を扱う」、「三番叟の名残」、「春の景気を呼ぶ」。次の三句が引用されている。

柝《き》の入りてひきしまる灯《ひ》や初芝居　水原秋櫻子
せり上げの鳴物のいま初芝居　久保田万太郎
掛け声の間のよろしさよ初芝居　風間ゆき

仮名遣いとか、読みがなをつけるとか、「世界日報」という新聞であるためか非常に一般読者に気を配って書いている。全体的に含蓄の深い文章であるので是非一読を勧めたい。また「世界日報」の増子様のご厚意に心より感謝を申し上げたい。

この私の「能村登四郎ノート」（の資料）は現在のところ「馬酔木」「沖」「俳句」「俳句研究」「俳句四季」「俳壇」「俳句とエッセイ」など俳句関連誌を中心に資料を集めている。その他の新聞や雑誌などについても出来るだけ目を拡げていきたいと思っている。

もう一つの補足である。それは「俳句とエッセイ」誌の昭和六十三年の記載である。資料の関係で抜けていたので、ここで補充しておきたい。ここでは作品発表が一回ある。「樫の木の夏」と題する三十句である。次に気になる作品を抜いておこう。

夢の端にまぎれし蝌蚪の二三匹
胸中に棲む亀なれば鳴けるなり
朧夜にのぼる透明昇降機
あけ方は捨て苗のみな立ちあがり
螢袋仰向けにして埒もなし
老の家に樫の木の夏来たりけり
老いてみる虹やときめきまだ残り
梅雨明けの三つ掘ってある暗い穴

多少の補足をして置こう。この辺りになると氏の目は自己の内側へ内側へと向かうようになっている。例えば二句目の亀の鳴く思い、これは普通の亀とは違う。誰にも聞こえない自己の内側の亀の声である。それを氏は聞いているのだ。そうしたいわば自己存在の表現、その典型が私は「朧夜に」の作品ではないかと思う。この作品の「に」を私は問題にしたい。もしこれが単なる写生（世に言う写生の意味であるが）であるとしたらこれは「朧夜を」と表現するのではないだろうか。そしてその「透明昇降機」をみせることに終始する。それをしいて「朧夜に」とすることによってより朧朧とした存在と化し、自分の内側に近づけているのだ。一種の幻想化をしているのである。したがって一見現実風景かと思われる「あけ方」「老の家」「梅雨明け」のような作品にしろ、みな現実風景とは言えない氏の内面と深く関わっている。これが氏のこの時期の特性で私は内的幻想描写と呼びたい。

昭和六十三年の「俳句とエッセイ」における登四郎への批評は次の三つである。

二月号……「現代俳句月評」（嶋杏林子）に作品が採り上げられて批評されている。〈蛇穴に入る前すこし遊びけり〉

この作品について嶋は「単なる写実と言うよりも作者の心の投影」という。正しい批評であると思う。また嶋は次の作品も挙げて、「俳」及び「俳人格」を説いているのは正しい。

よんどころなく世にありて厚着せり

したたかに露を浴びたる山容

贋の歯を口に棲はせ神の留守

ただこうした作品から「老いを楽しんでいる心境」を感じて「安らぎを覚える」と結んでいるがそれは違うように私は思う。むしろ登四郎は一種の鬱状態にある。余命を感じている、死を意識している……、そうした心象表現としてこの時期の登四郎俳句はとらえた方がいいのではないか、そのように私は思っている。

三月号……「生きる先の「明るさ」」（清水衣子）は能村登四郎句集『寒九』の鑑賞文である。四句をあげてその「明る」さ「自在」さ「老艶」さを言う。〈竹婦人抱かせてもらひすぐ戻す〉〈雲の峰にも女峰あるらしき〉〈水着ショーなど終りまで見てしまふ〉〈素裸の憎ゐてやはり憎なりし〉

この文章の中の清水の指摘は面白い。その中から二箇所だけ抜き出しておこう。

物静かな氏の作品の底には、よく撓むが決して折れない強靭なバネが潜んでいる。

恐らく氏のなみなみならぬ闘志は、ライバルにだけでなく氏自身の内部にも常に向けられ、たゆまず自己脱皮と自己深化への努力を積み重ねてこられたに違いない。

正しい当を得た批評であると私も思う。

九月号……「現代俳句月評」（木村虹雨）に作品が採り上げられ、「去勢後」の句について批評がある。〈去勢後の司馬遷のゐる桃林〉〈手毬唄ここのつ十はさびしけれ〉〈さくら狩かなしき冷えに終りけり〉〈世は藪の中なり春の月わたる〉〈衣更へてこれからの世をすこし思ふ〉

批評では特に注目する発言も無い。以上が昭和六十三年の「俳句とエッセイ」についての内容である。

それではもとへ戻って昭和六十四年（平成元年）の「俳壇」を考えてみたい。作品発表も文章発表も無い。ただ十月号の「俳壇雑詠」欄を山口誓子、桂信子と三人で担当している。そうした批評文はあるがここでは割愛をしたい。氏への批評が多少ある。

五月号……「特集・昭和六百句」（坪内稔典編）に二句が採り上げられているが批評は無い。〈暁紅に露の藁屋根合掌す〉〈火を焚くや枯野の沖を誰か過ぐ〉

九月号……「特集一流に学ぶ」（北川英子）に作品が採り上げられる。この作品の鑑賞というわけではないが、登四郎についての二ページにわたる記載がある。〈春ひとり槍投げて槍に歩み寄る〉

十月号……「戦後俳句世相史」（まつもと・かずや）の「俳句と社会性」の項に名前が出ているが批評は無い。／「現代俳句月評」（岡本高明）に作品が採り上げられて批評されている。〈泳ぎつつすこしわが前魂あそぶ〉

句集『長嘯』時代

それでは昭和六十四年（平成元年）の「俳句四季」に話を移したい。七月号に「花月夜」と題する作品六句を発表している。その中から二句を抜いておく。なお同時発表は瀧春一。

魘されてをり屋を掩ふさくらの夜
ねつとりと汗して夜の八重ざくら

この年は他に第十句集『菊塵』について短い紹介文があるだけである。次へ進みたい。
（資料の関係で昭和六十四年の「俳壇」は次回に送る。）
平成二年の「沖」に話を進めたい。先ず作品発表である。いつもの様に各月から三句を抜きだしてその傾向を探る。

月星の相触るる夜の河豚づくし　　一月号・萩
暗黒の王宮にわが冬冴
松下村塾寂とありけり冬畳
すこやかな五体なりけり淑気充つ　　二月号・淑気

三月号・潮吹貝

どんど火のよぢれ返して燃ゆる注連

マスクして耳たぶに孔のある女

簗跡に雪積みその雪も消えし

四月号・梅

畦火らしきもの這ひゐしが消えにけり

お涅槃の庫裏にて貰ふ傷ぐすり

いつまでも群はなれゐてひとつ蝌蚪

カヌー負ひし濡れ身走れり梅林

五月号・幟綱

辛夷咲き修羅落したる崖の傷

長身の立ちてかたむく大干潟

あたらしき幟綱にて手こずれり

六月号・佳日

やや熱き手足なりけり朝寝して

佳き日へと踏み出す朝のみどり立つ

二三本寄り楡の木の若芽どき

七月号・須磨明石

捨て櫓かこみてたんぽぽは絮ばかり

水施餓鬼すませし母に一夜酒

ちぬの海照りて人丸さま祀る

草市の縄といふこの細きもの

鰊屋敷残り豊穣の夏日照る　八月号・鰊屋敷

黴の香や今も開かずの隠れ部屋

吾にしばし薔薇の座ありてそれに就く

夏毛蟹食べ邂逅の須臾に過ぐ　九月号・海猫のいる町

オルゴール館打水すみし前通る

北の人みなやさしくてリラ残花

狗子草長寿への道もぞもぞす　十月号・ゑのこぐさ

羽抜鶏寄り合ひあたり暗くせり

爽涼やないやうである力瘤

綿虫に濡れ髪いろの日暮くる　十一月号・松の花

怒りある拳をかくす冬帽子

梟の真似鳴き聞き手なかりしが

声あげて枝炭に火の燃えうつり　十二月号・神の遊び

触れてみてみなよき人や枇杷の花

煤逃げの場所ときめゐる小茶房

平成二年の「沖」十月号は二十周年記念号である。登四郎自身も「風の名前」と題する特別作品を発表している。その二十八句の中からここでは六句を抜き出しておきたい。

澄める夜の澄の極みに男坐す
ある筈もなき波音の秋夜かな
くもる日の兎が食みし萩こぼれ
曼珠沙華にも陣備ありにけり
海月に股蟄されし青春の日をおもふ
遠く死がとり巻いてゐる沖泳ぎ

多少の補足と作品傾向について述べておきたい。次の作品には前書きがある。一月号「暗黒の……」に「秋芳洞」、「松下村塾寂……」に「萩」、七月号の「水施餓鬼……」に「須磨寺」、八月号の「鰊屋敷……」に「小樽」、「吾にしばし……」に「ちざき薔薇園」、全てが吟行場所で現場を記しておきたいという思いからではないかと思った。

対象をよく見て作っている作品も多いがその視点は往々にして暗い。登四郎の当時の心の暗さ、淋しさがおのずから暗いものに目をゆかせるのであろう。さらに言うと本当に対象の前で、現場で作ったかと言うことは疑わしい様に思う。「どんど火」「草市の」のような作品、恐らくは氏独特の現場を頭に蘇らせる作句方法によって、あるいは自分の構築した世界そのものを表現しているのではないかと思う。それだけに登四郎そのものの風景とも言える。
●したがってその風景には登四郎自身が色濃く反映される。その一つが艶なる世界の表現である。例えば「マスク」の作品にある女性描写、人間には九竅がある事実を思わせる。マスクをしているだけにさらに艶である。「カヌー」の作品には男性の生々しい生体が感じられはしないか。この濡れ身はまさに生きている。この作品には情景以外の何かがある。「梅林」が救いではあるが……。さらに言うと「海月」の作品は遠き日の艶なる思い出である。若い肉体が股を螯されているだけにその思いは激しい。
●その美的な描写という側面から言うと、淡い美しさ、あるかなきかの美しさの表現が印象に残る。それは例えば「畦火らしきもの」、「ある筈もなき」などの作品を見ると分かる。消えそうだから当然消える畦火を見、秋夜に響く波音を思う、それは全て登四郎の心象の描写なのである。
●そうした観点から自画像とも思える作品にも注目をしたい。「長身の」、「梟の真似鳴き」、「爽涼や」などの作品は直接自分を描写していると受け取りたい。背が高く、肉体的に非力で、一人淋しく過ごしている男。私はふと登四郎の好きな歌舞伎の助六あたりの老いた姿を思ってみたがいかがであろうか。
●風景にしろ、叙情にしろ、全く登四郎そのものである。この時期の作品を読みながら私は当時の登四郎そのものを感じた。「怒りある」のように怯え、「北の人」「触れてみて」

のように人に感謝し、「佳き日」を肯定し、そして「澄める夜」のように静かに生きている。それは当時の登四郎そのものであった。静かな心が静かな言葉によって静かに表現されている登四郎の世界である。

平成二年の「沖」における文章発表に移る。いつもの様に初めに「五百字随想」の題名のみを記しておく。

一月号「萩」 二月号「淑気」 三月号「潮吹貝」 四月号「梅」 五月号「四冊の新著」 六月号「佳日」 七月号「須磨明石」 八月号「鰊屋敷」 九月号「海猫のゐる町」 十月号「面白い」と言うこと」 十一月号「十冊の句集」 十二月号「季語の好き嫌い」

その他は一月号に「今年の沖三賞」、十二月号に「久保田博さんを思う」という追悼文がある。十月号が創刊二十周年記念号、そこに「創刊二十周年を迎えて」の一文がある。

過去への感謝、未来への思いが簡潔に書かれている。

平成二年、「沖」の能村登四郎への批評に話を進めたい。概略次の通りである。

一月号……「登四郎俳句の四季」（森山夕樹）〈寒き夜のいづこかに散る河豚の毒〉
二月号……「登四郎俳句の四季」（森山夕樹）〈かにかくに世はやさしくて下萌ゆる〉
三月号……「登四郎俳句の四季」（森山夕樹）〈すこしくは霞を吸つて生きてをり〉
四月号……「登四郎俳句の四季」（工藤節朗）〈火付役逃げ腰に野火放ちけり〉
五月号……「登四郎俳句の四季」（工藤節朗）〈太腿の肉緊めてゆく苗代寒〉／この号に「沖

俳句会」の報として登四郎叙勲の報せが載る。
六月号……「登四郎俳句の四季」（工藤節朗）〈甚平を着てにこりともせずにゐる〉／「俳句実作ノート」（坂巻純子）に登四郎のエピソードあり。
七月号……「登四郎俳句の四季」（小澤克己）〈祭仕度の青竹三把とどきけり〉
八月号……「登四郎俳句の四季」（小澤克己）〈今にある朝勃ちあはれ木槿咲く〉
九月号……「俳句実作ノート」（坂巻純子）〈徐々にして稲田に月の道敷かれ〉／「登四郎俳句の四季」（小澤克己）〈起きがての眼の玉熱し露しとど〉
十月号……座談会「沖の二十年を問う」（林翔・渡辺昭・大畑善昭・坂巻純子・北村仁子・松村武雄・司会能村研三）／「登四郎俳句再見」（中尾杏子・淵上千津・秦洵子・平沼薫洋・柳川大亀・大橋俊彦・都筑智子・工藤節朗・安居正浩・松本秀子・遠藤真砂明・柏山照空・川島真砂夫・今瀬剛一・正木ゆう子・坂本俊子・高瀬哲夫・鈴木良戈・吉田明・北村仁子）／「沖を創った俳言俳話・能村登四郎の言葉」（筑紫磐井編）／「沖を創った句集100冊・能村登四郎句集解題」（大関靖博）／「沖はまほろば」（鈴木鷹夫）／「姿勢こそ」（今瀬剛一）
十二月号……「デッサンと抒情と」（坂巻純子）
以上が平成二年の「沖」における登四郎への批評であるが、この年の十月号は「創刊二十周年記念号」であるのでこの号について多少の補足をしておきたいと思う。

座談会「沖の二十年を問う」については章題のみを記しておく。

〈二十年若かった頃／草創期のこころざし／創作意欲と問題意識／新しさの追求／流行と個性／文芸運動としての「沖」／「勉強会」と支部活動／伝統の中で〉

二十二ページにわたる大きな座談会である。沖の草創期のことから未来へ向けての視点など幅広く論じられている。

「登四郎俳句再見」については各人が採り上げている登四郎の作品を列挙するにとどめたい。

なぜここにゐるがふしぎな花莚
出てみればわが家の朧他より濃し
春めくを心のどこか拒みをり
寡作なる人の二月の畑仕事
部屋ごとにしづけさありて梅雨兆す
わがために夏炉の榾をひとつ足す
発想のひしめく中の裸なり
甚平を着てにこりともせずにゐる
子にみやげなき秋の夜の肩ぐるま

翁さん舞ひしお蔭の稲の花
沖からも更に加はり鰯雲
みちのくの僧たち来たり菊の月
少しづつ動いて枯るる川景色
悴みてあやふみ擁く新珠吾子
鷹の眼をもつ若者とひとつ湯に
削るほど紅さす板や十二月
臍掻いて入る熱好きの初湯かな
なくさのはこべのみ萌え葛飾野
いのちなりけり元旦の粥に膜ながれ
一月の音にはたらく青箒

「能村登四郎のことば」で筑紫は登四郎の言葉を三つの章にわけてあげている。章題と引用の出典のみを記しておく。

第一章……人間について：「恩寵」（俳句46年12月）／「妻の人生」（58年9月）／「放下の句境」（俳句60年5月）／「福永耕二に思う」（馬酔木59年12月）

第二章……芸について：「歌舞伎よもやまばなし」（62年5月）／「歌舞伎美学の構造」（55

年10月）／「うまい句・よい句」（57年7月）／「うまさと技巧」（55年10月）／「負けの芸」（56年10月）／「個性と我流」（55年8月）／「俳句芸能説の是非」（57年7月）／「器用と不器用」（2年2月）／「新国劇解放におもう」（62年10月）／「基本の芸」（63年8月）／「遊ぶ俳句・たのしむ俳句」（59年7月）／「言葉まぶしく」（55年10月）／「初代吉右衛門の芸」（58年5月）／「しぼめる花の」（59年5月）／「ワキと脇役」（57年12月）

第三章……沖俳句について…「『現代俳句』と『沖』」（54年1月）／「一日一句」（60年3月）／「沖作品推薦句評」（60年2月）／「人間のうた」（55年7月）／「沖作品推薦句評」（60年1月）／「俳句は一つの土俵」（61年4月）／「一句が勝負」（60年11月）／「一句と五句」（61年12月）／「〈アンケート〉現代俳句の傾向について」（「俳壇」63年5月）／「句風の変革」（元年10月）／「広い視野に立って」（2年3月）

括弧の中の年号はそれぞれ昭和と平成である。表題によって内容は想像できるかも知れない。細部にわたってきめ細かい引用であるので是非原典に当たって読んで戴きたい内容である。

ここで先月号で書けなかった二つを補充しておく。昭和六四年（平成元年）の「俳句とエッセイ」及び「俳壇」である。先ず「俳句とエッセイ」である。この年の同誌には登四郎の作品発表も文章発表も無いが登四郎に対する批評が三つあるのでそれをあげておく。

七月号……「特集・俳壇百人」（倉橋羊村）に作品が採り上げられている。〈老残のことつ

たはらず業平忌〉
八月号……「現代俳句月評」（津根元潮）に作品が採り上げられている。〈一日を笑はずに過ぎ目刺食ぶ〉
十月号……「現代俳句月評」（鈴木鷹夫）に作品が採り上げられている。〈春日三球一人となりし朧かな〉
次に昭和六四年（平成元年）の「俳壇」である。新作の発表も文章の発表も無い。ただこの年は「俳壇雑詠」の選を、山口誓子、細見綾子とともに担当をしている。
その他、二月号に「家族で俳句」②としてグラビアにご子息研三さんと共に大きな写真が載っている。他に十二月号「八百人の八百句」に次の作品が載る。

ゆつくりと来て老鶴の凍て仕度

「俳壇年鑑」の冬の項に次の作品が載る。

遠くより見る雪の日のあそびかな

話を元に戻して平成二年の「俳句」へ移そう。作品発表は無い。小さい文の執筆がある。
（資料の関係で五月号まで）
一月号……特集「今日の句集　鷹羽狩行『第九』」の一句鑑賞。

四月号……特集「今日の句集　今瀬剛一『晴天』」の一句鑑賞。／「現代俳人の作品に直接学ぶ」に作品について自解あり。〈霜掃きし箒しばらくして倒る〉
五月号……「現代俳句に秋櫻子の残したもの」の一句鑑賞。

＊

次に平成二年（五月号まで）の「俳句」における登四郎への批評である。概略次の様なものである。
三月号……座談会「座の中での実作上達法と名詞と季語の上手な使い方」（森澄雄・後藤比奈夫・上田五千石）で登四郎についての作品批評あり。／「現代俳句月評」（有馬朗人）に作品が採り上げられて批評がある。〈由緒ある鯛焼にして焼きかへす〉〈京よりの底冷えつれて戻りけり〉
四月号……「現代俳人の作品に直接学ぶ」（吉田汀史）に作品が採り上げられる。〈ひとり湯のひとりに濁る朧かな〉／「俳人協会賞選考経過」に選考委員として名前が載る。座談会に作品が採り上げられ、批評あり。／「現代俳句月評」（有馬朗人）に作品五句が採り上げられて批評あり。〈身を掻いて鴛鴦の艶すこし失せ〉（他四句省略）／水原春郎・能村登四郎監修『福永耕二』についての批評文あり（能村研三執筆）。
五月号……「副詞の上手な使い方」（大牧広）に作品引用。〈老いてなほ深入り癖やしぶり梅雨〉／「現代俳句月評」（有馬朗人）に作品十句が採り上げられて批評あり。〈初風呂をすこし賢くなりて出づ〉（他九句は省略）

（余談であるが「沖」で「少し」がはやり始めたのもこの頃あたりからである。）

平成二年六月号から十二月号までの「俳句」における登四郎の動きである。先ず作品発表であるが次の二回である。

七月号……「倒れ苗」と題する十五句

十一月号……「鳥食」と題する二十一句

七月号は「俳句」の「創刊五百号記念大特集」ということで七十七名の作家が十五句ずつを寄せている。ここでは登四郎の作品を五句抜き出しておこう。

風強きこそ父の日にふさはしき
袴より抜く白扇のあたらしき
往き復り見て気になりし倒れ苗
どの緑より鮮しき苗植うる
くぐりみておもふ茅の輪のしめりゐる

十一月号は「作品二十一句」というタイトルで、能村登四郎、細見綾子、中村苑子、上村占魚、飴山實、岡本眸、鷹羽狩行、原裕、上田五千石の九名が作品を発表している。ここからは七句を抜き出しておこう。

さびしさと葛の裏葉のながれ寄る
はるかなるちちははの色冬瓜汁
空蟬に音がありやと揺りみる
螢袋何に触れむと指入れし
ふぐりに手載せて寝につく露の音
鳥食に似てひとりなる夜食かな
すさまじや肉体枯れてなほ男

「倒れ苗」の十五句を通読して感じたことは登四郎の叙情が静かに深く、沈潜し始めていると言うことである。心自体も澄んでいるが感性もまたかなり深くなってきている様に思う。例えば「往き復り」や「どの緑」の作品は一見視覚的な把握の様に思うが瞬間の感性によって把握しているので私は感性的写生と言いたい。また「くぐりみて」の体験もまた背後に鋭いが静かな感性を思う。さらに言えばそうした感性は対象に対するいとしみから生まれたものではないだろうか。限りなく寂しい氏の心が対象を愛しむ心を生んでいる様に思えてならない。ただ惜しむらくは叙情の思いが強すぎるとくどくどとした作品になることも無いではない。

「鳥食」も又力の入った作品である。叙情なのであろうが単なる叙情などという言葉を越えた自己表現の極みという見方もできるのではないだろうか。この時期の登四郎は真実の自分に迫ろうと必死である。だからこそ時には「さびしさ」と生の感傷をいい、「冬瓜汁」の様に遠い遠い父母を思うのである。この「ちちはは」にはどことなく遠い遠い人間のくり返す歴史を感じさせる様な所がある。また艶なる世界も真実の自分を限りなく追求していけば自然に至る世界である。登四郎を評するときにしばしば「老艶」という言葉が用いられるがそれは同時に真の自己表現の自然に行き着く世界である。ただし登四郎はこうした作品を我々の出席する句会では発表しなかった。主宰誌や雑誌に発表した作品を我々は眼にして仲間同士でひそひそと批評し合ったものだ。その様な時の女性の評判は余り好いものではなかった。

次に平成二年のこの時期の「俳句」における登四郎の文章発表へ進みたいと思う。概略次の様になる。

六月号……「選考座談会／作品の面白さは素直・新鮮・重厚の三つにある」（石原八束、金子兜太、沢木欣一、能村登四郎、角川春樹）／特集「殿村菟絲子句集『菟絲』」に作品を採り上げ批評。〈七十の形代や袖長すぎむ　菟絲子〉

七月号……「俳句」創刊五百号記念特別座談会に出席。（能村登四郎、沢木欣一、吉田鴻司「総合誌「俳句」は昭和二十七年に創刊された」（三十ページに及ぶ）

十一月号……特集「今日の句集　岡田日郎『山景』」に一句を批評。〈滝半ば解き白濁の滝狂ふ　日郎〉

平成二年、六月号から十二月号の登四郎に対する批評に進みたい。概略次の様になる。

四月号……グラビアに「能村登四郎叙勲」の記事・写真並びに次の作品と氏名が大きく掲載されている。特に鑑賞や批評などはない。〈おぼろ夜の霊のごとくに薄着して〉／「俳句上達の決定的なチャンスをつかむ時」（今瀬剛一）に作品引用、解説。〈睦みては拒み忘春の石十五〉

八月号……「はじめて公開される俳句上達法」（渡辺昭）に作品引用・鑑賞。〈鉄砲町秋水の縦一文字〉／「句集俳書サロン」（藤田あけ烏）に登四郎の著書『秀句十二ヶ月』についての紹介あり。

十一月号……「最新俳句入門の心得」（橋閒石）に作品引用・批評。〈遠くから見る雪の日のあそびかな〉／「最新俳句入門の心得」（岡本眸）に作品引用・批評。〈紐すこし貰ひに来たり雛納め〉

十二月号……「今年の秀作ベストテン」森澄雄、上田五千石の両氏にそれぞれ次の作品が選ばれる。〈芦ペンに描かれしかこの枯野の絵〉〈雑炊に舌打ちしたるさびしさよ〉／「現代俳句月評」（森田峠）に次の作品が採り上げられ批評あり。〈飲食のかろき一夏の過ぎしかな〉〈胃の腑まで感じてをりし秋意かな〉〈明易し黒累々と塵芥袋〉（三句目

は別欄でまた採り上げたもの）
四月号のグラビアの写真は登四郎の叙勲（勲四等瑞宝章）の際の祝賀パーティーで氏が挨拶をしているところである。
この年辺りからの「俳句」の編集は割合特集として短い文章が多くなり、ほとんどが半ページほどの批評鑑賞であった。ただしこの辺りから登四郎の作品は人気を集めてきていることはその引用頻度で分かる。

＊

平成二年の「俳句研究」へと話を進めたい。新作発表は二月号に「浮寝」と題する五十句、十月号に「遊び着」三十二句と、二回発表している。発表数も多いのでここでは二月号から十句、十月号からは七句を引用しておく。

綿虫の浮游やすこしづつ流れ　　二月号
冬の日のやはらかきかな指の腹
ひろがらず消えたる冬の水輪かな
身を掻いて鴛鴦の艶すこし失せ
唇ゆがめつつ鮟鱇の片身そぐ

この顔のほか顔もたず冬鏡
まづ蓮を投げ蓮掘りの田をあがる
まだ生きてゐて目覚めたる白毛布
年の湯に鳥の浮寝を真似てみる
ほしいまま旅せし年を逝かせけり
風聴いてゐるらし角のかたつむり

十月号

空蟬の背割れの内へくぼみをり
食べろといふもの食べて暑百日
流し素麵ながるるを唯見てをりぬ
遠縁の住む町にして秋出水
いとこより先ややこしき水藻かな
十月や着替へて衣囊かるくせり

多少補足をしよう。二月号はこの号の巻頭作品で五十句を発表しているのは登四郎一人である。十月号は野澤節子、川崎展宏の三人による発表で、三者の競詠の様な形式をとっている。

●登四郎は発表作品が多ければ多いほど燃えて作品を作るという質である。したがってこの二つの作品は発表作品の数も多くかなり力が入っている。とりわけ二月号の五十句の方には静かな迫力というものが漲っている感じがした。
●力が入るというのは悪い意味の力むという意味では全く無い。むしろそれとは反対で、登四郎の場合無用な力が抜けて自然体で、静かに、深く対象を掘り下げることが出来るようになるのである。
●二月号と十月号を比較して読むと私は二月号の方が好きである。好き嫌いで物を言って恐縮であるが二月号は句が多いだけに静かに、自由に対象を深めている所がある様に思う。
●一口に言ってこの時期の登四郎は淡い、悲しい、色で言えば澄み切った白、その様な感じがする。孤独感に満ちている。しかしそれを簡単に嘆いたりはしない。冷徹と言ってもいいほどの目で登四郎自身をみているのである。
●具体的にいこう。例えば「綿虫の」や「ひろがらず」の作品から分かる様に、これらは一種の情景である。情景を描きながらその情景よりもむしろそこに登四郎自身が見えてくるところが魅力である。これらの作品に描かれた「綿虫」や「水輪」という対象はひとりの人間を思わせる様な所がある。読者に無理に自分を押しつける様なところは全く無い、静かな深い情景を通して、口を結んだ登四郎の姿自体が見えてくるのである。
●この時期の登四郎には自分の内側で遊ぶ様な姿勢もうかがえる。「年の湯に」や「食べろといふもの」などはその類いであろうか、あくまでも寂しいのである。その心の広がり、しかし登四郎は誰も責めはしない、静かに自分の中で心をひろがらせているだけなのである。この非情とも言える様な心の表現。これを心象風景という言葉で言う人もいる。もしそうだとすれば登四郎の心象風景はこの時期に一つのピークに達していると言えると思う。

●この時期登四郎は筆者に写生と言うことの重要性を言った。それは対象を必死に見て、対象の真実を見据える、そうした没自我とも言える表現、「風聴いて」や「空蟬の」の作品からはその様なものを私は感じる。

●もう一つ登四郎の作品を評する場合忘れてはいけない艶の表現である。ここでは「冬の日の」や「身を搔いて」の作品にそうした傾向がうかがえる。この「指の腹」の奇妙な色合い、「鴛鴦」を眺める作者の眼には何とも生々しいものがあろう。

この時期の登四郎の作品について言い出したら切りが無い。この辺でとどめて次へ進もう。

平成二年、「俳句研究」における文章発表は一回だけである。この年の「俳句研究年鑑」の「巻頭随想」である。尾形仂、清水基吉、近藤潤一、林徹の四人の初めに登四郎の文章が載っている。題名は「齢甲斐ある仕事」、「高齢化の時代の中で」という傍題がある。

これは非常に面白い文章である。先ず作者の言う「齢甲斐」という言葉について「肉体の枯渇と精神力の旺盛なこのアンバランス」と言う。「要するに今まで生きてきた年齢を無駄にしてはいけない。その土台の上に腰を据えて仕事をしなければいけない」、そして当代を「高齢俳人の作品が高い評価を受けている」として、阿波野青畝、右城暮石、永田耕衣、山口誓子などの功績を挙げ、最後はウンベルト・エーコ『薔薇の名前』で結ぶという幅の広さである。一読を勧めたい。

平成二年、「俳句研究」の登四郎への批評へと話を移したい。いつもの様に月別に羅列してみると、次の様になる。

一月号……アンケート特集の「わが愛句カレンダー」の磯貝碧蹄館の選の四月の中に作品が選ばれている。〈春ひとり槍投げて槍に歩み寄る〉／「今月読んだ句集」（塩田恭子）に句集『菊塵』が書評の形で載っている。

三月号……「現代俳句展望」（宇多喜代子）に次の作品が採り上げられ、批評されている。〈河豚食べて意見を少し異にせり〉

七月号……「俳誌展望」（鈴木太郎）の欄に主宰誌「沖」が紹介され、作品引用三句。作品評は無い。

十一月号……特集「忘れ得ぬ名句」（大畑善昭）に作品が採り上げられて、批評がある。〈瓜人先生羽化このかたの大霞〉／「現代俳句展望」（大井雅人）に次の作品ほか四句が採り上げられて、批評されている。〈風聴いてゐるらし角のかたつむり〉

十二月号……特集「今年の秀句ベスト5」の「都会の若い諸君！」（小野元夫）に作品引用。〈坊主めくり美僧の絵あり気を入れし〉／「俳誌展望」（鈴木太郎）の欄に作品四句とともに主宰誌「沖」が紹介されている。
俳句研究年鑑……「作品展望Ⅰ」（三橋敏雄）に作品十三句を引用して詳しい批評がある。／「俳誌展望」（鳴戸奈菜）に主宰誌「沖」が紹介されている。

＊

以上平成二年の「俳句研究」の登四郎への批評である。特に補足することは無いので、平成二年の「俳壇」へ話を進めたい。先ず作品発表であるが二回ある。一月号が「新春作品十五句」で、阿波野青畝、加藤楸邨、飯田龍太、能村登四郎の四人が作品を発表している。登四郎は「餅」という題名の十五句である。ここでは六句を抜き出しておく。

餅といふものある冬の近づけり
貝紫といふはこの色冬蜆
冬の死やその名しばらく生きてをり
枯野人より隠り沼を教へられ
閨秀にかこまれてゐて風邪気なり

数へ日や着馴れ紬のあたたかき

もう一つは十月号の「夏の果」と題する二十二句で、これは巻頭を飾っている。ここからは七句を抜き出しておこう。

眼つぶりて謡順待つ夏袴
遠く見て色なまぐさき夜釣の火
人形の眼突如瞠く熱帯夜
兎みちとて夕菅の折れ伏せる
ゆつくりと寄せて岸うつ盆の波
海道に病む松いくつ夏の果
抽斗に箱庭の鷺粛とあり

なおこの年の作品傾向については前述したので重複を避けるためにここでは省きたい。平成二年の「俳壇」における文章発表に移りたい。先ずこの年は隔月であるが同誌の雑詠選を担当している。毎回、山口誓子、細見綾子と三人で担当をしているがこれは選評であるので特筆するほどのことはない。

七月号は特集「加藤楸邨の《俳》世界」と題して編集をしている。登四郎はその「楸邨俳句鑑賞キーワード」の部分を担当、一ページの小文ではあるが楸邨の作品七句を引用して興味深い文章を執筆している。登四郎に与えられたキーワードは「雪」である。したがって章題は「雪の日の楸邨」、特に『起伏』に入集されている次の作品についての主張が面白い。

霜夜子は泣く父母よりはるかなものを呼び　加藤楸邨

この作品は「寒雷」に発表された時は上五が「雪夜」だったと言うのである。そして登四郎は「雪夜」の方がよいと言う。思い切った発言である。つまり

雪夜子は泣く父母よりはるかなものを呼び　加藤楸邨

という原句を登四郎は推すのである。私はここに登四郎と楸邨の美意識の違いを見て取る。あくまでも奥深い白をよしとする登四郎の姿勢が現れている様に思う。

九月号は飯島晴子の句集『寒晴』の特集である。その「テーマ別鑑賞」に登四郎が文章を寄せている。登四郎に与えられた題は「『寒晴』の植物」である。ここでは登四郎は

もしかして菩提樹の花この匂ひ　飯島晴子

をあげて鑑賞している。晴子については「女であることを拒絶しているかの様に女性の匂

いがしない……高貴な匂いのある不思議な人」とし、この作品については「気品も高く一種幻想性の様なものが流れている」とする。登四郎らしい視点からの指摘が面白い。平成二年、「俳壇」における登四郎への批評・記述へと話を進める。概略次の様になっている。

三月号……この号は〝女流を考える〟ということで編集がされている。そこに飯島晴子が「私の場合」という回想的な文章を載せている。その中に登四郎の名前が出てくる。特に次の部分は登四郎を知る上で重要であるので抜き出しておきたい。

……私は夫の句を持って会場の藤沢公民館へ行ったら、能村登四郎が指導に見えていたのである。もちろん能村登四郎というのは初めて聞く名であった。「奥さんも折角来たのだから俳句をつくってごらんなさい」と言われた。後で考えれば全然の白紙で能村登四郎に出会ったのは幸運であった。登四郎は風景を対象にした流麗ないわゆる馬酔木調には批判的で、弟子たちは自由にやれる雰囲気であった。

登四郎の一言によって後の俳人飯島晴子が生まれたこと、そして登四郎の当時の姿勢をよく見抜いている晴子の洞察眼に心引かれる文章である。

「現代俳句月評」（島谷征良）に作品が採り上げられ、批評がなされている。〈厚着してシート・ベルトの縛を受く〉／「楽しい俳句の作り方」（鍵和田秞子）に作品が採り上げられているが纏まった批評はない。〈白鳥の翅挽ぐ如くキャベツもぐ〉

五月号……「登四郎選の魅力」（鈴木鷹夫）に作品四句が採り上げられているが批評はない。〈肘ついてそこに血が凝る露葎〉〈まざまざとわが血の匂ひ蚊を打つて〉〈血を採らる快感に汗してゐたり〉〈献血の血を惜しみ来し干潟かな〉

六月号……「村上鬼城顕彰全国俳句大会」の選者のひとりとして名前を連ねている。

八月号……「秀句を誦《よ》む」の「テンポ・ルパート　感じのおもむくままによむ」の項に作品が採り上げられている。〈春ひとり槍投げて槍に歩み寄る〉

九月号……「現代俳句月評」（大牧広）に作品が採り上げられ批評がなされている。〈採血のわが血褒められみどり立つ〉

十月号……「入門・評論・エトセトラ……」（小沢克己）に著書『秀句十二ヶ月』の紹介文がある。

十二月号……「動物」の項に作品が載るが批評はない。〈次の世は潮吹貝にでもなるか〉／「現代俳句月評」（大牧広）に作品が採り上げられ批評がある。〈老裸身にも月光の痛かりし〉

「俳壇年鑑」……「冬」の句に作品が採り上げられる。批評はない。〈ゆつくりと来て老鶴の凍て仕度〉また別欄に福田甲子雄による登四郎評も載る。「何と言うことはない平凡なことが輝きを放つ」という。見事な指摘。

以上が平成二年おける能村登四郎への批評である。これで平成二年における「俳壇」の資料はすべて終了した。

平成二年における「俳句四季」の方へ進みたい。こちらの方はあまりない。二月号と三月号に多少の記載があるだけである。二月号は「梅の花」と題する項に十人の作品が載っているがその一つが登四郎のものである。

瀬音して探梅の歩の行きどまり

三月号では「人と作品」の「中嶋秀子さんに聞く」の項において登四郎の名前が出てくる。その発言の中に登四郎との出会い、登四郎に伴われて楸邨宅を訪れた経緯などが話されており、これは貴重な発言である。

以上が平成二年における能村登四郎に関する「俳句四季」の記載である。

平成二年の「俳句とエッセイ」に話を移したい。こちらの方にはあまり登四郎に関する資料はない。二度だけである。一つは川崎展宏の「一枚の栞」という文章。これは『能村登四郎句集人間頌歌』の紹介文である。もう一つは「現代俳句月評」（児玉輝代）に次の作品が採りあげられて、批評されている。

生身魂とは人ごとでなかりしよ

いよいよ平成三年へ話を進めたい。「沖」からである。

平成三年における「沖」誌への発表作品から書き始めたい。例によって毎月の作品から三句ずつを抜き出しておく。

初踏みの八十の山道の春いかに　一月号・淑気
ひそかなる袴さばきの淑気かな
灯を消して咳神の待つ床に入る

小松原けぶれりそれを淑気とす　二月号・餅花
寒中の芽にして朴は天指せり
餅花のゆれつつすこしづつ痩せし

足縺れせしは陽炎のせいかとも　三月号・蜆川
もの捜す人二三ゐて蜆川
繕ひに終り魞挿舟かへる

知多側に犇きてあす引く鴨か　四月号・蒲郡
藻がらみの橋脚たかき干潟かな
眼のほかのものも借りられ目借時

掌の鼓動たしかに雪代山女なり　五月号・春のくもり日
くもり日が続いて雀がくれ道

どつぷりと老いに甘えて春の暮

釦穴あまきに気付く目借時

半端時間にて藤棚の下にあり

茹で汁をきつぱりと切る菠薐草

六月号・花の後

稲植ゑて三日そこそこ一の関

束稲を薄囲ひして夏霞

遊船や倒れかかるか崖屛風

七月号・青きみちのく

（「猊鼻渓」の前書きあり）

常陸国原降れば緑雨よ煙らへり

沖つ風寄せくる白み大蓮田

煉瓦館に沢瀉が咲き出島村

八月号・大蓮田

水底に冷えながれゐて夏逝けり

秋扇といふ所得て経扇子

八朔の荒れを明日に空の青

九月号・秋扇

豊秋のあやかりとして肉付けり

後の月ほろほろ鳥といふ食べて

奥浄瑠璃てふ昔あり葛の花

十月号・後の月

あたらしき替刃がなじむ冬の水

十一月号・露霜

障子みな洗ひに出して寺柱
運ばれて湯気立つものの夜食かな
瀬戸内は沖よりくるか初しぐれ
口にして時雨といへばそれらしく
火に土をかぶせ吉備路の畠仕舞

十二月号・尾道

●軽く詠んで深い内容を感じさせるというのがこの時期の登四郎の傾向である。旅吟も勿論多いが日常の生活の中から生まれた作品が心を打つ。「灯を消して」「餅花の」「茹で汁を」「豊秋の」などがその代表と思うが「すこしづつ痩せ」「肉付けり」とか自分の身体をいとおしむ様な作品が多くある。「茹で汁を」の作品は自分で煮炊きしている様に作っているが登四郎自身が煮炊きをしたかはなはだ疑問である。恐らく登四郎は菠薐草を茹でることなど無いのではないかと思う。想像の世界であろう。登四郎ほど大きな詩的想像世界を持った人を私は知らないのである。
●登四郎独特の知や理に走った作品も多い。例えば「眼のほかの」「秋扇」「口にして」の様な作品、「眼のほか」のようになると全く季語の中で遊んでいる感じがして私は好かない。試みとしては分かるが失敗であろう。「秋扇」にはそれなりの眼の力もあると思う。「口にして」はひとつの試みとして分かるが登四郎作としては試みの域を出ていまい。

●私はこの時期の登四郎にさり気ない取り合わせの妙を見る。例えば「後の月」の作品である。この取り合わせは異色ではないか。滑稽、哀れ、艶麗……そうした思いを私は読み取る。曰く言いがたい登四郎の詩の世界と言えよう。

●もう一つ、しっかりとした眼による表現、いや眼と言うよりも体全体で対象を受け取る登四郎もいる。「知多側」「障子みな」のような作品にそれがある。「常陸国原」の作品もそうかも知れない。体全体を用いて対象に接し、感じている。だからこそ心のうちも広がりより膨らみのある作品になるのではないか。「障子みな」の作品の寺柱は白くくっきりと見えてくる。これもまた登四郎の対象を心で見た表現の結果である。

平成三年「沖」の文章発表へ移ろう。いつもの様に「五百字随想」からは題名のみを記しておく。

一月号「登四郎読本」のできるまで　**二月号**「昨年・今年」　**三月号**「関の扉」という芝居

四月号「俳句美人」　**五月号**「カラオケ譚」　**六月号**「職人芸」　**七月号**「歌舞伎が面白い」

八月号「この夏の仕事」　**九月号**「私の健康法」　**十月号**「俳句の差」　**十一月号**「沖から生まれた四誌」　**十二月号**「同窓会」

それ以外の文章発表についてみてみよう。概略次の通りである。

一月号「今年の沖三賞」　**二月号**「伝統を創る」（創刊二十周年記念　主宰講演）　**七月号**「転機」（特別エッセイ）　**十月号**「秋櫻子先生の思い出」（俳人協会創立三十周年記念・春季俳

句講座）　十二月号「東海俳句大会記念講演の記」（俳人協会創立三十周年記念）

概略以上である。一月号については一種の挨拶文であるから補足の必要はあるまい。その他の四つについては補足が必要である。以下、順次内容に触れていきたい。

「伝統を創る」、これは講演の記録である。主宰誌「沖」の内部へ向けての講演であるのでかなり本音が聞ける。先ず折からの天皇の即位を例にとり、その式典が「微妙に時代に合わせていること」を指摘する。そしてそれを日本古来の五七音の中の変遷につなぎ、俳句の問題とし、「好いものだけが残る。これが一つの伝統として、次の時代に残る」と言う。「それを口ずさんだら生活が楽しくなると言う様なものを創ってやらなければならない」と明言をして、「作」と「創」の違いを言う。ふだん我々が作っているのは作であり、創を目指さなければならない。「自分以外には誰も創らないものを創る」と言い切る。今読んでも刺激的な講演であった。

「転機」、この一文は登四郎の足跡、その作品の変遷を知る上で貴重な資料でもある。その冒頭で登四郎は自分を「私は自分の作品の発想や表現をいくたびも変えてきた」という。そしてその度の転機について記している。『咀嚼音』『合掌部落』『枯野の沖』『民話』『幻山水』『有為の山』『冬の音楽』『天上華』『寒九』『菊塵』の十句集それぞれに転機があり、思い入れのあることが明記されている。とりわけ若い時代の『咀嚼音』から、『合掌部落』へ移る頃の止むに止まれぬ思いなどは傾聴に値しよう。

「秋櫻子先生の思い出」、これは公益社団法人俳人協会の重要な行事として現在も行われている「春季俳句講座」における登四郎の講演記録である。「馬酔木」との出会い、秋櫻子との四十二年にわたる師弟関係とその様子など、丁寧にあたたかく語っている。「馬酔木」で競い合った仲間達のこと、石田波郷との関連、秋櫻子との思い出話、何よりも歌舞伎の話題は二人に共通していただけに口調も弾んでいる。ここでは結びの部分だけを引用するにとどめたい。それは「終始美しいものがお好きで、醜いものはきらい、金銭にきれいで妥協のなかった点など俳句の外にも教えられることが多かった先生でした。」というもの、ふと私はこの人柄自体が登四郎にも当てはまるのではないかと思ったほどであった。

「東海俳句大会記念講演の記」、これもまた俳人協会の講演記録である。因みにこれは、平成三年十月二十一日に名古屋の名鉄グランドホテルで行われたものである。ただこの文章は講演の記録ではない。登四郎が名古屋へ行った時のこと、当日の行動、様子……、その様なものを記録したもので講演の内容そのものについては余り書かれていないのである。ただ演題は「楽しい俳句」と言うことで一般向けのくだけた俳句論であったであろうことは想像できる。

それでは平成三年「沖」における登四郎の批評の方へ話を移したい。

先ずそのタイトルを列挙してその概略を記しておく。

七月号……「登四郎諧謔」（大関靖博）／「もう一人の私――続・実作ノート」（坂巻純子）に

登四郎の記載あり。／「俳句・笑いの文学――師の近業の一面――」（波戸岡旭）
九月号……「能村登四郎読本特集」として「沖」内外の四人が執筆をしている。「自愛の詩人」（宮坂静生）、「『能村登四郎読本』所感「東男の俳句」」（宇多喜代子）、「「自由人」――俳句の部――」（坂巻純子）、「ここに泉あり」（渡辺昭）
十月号……「沖」誌の扉に林翔による作品の鑑賞がある。〈澄める夜の澄みの極みに男坐す〉／「秋櫻子と登四郎」（高瀬哲夫）これは「秋櫻子生誕百年記念特集」と題する文章である。因みにこの月のグラビアには秋櫻子関連の写真が二枚掲載されている。
十一月号……「登四郎傘寿の80句」〈ささやかな感想〉（吉田汀史）、〈緋牡丹自在〉（都筑智子）。
十二月号……「沖」の扉に作品の鑑賞がある。〈障子みな洗ひに出して寺柱〉
以上が平成三年、「沖」における登四郎についての作品、文章、批評のすべてである。作品話を平成三年の「俳句」に移したい。いつもの様に登四郎の作品発表からである。作品発表は二回ある。一月号に「冬の入江」と題する十五句、これは一月号恒例の「新春作品特集」で、飯田龍太、阿波野青畝、加藤楸邨など三十四人の作家が発表をしている。もう一つは十月号である。こちらは通常の作品発表と言うことで登四郎を筆頭に、右城暮石、川崎展宏、神蔵器、飴山實、村沢夏風、深見けん二、藤崎久を、和田悟朗、磯貝碧蹄館、木村敏男、吉田鴻司、矢島房利、平井照敏の十四名が作品を発表している。登四郎の作品は「露多少」と題する十五句である。それぞれから五句を引用して作品傾向を探りたい。

水鳥の死を跨ぎ来し冬入江
朴の木の見当たらざるに朴落葉
み空より疵なき蒼き竜の玉
二度寝してしまひし老の大旦
初風呂にまだ泳げると泳ぎけり
（以上「冬の入江」より）

梶の葉やたなばた過ぎの露多少
青萏ひしめき芙蓉一花咲く
夏掛や死のかけもののもこの程度
流さるる快感ありし浮き泳ぎ
老人の居場所となりし秋の浜
（以上「露多少」より）

こうした作品からうかがえる傾向を二、三記しておきたい。

●この時期の登四郎はかなり老境に入っている。奥様を亡くされて以来の孤独感もかなり強くうかがえる。身体的にも疲労が多く、在宅の時間も多い様だ。そうした時の登四郎は想像力に頼った作品を作る。登四郎のイメージをふくらませる力は抜群である。例えば「初風呂」の作品、泳げるなどと言う大きな風呂はあるまいに、登四郎はそこで泳ぐ仕草をして遠い日々を思ったのではないかと思う。

●そうしたイメージをふくらませるために登四郎には抜群の感性があった。何事もない様な日常においても感性で見、触れる……、登四郎の詩的な部分、また美的な部分のその根底には必ず感性がある。それも静かな感性なのである。「水鳥の死」の作品の「死を跨ぎ来し」、「み空より」の「疵なき蒼き」という把握、「青苔」の「ひしめき」の表現などにそれを感じる。対象を冷たく、温かく、静かに、やわらかくとらえる、自分のいまの感性に忠実にとらえているのである。そこが登四郎をして詩人と呼びたい部分でもある。

●老の意識、そしてそれは死への想像へと繋がっていく。強いて言えばすべての作品が老いの作品である。老いゆえに心が膨らみ、感性は静まり、対象への眼はやわらかくなっている。「二度寝して」「老人の」の作品の孤独感もさることながら、私は「夏掛や」の作品に対して言葉がない。あくまでも我々の前では陽気に快活に振る舞っていた登四郎はこうした作品をいつ記していたのであろうか、そしてそれが本音であったであろうと思う時私は胸を締め付けられる様な思いになる。

平成三年、「俳句」における登四郎の文章発表へ眼を移したい。概略を列挙すると次の通りである。

一月号……「俳句の由来と思いで」の項に「素人のこころ」と題する一文を寄せている。

二月号……特集「今日の句集　波多野爽波『一筆』」に「『一筆』の一句」として作品を

批評している。〈髭剃りしあとに血の粒築崩れ　波多野爽波〉
三月号……特集「今日の句集　清水基吉『十日の菊』」に「『十日の菊』の一句」として句を挙げ批評している。〈乗つ込みの鮒の三枚おろしかな　清水基吉〉
四月号……特集「今日の句集　磯貝碧蹄館『猫神』」に「『猫神』の一句」として句を挙げ批評している。〈少年に戻れぬ朝湯橙見ゆ　磯貝碧蹄館〉
六月号……座談会に出席、「定型が正面から現代と取り組む時代」、出席者は石原八束、金子兜太、沢木欣一、能村登四郎、角川春樹の五人、これは角川俳句賞の選考座談会である。
七月号……大特集「投句の未公開添削法と切字上達の決定条件」に短文を寄せている。
八月号……特集「今日の句集　鈴木鷹夫『春の門』」に「『春の門』の一句」として作品を挙げ批評している。〈白刃の中行く涼気一誌持つ　鈴木鷹夫〉
十月号……例句実作特別企画「ふるさと吟行の秀句名句に学ぶ」という項に登四郎作品について、自句自解をしている。〈底冷えは敗者の冷えか北の庄〉
十一月号……特集「今日の句集　阿波野青畝『西湖』」に「『西湖』の一句」として作品を鑑賞している。〈初風呂に卒寿のふぐり伸しけり　阿波野青畝〉
この時期の「俳句」には登四郎はほとんど毎月関連をしている。しかもそれは短文である。特に補足することはない。また座談会も選考の経過報告めいたもので登四郎について云々することもない。

平成三年の「俳句」における登四郎への批評の方へ眼を移したい。先ず月別に羅列すると次の様になる。

一月号……二つの座談会で、登四郎の「鳥食」が話題となっている座談会「結社の時代の個性と季語の使い方」以上「露多少」より（星野麥丘人・有馬朗人・阿部完市）に登四郎への批評が三ページにわたって出ている。作品は五句引用されている。エロティックな部分に触れているのが面白いと思った。座談会「定型の時代を拓く」（玉城徹・岡野弘彦・辺見じゅん）に登四郎の作品が四ページにわたって採り上げられている。引用作品は八句である。二つの座談会に採り上げられている作品を挙げると次のものである。〈すさまじや肉体枯れてなほ男〉〈螢袋何に触れむと指入れし〉〈鳥食に似てひとりなる夜食かな〉〈ふぐりに手載せて寝につく露の音〉

老艶という言い方もできるかも知れないが辺見の言う「やっぱり悲しいね」という言葉が真実だと私も思う。

＊

二月号……二月号グラビア写真、ご子息の研三と写真及び紹介文「一句の中に自分の姿の見える俳句」が載る。／「大特集・学んで俳句、読んで名句を作る俳句入門」（鈴木

鷹夫・大牧広）にそれぞれ次の作品が載る。〈瓜人先生羽化このかたの大霞〉〈刃を入るるまで寒鰤の厚さ撫でてゐし〉

三月号……鼎談「自選句と他選句の面白さに　季語の使い方」（星野麥丘人・有馬朗人・阿部完市）の中で七句をあげて批評されている。

五月号……グラビアにご子息研三との写真と小文（「結社の時代の「沖」能村登四郎主宰」）が載る。見事な笑顔である。／大特集「今日の旅吟の実力俳人になるための具体的条件の初公開」（吉田汀史）に作品が載る。〈暁紅に露の藁屋根合掌す〉

六月号……大特集「思い切った季語の使い方と確実に写生の実力をつける方法」（宮津昭彦）に作品が載る。〈瓜人先生羽化このかたの大霞〉

七月号……「句集俳書サロン」（鈴木鷹夫）に『能村登四郎読本』が紹介されている。

九月号……「現代俳句月評」（森田峠）に作品引用・批評鑑賞。〈諍ひの一隅飯の饐えてをり〉〈生身魂食後をほうと息つけり〉

「俳誌月評」（藤田あけ烏）に主宰誌「沖」が紹介されている。

十月号……「俳号の由来と思い出」（林翔）に登四郎に関する記事あり。／大特集「ここまで来ている結社の俳句の新しい作り方」（林翔）に作品が採り上げられて、批評あり。〈平服の仏事がすんで敗蓮〉

十一月号……大特集「現代俳句名吟の《もの》のつかみ方と《季語》の秀品」（渡辺昭）

に作品引用二句。〈鯑はしる石榴とゴヤの黒画集〉〈鉄砲町秋水の縦一文字〉
十二月号……大特集「基本俳句の上達法」（宮津昭彦）に作品が採り上げられ批評されている。〈遠くより見る雪の日のあそびかな〉／合同座談会「今日の俳句の総合的な面白さ」（玉城徹・星野麥丘人・岡野弘彦・有馬朗人・辺見じゅん・阿部完市）に登四郎の作品七句があげられ批評されている。〈梶の葉やたなばた過ぎの露多少〉〈祭日や花ともなりて軆ちぢむ〉〈夏掛や死のかけものもこの程度〉〈転げ止まりてよき桃尻となりしかな〉〈立泳ぎ水底の秋おもひつつ〉〈痛みある度に澄みゆく秋の水〉〈考へてゐし露すべるすりがらす〉／「現代俳句月評」（森田峠）に作品が採り上げられて批評されている。〈考へてゐし露すべるすりがらす〉／「今年の秀句ベストテン」に星野麥丘人が作品を選んでいる。〈鳥食に似てひとりなる夜食かな〉
編集者の意図なのであろうが「大特集」というものが多い。これは半ページほどのものなので補足の必要はないと思う。
一月号には二つの座談会があるが、「鳥食」の句が評判がいい。「螢袋」の句について有馬がエロティックと指摘しているのは正しい。登四郎の老艶俳句の側面を見る思いがする。同じ鑑賞でも歌人達の話を聞くと「なまなましい」とか「なまぐさい」とか「猥褻」とかいう言葉が並ぶ。面白いと思う。
二月号と五月号のグラビアに写真が載っていることは前述したがその折の編集者のコメ

ント、引用文が面白い。次に抜粋をしておく。

……むしろ家でじっとしている孤絶した時間こそ満足した俳句が生れ……今は国民皆俳時代……俳句玉石は量産の時代……作家は孤に身を置いて自分の見える作品を作ってほしい。

（「俳句年鑑」引用）

能村登四郎の文学観が豊かに熟した年齢から「沖」は出発した。結果的にはそのことが結社全体のレベルを高めた。（編集者の文章から抜粋）

森田峠の「現代俳句月評」に三回にわたって登場する。よほど作品に魅力を感じたのではないかと思う。三月号は「老いの魅力」という立場から、九月号は『露伴の俳諧』（幸田露伴著）の「一句ひとを驚かさずんば……」の部分を引用してその面白さを称えている。十二月号は「実作者の批評」という立場から「機知句」として批評をしている。

平成三年の「俳句研究」へ眼を移したい。先ず作品発表であるが二回ある。一月号の「除夜篝」と題する九句と八月号の特別作品、「長嘯」と題する八十句である。それぞれから気になる作品を引用してその傾向を探ってみたい。とりわけ後者は登四郎の意欲作であるので多少引用が多くなるかも知れない。

「除夜篝」より三句

淑気とは松の匂ひの男山

町川や大年の潮押しに押し
除夜篝裾漆黒にして燃ゆる

「長嘯」より二十五句

立ちのぼる春の山気や一位谷
べつたりと掌につく春の樹液かな
雛の箱抱く老人と隣りあふ
たらちねの一文字草や春の葱
唇を嚙めば色出てさくら冷え
ふくら脛叩いて発てり老遍路
観音の髭春愁と言ひつべく
麦刈りのあと一刈りの夕日かな
傷のある筈なきに沁む菖蒲の湯
虹を見て来し老人の口噤む
薔薇食べるなら血の色の花がよし
白はものの始まりの色朴の花
緋牡丹を咲かせすぎたる恥しさ
竹酔や竹皮といふ包あり

刺青師のひそと棲む路地陰まつり
梅雨茸や死後あれこれと噂出て
秋櫻子以後狭ばまりし青世界
美濃青墓葛の若葉の青しづく
その水着一握にして絹ざはり
人の話聞こえる距離の端居かな
陶枕やまぎらふものに死と睡り
螢火のひとつ捻れて流れゆく
起こし絵の国貞と海女遊泳図
真裸の痩せてゐるだけ耶蘇に似て
何もかも真赤に見える梅漬けて

＊

●ちょうどこの稿を登四郎が制作中に私は登四郎宅を訪れた。前もって電話などするとご迷惑であろうと思いいつも私は不意に訪れる。その日もそうであった。登四郎は八畳間で床の間を背にしてこの原稿を執筆していた。不意に訪れたのが幸いして私は仕事場に案内された。大きな座卓がおかれその上に数冊の本が積まれている。机上には原稿用紙が何枚も広げられていた。そしてその原稿用紙には作品がところどころに書かれていた。「私ね、こうやって作品を散らすのよ」、「同じ季語や趣向は出来るだけなくする……」、「今年八十になったからね、八十句発表するのよ」、登四郎はたてつづけに話した。その目は嬉しそうに輝いていた。私は登四郎の仕事の秘密の一部を垣間見た様に思えて嬉しかった。

●こうして抜き出して並べてみると先ずその多彩さに驚く。写生あり、心象描写あり、老いを嘆いた句があるかと思うとそれを独特な艶でもって紛らわす。八十句には読者を飽きさせることなく引きつけ続ける力がある。

●これらが皆一枚の原稿用紙を前にして想像をめぐらし、過去の体験を思い起こし、それを膨らまし表現した結果である事を思うとその想像力の大きさに改めて驚かされる。

●細かく述べてみよう。先ず何よりも色彩に注目する。意識した結果ではあるまいが白、赤、青、そうした色彩が水彩画風に感じられる。登四郎の白は有るか無しかの純白、それも時に翳りをもつ。「白はものの始まり」の様に言葉を出す場合も有るがこの頃になると作品から白の世界を暗示する様な作品が多くなってきている。「竹酔や」「人の話」「陶枕や」などに澄みきった白として現れている。登四郎の赤、「唇を」「麦刈りの」「薔薇食べるなら」などに鮮烈に現れていよう。それは命の色と言っていいのかも知れない。この時期特に注目をするのは登四郎の青である。ちょうど発表の時期が青葉、若葉の時期と重なったと言うこともあるのかもしれないが青は印象的であった。「町川や」「たらちねの」「刺青師の」「秋櫻子以後」「美濃青墓」など枚挙にいとまがないほどである。いずれにしても登四郎の場合その色彩の背景には命の輝きがある。そしてそれが次第に細れていくことが悲しいのである。

●皮膚感覚的な作品も多い。「べつたりと」「緋牡丹を」などの作品からは私など一種艶なる世界を感じてしまうのであるが過剰鑑賞なのであろうか。

●「雛の箱」「ふくら脛」などの作品は一見他者の描写の様に思えるがそうではあるまい。自分の姿を他者に見付けた表現であると私は思う。その究極が「観音の髭」の様な作品となる。対象と作者が一体となって悲しい。

●「梅雨茸や」「起こし絵の」にある物語性も忘れてはなるまい。こうした作品にも登四郎の語り口がうかがえて面白いのである。

●なお「何もかも」にある「梅漬けて」は登四郎を語る場合忘れてはいけない重要なフレーズであることもつけ加えておく。

以上力の入った作品であるので私自体も力が入りすぎた。要は登四郎の場合何をどのように詠もうがその背景には登四郎の命の澄んでいるということ、生きている自分がいるということであろう。話を平成三年、「俳句研究」の登四郎の文章発表へ移そう。

平成三年、「俳句研究」への文章発表はない。したがって同年、同誌の登四郎への批評へと話を進めたい。先ずその概略を記すと次の様になる。
一月号……アンケート「俳句の新しみを求めて」の「最近注目の作品五句」の中で二十六人中四人が登四郎の作品を挙げる。ここではその作品のみを挙げておく。〈秋扇として存分につかひけり〉〈生身魂とは人ごとでなかりしよ〉〈いとこより先ややこしき水藻かな〉〈綿虫に濡れ紙いろの日暮くる〉
三月号……「立体的空間を持つ作品群」（今瀬剛一）に作品引用。〈梟の答へがかへりくる枕〉／「歴史はつなげるか」（神蔵器）に作品引用。〈長身の立ちてかたむく大干潟〉／「『能村登四郎読本』の意義」（原子公平）と「還ってきた登四郎」（古舘曹人）は登四郎論であるので後程補足したい。
六月号……「ひとりあそびぞわれはまされる」（中原道夫）に作品引用。〈瓜人先生羽化このかたの大霞〉／「再び表現の〝間〟について」（廣瀬直人）に作品引用。〈何となく皆黙りをり夜食後〉
八月号……「たまたまの句」（赤松蕙子）に作品引用。〈茹で汁をきつぱりと切る菠薐草〉〈春ひとり槍投げて槍に歩み寄る〉／「〝笑い〟のある秀句」（渡辺昭）に作品引用五句。〈今にある朝勃ちあはれ木槿咲く〉〈ふぐりてふかすかな重り藤ゆふべ〉〈垂涎の女体土偶や豊の秋〉〈臥た臥ぬの取沙汰しきり露尾花〉〈去勢後の司馬遷のゐる桃林〉
九月号……「現代俳句展望」（今瀬剛一）に作品が採り上げられ鑑賞批評あり。〈愛鳥の週

のはじめの煙雨かな〉
十月号……「現代俳句展望」（今瀬剛一）に作品が採り上げられ鑑賞批評あり。〈その水着一握にして絹ざはり〉
十二月号……「特集・今年の秀句ベスト5」に飯島晴子、大嶽青児、金子晉、榑沼けい一、関戸靖子がそれぞれ作品を取り上げ鑑賞批評をしている。〈麦刈りのあと一刈りの夕日かな〉〈陶枕やまぎらふものに死と睡り〉〈ごきぶりの死して三日の乾びやう〉〈父の日の替へてかろさの厠履〉〈甚平を着て今にして見ゆるもの〉／「現代俳句展望」（今瀬剛一）に作品が採り上げられ鑑賞批評がある。〈蜻蛉群るその中極楽蜻蛉もゐて〉

平成三年はまさに登四郎全開の年であった。俳壇全体の注目の中に登四郎は黙々として創作を続けている。

それでは三月号について補足をしておこう。原子と古舘の評論は昨年の十一月に富士見書房から出版された『能村登四郎読本』に関する文章である。それは二ページずつ四ページにわたっている。原子の方から述べてみよう。どちらかというと前衛的な作家だと思っていた原子だがこの文章は好意に満ちている。登四郎の作品については「出発点で影響を受けた〈人間探求〉が、戦後の混乱、困苦をくぐり抜け、社会性や前衛傾向にも触発されつつ次第に温暖化し、〈人間頌歌〉となってまどかに成熟してきた有様がよく見受けられる」といい、評論については「俳句に関わる人々必読の教本としたい内容」「自己確認の作業」であるとしている。自句自解の為にあげた五十句の選び方が不満であるといい、「自句」必ずしも佳句ではないとする。

＊

そして

老いにも狂気あれよと黒き薔薇とどく

は自句五十句よりはるかに優れていると言い切る。「新鮮で柔軟で温かい人間俳句の妙味は、単純に大家としてまつり上げてしまうには惜しいような気がする」と結ぶ。古舘の方の文章は三章に分けて書いている。「一」では句集『菊塵』について述べ、「能村登四郎は直実のごとく放下した」という。「二」では『合掌部落』について「天下を取った若者の姿であって、この時ほど俳句と時代が一致したときはなかった」と言い、「まぎれもない俳壇史の尺度」と称える。「三」においてはこの『菊塵』『合掌部落』を同列のものとし、「虚にいて実を行う句集」という。次が最も興味深い、登四郎の名句とされている「火を焚くや」「おぼろ夜の」「薄墨が」を「うますぎる、上品過ぎる、美しすぎる」とし、「理想や確信の心が先に走りすぎて現実を失ってはいないか」と指摘する。結びがまたいい。「自己革新をそのままにして俳句だけを変えようとすると、それは実にいて虚に遊ぶ事になる。

現代には間違って虚に遊ぶ作家が多すぎる」と俳壇の風潮を指摘し、「能村登四郎は放下して俳句を変えた事に私は感動する」と結んでいる。原子、古舘ともに好い批評であると思った。

平成三年の「俳壇」へ話を移したい。先ず作品発表である。七月号に「春過ぎて」二十句を発表している。ここではその中から七句を抜粋しておきたい。

湯ぼてりの臥てもまだある朧かな
好もしき葉の枯れ色の柏餅
北ナンバーの車まだある朧かな
愛鳥の週のはじめの煙雨かな
血のすこし鮮しくなる朝寝して
屋根あかきごきぶり小舎の出来上る
二夜ほど椎の匂ひに早寝して

自在である。日常のほんの少しの事、見聞も詩の域にまで高める。例えば「湯ぼてりの」の作品などその場で書き留めるのか、いやそうではあるまい、後日心をめぐらして作ったのであろう。「血のすこし」や「二夜ほど」の自己の表現にも心ひかれる。孤独の中の安らぎ、心の均衡……。「屋根あかき」も面白い。今の登四郎にとっては何でも作品になり得る。確かに実に遊んでいるのである。古舘が指摘するように放下しているからであろう。
平成三年、「俳壇」における登四郎の文章執筆である。一回だけある。五月号の「特集わたしの季語」、勿論小文である。「わたしの基本季語10選」として季語10とそれに添う作品を挙げている。そしてその下に「基本季語を持つ大切さ」「季語・歳時記の見直し」という小文を載せている。登四郎の上げた基本季語10は花冷、朧、雛、辛夷、炎天、夏痩、曼珠沙華、葱、鳰、初明りである。なお次の作品がそれらの季語とともに揚げられている。

花冷えや老いても着たき紺絣
おぼろ夜の霊のごとくに薄着して
紐すこし貰ひに来たり雛納め
夢の世と思ひてゐしが辛夷咲く
炎天に立つ師も弟子も遠くして
飼はれゐし鶴しか知らず夏やつれ
曼珠沙華天のかぎりを青充たす
葱の根の白さしのぼるごとくなり
脇僧に似て坐りをり鳰の湖
初あかりそのまま命あかりかな

「基本季語を持つ大切さ」では好きな季語に続いてきらいな季語として「時鳥」「筒鳥」などを上げている。「季語・歳時記の見直し」では「火鉢」や「蚊帳」は死語になる寸前、「杉花粉」や「花粉症」など登場しても否定できまいと述べた後で、「もう少し伸び伸び自由に作句して欲しい」と結ぶ。

平成三年「俳壇」の登四郎への批評へと話を移す。

この年登四郎は二月、四月、六月、八月、十月、十二月と「俳壇雑詠」の選を担当している。山口誓子、細見綾子と共に三人の担当である。これは選評の類なので事実だけを記載するにとどめたい。

例によって月別に記載すると次のようになる。

四月号……「秀句探訪」（飯島晴子）に作品が採り上げられ、鑑賞されている。〈次の世は潮吹貝にでもなるか〉／「能村登四郎に学ぶ」（坂巻純子）に作品引用、エッセイ的に鑑賞されている。〈身を裂いて咲く朝顔のありにけり〉これは「特集・一流に学ぶ」によせた文章である。

六月号……「俳句百年目の現代俳句」（俳句はいかに子規を超えたのか）に作品が抜かれ、小文あり。〈さくらやや薄墨いろに盛り過ぐ〉

七月号……「易しい深い愉快」（小林貴子）に作品引用。〈初風呂をすこし賢くなりて出る〉

十二月号……「91年諸家季寄せ」の欄に作品が載る。〈甚平を着て今にして見ゆるもの〉

平成三年「俳壇」の登四郎への批評の部では特に補足することはない。次へ進みたい。
平成三年「俳句四季」には二月号と、六月号に登四郎は関連する。二月号は「飾海老」と題する作品五句である。その中から三句を抜いておこう。

初日の出及ぶ畳のこよなけれ
双髻のまつたきにみる飾海老
初凪の翼掠めし都どり

六月号は「過去形表現の俳句」(清水杏芽)に登四郎作品五句が引用されている。この五句は「毎日新聞」発表の次の五句である。

なぜか蟻その蟻穴を素通りす
ひと巡りして来し汚れ御輿足袋
祭よりは穿きて馴れたる下駄なりし
乗継駅の小さき麦秋を見て過ぎし
夏掛けの綿のかろさを思ひ寝る

平成三年、「俳句とエッセイ」では登四郎への批評が三箇所あるのでそれを羅列しておく。
三月号は登四郎の名前が出てくるだけである。

六月号は、六月の季語「蟇」（高橋弘道）の欄に次の作品が引用されている。

おのが声思ひ出すごと蟇鳴けり

十二月号は「現代俳句月評」（本宮鼎三）に次の作品が採り上げられ鑑賞批評がある。

水楢の白皙の露はしりけり

句集『易水』へ

平成四年に進みたいと思う。先ず「沖」の作品発表である。いつものように各月の作品発表から三句を抜粋する。

冬遍路行衣の白の痛からむ　　一月号・阿波より土佐へ
四国山系暗みもみせず冬に入る
四万十川両岸の枯れ急がせつ

大旦なりけり海老寝より覚めて　　二月号・霜凪
霜凪やさびしき時も笑みはあり
書の帯のいつしか失せし二月かな

登り口柵はづされし春の山　　三月号・春居
眉焦したるどんど火の記憶かな
もぐら穴数へて春の老居かな

滝音に芽吹き急なる楢くぬぎ　　四月号・川治
きのふてふ遥かな昔種を蒔く

熱燗の加減知りをり下戸ながら

睦み合ふごとし雨中の松さくら

花ごめのよき処得て句碑据わる

五月号・松さくら

人の死を花見る旅の中に聞く

泪耳に入りてゐたる朝寝かな

水中に倦みたる蝌蚪の赤みさす

六月号・鷭のゐる風景

豪快に塩空に撒き五月場所

ゆるくして急早鞆の五月潮

七月号・早鞆の瀬戸

野茨の花の水漬きを舟が触る

大津絵の押さへられたる梅雨鯰

けふ梅雨の入りてふ道後湯月町

八月号・松山にて

水打つて寺と花街結び合ふ

百の墓に百の百合さすあはれかな

この町のアカシヤの散る時に来て

九月号・札幌・函館

化けさうな月やすすき野狸小路

きざまれし烏賊さうめんの涼味かな

山芋を掘る鍬として納屋に古り

十月号・秋鯵

秋鰺のしかも中鰺焦がしけり
磧石ぬめりて鮎の落つるころ
旭岳秋雪と見ゆ蒼かりし
十一月号・カムイ古潭

蝦夷の地や朱が黒となるななかまど
晴れすぎて綿虫数を加へけり
火まつりの汲みて火となる酒めでた
火まつりの火の粉のぼれば星も消ゆ
木の実降る貴船奥社の燭遠し
十二月号・鞍馬の火まつり

この年の登四郎について二三触れておこう。

●前年から引き継いで旅が多く、したがって旅吟が多い。昨年十一月徳島を吟行した作品が一月号を飾る。主なものを列記してみると次のようになる。

三月　川治温泉、四月　岡崎市、五月　関門海峡他、六月　松山道後温泉他・札幌、十月　旭川・鞍馬の火まつり・別府、十二月　大阪

そして登四郎はその折の作品を誌上に発表している。一月号、四月号、五月号、七月号、八月号、九月号、十一月号、十二月号にそれらの作品が載る。また旅吟である故か前書きが多い。「睦み合ふ」「人の死を」「ゆるくして」「百の墓」「旭岳」にはそれぞれ前書

きがあるが省略した。ただ十二月号の「鞍馬の火まつり」には吟行句でありながら全く前書きがない。読者から言うとすっきりしていて読み心地がいい。私は未だ見たことはないが火まつりそのものの情景が浮かび上がってくる。

●登四郎の旅吟には深みがある。平板でないのである。対象を見ながらその奥に何かがある。例えば「滝音に」の作品、これは確かに情景句である。しかし単純な風景画ではない。絵に描けない部分がある。写真では表せない一箇所があるのだ。作者の意識を通した風景なのである。

●それをはっきりさせるためには北海道での作品と関門海峡あたりの作品を比較してみるといい。「カムイ古潭」の作品は大きな広がりがあるが精神は緊張をしている。それに対して「早鞆の瀬戸」は大らかでにぎやかな感じさえする。どちらがいいと言うのではない、そこにはまぎれもない登四郎という存在があり、それを通した風景があるのである。

●氏は風景に接してしきりに写生しようと思っている。対象をよく見ようと思っているのである。そのことは例えば「水中に」「山芋を」のような作品を見れば分かる。しかし登四郎は単純に見ているのではない。その対象を見てそこから想像力、見る角度などによって膨らみが加わっているのである。ただ一つの鍬を見てもその鍬からひたすら山芋を掘っていた事にのみ用いられたという過去を思うのである。登四郎の写生に大きな膨らみがあるのはそうしたところに起因しているのではないかと思う。
●相変わらず老いを嘆く作品も多い。「大旦なりけり」「泪耳に」などの作品はまことに侘しい。いずれも日常生活から生まれたものである。もしかしたら登四郎の旅は老いや孤独から逃れるため、いや抵抗するための手段であったかも知れない。
平成四年「沖」における登四郎の文章発表へ進みたい。いつものように五百字随想は題名のみを抜き出しておく。

一月号「この一年」**二月号**「相撲ばなし」**三月号**「波多野爽波さんの死」**四月号**「脇役端役」**五月号**「松さくら句碑」**六月号**「気になる言葉」**七月号**「梅雨の旅怱忙」**八月号**「俳人の宿命」**九月号**「松本清張の死」**十月号**「中上健次のこと」**十一月号**「浮いて来い」**十二月号**「有島武郎記念館」

補足したいものが三つある。五月号、六月号、十一月号である。五月号は登四郎の第八句碑の除幕の記である。作品は

睦み合ふごとし雨中の松さくら

で、場所は岡崎市の名刹大樹寺である。六月号は登四郎の語感というか言葉のリズムを大切にすることがうかがえる。登四郎の嫌いな言葉の使い方、「芽木」、「金ン」「寒ン」「女ごゑ」「男ごゑ」「包丁のリズム」「鍬のリズム」、私も全く賛成である。十一月号は悲しい。

「長」という席題で「長子」を思ったと言うこと。登四郎はかつて長男と次男を亡くされている。次の作品が出来たという。

長子次子稚くて逝けり浮いて来い

その他の登四郎の文章を見てみたい。

開巻一ページに「登四郎・翔相互鑑賞」という欄が始まり、通年で登四郎が林翔の作品を批評している。登四郎は一、三、五、七、九、十一月を担当している。

九月号には講演録が記載されている。これは六月二十八日、俳人協会の札幌大会における講演で、演題は「自然の中の人間」、四ページにわたる講演記録である。全体的に登四郎が我々に日頃述べていたことが中心である。ただ私はまとめの部分に感動した。「馬酔木」を去り独立し、奥様を亡くされた後のことについて登四郎は「淋しい孤老の心境は一切放下の生活に変わると悲しみの底から何か明るい光を発見しました」といい、次のように結んでいる。少し長いが引用をしておきたい。

「もう人間だの自然だのと区別する気分にはなれませんでした。人間も大きな自然の一部だと実に素直に肯定できるようになりました。自然も雄大で美しいものです。しかし人間も又すばらしい素敵なものだと感じるようになりました。皆俳句を一生懸命やって来たお蔭です。」

＊

平成四年、「沖」における登四郎への批評へと移りたい。まず概略を上げると次のようになる。

二月号……「登四郎・翔相互鑑賞」（林翔）に作品が載る。〈遠くより見る雪の日のあそびかな〉

三月号……「現代作家研究」「能村登四郎との対比において」（梅村すみを）飯島晴子『蕨手』についての文章。

四月号……「登四郎・翔相互鑑賞」（林翔）に作品が載る。〈花時の出づれば行く手ある歩み〉

六月号……「登四郎・翔相互鑑賞」（林翔）に作品が載る。〈たよりあふ眼をもちて梅雨の一家族〉（たより合ふ眼をもちて梅雨の一家族『咀嚼音』）登四郎句碑除幕の記事あり。

八月号……「登四郎・翔相互鑑賞」（林翔）に作品が載る。〈身を裂いて咲く朝顔のありにけり〉

十月号……「登四郎・翔相互鑑賞」（林翔）に作品が載る。〈妻なしの背筋ばしりに秋の声〉

十一月号……「『滄浪』を読む　思い遣ること」（茨木和生）／『滄浪』百句にあそぶ（藤田あけ烏）／「現代俳句論評」（都筑智子）の冒頭部分に登四郎の作品引用七句。／俳人協会の東北大会講演「面白い俳句」（林翔）の記載があり、作品引用四句。〈モノクロに撮られし春の風邪の顔〉〈昔むかしの種痘の痕のまだ痒し〉〈浅漬を嚙み贋の歯の贋の音〉〈蠅叩くには手ごろなる俳誌あり〉

十二月号……「登四郎・翔相互鑑賞」（林翔）に作品が載る。〈風呂敷てふやさしきものの師走かな〉（なお、十二月号には「私が選ぶ沖・今年のベストテン」という欄があり、その中で六人の方が登四郎の作品を上げている。しかしこれはいわば当然のことであるので此所では特に触れない。）

平成四年における「俳句」に話を進めたい。先ず作品発表である。作品発表は三回ある。一月号、五月号、八月号である。それぞれについて述べてみよう。

一月号は「新春人気俳人作品大特集」というタイトルで当代の四十人の作家が十五句ずつを発表している。登四郎は「無事な人」と題する十五句。その中から五句を抜粋しておく。

新しき声出すための酢牡蠣かな

凩に夜深の月の研ぎ出され

数へ日を数へともかく今は無事

年の湯に見る己が身の一仏

　　おのれ一つ抱きおたおた年の暮

五月号は「雛のわかれ」という十五句、これは通常の発表で加藤楸邨や右城暮石など十人が同時発表をしている。五句を抜く。

　　何故かかく怖き顔せる冬耕は
　　化身ともおもふ白鳥の一羽をり
　　雛のわかれきのふに過ぎてささめ雪
　　朧夜を覚めてつくづく寝嵩なき
　　ゆつたりと朧ながるる身の内外

八月号は「創刊四十周年記念作品大特集」と題して七十七名が十一句を発表している。登四郎は「浮いて来い」と題する作品。三句を抜き出しておく。

　　あくさの水すこしある金魚玉
　　長子次子稚くて逝けり浮いて来い
　　饐えるその寸前の香の飯うまし

登四郎は多作を発表してこそその力を見せる作家である。十五句や十一句では何か物足りない様であるがそれでもこの中には現在も残っている作品が沢山ある。多作発表でない時には大体において日常の身辺に素材を求める。とりわけ自己描写の作品、過去を振り返っての作品が多くなっているのは当然と言えば当然である。ただそれらは深く澄み切っていて哀しい。

例えば「数へ日」「朧」「饐える」「浮いて来い」、そうした季語も常套的に使ってはいない。それは登四郎の内側、心の世界を実現したものとして心に響く。

平成四年、「俳句」への登四郎の執筆に眼に移したい。この年「俳句」に「平成俳壇」という欄が新設された。四月号から登四郎はその選を担当して批評を執筆している。ただこれらは選評の域を出ないので此所では対象外とする。登四郎の執筆は概略次の様になる。

二月号……「百合山羽公さんを悼む」これは「悼　百合山羽公」に寄せられた二頁の弔文である。馬酔木の大先輩百合山羽公を悼むこころが強く心を打つ。

四月号……「俳人協会賞選後感想」を執筆。

五月号……「『童子』の一句」辻桃子句集の次の一句を鑑賞した短文である。〈ケンタッキーのをぢさんと春惜しみけり〉

六月号……「実力新人の登場」「選考座談会」である。同席者は、石原八束・金子兜太・沢木欣一・能村登四郎・角川春樹、五人の座談会である。

十二月号……「『微光』の一句」これは橋閒石句集を鑑賞した短文である。

平成四年、「俳句」における登四郎への批評に移りたい。まずいつもの様に概略をあげると次の様になる。

一月号……「新連続座談会」「時代の中の定型を読む①」（前登志夫・岡井隆・中上健次）に登四郎の名前が出る。

三月号……俳人協会賞選考委員会の写真がグラビアに掲載。登四郎は司会を務める。グラビアにスナップ写真が載る。／「吟行句の定型に学ぶ」の「登四郎俳句の吟行俳句の面白さ」という小特集に友岡子郷・中拓夫・永田耕一郎・渡辺昭がそれぞれ作品について執筆。〈瓦師も住み冬湖を守る百戸〉〈日本海青田千枚の裾あらふ〉〈火を焚くや枯野の沖を誰か過ぐ〉〈除幕式まで惜春の蕎麦を食ふ〉／新鼎談「今日の俳句の作られ方と鑑賞の方法」（三橋敏雄・深見けん二・森田峠）に能村登四郎「無事な人」が採り上げられている。

五月号……「結社の魅力」（藤田湘子）に作品引用。〈はたらきに行くは皆ゆき朝ぐもり〉

六月号……「大特集」に木附沢麦青が作品引用。〈うすうすとわが春愁に飢もあり〉〈額咲くや四五日の旅ひかへをり〉

七月号……「現代俳句月評」（上田五千石）に作品が採り上げられ、批評文あり。〈雛のわかれきのふに過ぎてささめ雪〉／一月号に続いて「新連載座談会」の前登志夫の発言に登四郎の名前が出る。

九月号……「俳句」熱再燃（石原八束）の文章の中に登四郎の名前が出る。
十月号……「大特集」において大牧広が次の作品について批評鑑賞している。／鼎談において作品引用、批評されている。〈須佐之男の茅の輪とやこれ荒結び〉〈長子次子稚くて逝けり浮いて来い〉
十一月号……「特別企画」の項に藤田あけ烏、大島雄作がそれぞれ作品を取り上げている。〈血も肉も目立たず減るよ白絣〉〈霜掃きし箒しばらくして倒る〉
十二月号……巻頭グラビアの所に今年の十句として深見けん二が作品引用、特に批評はない。〈さくらの枝蕾ばかりに撓ひをり〉
概略は以上であるが以下多少の補足をしておきたい。「大特集」というのは半ページ程の小文で、俳句のノウハウについて述べているので特に補足の必要はないと思う。

＊

この時期の外部からの登四郎に対する批評が気になる。
「言葉自体が平坦俗語」（三月号・森田）、
「さらっと出来ているだけに、かえって心の表れ」（同・深見）
「観念くさい」（同・森田）
私はこれらの言葉がいい意味にしろ悪い意味にしろ真実をついている様に思う。この言

葉（三月号・森田発言）は鼎談の中で深見が

数へ日を数へともかく今は無事

という作品を採り上げ、「今は無事」には「作者の心情がある……自然に日常の中に入ってくる」と発言したのに対して反応したものである。因みに森田は

年の瀬に見るとなく見る墓石の値

を「最近の能村さんらしい句」と言っている。
同号の深見の言葉は

夕暮をえらびて庭の牡丹焚

の作品を褒めた言葉である。この発言に対しては特に反応はなかった。森田の「観念くさい」という発言は

大歳といふ海溝を前にせり

という作品に対して発せられたもの、これについては深見も「もったいない感じ」と述べている。

いずれにしても言葉を自由自在に使っても、平易に使用しても「平坦俗語」となるのは当然である。また写生を超えて意欲的に作ると「観念になる」、そのことは登四郎は承知の上だったのではないか。ただ登四郎は俳句を新しくしたい、従来の伝統俳句に何かをつけ加えたいと、その様な姿勢で試みている作品なのではないか。私はその様に思うのであるが……。

平成四年の「俳句研究」に話を進めたい。初めに作品発表である。一月号「歳寒うして」（新春特別作品二十一句）、六月号「春楡」（三十二句）、十月号「滄浪」（特別作品・百句）の三回である。それぞれから抜き出してその傾向を見る。

一月号は阿波野青畝・飯田龍太・森澄雄など当時の大家七名による競詠である。ここからは六句を抜き出しておこう。

直幹ばかりの山に冬早し
胡桃の艶掌のぬくもりが曇らせる
朝寒のわが声にして他人声
いくばくの艶あるゆゑの穴惑ひ
風呂敷てふやさしきものの師走かな
歳寒うしていよいよと松鮮し

六月号は宇佐美魚目、福田甲子雄と三人による競詠の形を取っている。ここからは七句を抜き出したい。

春楡の四五本の芽が照し合ふ
源流は遠からずあり茅潜
青き踏む気の布靴を買ひて来し
初咲きの牡丹に礼を厚くせり
拳握るのみや男の春愁は
ぜんまいの芽の裏向きや表向き
めぐはしき芽に掩はれて老樹たり

十月号の百句は登四郎ひとりの独壇場である。グラビアに写真を載せた上に、巻頭作品として十五頁を一人で発表している。見事と言うほかあるまい。もっと抜きたいところであるが十六句を抜粋しておこう。

病める松多きが中の青柏
憂愁のきらら色して蝸牛
血も肉も目立たず減るよ白絣

水中花にも虫のゐて蜜吸へり
皆言葉なくひたすらに毛蟹食ぶ
一条のけむり入りたる夏氷
花火やみ夜空に生れし罅多数
風死せり人にいまはの幽けさあり
裸にてしんから生身なるおもひ
遠けれど父子のみなるキャンプ見ゆ
ごきぶりの死後硬直のありにけり
いつか世に外れて藁の馬つくる
淋しさを燈芯蜻蛉として飛ばす
朝の餌に栗鼠飛んでくる露しぶき
溝萩や笑ひももれて老の通夜
月の出の滄浪何を濯ぐべき

●芭蕉などもそうであった様に自分の過去の作品を作り替える、いわゆる自己模倣とでもいいたくなる様な作品がこの時期の登四郎にはうかがえる。例えば

朝寒のわが声にして他人声

血も肉も目立たず減るよ白絣

などを読みながら前句からは

くちびるを出て朝寒のこゑとなる　（昭和二十二年・『咀嚼音』巻頭句）

後句からは

白地着て血のみを潔く子に遺す　（昭和二十七年・『咀嚼音』所収）

という作品を連想する人は少なくあるまい。『咀嚼音』は登四郎の原点である。多作をすれば当然口を衝いて出てくる作品も多いはずである。したがっていたし方のない事であると思う。

●この時期の登四郎の作品には自己を描写している作品も多い。「めぐはしき」の作品の「老樹」、「血も肉も」の「白絣」などは自己そのものの描写であろうが、それとともに注目しなければならないのは一見客観描写、対象愛と思われる様な作品にもそれとなく滲み出ている自己の描出である。「初咲きの」の作品の対象愛は自己愛そのものであろうし、「ぜんまいの」にある一見客観描写と思える作品にもその奥に呆然として老を肯定する登四郎を思うのは私ひとりではあるまい。

●この年特に注目したいのは登四郎の多作への態度である。姿勢である。特に私は十月号の百句発表に対してこころから拍手を送りたい。正直言って他の月の二十一句とか三十二句に比べると十月号の百句の方が素晴らしく出来ている。

●多作はとかく乱作になりがちである。ところが登四郎の場合それは多彩になっているのである。一句一句に独立して鑑賞に耐える様な強さがある。これは百句全体を通して登四郎の全体像が湧き上がってくるのが嬉しい。これは何なのだろう。私はそれこそ登四郎の俳句に対する直向きな姿勢そのもの、もっと言えば俳句が心から好きな登四郎の現れであると思っている。百句には、感性あり、想像力あり、素材の多彩さあり、対象を写生しているかと思うと人間を描写する、もちろん形式への試みもたくさんある、言葉も多彩である。したがって百句全体を通して読者を飽きさせない、そして何よりも読後に登四郎の一見老いた淋しい、それでいて凜々しい姿が彷彿としてくる。その様な強さがある。百句を目を輝かせて作った登四郎だ。私達読者も目を輝かして読みたい。

＊

平成四年「俳句研究」における文章発表はない。したがって登四郎への批評に移りたい。

平成四年「俳句研究」、登四郎への批評をあげると次の様になる。

四月号……俳句実作入門「再び固有の名詞をどう使うか」（廣瀬直人）に作品引用、批評はない。〈藪原に風こもるなり神の留守〉／特集・心と言葉の新しみ（今井聖・老川敏彦・落合水尾・岸本尚毅・堀磯路）にそれぞれ作品引用。〈ふぐりに手載せて寝につく露の音〉〈その水着一握にして絹ざはり〉（二回）〈甚平を着て今にして見ゆるもの〉（二回）／「現代俳句展望」（近藤潤一）に作品が採り上げられ丁寧な批評あり。〈大歳といふ海溝を前にせり〉〈羨みきれずをり寒中の突然死〉〈人参の太くみじかくありてこそ〉

七月号……「現代俳句展望」（和田悟朗）に作品が採り上げられ批評がある。〈朧夜を覚めてつくづく寝嵩なき〉〈藪巻を剝がせし松の身慄ひす〉〈藤房の生毛づくりに整へり〉

八月号……「俳誌展望」（野中亮介）に主宰誌「沖」が採り上げられ、作品引用。〈一目すぐ簗竹と思ふ竹運ぶ〉〈夕渚吹かれ歩きの鶺過ぎぬ〉〈魞挿しのひとりに急な用走る〉

十一月号……「東京八景」（鈴木鷹夫）に作品引用。〈板前は教へ子なりし一の酉〉「現代俳句展望」（和田悟朗）に作品が採り上げられ批評文あり。

十二月号……「能村登四郎氏の近作を読む」（岸本尚毅）。これについては詳述したい。／特集「今年の秀句ベスト5」（神尾季羊・児玉輝代・嶋田麻紀・田中裕明）にそれぞれ作品引用。〈歳寒うしていよいよと松鮮らし〉〈痛みある度に澄みゆく秋の水〉〈数へ日を数へともかく今は無事〉〈木斛の細花こぼるる月明り〉

十二月号の「能村登四郎氏の近作を読む」（岸本尚毅）についてのみ補足をしておきたい。「作家研究シリーズ⑫」であり、十一ページにわたる長文である。写真が一枚添付されている。内容は四つの章からなる。作品四十六句を引用しての大論である。主として句集『長嘯』の作品が多いが若手の作家らしく素直な物言いが快い。ただ若さ故であろうか、引用が多いのだけは気になった。ここでは心に残った部分を挙げておきたい。

霜掃きし箒しばらくして倒る

については先ず「一冊の句集の巻頭の句としてはいささか素っ気ない」と言う。そして次にこの作品を「箒になぞらえて何かを主張しようという姿勢は全くない。ただ目の前にある箒とそれを見ている自分との出会いがあるだけである。……「共生」という理念を俳句の中で実践しているかの様な作品」という。

裏窓は冬景のこる宿にして

「切れ字を使わずに、肩の力を抜くこと。これは、俳句の文体の面で、一つの見識だと思う。」

螢袋何に触れむと指入れし
ふぐりに手載せて寝につく露の音

などの老艶とも言うべき作品（最近これは登四郎の評価の対象となっている）については前

句を「性的なニュアンスもあるよう」とか後句は眼目が「露の音だ」という程度。平成四年「俳句とエッセイ」の作品発表、文章発表は全くない。批評が二つあるのでそれを揚げるにとどめたい。

三月号……現代俳句月評（関成美）に作品が間接引用。〈白桃をするや時も豊満に〉

十二月号……「特集　能村登四郎句集『長嘯』を読む」に次の執筆あり。

「咴呵と流麗と」（火村卓造）、「まことと心の人」（小澤克己）、「悠々の世界」（東條未英）、「一句鑑賞」（伊藤白潮・土生重次・冨田正吉・星野恒彦・今瀬剛一・鈴木節子・大牧広・酒本八重・金子孝子）

平成四年「俳句四季」には作品発表が一回だけある。十月号で六句の発表である。中から二句を抜き出すにとどめたい。

まつすぐに来てくぐりたる夏欅

朴の花白とは信篤き色

平成四年の十一月号は「句のある自伝」（――和紙の軽さ――林翔）で登四郎のことがたくさん書かれているがここでは特に触れない。

話を平成四年の「俳壇」に移したい。新作の発表、文章の執筆はない。ただこの年は偶数月が「俳壇雑詠」の担当の月であり、選句の執筆などはあったがここでは触れない。

平成四年の登四郎への批評を羅列すると次のようになる。
一月号……「現代の新年句」（鍵和田秞子抄出）に作品引用、批評はない。〈初がすみ大和山城色頒つ〉
四月号……「春季自筆一句」として次の作品が自筆復刻。〈睦み合ふごとし雨中の松さくら〉
五月号……「師弟競詠の床しさ」（岡本高明）にご子息の能村研三と共に作品引用。〈包み紙しつとり濡らし蕗の薹〉〈四谷にて鯛焼きを買ふ出来ごころ〉〈雪吊を外せり誰も見てをらず〉
八月号……「戦後新人デビュー作早わかり」（阿部誠文編）に同時代の作家二十人の中に採り上げられ、十句抄あり。現代俳句協会賞を受賞した感想（「俳句」昭和三十一年十月）が転載されている。
九月号……「登四郎の選と添削に学ぶ」（大関靖博）に一句が採り上げられ、解説がある。〈下闇や無明をさぐる芳一像〉
十二月号……「'92年諸家季寄せ」に作品を挙げる。〈次の世は潮吹貝にでもなるか〉

あとがき

主宰誌「対岸」に執筆をしている「能村登四郎ノート」が平成三十年八月号で二百回になった。それを機に二冊目をまとめることとした。今回は一冊目以降の百一回から二百回までを収めた。次は三百回目となるわけだがそれまで命が持つかどうか最近では何とも心許ない。いずれにしてもこの仕事は私のライフワークである。命のある限り書き続けたいと願っている。資料は主に手許にあるものと俳人協会の図書館通いをしてまとめることが出来た。今後も図書館通いは続くことと思う。執筆している時には登四郎が眼前に浮かぶ、遠いあの日に戻ることも出来る。その幸せな思いを楽しみながら今後も書き続けていきたい。

二百回も欠かさず書き続けてこられたのは友人達の温かい声援の

おかげである。とりわけ忙しい私を助けて資料収集や編集、校正などをお手伝い頂いた「対岸」の仲間たちに心からお礼を申し上げたい。出版に際しては一冊目同様ふらんす堂の山岡さんにお世話になった、記して謝意を表したい。

令和二年四月

今瀬剛一

著者略歴

今瀬剛一（いませ・ごういち）

俳人。俳誌「対岸」主宰。

昭和十一年茨城県生まれ。高校時代に音楽の教師・滝豊先生の指導のもとで俳句を開始する。昭和三十六年「夏草」入会。昭和四十五年「沖」創刊とともに参加、能村登四郎に師事。昭和六十一年「対岸」創刊主宰。句集『対岸』『約束』『週末』など十冊。句集『水戸』で俳人協会賞受賞。評論集『流行から不易へ』『季語実作セミナー』『芭蕉体験』『新・選句練習帳』などがある。

現在、俳人協会副会長。日本現代詩歌文学館評議委員。日本ペンクラブ、日本文藝家協会各委員。

現住所　〒311-4311
茨城県東茨城郡城里町増井1319

能村登四郎ノート（二）

二〇二〇年五月二四日　初版発行

著　者――今瀬剛一
発行人――山岡喜美子
発行所――ふらんす堂
〒182-0002 東京都調布市仙川町一―一五―三八―2F
電　話――〇三（三三二六）九〇六一　FAX〇三（三三二六）六九一九
ホームページ http://furansudo.com/　E-mail info@furansudo.com
振　替――〇〇一七〇―一―一八四一七三
装　幀――和　兎
印　刷――日本ハイコム㈱
製　本――日本ハイコム㈱
定　価――本体三〇〇〇円＋税

ISBN978-4-7814-1240-5 C0095 ¥3000E